웃는 남자 3

웃는 남자 3

The Man Who Laughs

빅토르 위고 지음 | 백연주 옮김

더클래식

차례

제2편 왕의 명령에 의해서

제5부 바다와 운명은 같은 숨결에 따라 움직인다

제6부 우르수스의 다양한 모습

제7부 타이탄 여신

제8부 의회와 그 주변

제9부 붕괴

결말 밤과 바다

| **일러두기** |

※ 인명, 지명 등은 옮긴이가 번역한 대로 현지 발음을 기준으로 삼아 표기했습니다.

제2편

왕의 명령에 의해서

제5부
바다와 운명은 같은 숨결에 따라 움직인다

1. 연약한 것의 단단함

운명은 간혹 우리에게 광기 한 잔을 주며 마실 것을 권한다. 손 하나가 구름 속에서 나와서 알 수 없는 취기로 가득 찬 잔을 우리에게 불쑥 건네는 것이다.

그윈플렌은 그 말의 뜻을 이해할 수 없었다.

누구에게 하는 말인지 확인해 보기 위해 자신의 뒤를 돌아보았다.

우리의 귀는 한계를 넘어선 날카로운 소리를 듣지 못한다. 지나치게 강렬한 격정은 지성이 인지하거나 이해하지 못한다. 이해하는 것은 듣는 것처럼 그 한계가 있다.

와펀테이크와 사법관은 그윈플렌에게 다가와서 걷는 것을 도왔다. 그는 어렴풋하게 누군가가 집정관이 앉았던 안락의자에 자신을 앉힌다는 것을 느꼈다.

그윈플렌은 물 흐르듯이 그들이 하는 대로 내버려 두었고, 그것이 어찌 된 일인지 이해해 보려고도 하지 않았다.

사법관과 와펀테이크는 그윈플렌을 앉히고 나서, 몇 발자국 물러나 안락의자 뒤에 꼿꼿한 자세로 섰다.

집정관은 손에 든 장미꽃 다발을 석판에 내려놓았다. 그 다음 서기가 건넨 안경을 쓴 후 탁자 위에 쌓여 있는 서류 아래에서 노랗게 혹은 초록빛으로 얼룩져 있고, 부식되고 찢겨 있으며, 아주 좁게 접혀졌던 흔적이 보이는 한 장의 양피지를 꺼냈는데 그 한 면은 글씨로 가득했다. 집정관은 등불 밑에 양피지를 펴들고 눈 가까이에 댄 후, 더할 나위 없이 엄숙한 목소리로 낭독했다.

성부와 성자와 성신의 이름으로.

오늘, 우리 주님의 1690년 1월 29일.

인적 없는 포틀랜드의 해안에 열 살 된 아이 한 명이 냉혹하게 버려졌던 까닭은 아이가 배고픔과 추위, 고독에 의해 죽음에 이르도록 하기 위함이었다.

아이는 두 살의 나이에, 지극히 자비로우신 제임스 2세 폐하의 명에 의해 팔렸다.

아이는 퍼메인 클랜찰리 경으로, 클랜찰리이며 헌커빌 남작이고 이탈리아의 코를레오네 후작 및 영국의 중신이자, 고인이 된 린네우스 클랜찰리 경과 역시 고인이 된 그의 부인 앤 브래드쇼의 아들로, 단 하나뿐인 적자(嫡子)이다.
이 아이는 부친의 재산과 작위를 상속받을 자격이 있는 후계자이다. 이러한 이유로 지극히 자비로우신 국왕 폐하의 명령에 따라 팔린 후, 얼굴이 심하게 훼손된 나머지 지워졌고 종적이 묘연해졌다.
아이는 시장에서 광대 노릇을 하도록 길러지고 훈련되었다.
아이는 친부가 세상을 떠나자 두 살 때 팔렸는데, 이 아이를 산 사람은 아이의 몸값을 포함해 매수한 자에게 허락될 면책 특권 등 각종 이권에 대한 대가로서 10파운드를 국왕에게 지불했다.
퍼메인 클랜찰리 경은 두 살의 나이에, 이 글을 쓰고 있으며 아래에 서명한 나에게 팔렸다. 플랑드르 출신 하드콰논이 아이의 얼굴을 훼손하고 흉측하게 만들었는데 그는 콘퀘스트 박사의 비술(秘術)과 여러 가지 방법을 알고 있는 유일한 자이다.
우리들은 아이를 웃는 가면, 즉 '마스카 리덴스'로 만들겠다고 결정했다.
이러한 의도를 갖고 하드콰논이 영원한 웃음을 얼굴에 남기는 '부카 피사 우스쿠에 아드 아우레스' 수술을 아이에게 감행했다.
수술이 행해지는 동안 아이는, 유일하게 하드콰논만이 아는 방법으로 잠들어 있었고 또 느낄 수도 없어서 자신이 수술받았다는 사실을 전혀 눈치채지 못했다.
그는 자신이 클랜찰리 경임을 모른다.
그는 그윈플렌이라는 이름에 대해 대답한다.
그가 너무 어렸을 때 팔려 기억을 잘 못하기 때문인데 당시 그는 겨우 두 살이었다.
하드콰논은 부카 피사 수술을 할 수 있는 유일한 자이며, 그 수술을 받은 사람 가운데 유일한 생존자가 이 아이다.
전례가 없고 매우 특별한 이 수술을 받으면 오랜 세월이 흘러도, 아이가 나이가 들어 검은 머리가 백발이 된다 해도 하드콰논은 한눈에 아이를 알아볼 수 있다.
이 글을 쓰는 지금, 사건의 속사정을 모두 알고 있고 이 일을 주도한 하드콰논은 흔히 윌리엄 3세로 불리는 오렌지 대공 전하의 감옥에 수감되어 있다. 하드콰논은 콤프라치코스 또는 체일러스라고 부르는 무리라는 혐의를 받아 체포되었다. 현재 그는 채텀탑에 감금되어 있다.
국왕 폐하의 명령에 따라, 작고한 린네우스 경의 마지막 시종이 우리에게 아이를 넘긴 곳은 스위스의 제네바 호수 주변, 로잔과 베베 중간에 위치한, 아이의 아버지와 어머니가 임종한 집이었다. 마지막 시종 또한 얼마 안 되어 주인들의 뒤를 따라 죽었기 때문에 매우 예민하고 극비리에 이루어졌던 이 사건의 속사정을 아는 사람은 채텀 감옥에 수감된 하드콰논과, 머지않아 곧 죽음을 맞이할 우리 말고는 이 세상에 아무도 없다.

아래에 서명을 한 우리는, 국왕 폐하께 사들인 어린 귀족을 사업에 이용할 목적을 갖고 8년 동안 양육해 왔다.

오늘 우리는 하드콰논과 같은 불운한 상황을 피하기 위해 영국에서 탈출을 꾀하다가 의회가 공포한 금지령 및 처벌법이 두려워서 앞에서 말했던 아이 그윈플렌, 즉 퍼메인 클랜찰리 경을 해가 질 즈음에 포틀랜드 해안에 유기했다.

우리는 국왕 폐하께 비밀을 지키겠다고 맹세했으나, 신께는 맹세하지 않았다.

오늘 밤, 절대자의 뜻으로 바다 한가운데에서 냉혹한 폭풍우 속에서 절망을 맛보았고, 우리의 목숨을 살려줄 수도 있고 혹은 우리의 영혼을 구원해 줄 수도 있는 이 앞에 우리는 무릎을 꿇었다. 인간들에게 더는 기대할 것이 없어 신을 경외할 수밖에 없고, 우리가 행한 악행을 회개하는 것 말고는 다른 닻도 방법도 남아 있지 않다. 저 높은 곳에서 이루어지는 판결에 만족하고 죽기로 체념했으므로 겸허히 속죄하는 마음으로 가슴을 치면서 이 진술서를 작성해 성난 물결에 맡겼으니, 물결이 신의 뜻대로 이것을 처분해 줄 것을 바란다. 더불어 지극하게 성스러운 처녀께서 우리를 도와주시기를. 아멘. 우리 모두는 다음처럼 서명한다.

집정관이 읽기를 멈추고 말했다.

"여기에 서명들이 있습니다. 필체는 모두 다릅니다."

말을 마치고 다시 읽기 시작했다.

닥터 게르아르두스 게에스트문드. 아순시온.

"십자형 서명 하나가 있고, 바로 그 옆에는 다음처럼 쓰여 있습니다."

에뷔드 지방 티리프섬 태생 바르바라 페르모이. 가이스도라, 캅탈. 지안지라테. 나르본 사람이라 불리우는 자크 카투르즈. 마옹 도형장에서 온 뤽 피에르 카프가루프.

집정관은 다시 낭독을 멈추고 말했다.

"본문을 쓰고 맨 위에 서명한 사람의 필체로 짧게 덧붙여 놓은 것이 있습니다."

그리고 그것도 읽었다.

세 사람의 선원 중 선장은 물결에 휩쓸려 종적을 감췄고, 이제 둘만 남았다. 그 두 명이 서명한다. 갈데아순. 도둑놈 아베 마리아.

집정관은 읽는 것을 자주 멈추고 말을 계속했다.

"양피지 아래에는 '파사헤스만 비스카야로부터 온 우르카 마투티나 호 위에서'라고 쓰여 있습니다."

그리고 집정관이 덧붙여 말했다.

"이것은 제임스 2세 폐하의 문양이 찍혀 있는 관청용 양피지입니다. 진술서의 빈 곳에 동일한 필체로 '이 진술서는, 아이를 사들인 우리를 무죄로 풀어 준다는 왕의 명령서 뒷면에 썼다. 양피지 앞면에 왕명이 보일 것이다'라고 적혀 있습니다."

집정관은 오른손으로 양피지를 들고 불빛에 비추어 보았다. 곰팡이가 잔뜩 피어 있어 백지라고 부를 수 있을지 모르겠지만, 어쨌든 백지가 보였고, 그 가운데에는 세 개의 단어가 적혀 있었다. 두 단어는 라틴어인 유수 레기스였고, 나머지 한 단어는 제프리스라는 서명이었다.

"유수 레기스. 제프리스."

차분했던 집정관의 목소리가 갑자기 높아졌다.

꿈의 궁전 지붕에서 기와 한 장이 떨어져 누군가의 머리를 때린 상황, 바로 그윈플렌이 그런 처지에 놓인 사람이었다.

그는 마치 정신을 잃은 사람처럼 중얼거리기 시작했다.

"게르아르두스, 맞아요. 그는 박사였어요. 늙고 항상 슬퍼 보였던 사람이었어요. 나는 그 사람을 무서워했어요. 가이스도라, 칼탈, 대장이라는 뜻이에요. 여자들도 있었어요. 아순시온, 그리고 또 한 명의 여자가 있었지요. 또 프로방스 사람, 카프가루프. 그는 납작하게 생긴 병에 술을 담아 마셨고, 그 병에는 붉은색의 글씨로 이름 하나가 적혀 있었어요."

"여기에 그것이 있습니다."

집정관은 말을 마치고 서기가 가방에서 꺼낸 물건을 탁자 위에 놓았다.

고리버들로 둘러싸여 있고 손잡이가 투구의 귀 덮개 모양인 호리병이었다. 호리병에는 고난을 겪은 흔적들이 뚜렷하게 보였다. 오랜 세월을 물속에 잠겨 있었던 듯했다. 조개껍데기와 수초가 여기저기 들러붙어 있었다. 바다의 모든 찌꺼기들이 녹처럼 붙어 있었다. 호리병 주둥이에 칠해진 역청으로 보아 병은 완벽하게 밀폐되었던 것으로 보였다. 호리병의 역청 봉인은 뜯어져 있었다. 하지만 병의 주둥이에, 마개로 썼던 역청을 먹인 밧줄은 그대로였다.

"지금 읽은 진술서는 죽음을 앞둔 사람들이 이 호리병 속에 넣고 밀봉했던 것입니다. 사법 당국으로 보낸 이 서신을 바다의 물결이 전달했습니다."

집정관이 설명했다.

집정관이 더욱 엄숙한 목소리로 설명을 이어 갔다.

"해로 동산이 우수한 품질의 밀을 생산해 고운 밀가루를 제공하고 그것으로 왕의 식탁에 올릴 빵을 만드는 것처럼, 바다도 최선을 다하여 영국에 봉사하는구나. 귀족 한 분이 자취를 감추시자 그분을 찾아서 모셔다 주었습니다."

그리고 말을 계속했다.

"이 호리병에는 붉은색의 글씨로 이름이 적혀 있습니다."

그는 움직임 없는 수난자를 돌아보며 목소리를 높였다.

"지금 여기 있는 악인, 바로 당신의 이름이네. 인간이 저지른 행위의 심연 아래로 침잠했던 진실이 그 심연에서 표면으로 떠오르는 것은, 이렇듯 예측도 못한 경로를 통해서야."

집정관은 호리병을 들고 깨끗하게 닦인 부분을 불빛에 비추어 보았다. 이는 사법적 요청에 의해 닦여진 것이었다. 고리버들 틈새로, 가늘고 긴 리본처럼 보이는 붉은색 버들이 보였다. 군데군데 검은색으로 변한 것은 물과 세월이 남긴 흔적이었다. 그 붉은색 버들은, 비록 형태가 변형되기는 했지만, 고리버들 위에 선명하게 열두 글자를 보여 주었다.

'Hardquanonne.'

집정관은 수난자에게 돌아서서, 그 무엇도 닮지 않은, 사법의 억양이라고 정의할 수밖에 없는 독특한 목소리로 말을 계속했다.

"하드콰논! 당신의 이름이 적혀 있는 이 호리병을, 집정관인 내가 처음 당신에게 보여 주었을 때 당신은 단번에 그리고 기꺼이 이것이 당신의 소유물임을 인정했소. 그리고 호리병 속의 내용물, 접혀져서 보관되어 있던 양피지에 기록된 내용을 읽어 주자 당신은 침묵했소. 사라진 아이를 다시 찾지 못한다면 처벌을 피할 수 있으리라는 희망 때문이었지. 당신의 거부 때문에 강렬하고 가혹한 고통이 행해졌고, 그 이후에 당신의 공모자들이 양피지에 적어 놓은 진술과 고백을 두 번 되풀이해 읽어 주었지. 그러나 덧없는 일이었소. 넷째 날이자 관련 법에 따라 대질하게 된 오늘, 1690년 1월 29일, 포틀랜드에 유기되었던 이가 나타나시자, 당신의 내면에 존재했던 악마 같은 희망이 사라졌고, 당신은 침묵을 깨고 당신에게 희생당한 이를 인정했소……."

수난자가 눈을 뜨고 고개를 들었다. 그리고 죽어 가는 사람의 단말마적 울림이 있는 목소리로, 또한 평온함과 헐떡임이 뒤섞인 괴기스럽고 침착한 어조로, 돌에 짓눌린 채 괴롭게 한 마디 한 마디 내뱉었는데 하나의 단어를 말할 때마다 자신을 덮고 있는 묘석 하나를 쳐드는 것만큼이나 고통스러워했다.

"나는 비밀을 지킬 것을 맹세했고, 이에 따라 내 능력을 다해 비밀을 지켰소. 가여운 이들은 신의가 두텁고, 지옥에서도 정직함이 존재하오. 그러나 오늘에 이르러 침묵은 허사가 되었소. 그래서 이제 말하려고 하오. 그렇소. 저 사람이 바로 그 아이요. 저 사람을 만든 것은 국왕과 나, 우리 두 사람이오. 국왕은 의지를 표했고, 나는 기술을 제공했소."

그는 그윈플렌을 보며 덧붙여 말했다.

"자, 영원히 웃어라."

그리고 갑자기 자신이 웃기 시작했다.

그윈플렌의 웃음보다 더 난폭한 그의 웃음소리는, 마치 흐느끼는 소리로 들리기도 했다.

웃음소리가 그치고 남자는 다시 드러누워 눈을 감았다. 수난자가 말을 하도록 허락했던 집정관이 말했다.

"이제 법적으로 모든 것이 인정되었다."

그는 서기에게 기록할 시간을 잠시 준 후, 다시 말을 이었다.

"하드콰논, 사실을 확인한 대질, 당신의 공모자들이 쓴 진술서를 세 번에 걸쳐 읽은 끝에, 당신의 시인과 고백과 반복된 자백을 통해 진술 내용이 확인된 바, 당신은 법에 따라 모든 족쇄에서 해방되어 폐하의 처분에 따라, 플라기아리우스로서 마땅히 교수형을 당할 것이오."

"플라기아리우스."

법률학자가 설명했다.

"아이들을 사고파는 사람. 서고트 법, 제7권, 제3절, 우수르파

베리트 항(項). 또한 살리쿠스 법전 제41절, 제2항. 프리슬랜드 법전 제21절. 데 플라기오. 또한 알렉산더 네쿠암은 다음과 같이 말했음. 'Qui pueros vendis, plagiarius est tibi nomen(아이들을 파는 너, 너의 이름은 플라기아리우스).'"

집정관이 양피지를 탁자 위에 놓고 안경을 벗은 후, 장미 꽃다발을 다시 들고 말했다.

"강렬하고 가혹한 고통은 이제 끝났소. 하드쾨논, 폐하께 감사드리도록 하시오."

사법관이 보낸 신호에 따라 가죽옷을 입은 남자가 행동하기 시작했다.

망나니의 조수이며, 옛 법령집에서는 '교수대의 조수'라고 불리던 그 남자는 수난자에게 다가가 복부 위에 쌓여 있던 돌을 하나씩 하나씩 들어내고 철판을 들어 올렸다. 가련한 남자의 크게 훼손된 옆구리가 드러났다. 그런 후에, 그의 손목과 발목을 묶은 쇠사슬을 풀어 주었다.

돌과 쇠사슬에서 벗어난 수난자는 눈을 감고 팔과 다리를 뻗은 채로, 십자가에 못 박혔던 사람처럼, 바닥에 누워 있었다.

"하드쾨논, 일어서시오."

집정관이 지시했다.

수난자는 조금도 움직이지 않았다.

교수대의 조수가 그의 손을 들었다가 놓았다. 힘없이 손이

툭 떨어졌다. 다른 손을 들어 보았지만 마찬가지였다. 망나니의 조수가 두 발을 차례대로 들어 보았지만, 발뒤꿈치가 땅을 향한 채 떨어졌다. 손가락은 무기력했고 발가락도 움직이지 않았다. 널브러져 있는 몸에 있는 발은 더욱 굳어 있는 것처럼 보였다.

의사가 다가가 가운 주머니에서 강철 거울을 꺼내, 하드콰논의 벌어진 입 안에 가져다 대었다. 그 다음에는 손가락으로 눈꺼풀을 들쳐보았다. 눈꺼풀은 다시 감기지 않았다. 생기 없는 눈동자는 고정된 채로 있었다.

의사는 일어서면서 말했다.

"그는 죽었습니다."

그리고 덧붙여 말했다.

"그가 웃은 것이, 그를 죽였습니다."

"상관없는 일이오."

집정관이 말했다.

"자백을 했으니 살거나 죽거나 하는 것은 형식적 절차일 뿐이오."

그런 다음, 장미꽃 다발을 들어 올려 하드콰논을 가리키면서, 와펀테이크에게 명령했다.

"오늘 밤에 시체를 치우시오."

와펀테이크가 고개를 숙여 명령에 따르겠다는 몸짓을 했다.

집정관이 덧붙여 말했다.

"맞은편에 감옥의 묘지가 있소."

와펀테이크는 다시 한 번 고개를 끄덕였다.

서기는 계속 적고 있었다.

집정관은 왼손에 장미꽃 다발을 들고 있었기 때문에, 오른손으로 하얀 막대기를 들고서 여전히 앉아 있는 그윈플렌 앞에 꼿꼿하게 서서, 머리를 숙이고 존경을 표시했다. 그리고 다시 정중하게 머리를 뒤로 젖히고 그윈플렌을 정면에서 바라보며 말했다.

"서리주 집정관이자 기사인 미관(微官) 필립 덴질 파슨스는, 서기이며 문서 담당관인 예비 기사 오브리 도미니크, 그리고 미관 아래 관공리들의 보좌를 받아, 국왕 폐하께서 직접 내리신 특명 및 미관의 임무, 직무상 권리 및 의무, 영국 대법관의 위임 등에 의거하여 해군성에서 넘겨받은 증거물을 바탕으로, 증언과 서명의 확인, 진술서의 공개, 대질의 모든 법적 검증과 증거 조사를 마친 후 조서를 작성하고 기록을 끝냈으니, 당연히 권리가 제자리를 다시 찾아가도록 이곳에 계신 각하께 보고하고 공포하였으니, 각하는 클랜찰리 및 헌커빌의 남작이시자, 시칠리아의 코를레오네 후작이시며, 영국의 중신이신 퍼메인 클랜찰리 경이십니다. 신의 가호가 함께 하시기를."

말을 마치고 다시 고개를 숙여 예의를 표했다.

법률 보좌관, 의사, 사법관, 와펀테이크, 서기 등 망나니를 제외한 모든 사람들이 집정관을 따라서, 그윈플렌 앞에 머리가 땅바닥에 닿을 만큼 깊숙이 허리를 숙여 예를 표했다.

"아! 제발, 나를 깨워 주시오!"

그윈플렌이 크게 소리쳤다. 그리고 몹시 창백한 얼굴로 벌떡 일어났다.

"제가 각하를 깨워 드리려고 왔습니다."

이제까지 들어본 적 없는 목소리가 들렸다.

한 남자가 기둥 뒤에서 나왔다. 경찰 행렬이 들어온 이후로 아무도 지하실로 들어오지 않았다는 사실로 추측했을 때, 그 남자는 그윈플렌이 오기 전부터 어둠 속에 있었던 것이 틀림없었다. 그는 감시자로서 정식으로 그 자리를 지키는 사명과 직무를 띠고 있는 것처럼 보였다. 남자는 뚱뚱하고 살집이 좋아 보였으며 궁정 가발을 쓰고 있었고 여행용 외투를 걸쳤으며, 젊다기보다 늙어 보였는데 몸가짐이 단정했다.

그가 그윈플렌에게 정중하면서도 부드럽게 예의를 표시했다. 그 행동이 가신(家臣)처럼 고상했으며 사법관들에게서 볼 수 있는 어색함도 없었다. 그가 계속 말했다.

"그렇습니다. 저는 각하를 깨워 드리기 위해 왔습니다. 25년 전부터 각하께서는 긴 잠에 빠져 계십니다. 오랫동안 꿈을 꾸고 계셨지만 이제 꿈에서 깨셔야 하옵니다. 각하께서는 자신을 그윈플렌이라 믿고 계시지만, 사실 클랜찰리십니다. 각하께서는 자신을 백성의 한 명이라 여기시지만 사실 귀족에 속하십니다. 각하께서는 자신을 최하층민이라 믿으시지만 사실은 최상층이시옵니다. 각하께서는 자신을 광대라 여기시지만 실은 상원의원이십니다. 자신을 가난하다고 여기시지만 사실은 부유하십니다. 자신을 하찮다고 여기시지만 각하께서는 위대한 인물이십니다. 이제 부디 꿈에서 깨어나시옵소서, 각하!"

그윈플렌은 두려움이 묻어나는 작은 목소리로 중얼거리듯이 물었다.

"이 모든 것이 도대체 무슨 일이란 말인가?"

"일의 전말은 이러하옵니다."

뚱뚱한 남자가 즉시 대답했다.

"제 이름은 바킬페드로이며 해군성의 관리이옵니다. 해변에서 발견된 저 습득물, 즉 하드콰논의 호리병이 저에게 전해졌고 그것의 봉인을 제거하는 것이 제 직책의 의무이며 특권이므로 젯슨 사무국에 선서한 두 명의 배심원이 참관한 가운데 제가 호리병을 열었습니다. 두 입회자 모두 의회 의원으로, 한 사람은 바스시를 대표하는 윌리엄 블래스웨이스이고, 다른 한 명은 사우샘프턴을 대표하는 토머스 저보이스입니다. 그들은 저와 함께 호리병의 내용물을 낱낱이 확인하고 기록한 후에, 공동 서명을 하여 제가 폐하께 모든 사실을 보고하였습니다. 여왕 폐하의 명을 받들어, 그토록 민감한 사안에 필수적인 신중함을 다해 필요한 모든 절차를 거쳤고 마지막 절차인 대질까지 조금 전에 마쳤습니다. 이제 각하께서는 정기적으로 100만 파운드의 급여를 받으실 것이옵니다. 각하께서는 그레이트브리튼 왕국의 귀족으로서, 입법관이자 판관이시며 절대적인 재판관이신 동시에 지상권을 소유하신 입법자이시옵니다. 각하께서는 자줏빛 천과 담비 모피로 만든 옷을 입으시고, 왕족과 동등하시며 황제와 동류이시므로 머리에 중신의 관을 쓰시며, 국왕의 따님이신 여공작을 아내로 맞아들이실 수 있사옵니다."

천둥처럼 그를 덮친 변화에 압도된 그윈플렌은 그 자리에서 기절하고 말았다.

2. 방랑하는 것은 가야 할 길을 안다

모든 사건은 해변에서 병 하나를 주운 어느 병사로부터 시작되었다.

그 이야기부터 살펴보자.

마치 톱니바퀴가 맞물리는 것처럼 모든 일에는 우여곡절이 있다. 네 명의 칼서성 수비대 포수(抱手) 중 한 명은 우연히 밀물에 의해 모래 위로 휩쓸려온 고리버들 호리병을 주웠다. 호리병은 곰팡이투성이였고, 주둥이는 역청을 먹인 마개로 밀폐

되어 있었다.

병사는 주운 부유물을 수비 대장에게 전했고, 수비 대장은 영국의 해군 사령관에게 그것을 보냈다. 해군 사령관은 해군성을 의미했고, 해군성의 부유물 담당자는 바킬페드로를 의미했다.

바킬페드로는 호리병 마개를 연 채로 여왕에게 가져갔다. 여왕은 즉시 결정을 내렸다. 그리고 영향력 있는 두 사람에게 이 사실을 알리고 조언을 구했다. 둘 중 한 명은 대법관이었다. 그는 법적으로 '영국 국왕의 양심을 수호하는 자'였고, 다른 한 명은 '귀족의 가문(家紋)과 혈통'을 담당하고 있는 장교였다. 노퍽 공작이고 가톨릭 중신이며 고위 장교의 후손인 토머스 하워드는, 대법관의 대변인이며 빈던의 백작인 헨리 하워드를 통해 대법관의 의견을 따르겠다고 했다. 대법관은 윌리엄 쿠퍼였다. 동시대를 살았고 똑같은 이름을 가졌다고 해도, 비들로의 책을 풀이한 해부학자 윌리엄 쿠퍼와 혼동해서는 안 된다. 해부학자 쿠퍼는, 프랑스에서 에티엔 아베이가 《뼈의 역사》를 출판했던 즈음에 영국에서 《근육론》을 출판했다. 의사와 귀족은 확실히 다른 것이다. 윌리엄 쿠퍼 경은, 롱그빌 자작 탤벗 옐버턴의 사건과 관련해 언급한 다음의 말로 유명했다.

> 영국의 헌정 체제에 의거하면, 한 명의 중신을 복권시키는 것이 한 명의 국왕을 복권시키는 것보다 훨씬 의미가 있다.

칼셔 해안에서 발견된 호리병, 그것은 그의 관심을 끌어당겼다. 원칙을 만든 자는 그것을 적용할 수 있는 기회가 오면 매우 기뻐한다. 한 명의 중신을 복권시킬 기회가 찾아온 것이다. 그는 즉시 수색을 개시했다. 그윈플렌은 거리에 게시판을 걸어 놓은 것 같은 처지라서, 그를 찾는 것은 매우 수월했다. 하드콰논의 형편도 마찬가지였다. 그는 죽지 않고 살아 있었다. 감옥이 사람을 썩히기는 하지만 적어도 보존하기는 한다. 보관하는 것과 보존한다는 것이 동일한 의미인지는 모르겠다. 바스티유 감옥에 수감된 사람들을 귀찮게 굴 때는 거의 없었다. 무덤 속의 관을 바꾸어 주지 않는 것처럼 감방도 바꾸어 주지 않았다. 여전히 하드콰논은 채텀의 탑에 갇혀 있었다. 그곳에 손만 뻗치면 되는 것이다. 그는 채텀에서 런던으로 이송되었다. 스위스에서도 정보를 구했다. 모든 사실이 틀림없는 것으로 밝혀졌다. 베베 및 로잔의 지역 재판소 서기과에서, 유배 당시 린네우스 경의 결혼 증명서 및 아이의 출생 증명서, 아이 부모의 사망 증명서를 발급받았고, 혹시 '필요한 경우에 쓰기 위해' 정식으로 인증된 사본도 가져왔다. 그 모든 일이 극비리에, 그리고 베이컨이 권하고 또 행동으로 옮긴 '두더지의 침묵' 속에서 진행되었다. 훗날 이러한 침묵의 원칙에 의거하여 블랙스톤은 법을 제정하기도 했는데 특히 법무성과 정부, 그리고 상원과 관련되었다고 판단되는 일에는 그 원칙을 엄격하게 적용하였다.

유수 레기스와 제프리스의 서명도 사실로 인정되었다. 흔히들 '자의(恣意)'라고 칭해지는 여러 유형의 변덕을 병리학적 관점에서 연구한 사람은, 그 유수 레기스를 매우 단순한 현상으로 본다. 그러한 행위를 은폐했어야 할 제임스 2세가 일이 잘못될 위험에도 불구하고 흔적을 남긴 까닭은 무엇일까? 그것은 파렴치함 때문이다. 거만한 무관심이다. 아! 여러분은 여자들 중에만 음란한 자들이 있다고 믿고 있는가! 국시(國是) 역시 그렇다. Et se cupit ante videri(그러나 우선 그녀는 자신이 눈에 띌 것을 갈구한다). 범죄를 저지르고 나서 그 사연을 가문의 문장에 그려 넣는 것, 그것이 역사의 모든 것이다. 도형수처럼 국왕 역시 문신을 그려 넣는다. 경찰이나 역사는 피하는 것이 도움이 된다. 그렇지만 또한 그 경우를 유감스럽게 느낀다. 널리 알려져서 누구든 자신을 알아봐 주기를 원하기 때문이다.

'내 팔을 보시오. 이 문양을, 사랑의 전당과, 화살이 꿰뚫어 불타오르는 이 심장의 문양을 잘 보시오. 바로 나요, 나 라스네르요.'

'유수 레기스. 이것은 곧 짐(朕)이오, 제임스 2세.'

흔히 못된 짓을 저지른 다음 그 위에 자신의 표시(標示)를 남긴다. 뻔뻔스러움으로 자신을 채우고 자신을 공공연하게 고발하며 자신의 악행이 승리의 가치를 올리도록 하는 일, 그것이 악인의 염치없는 허세이다. 크리스티나가 모날데스키를 잡아

들여 자백을 받고 나서 그를 무자비하게 죽인 후에 이런 말을 남겼다.

"나는 프랑스왕의 궁궐에 와 있는 스웨덴의 여왕이다."

티베리우스처럼 자신을 은폐하는 폭군이 있는가 하면, 펠리페 2세처럼 허세 섞인 행동을 하는 폭군도 있다. 하나가 전갈과 비슷하다면 나머지 하나는 표범과 비슷하다. 후자에 가까운 변종이 제임스 2세였다. 잘 알려진 것처럼 그의 표정은 밝았고 명랑했다. 그 면에서는 펠리페 2세와 달랐다. 펠리페 2세는 음산했지만, 제임스 2세는 유쾌했다. 하지만 악독했다. 제임스 2세는 마음 좋은 호랑이였기 때문에 펠리페 2세처럼 태연하게 잔혹한 범죄를 저질렀다. 그는 신의 은총을 받은 흉측한 괴물이었다. 따라서 그는 감추거나 완화할 필요가 없었고, 그가 저지른 암살 행위는 신성한 권리를 바탕으로 한 것이었다. 그는 자신이 저지른 모든 범행에 일련번호를 매기고 날짜별로 분류하고 꼬리표를 붙여서 약제사의 약제 창고 안에 있는 독약처럼 각 칸에 기록을 정리해 둔 고문서 보관소를, 시만카스에 있는 것에 필적할 수 있는 고문서 보관소 하나 정도는 남기고 싶었을 것이다. 자신이 저지른 범죄 기록에 서명하는 것, 진정 왕다운 태도이다.

비밀을 잘 지킨다는 면에서 여자답지 않았던 앤 여왕은 그 중대한 사건에 대한 비밀 보고서, '국왕의 귀에 바치는 보고서'

라고 부르던 것을 제출하라고 대법관에게 명령을 내렸다. 그러한 보고는 많은 군주 국가에서 통용되고 있었다. 빈에는 궁정인 중에서 귓속말 조언자가 있었는데 그것은 카롤링거 왕조 시대 고위직이었다. 카롤루스 대제의 헌장에서는 황제에게 나지막한 소리로 아뢰는 사람을 아우리쿨라리우스라고 불렀다.

여왕처럼, 아니 여왕보다 훨씬 지독한 근시여서 여왕이 신뢰하던 영국의 대법관 쿠퍼 남작 윌리엄은 다음처럼 시작되는 보고서를 작성했다.

> 솔로몬에게 두 마리의 새가 있었습니다. 하나는 우푸파*였는데 모든 나라 언어를 사용할 줄 알았고, 또 다른 하나는 독수리였는데 날개의 그림자로 약 2만 명의 대상(隊商)을 덮었습니다. 이처럼 다른 모습으로, 절대자께서…….

대법관은 어느 귀족의 상속자가 납치되어 신체에 심한 훼손을 당했고, 그를 다시 찾았다는 것도 보고서에 적었다. 그는 제임스 2세를 꾸짖는 듯한 문장은 쓰지 않았다. 어쨌든 그는 여왕의 아버지였기 때문이다. 오히려 그를 감싸기까지 했다. 첫째는 예로부터 전해내려 오는 군주들의 원칙이 있었기 때문이다.

---

* 갈색 털을 가진 새로, 프랑스에서는 야생 수탉이라고 부른다.

'E senioratu eripimus. In roturagiocadat(우리가 그를 귀족에서 뽑아내니, 그는 천민 속으로 추락할 것이니라).'

둘째는 사람의 수족을 절단할 수 있는 군주의 권한이 여전히 계속되었기 때문이다. 체임벌린이 명예스럽고 촘촘한 기억력을 바탕으로 다음처럼 적고 있다.

'Corpora et bona nostrorum sub ectorum nostrasunt(시민의 목숨과 수족은 왕의 지배 아래 있다).'

제임스 1세의 말씀이다. 왕국의 이익을 위해 왕족의 눈을 뽑을 때도 있었다. 왕좌에 가까이 있던 왕족은 유익하게 매트 두 장 사이에서 질식사했지만, 뇌일혈로 사망한 것으로 발표되었다. 그런데 질식사시키는 것은 몸을 훼손하는 것보다 훨씬 심한 일이다. 튀니스의 왕은 부친인 물레이아셈의 두 눈을 뽑기도 했다. 그러나 그 일을 이유로 그의 사신들이 황제의 박대를 받지는 않았다. 즉, 국왕은 어떤 사람의 신분을 빼앗듯이 수족의 절단을 명령할 수 있으며 그 명령은 합법적인 것이었다. 하지만 국왕에게 허락된 그 합법성이 다른 합법성들을 파괴할 수는 없었다.

수장되었던 사람이 죽지 않고 다시 수면으로 올라온다면, 그것은 신께서 왕의 명령을 바로잡았다는 의미입니다. 만약 상속자가 다시 발견됐다면, 그의 작위를 그에게 되돌려주도록 해야 합니다. 일찍이 광대였던 노섬브리아의 왕 알라도 그러했습니다. 이와 마찬가지로, 귀족인 그윈플렌에게도 그러한 조치가 취해져야 합니다. 불가항력적으로 겪었던 직업의 미천함이 타고난 신분을 퇴색시키는 것은 불가능합니다. 일찍이 정원사였다가 왕이 된 압돌로님므가 그 예입니다. 일찍이 목수였다가 성인의 지위에 오른 요셉 또한 그 예입니다. 목동의 형상을 했지만 실제로는 신이었던 아폴론 역시 훌륭한 예입니다.

학식이 뛰어난 대법관은, 그윈플렌이라고 잘못 불리고 있는 퍼메인 클랜찰리 경에게 모든 재산 및 작위에 대한 권리를 되돌려 주어야겠다고 결정하고 다만 '이미 확인된 가해자 하드콰논과의 대질이 있어야 한다'고 추가했다. 대법관은 영국 국왕의 양심 수호자였으며, 그렇게 해서 여왕의 양심을 보호했다.

대법관은 보고서 끝에 덧붙이기를, 하드콰논이 심문에도 답변을 끝까지 거부할 경우 그에게 '강렬하고 잔혹한 고통'을 가할 것이며, 그것은 그를 애들스탠 국왕 헌장에 명시된 프로드모르텔*에 이르게 하려는 의도이며, 대질은 고통이 가해진 지 나흘째 되는 날에 이루어져야 한다고 했다. 다만 조금 우려가

* 죽음의 찬 기운을 느끼는 순간이라는 뜻이다.

되는 점은 수난자가 이틀 또는 사흘째 되는 날에 사망한다면 대질을 할 수가 없다는 점인데, 그럼에도 법은 행해져야 한다고 했다. 법의 불리한 점 역시도 법의 일부분이라고 했다.

게다가 대법관은 하드콰논이 확인한 그윈플렌에 대해 조금도 의심하지 않았다.

이미 그윈플렌의 흉측한 외모에 대한 사실을 알고 있던 앤 여왕은, 클랜찰리의 재산을 대리로 물려받은 여동생에게 잘못을 저지르지 않기 위해서 여공작 조시안이 새로 등장한 귀족 그윈플렌과 결혼할 것을 기꺼이 결정했다.

게다가 퍼메인 클랜찰리 경의 소유권 회복은 무척 단순한 경우였다. 상속자가 합법적인 직계 후손이었기 때문이다. 혈통이 불확실하거나, 방계(傍系) 후손들의 항의 때문에 영지가 유보 상태에 있다면 상원의 심의를 통해 해결해야 했다. 그 예는 굳이 옛날로 거슬러 올라가지 않더라도 매우 많다. 1782년 엘리자베스 페리의 요청에 따른 시드니 남작령과 1798년 토머스 스테이플턴이 요청한 보몬트 남작령, 1803년 타임웰 브리지스 사제가 요청한 챈도스 남작령, 1813년 육군 중장 놀리스가 요청한 밴버리 백작령에 대한 심의가 이루어졌다. 그러나 그윈플렌의 경우는 이와 크게 달랐다. 어떠한 계쟁(係爭)도 생기지 않았다. 정당성도 확실했고 명명백백한 권리였다. 상원에 심의를 요구할 어떤 이유도 없었다. 따라서 여왕이 대법관의 보좌를 받아 새 귀족을 인정하고 허용하면 그것으로 끝나는 것이었다.

그 모든 일들을 바킬페드로가 진행했다.

그의 덕분으로 사건은 얼마나 지하에 숨어 있었던지, 얼마나 완벽하게 비밀에 싸여 있었던지, 조시안도 데이비드 경도 자신들 발밑에서 깊이 파헤쳐지고 있었던 엄청난 사건을 조금도 알아채지 못했다. 조시안은 지나치게 우뚝 솟아 그녀를 손쉽게 유폐시킨 절벽에 둘러싸여 있었다. 그녀는 스스로를 고립시켰다. 데이비드 경은 플랑드르 연안으로 보내졌다. 그는 곧 영주의 지위를 잃을 상황에 처했지만 그 사실을 상상도 하지 못했다. 이쯤에서 한 가지 사실을 알아 두자. 그 무렵, 데이비드 경이 지휘하는 함대의 정박지에서 10해리 떨어진 곳에서 할리버턴이라고 하는 함장이 프랑스 함대를 물리친 사건이 있었다. 군사 위원회 의장 펨브룩 백작은 그 함장을 해군 소장 진급자 후보로 추천했다. 앤 여왕은 할리버턴의 이름을 지우고 데이비드 더리모이어의 이름을 대신 적어 넣었다. 데이비드 경이 자신이 더 이상 중신이 아니라는 소식을 알았을 때 해군 소장이라는 위안거리라도 주기 위해서였다.

앤은 만족감을 느꼈다. 여동생에게 흉측하게 생긴 남편을 정해 주고 데이비드 경에게는 썩 괜찮은 계급을 안겨 주었기 때문이다. 악의적인 동시에 선하다.

여왕 폐하께서는 연극을 연출하려고 했다. 뿐만 아니라 그녀는 스스로에게 말하기를, '고귀하신 선친의 권력 남용에서 비롯된 그릇됨을 바로잡아 영지의 구성원 한 명을 복권시켜 주며, 훌륭한 여왕의 도리를 다해 신의 뜻대로 결백한 사람을 지켜 주면 절대자께서는 성스럽고 예측할 수 없는 방법으로……'라고 했다. 옳은 일을 행한다는 것은 매우 달콤한 일이다. 특히 그 일이 우리가 싫어하는 사람에게 불쾌한 일이 된다면 더욱 그렇다.

여왕은 여동생의 남편감이 기이하게 생겼다는 사실만으로도 만족스러워졌다. 그윈플렌이라는 자는 어떤 유형의 기형일까? 어떤 유형의 흉함일까? 바킬페드로는 그것에 대해 상세하게 보고할 필요성을 느끼지 못했고, 앤 여왕도 마찬가지로 그런 것을 하나하나 물을 만큼 관심을 나타내지 않았다. 군주다운 깊은 무시의 표현이었다. 게다가 그가 어떤 모습을 했든 무슨 상관인가? 상원은 마냥 고맙게 여길 수밖에 없다. 예언가처럼 확실한 대법관이 다음과 같이 말했다. 한 명의 중신을 복권시키는 것은 영지 전체를 복권시킴을 뜻하는 것이라고 말이다. 이 기회에 왕실은 선한 면모뿐만 아니라 영지의 특권을 성심껏 지켜 주는 수호자임도 과시할 수 있었다. 새 귀족의 얼굴이 어떻게 생겼든, 얼굴이 권리를 막을 수는 없다. 앤은 대충 그런 생각들을 하면서 막힘 없이 목표를 향해 나아갔다. 여성적인 동시에 군주적인 목표였으니, 그것은 만족감을 성취하는 것이었다.

당시 여왕은 윈저궁에 머물고 있었다. 그래서 궁궐 속 음모가 많은 사람들과 일정한 간격을 유지할 수 있었다.

꼭 필요한 소수만이 앞으로 일어날 일을 알고 있었다.

이것은 바킬페드로에게는 커다란 즐거움이었다. 그래서 그는 더욱 음산한 표정을 지었다.

이 세상에서 제일 흉측스러울 수 있는 것은 즐거움이다.

그는 하드콰논의 호리병을 최초로 맛보는 즐거움을 누렸다. 사실 별로 놀라지도 않았다. 허약한 분별력에서 경악이 나온다. 그렇지 않은가? 그것이 그의 몫이라는 것은 당연한 일이었다. 우연의 문가에 서서 그처럼 오랫동안 기다렸으니 그의 수중에 들어오는 것이 마땅했다. 그가 기다렸기 때문에 무엇이든 그에게 도착하게 되어 있었다.

그 닐 닐 미라리*도 그가 일부러 꾸민 태도였다. 이 말은 해두도록 하자. 그는 경이에 사로잡혀 있었다. 신 앞에서도 스스로의 양심을 가리고 있던 그의 가면을 누군가가 벗긴다면 진실을 발견할 수 있었을 것이다. 바로 그 즈음 바킬페드로는 여공작 조시안의 고결한 삶에 흠집을 내는 것이, 가깝고도 미미한 적인 자신과 같은 사람에게는 불가능하다는 사실을 받아들이기 시작하고 있었다. 이 때문에 야만스러운 원한이 잠재적으로

---

* 무엇에도 놀라지 않는다는 뜻이다.

마음에 쌓이기 시작했다. 흔히 실의(失意)라고 불리는 정점에 도달해 있었던 것이다. 절망이 깊어질수록 원한의 광기도 커졌다. 이를 악물고 인내한다는 것, 매우 비극적이며 참된 표현이다! 그것은 악인이 재갈 같은 자신의 무력함을 물고 있다는 의미이다. 바킬페드로는 아마 포기하기 직전이었을 것이다. 조시안에게 고통이 닥치기를 바라는 마음을 놓은 것이 아니라, 자신이 직접 그녀에게 고통을 안겨 주겠다는 바람을 포기할 단계에 와 있었을 것이다. 미칠 것 같은 분노를 놓은 것이 아니라 깨물기를 체념한 단계에 도달했을 것이다. 이 얼마나 비극적인 추락인가! 발톱에 힘을 빼고 풀어 주어야 하다니! 박물관에 전시된 단검처럼 증오를 칼집 속에 넣어야 하다니! 쓰디쓴 굴욕이었다.

그러나 때마침 광대한 사건이 그러한 우연의 일치를 선호하여, 하드콰논의 호리병이 수많은 물결을 거쳐 그의 손안에 들어온 것이다. 미지의 세계에는 악의 지시에 충성하도록 길들여진 그 무언가가 있는 듯하다. 바킬페드로는 해군성에 선서한 증인 두 명의 도움으로, 호리병을 열고 양피지를 발견하여 그것을 펼쳐 읽어 갔는데…… 그 악마적인 환희가 얼마나 컸을지 상상해 보라!

바다와 바람, 아득한 공간, 밀물과 썰물, 폭풍우, 잔잔함, 산들바람 등 모든 것이 한 악인에게 만족을 주기 위해 감당했을 수고를 떠올리면 기묘한 느낌에 사로잡히게 된다. 그 복잡한 작업이 15년 동안이나 이루어졌다. 경이로운 작업이다. 15년이라는 세월 동안 바다는 단 1분도 쉬지 않았다. 물결들은 서로 떠다니는 호리병을 계속해서 주고받았으며, 암초들이 유리와의 충돌을 피한 덕분에 호리병에는 금이 간 흔적이 전혀 없었고, 그 어떠한 마찰도 마개를 망가뜨리지 않았으며, 해초는 고리버들을 썩게 하지 않았다. 조개들이 하드콰논이라는 글씨를 물어뜯지 않았고, 물이 부유물 속으로 들어오지 않았으며, 곰팡이가 양피지를 분해하지 않았으며, 물기가 글자를 지우지 않았다. 깊은 바다가 얼마나 큰 공을 들였으랴! 그것을 게르나르두스가 어둠 속에 던졌고, 어둠이 바킬페드로에게 전했다. 신에게 보낸 전언이 악마에게 전해졌다. 이 엄청난 사건 속에는 배신이 들어섰고, 그리하여 온갖 사물에 섞여 있어 감춰진 운명의 장난, 신의 깊숙한 승리, 즉 유기된 아이 그윈플렌이 다시 클랜찰리 경이 된다는 승리를 독이 들어 있는 승리와 마구 섞어놓았고, 정의가 증오에 이바지하도록 해 악의적으로 선을 실천한 것이다. 희생물을 제임스 2세로부터 도로 찾아온다는 것은 바킬페드로에게 먹이를 준다는 의미였다. 그윈플렌을 다시 위에 세우는 것은 곧 조시안을 내던지는 것이었다. 바킬페드로는 성공한 것이다. 고작 그 정도의 성공을 위해 그렇게 여러 해 동안 파도와 물결과 질풍, 수많은 사람들의 삶이 혼재되어 있는 유리 합(盒)을 여기저기로 끌고 다니며 흔들고, 밀고, 던지고, 괴롭히고 배려했단 말인가! 고작 그러한 승리를 위해서 바람과 조수와 폭풍 사이의 협조가 이루어졌던 것인가! 가여운 한 사람을 위한 기적 같은 광범위한 소통이었다! 무한한 존재가 지렁이에게 협조한 양상이었다! 운명은 그토록 애매한 의지를 가지고 있다.

바킬페드로는 거대한 거만함에 빠져 있었다. 그는 그 모든 사건이 자신을 위해 행해졌다고 여겼다. 그는 스스로가 모든 것의 중심이자 목표라고 생각했다.

하지만 그것은 오해였다. 바킬페드로의 내면 깊숙이 자리잡고 있었던 증오심으로 잃어버린 명예를 되찾아 주자는 그 경이로운 사건의 진정한 뜻은 그런 것이 아니었다. 한 고아를 죽이려던 악인들에게 폭풍우를 보냈으며, 그 아이를 해변에 유기한 선박을 부쉈고, 조난당해 손을 꽉 쥔 채로 기도하는 사람들을 삼켰다. 그들의 간절한 소망은 거부했으나 그들의 회개만을 받아들여 스스로 아이의 부모 역할을 자처한 바다, 죽음의 손아귀에 맡긴 물건, 즉 회개가 들어 있는 깨지기 쉬운 유리병으로 바뀐 범죄가 타고 있던 견고한 선박을 넘겨받은 폭풍우, 마치 표범이 유모로 변신한 것처럼 자신의 역할을 바꾸어 아이가 아무것도 모르고 커가는 동안 그 아이가 아니라 그 운명을 요람 같은 물결로 흔들어 다독여 준 바다, 던져진 호리병을 받아서 미래를 담고 있는 과거에 주의를 기울이며 보살피던 물결들, 호리병 위로 뜻을 다해 회오리바람을 보내던 폭풍, 측정할 수 없는 물속 여정을 따라 연약한 부유물의 길잡이가 된 조류(潮流), 세심한 배려를 하는 해초와 물결과 암초들, 순수한 존재를 보호하려는 심해의 광대한 물거품, 양심처럼 차분한 물결의 흐름, 질서를 되찾는 대혼돈, 밝음으로 되돌아가는 어둠의 세상, 진실이라는 별을 가져오기 위해 모인 모든 암흑, 또한 이뿐 아니라 무덤 안에서 위안을 받은 망명자, 상속권을 회복한 상속권자, 깨져 버린 국왕의 범죄적인 명령, 예정된 신성한 계획의 이루어짐, 어리고 연약하며 유기되었던 아이가 무한을 후견자로 두게 된 일 등 바킬페드로가 자신의 승리라고 생각했던 사건에서, 이러한 것을 보는 것도 가능했다. 하지만 그는 즉시 그것을 알아차리지 못했다. 그는 모든 일이 바로 그윈플렌을 위해 실현되었다고 생각하지 못한 것이다. 그는 모든 일이 자신을 위해 실현되었다고 여겼다. 그럴 만한 중요성이 있다고도 생각했다. 그런 것이 바로 사탄들이었다.

깨지기 쉬운 부유물이 훼손되지 않고 15년 동안 떠다닌 것을 보고 놀란다면, 바다의 한없는 부드러움을 잘 모른다고밖에 말할 수 없다. 1867년 10월 4일, 모르비앙 지역의 그루아섬과, 가브르반도의 끝인 가브르곶, 그리고 에랑 암초, 그 세 지점의 중간에서, 루이 항구에 사는 어부들이 4세기쯤에 만들어진 로마

시대의 암포라* 하나를 건졌는데 바다의 상감(象嵌) 작용 때문에 아라베스크 문양이 표면을 뒤덮고 있었다. 그 암포라는 바다 위를 1,500년 동안 흘러 다닌 것이다.

바킬페드로는 침착함을 잃지 않으려 애를 썼지만 그의 놀라움은 기쁨에 못지않았다. 모든 것이 스스로 그의 앞으로 온 것이다. 마치 미리 예정되었던 것 같았다. 그의 증오심을 만족시켜 줄 사건들이 그의 손이 닿는 곳에 있었다. 그것들을 모아 맞추기만 하면 되는 것이었다. 흥미로운 조립 작업이었다. 그리고 약간의 끌질을 해 주면 충분했다.

그윈플렌! 그는 이미 그 이름을 알고 있었다. 마스카 리텐스! 다른 사람들처럼 그도 웃는 남자를 보러 갔었다. 눈길을 끄는 공연 광고 벽보 앞에 사람들이 몰려들어 그것을 읽은 것처럼, 그 역시도 태드캐스터 여인숙에 걸린 광고 간판을 읽은 적이 있었다. 광고문을 꼼꼼히 보았기 때문에 그는 상세한 부분까지 기억해 냈고 또 직접 가서 확인할 수도 있었다. 광고문은 문득 그의 안에서 전기 작용처럼 다시 떠올라 눈앞에서 어른거리다가 조난자들의 양피지 옆으로 와서 나란히 자리했다. 문제 옆에 있는 정답, 또는 수수께끼 옆에 있는 답 같았다. 그때 그가 기억해낸 구절이 갑자기 그의 눈 아래에서 계시처럼 떠올랐다.

---

* 그리스와 로마 시대의 항아리다.

'1690년 1월 29일 밤, 열 살의 나이로 포틀랜드 해안에 유기되었던 그윈플렌을 이곳에서 볼 수 있습니다.' 장터에서 언변 좋게 늘어놓는 광대의 이야기 속에서 '마네 테셀 파레스(Mane Thecel Phares)'가 활활 타오르는 듯했다. 조시안의 삶이었던 모든 것이 이제 파멸을 맞이했다. 별안간에 무너진 것이다. 사라진 아이를 찾았다. 클랜찰리 경이 있었다. 데이비드 더리모이어는 이제 무일푼이 되었다. 영지, 재산, 권력, 지위, 이 모든 것이 데이비드 경에게서 흘러나와 그윈플렌에게로 들어가게 된 것이다. 성이며 사냥터, 숲, 성, 궁전, 영토, 조시안까지 모든 것이 그윈플렌의 소유였다. 그리고 조시안, 얼마나 훌륭한 해결 방법인가! 이제 그녀 앞에 누가 있는가? 찬란하고 오만한 그녀 앞에 있는 것은 보잘것없는 광대이고, 그처럼 아름답고 고귀한 여인 앞에 서 있는 것은 괴물이었다. 그러한 일을 상상이나 할 수 있었겠는가? 바킬페드로는 미칠 듯한 열광에 휩싸였다. 아무리 증오심이 가득한 계략이라도 지옥에서 베푼 듯한 그 뜻하지 않은 선량함에는 미치지 못했을 것이다. 현실은 스스로 원할 때 걸작을 만든다. 바킬페드로는 이제껏 자신이 꿈꾸어 오던 것들이 어리석었음을 느꼈다. 그의 손안에 들어온 것은 그 이상이었다.

자신으로 인해 앞으로 발생할 변화가 비록 그에게 불리하다고 해도 그는 조금도 상관하지 않았을 것이다. 상대를 쏘면 자신도 죽으리라는 것을 알면서도 쏘는 독살스러운 곤충들이 있다. 바킬페드로는 그런 벌레와 비슷했다.

하지만 이번에는 그가 공정하고 욕심이 없었다는 말은 들을 수 없을 것이다. 데이비드 더리모이어 경은 그에게 신세진 것이 없으나, 퍼메인 클랜찰리 경은 모든 것을 그로 인해 되찾게 되어 있었다. 바킬페드로는 피보호자에서 보호자로 신분이 바뀌게 되었다. 그것도 어떤 사람의 보호자인가? 영국의 중신을 돌보는 보호자인 것이다. 그는 자신의 손안에 귀족 하나를 갖게 되었다! 자신의 손에 의해 창조될 귀족 하나를! 바킬페드로는 그 귀족에게 최초의 흔적을 선사하리라 생각했다. 게다가 그 귀족이, 귀천상혼(貴賤相婚)으로 여왕의 제랑(弟郞)이 될 상황이었다! 그 제랑은 용모가 추악해 조시안의 마음에 안 드는 것만큼이나 여왕의 마음에 들 것이다. 그러면 여왕의 호감을 얻어 정중하고 소박한 옷으로 몸을 감싸고, 바킬페드로는 유명 인사가 될 것 같았다. 그는 언제나 교회 쪽으로 시선을 돌리고 있으면서 주교가 되고 싶은 막연한 갈망을 간직하고 있었다.

그 모든 기대가 그를 행복하게 만들어 주었다.

얼마나 빛나는 성공이란 말인가! 우연히 해낸 그 대단한 일은 또한 얼마나 완벽한가! 그의 복수를—그는 그 사건을 복수라 여겼다—물결이 순순히 그에게 전해 주었다. 그의 잠복이 허사가 아니었다.

암초는 그였다. 부유물은 조시안이었다. 조시안이 바킬페드로에게 부딪혀 좌초되었다! 마음 깊은 곳에서 악독한 희열이 솟아올랐다.

그는 흔히 암시라고 일컫는 기술에 능숙했다. 그 기술은 다른 사람의 의식에 작은 상처를 내서 그 속에 자신의 생각을 끼워 넣는 것이다. 그는 멀찌감치 거리를 유지하며, 또한 전혀 개입하는 기색 없이 조시안이 그린박스에 가서 그윈플렌을 보도록 조정했다. 일을 진행하는 데 해로울 것이 없었다. 천한 처지에서 목격된 광대, 그것이 배합에 훌륭한 재료가 될 것이다. 그리고 나중에는 좋은 양념이 될 것이다.

그는 사전에 모든 것을 준비해 놓았다. 그가 원했던 것은 갑작스러움이었다. 그가 하던 일은 '첫눈에 반하도록 만드는 것'이란 기묘한 말로밖에 설명할 수 없었다.

전초 작업이 완료되고, 그는 모든 절차가 합법적인 형태로 만들어지도록 세심하게 주의를 기울였다. 비밀은 조금도 누설되지 않았다. 침묵 역시 법의 한 부분이기 때문이다. 하드콰논과 그윈플렌의 대질이 있었고, 바킬페드로가 그 자리에 참석했다. 그리고 그 결과는 방금 전에 본 바와 같다.

같은 날에, 여왕이 보낸 사륜마차가 런던에 있는 레이디 조시안에게 보내졌다. 앤 여왕이 머물고 있던 윈저궁으로 데려가기 위해서였다. 조시안은 머릿속에 있던 어떤 것 때문에 여왕의 명을 거역하거나, 적어도 하루쯤 연기해 다음 날로 출발을 미루고 싶었으나 궁정 생활은 그러한 저항을 허용하지 않는다. 그녀는 런던에 있는 자신의 집 헌커빌 하우스를 떠나 윈저에 있는 집 코를레오네 로지로 가기 위해 바로 출발했다.

여공작 조시안이 런던을 떠난 때는 와펀테이크가 태드캐스터 여인숙을 찾아가 그윈플렌을 납치해 서더크 형무소 지하실로 호송하던 그 무렵이었다.

그녀가 윈저궁에 도착했을 때 알현실 출입문을 지키는, 검은색의 권장을 쥐고 있는 문지기가 그녀에게 전하기를, 폐하께서는 대법관과 중대사를 논의 중이시라 다음 날 아침에 그녀를 만나실 수 있노라고 했다. 그녀는 코를레오네 로지에 머물며 폐하의 명령을 기다릴 것이며, 다음날 아침 폐하께서 기침하는 즉시 명령을 내리실 것이라 했다. 조시안은 불쾌해하며 거처로 돌아갔다. 그녀는 몹시 언짢은 기분으로 저녁 식사를 한 다음 두통이 심하다며 시동 하나만 남겨 두고 모든 사람들을 나가도록 했다. 그리고 잠시 후 시동마저도 나가게 한 다음 아직 날이 지지 않았는데도 잠자리에 들었다.

그녀는 윈저에 도착해 데이비드 더리모이어 경이 즉시 귀환해 청령하라는 명을 받고서, 다음 날 윈저에 오기로 했다는 사실도 알게 되었다.

3. 깨어남

기절하지 않고 시베리아에서 세네갈로 옮겨가는 사람은 없다. _훔볼트

아무리 단단하고 기력이 왕성한 사람이라도 갑작스러운 운명의 결정타에 기절하지 않을 수 없는 법이며, 이는 결코 놀랄 일이 아니다. 도끼에 쓰러지는 소처럼 사람은 의외라는 것의 충격에 쓰러진다. 터키의 항구에서 쇠사슬을 뜯어내던 프랑수아 알베스콜라는 교황으로 지명되었다는 소식을 전해 듣고, 하루 동안 기절해 있었다. 그런데 추기경부터 교황까지의 거리는 광대부터 영국의 중신까지 이르는 거리에 비하면 훨씬 가깝다.

균형의 파열처럼 격렬한 것은 없다.

그윈플렌이 의식을 찾아 다시 눈을 떴을 때는 벌써 어둠이 드리워져 있었다. 그는 커다란 방 가운데에 놓인 안락의자에 있었는데, 방의 벽과 천장 및 바닥이 모두 자주색 벨벳으로 감싸져 있었고 바닥의 벨벳은 밟고 다니도록 되어 있었다. 그의 곁에는 서더크의 지하실 기둥 뒤에서 갑자기 나타났던, 배가 나오고 여행용 외투를 걸친 남자가 모자를 벗어든 채 서 있었다. 방 안에는 그윈플렌과 그 사람 말고는 아무도 없었다. 안락의자에 앉은 채 손을 뻗기만 하면 두 개의 탁자에 닿을 수 있었

는데 각 탁자 위에는 여섯 개의 가지가 달린 촛대에 불이 켜져 있었다. 또한 한 탁자에는 종이와 작은 상자가 놓여 있었고, 다른 탁자 위에는 붉은빛이 도는 황금으로 도금된 은쟁반 위에 가금류 고기와 포도주, 브랜디와 같은 간단한 음식이 차려져 있었다.

바닥에서 천장까지 이어지는 긴 창문의 유리를 통해 보이는 4월의 맑은 밤하늘에는 의전(懷典)용 앞뜰 주변에 반원을 그리며 둘러서 있는 기둥들이 희미하게 보였고, 뜰 정면에는 세 개의 문이 보였다. 문 하나는 매우 컸고 나머지 둘은 작았다. 중앙의 커다란 문은 마차가 드나드는 문이었고 조금 작은 오른쪽 문은 말 탄 사람들을 위한 문이었으며 왼쪽의 아주 작은 문은 보행자용이었다. 이 문들은 화려한 철책으로 닫혀 있었고 중앙 문의 윗부분은 조각품으로 장식되어 있었다. 기둥은 뜰의 바닥에 깔려 있는 포석들처럼 하얀 대리석으로 깎은 듯했다. 포석들 때문에 뜰에는 눈이 내려 쌓인 것처럼 보였고, 평평한 돌 조각들로 짜인 그 흰 자락은 어둠 때문에 문양이 희미하게 보이는 모자이크 하나를 둘러싸고 있었다. 환한 날에 모자이크를 보았다면 그것이 피렌체 양식으로 온갖 보석과 색으로 만들어진 거대한 가문(家紋)임이 보였을 것이다. 구불구불한 난간들이 위아래 방향으로 있었는데 테라스의 층계인 것 같았다. 앞뜰 위쪽 멀리에 웅장한 건축물이 우뚝 솟아 있는데 어둠 때문에 안개 속의 희미한 물건처럼 보였다. 별이 가득한 하늘에 궁전의 윤곽이 드러났다.

거대한 지붕, 소용돌이 모양의 합각머리들, 투구처럼 면갑(面甲)이 있는 다락방들, 탑을 무색하게 하는 굴뚝들, 고정된 신들과 여신들로 덮여 있는 갓돌들도 보였다. 주랑 사이로 비치는 어렴풋한 빛 속에서 요정 이야기에 나올 듯한 샘이 부드러운 소리를 내며 솟구치고 있었다. 샘물은 이 수반(水盤)에서 저 수반으로 옮겨 가다가 빗줄기와 폭포를 뒤섞어, 보석 상자를 열고 흩뿌리는 것처럼 바람에 다이아몬드와 진주를 마구 나누어 주고 있었는데 마치 자신을 둘러싸고 있는 석상들의 지루함을 달래 주려는 것처럼 보였다. 창문들이 길게 배열되어 옆모습을 보이고 있었는데 창문 사이사이로 무구(武具) 장식과 흉상들이 놓여 있었다. 그리고 아크로테리온(露盤) 위에 전승 기념물과 깃털 장식이 있는 투구 모형 조각품이 신들의 석상과 번갈아가며 배치되어 있었다.

그윈플렌이 있던 방의 창가 반대편에는 천장에 닿을 만큼 높은 벽난로가 한쪽에 설치되어 있었다. 다른 한쪽에는 사다리를 타고 올라가 가로로 누울 정도로 거대한 침대 하나가 놓여 있었다. 침대를 오르내리는 데 사용하는 사닥다리 발판은 침대 옆에 있었다. 벽의 하단을 따라서 안락의자들이 한 줄로 배치되어 있고, 그 앞쪽에 다시 의자들이 한 줄로 놓여 있었다. 천장은 툼바(무덤) 모양이었다. 벽난로 속에서는 프랑스식으로 붙인 불이 활활 타오르고 있었다. 감식안이 있는 사람이 타오르는 불꽃과 분홍빛에 섞인 초록색 불 무늬를 보았다면, 타고 있는 것이 물푸레나무임을 즉시 알아챘을 것이다. 그 나무를 땔감으로 사용한다는 것은 하나의 사치였다. 방이 얼마나 큰지, 두 개의 촛대에 불이 켜져 있는데도 방안은 어두침침했다. 여기저기에 늘어져 휘날리는 휘장이 보였는데 휘장에 가려진 곳들은 다른 방으로 연결되는 통로 같았다. 방의 전체적인 모습은 고풍스럽고 성대한 제임스 1세 시대의 유행을 따르고 있었다. 바닥이나 벽처럼, 침대 및 침대의 닫집, 안락의자, 보통 의자 등 이 모든 것들은 자줏빛 도는 진홍색 벨벳으로 되어 있었다. 천장 말고는 황금빛이 보이지 않았다. 네 모서리가 동일한 간격을 두고 있는 천장 중앙에 돋을무늬 세공으로 만든 커다란 원형 방패가 매끈하게 붙어 빛을 내고 있었고, 그 가운데에는 여러 문양이 어우러져 있어 특히 눈부신 빛을 발산하고 있었다. 거기에는 두 가문이 나란히 배치되어 있었는데 하나에는 남작관(冠)이, 다른 하나에는 후작관이 조각되어 있었다. 구리에 황금을 입혔을까? 아니면 은에 황금을 입힌 것일까? 알 수 없었다. 어쨌든 황금처럼 보였다. 침침하지만 웅장한 봉건적 천장 가운데에서 번쩍이는 방패는, 어둠 속에 묻힌 태양처럼 침침한 광채를 내뿜고 있었다.

자유로운 인간과 뒤섞여진 야생의 인간은, 궁궐 안에 있을 때, 감옥에 들어간 것처럼 불안을 느낀다. 웅장한 장소가 그윈플렌을 흔들어 놓았다. 지나친 화려함은 어느 정도의 공포감을 갖게 한다. 이 위풍당당한 곳의 주인이 누구인가? 그 모든 거대함은 어떤 거인의 것일까? 이 궁전은 어떤 사자의 굴일까? 미처 잠에서 다 깨지 못한 그윈플렌의 가슴이 조여왔다.

"내가 있는 곳이 어디요?"

그가 물어보았다.

"각하의 댁에 계십니다, 각하."

4. 매혹

표면으로 다시 올라가려면 꽤 많은 시간이 필요하다.

그윈플렌은 놀라움의 깊은 구덩이에 던져졌다. 미지에서 바로 균형을 잡고 일어서는 것은 어렵다. 군대가 궤주(潰走)하듯, 사념의 궤주도 가능하다. 재집결은 즉각적으로 이루어지지 않는 것이다.

무슨 이유에서인지 자신이 흩어졌음을 느낀다. 자신의 기묘한 흩어짐을 목격하게 된다.

신은 팔, 우연은 투석기, 그리고 인간은 자갈이다. 이미 공중으로 던져진 후, 어디 대항해 보라.

그윈플렌은 물수제비 뜬 자갈이 수면에 부딪치듯 연달아 경악에 마주쳤다. 여공작의 연서를 받은 후에 서더크 지하실에서 뜻밖의 사실이 밝혀졌다. 운명의 길에서 뜻밖의 일이 생기면 그것이 잇달아 일어날 것에 대비해야 한다. 그 사나운 문이 일단 열렸다면 뜻밖의 일들이 앞다투어 그곳으로 뛰어든다. 벽에 틈 하나가 생기면 여러 사건이 마구 그 틈으로 몰려온다. 이상한 일은 단 한번만 생기고 끝나는 것이 아니다.

기묘함, 그것은 애매함이다. 그윈플렌을 억누르는 것은 그런 모호함이었다. 그가 마주친 일들은 도무지 이해할 수 없는 것들처럼 보였다. 커다란 동요가 자신의 이성에 남긴 큰 자국들을 먼지 같은 안개를 통해 희미하게 알아차렸다. 격정적인 동요는 지진처럼 그를 통째로 흔들었다. 그의 앞에 주어진 것 중 명확한 것은 단 하나도 없었다. 그러나 항상 선명함이 조금씩 자리를 차지하는 법이다. 먼지는 가라앉는 것이 당연하다. 한 순간 한 순간이 지나면서 경악은 점점 묽어진다. 그윈플렌은 꿈속에서 눈을 뜨고 시선을 고정한 상태로 그 속에서 일어나는 사건을 지켜보려고 애쓰는 사람 같았다. 그는 그 구름을 나누었다가 다시 결합시키고 있었다. 순간순간 방황하기도 했다. 그는 뜻밖의 일들에 휩쓸려 격렬하게 흔들렸고, 그 진동은 그를 이해 가능한 영역으로 밀었다가도 다시 이해 불가능한 영역으로 데려다 놓았다. 그러한 추가 뇌리에 생기는 경험을 모두 한 번쯤 겪지 않았는가?

서더크 감옥 지하실의 암흑 속에서 동공이 팽창했던 현상이, 의외의 일이라는 암흑에 휩싸인 그의 머릿속에서 차례대로 일어났다. 누적된 온갖 느낌들의 적당한 거리를 유지해 주는 것은 힘든 일이었다. 복잡하게 얽혀있는 생각을 연소시키려면, 즉 이해하기 위해서는 그 격정적인 느낌들 사이에 공기가 들어가야 했다. 하지만 공기가 부족했다. 그래서 사건이 호흡을 불가능하게 한 것이다. 서더크의 무시무시한 지하 동굴 속으로 들어가며 그윈플렌은 도형수들의 목에 걸리는 쇠고리를 받아들이려고 했다. 그런데 그는 머리에 중신의 관을 쓰게 됐다. 어떻게 이런 일이 가능할 수 있을까? 그윈플렌이 두려워하던 것과 실제로 맞닥뜨린 것 사이에는 납득할 수 있는 넉넉한 간격이 없었다. 그 일이 너무나 신속히 발생했기 때문에, 그의 공포감이 매우 갑자기 다른 것으로 바뀌었기 때문에, 그것이 결코 명확할 수 없었다. 지극히 대조적인 것이 강력하게 밀착되어 있었다. 그윈플렌은 곤경에 빠진 의식을 빼내기 위해 노력했다.

그는 침묵했다. 그것이 큰 충격을 받은 사람들의 본능적 행동이다. 그들은 사람들이 짐작하는 것 이상으로 방어적인 자세를 취한다. 아무 말도 하지 않는 사람은 모든 일을 감당할 수 있다. 미지의 톱니바퀴에 무심히 튀어나온 말 한마디가 끼어들면,

말한 사람을 예측불허의 바퀴 속으로 끌고 들어갈 수 있다.

으스러지는 것, 그것이 미미한 사람들에게 겁을 준다. 하층민들은 누군가 자신들을 밟을까 봐 두려워한다. 그윈플렌은 오랜 세월 동안 하층민에 속해 있었다.

인간적 불안의 특이한 상태를 다음처럼 풀이할 수 있다. '관망하다.' 그윈플렌의 상태가 그러했다. 갑자기 솟아오른 상황과 아직 균형을 맞추지 못했다고 느끼는 상태이다. 그러면 이어질 그 무엇을 살피게 된다. 또한 막연하게 관심을 기울인다. 그리고 오는 것을 감시한다. 무엇을? 무엇인지는 모른다. 누구를? 그저 지켜볼 뿐이다.

배불뚝이 사나이가 똑같은 말을 거듭했다.

"각하의 댁에 계십니다, 각하."

그윈플렌은 자신의 몸을 만져 보았다. 몹시 놀랐을 때, 사람들은 우선 사방을 살펴본다. 예전처럼 사물이 존재하는지 확인하고 싶어서이다. 그런 다음 자신의 몸을 만져 보는데, 스스로가 존재하는지 확인하려고 하는 것이다. 남자가 자신을 향해 말하는 것은 확실한데 자신은 다른 사람이 되었다. 입고 있던 카핀고*도 가죽조끼도 모두 없어졌다. 대신 은색 천으로 된 조끼와, 만져 보니 수가 놓아져 있는 듯한 새틴으로 만든 상의를

---

* 소매가 없고 옷단 안에 대는 천이 적은 망토다.

입고 있었다. 조끼 주머니에는 두둑하게 채워진 돈주머니가 들어 있었다. 통 넓은 벨벳 반바지가 그가 입고 있던 광대의 좁고 몸에 밀착되는 반바지 위에 입혀져 있었다. 그리고 높은 뒤축의 붉은색 구두를 신고 있었다. 궁궐로 데려올 때, 옷도 함께 갈아입힌 것 같았다.

사나이가 말을 계속했다.

"각하께서는 지금 드리는 말씀들을 기억해 주옵소서. 저는 바킬페드로라고 합니다. 해군성의 서기 직을 맡고 있습니다. 제가 하드콰논의 호리병을 개봉하여 그 속에 있는 각하의 새로운 운명을 세상에 나오도록 했습니다. 아라비아의 옛이야기에 나오는 한 어부가 병 속에서 거인을 나오게 한 것처럼 말입니다."

그윈플렌은 미소를 띠며 자신에게 말을 하는 자의 얼굴을 뚫어져라 쳐다보았다.

바킬페드로가 계속 말했다.

"이 궁전 이외에 각하께서는 이보다 더 큰 헌커빌 하우스를 소유하고 계십니다. 또한 각하의 영지를 싹트게 한, 에드워드 전하 때부터 요새로 사용했던 클랜찰리성도 소유하고 계십니다. 각하의 휘하에 열아홉 명의 대리 집행관이 있는데 이들은 각 마을과 농민을 다스리고 있습니다. 각하의 깃발 아래 있는 신하 및 소작인의 숫자는 8만 명에 이릅니다. 클랜찰리의 모든 것은 각하의 것이며, 각하께서는 제후의 법정을 만드실 수 있습니다. 국왕 폐하가 각하보다 더 누리시는 것은 화폐 주조권 뿐입니다. 노르망디의 법률에서 영주의 우두머리라고 규정하는 국왕께서는, 사법과 조정(朝廷)과 주형(鑄型)을 가지고 계십니다. 주형은 곧 화폐를 뜻합니다. 이것만 제외한다면, 국왕께서 왕국의 군주이듯이 각하께서는 각하가 소유하신 영지의 군주이십니다. 또한 영국에서는 남작으로서 네 개의 기둥을 갖춘 교수대 운영권을, 시칠리아에서는 후작으로서 일곱 개의 말뚝을 갖춘 교수대를 운영하실 수 있습니다. 참고로 말씀드리자면 귀족 출신의 고위 사법관은 말뚝 두 개, 일반 영주는 세 개, 공작은 여덟 개를 갖춘 교수대 운영권을 갖습니다. 노섬브리아의 옛 헌장에 따르면 각하는 왕자로 명명되어 있습니다. 각하께서는 아일랜드의 밸런티아 자작들인 파워 가문 및 스코틀랜드의 엄프레빌 백작들인 앵거스 가문과 동맹 관계를 맺고 계십니다. 각하께서는 캠벨, 어드매낵, 매칼루모어 등 스코틀랜드 부족들의 우두머리이십니다. 각하께서는 리컬버, 벅스턴, 헬커터스, 험블, 모리캠브, 검드레이스, 트렌워드레이스 등을 모두 합쳐 여덟 곳에 영지를 소유하고 계십니다. 각하께서는 필리모어에 있는 이탄지(泥炭地)들과 트렌트에 있는 흰 대리석 채석장에 대한 권한을 갖고 계십니다. 더불어 페네스 체이스 전역과 정상에 옛 마을 하나가 있는 산 또한 각하의 것입니다. 그 마을은 비니컨턴이며, 산은 모일엔리라고 합니다. 이 모든 것들을 통해 각하께 들어오는 수입은 연간 4만 파운드입니다. 프랑스인이라면 흡족해할 2만 5천 프랑의 40배입니다."

바킬페드로가 그렇게 말하고 있는 동안 그윈플렌은 점점 커지는 놀라움 속에서도 옛 추억에 잠겨 있었다. 추억이란 말 한마디는 그 밑바닥까지도 뒤집을 수 있는 침전물과 같은 역할을 한다. 바킬페드로의 입에서 나온 모든 이름들을 그윈플렌은 익히 알고 있었다. 어린 시절을 보낸 오두막 안에 걸려 있던 두 판지에 그 이름들이 적혀 있었다. 그것들에 기계적으로 눈길을 주곤 했었기 때문에, 모두 외우게 되었다. 웨이머스의 버려진 고아는 그를 기다리고 있는 자신의 유산을 찾았던 것이다. 아침마다 그 가여운 어린아이가 잠에서 깰 때마다 무덤덤하고 무심한 눈으로 더듬으며 읽곤 하던 것이 사실은 자신의 영지와 지위였다. 그 엄청난 의외의 사건에 추가된 또 하나의 기이한 일은, 15년 동안 여기저기 방황하면서 무대 위의 광대짓을 하며 그날그날 몇 푼씩 모아 빵 부스러기로 연명한 사람이 알고 보니 가난 위에 자신의 엄청난 재산 목록을 걸어 둔 채로 유랑했다는 것이다.

바킬페드로가 탁자 위에 있는 보석 상자를 집게손가락으로 치며 말했다.

"각하, 이 보석 상자 속에는 2천 기니가 있습니다. 자비로우신 여왕 폐하께옵서 필요한 곳에 쓰라고 보내신 것입니다."

그윈플렌이 동요했다.

"아버지 우르수스께 드리겠네."

"그러시지요. 각하."

바킬페드로가 대답했다

"태드캐스터 여인숙에 있는 우르수스 말씀이시지요. 저희들과 동행한 사법관이 그곳으로 곧 돌아갈 터이니 그에게 보내도록 하겠습니다. 혹시 제가 런던으로 돌아갈 일이 생기면 제가 전하겠습니다. 저에게 맡겨 주십시오."

"내가 직접 가지고 가겠소."

그윈플렌이 말했다.

바킬페드로가 미소를 거두고 말했다.

"불가한 일입니다."

급작스럽게 억양이 꺾이며 힘을 주어 말했다. 바킬페드로는 그런 억양을 사용하는 법을 알고 있었다. 그는 자신이 한 말 끝에 마침표를 찍는 것처럼, 말을 멈췄다. 그리고 스스로 상전을 섬기는 하인만이 갖고 있는 공경스러운 말투로 말을 계속했다.

"각하, 각하께서는 런던에서 37킬로미터쯤 떨어져 있는 이곳, 바로 윈저 왕궁 옆에 있는 각하의 코를레오네궁에 계십니다. 각하께서 이곳에 오신 사실은 그 누구도 모릅니다. 각하께서는 서더크 감옥 정문 앞에서 대기하고 있던 마차로 이곳에 모셔졌습니다. 이 궁 안으로 각하를 모신 사람들조차 각하께서 누구이신지 모릅니다. 그들은 저를 알 뿐입니다. 지금으로서는 그것으로 충분합니다. 제가 가지고 있는 비밀 열쇠를 써서 각하를 이 방으로 모셔왔습니다. 사람들은 벌써 잠자리에 들었고 지금은 그들을 깨우기에는 너무 늦은 시각입니다. 그 이유로 이제 각하께 자세한 이야기를 드릴 시간을 갖게 되었습니다. 제가 드릴 이야기는 길지는 않습니다. 설명을 드리라는 것이 폐하께서 제게 내리신 사명입니다."

바킬페드로는 말하면서도 보석 상자 옆에 있는 서류뭉치를 계속 뒤적거렸다.

"각하, 이것이 중신 증명서입니다. 또, 이것은 각하의 시칠리아 후작 증명서입니다. 이것들은 각하의 여덟 개 남작령 증서이며, 켄트의 왕이셨던 볼드렛부터 영국과 스코틀랜드의 왕이셨던 제임스 6세부터 제임스 1세 시대까지, 국왕 열한 분의 옥새가 찍혀 있습니다. 이것은 각하의 특권을 나타내는 증서입니다. 이것은 임대차 계약서이고, 또 각하의 대여 영지, 자유 영지, 대여 영지에 종속된 영지, 마을 및 사유지를 자세하게 정리한 서류들입니다. 각하의 머리 위 천장에 보이는 가문에는 진주로 장식된 남작관과 꽃무늬가 원형으로 장식된 후작관이 있습니다. 이쪽에 있는 각하의 탈의실 안에 붉은색 벨벳으로 만들고 담비 모피 띠를 갖춘 각하의 중신 의상이 준비되어 있습니다. 불과 몇 시간 전에 대법관과 영국의 장교가 각하와 콤프라치코스 하드콰논의 대질 결과를 통보받은 다음 여왕 폐하의 명령을 따랐습니다. 폐하께서는 서명을 하셨고 그것은 법과 동일합니다. 모든 절차가 끝났습니다. 각하께서는 늦어도 내일이 지나기 전에 상원에 등원하실 것입니다. 그곳에서는 왕실에서 제출한 법안을 며칠 전부터 심의하고 있는데 그 내용은 여왕의 부군이신 컴벌랜드 공작의 세비를 10만 리브르, 즉 250만 프랑 리브르로 액수를 늘리자는 것입니다. 각하께서도 그 심의에 참가하시게 됩니다."

바킬페드로는 잠깐 동안 말을 멈췄다가 천천히 호흡을 가다듬었다. 그리고 말을 이었다.

"하지만 아직 확실하게 정해진 바는 아무것도 없습니다. 스스로가 바라지 않는데 영국의 중신이 되지는 않습니다. 각하께서 실상에 대한 이해가 어려우시다면 모든 것이 무효가 되어 없어질 수 있습니다. 꽃을 채 피우기도 전에 잠적해 버리는 일은 정치에서 쉽게 볼 수 있습니다. 각하, 지금 이 시각에도 각하는 거대한 침묵에 가려져 있습니다. 상원은 내일이 되어서야 실상을 인지하게 될 것입니다. 국가적 이익을 위해 각하의 일은 극비리에 진행되었고 그 결과 역시 지극히 엄청나서, 각하의 존재와 각하의 모든 권리를 알고 있는 몇몇 주요 인사들은 만약 국가적 이익이 요구한다면 자기들이 알고 있는 것을 즉시 잊을 것입니다. 암흑 속에 있는 것이 영원히 암흑 속에 남을 수 있습니다. 각하를 자취도 없이 사라지게 하는 것은 매우 쉽습니다. 각하의 형님이 계시기 때문에 더욱 쉽습니다. 그분은 각하의 선친께서 망명을 떠나신 후, 선친과 찰스 2세 폐하의 정부가 된 여인 사이에서 태어난 혼외자(婚外子)입니다. 그 이유 때문에 그분은 궁정에서 환대를 받습니다. 만약 각하에게 무슨 일이라도 일어난다면 비록 그분이 사생아라 할지라도 각하의 영지는 그분께 귀속됩니다. 그러한 일이 일어나기를 원하십니까? 그렇지 않으실 겁니다. 모든 것은 각하의 의지에 달려 있습니다. 여왕 폐하의 명령을 받아들이셔야 합니다. 내일이 올 때까지는 이곳을 떠나지 마십시오. 그리고 내일, 폐하께서 하사하신 마차를 타고 상원에 가셔야 합니다. 각하, 각하께서는 영국의 중신이 되기를 바라십니까? 아니면 바라지 않으십니까? 여왕께서는 각하의 미래를 위한 좋은 계획을 갖고 계십니다. 여왕께서는 각하와 어떤 왕녀와의 결혼을 생각하고 계십니다. 퍼메인 클랜찰리 경, 그 이름은 결정적인 순간을 의미합니다. 운명은 문을 하나 열지만 다른 문 하나는 닫습니다. 몇 걸음 나아간 다음에는 한 걸음도 물러날 수 없습니다. 변신 과정에 들어간 후에는 잠적만이 존재합니다. 각하, 이미 그윈플렌은 죽었습니다. 아시겠습니까?"

그윈플렌에게 한 차례 전율이 머리끝부터 발끝까지 흘렀다. 그는 정신을 바로잡으며 대답했다.

"알겠소."

바킬페드로는 미소를 띠며 예를 표한 후, 외투 자락에 보석 상자를 감싸서 밖으로 나갔다.

5. 기억한다고 생각하지만 잊는다

인간의 영혼 속에 뚜렷하게 발생하는 그 기묘한 변화란 과연 무엇인가?

그윈플렌은 높은 꼭대기로 납치됐으며 동시에 심연 속으로 곤두박질쳤다.

그는 현기증이 났다.

이 현기증은 두 가지 이유로 일어났다.

상승으로 인한 현기증과 추락으로 인한 것이었다.

이는 치명적인 혼합이었다.

그는 자신의 상승은 느꼈지만 추락은 느끼지 못했다.

새로운 지평선이 열리는 것을 보는 것, 그것은 매우 두려운 일이다.

전망은 조언을 준다. 그러나 언제나 좋은 조언만을 주는 것은 아니다.

그의 앞에는 스스로를 갈라서 창천(蒼天)을 보여 주는 구름의 선경 같은 틈새 풍경들이 모습을 드러냈다. 그것은 덫일지도 모른다.

매우 깊은 창천은 모호해 보이기도 했다.

그는 산 위에 있어서, 지상의 왕국들을 내려다볼 수 있었다.

실제로는 존재하지 않기 때문에 더 위험한 산이다. 그 정상에 있는 자들은 꿈속에 들어가 있는 것이다.

그곳에서 뻗쳐오는 유혹은 지옥의 심연이다. 강력한 유혹이기 때문에 그 지옥은 낙원을 멸망시킬 바람을 갖고, 악마는 신을 그곳에 데려온다.

영원을 유혹하려 하다니, 얼마나 기괴한 희망인가!

사탄이 예수를 유혹하는데 한 인간이 이를 어찌 거부할 수 있겠는가?

궁궐과 성, 권력, 부 등 인간의 모든 행복이 끝이 보이지 않을 만큼 펼쳐져 지평선 끝까지 쾌락의 지도가 그려지고 그 빛나는 지도의 중앙에 서 있음을 깨닫는 것, 그것은 매우 위험한 신기루다.

준비 과정을 거치지 않고, 조심성이나 중간 단계가 없이, 그리고 순서대로 과정을 밟지 않은 그러한 상황이 야기할 혼란스러움을 생각해 보라.

두더지 구멍에서 잤는데 스트라스부르의 종각 끝에서 일어난 사람이 바로 그윈플렌이었다.

현기증이란 일종의 강렬한 광채다. 밝음과 어둠 속으로 동시에 끌어들여, 반대 방향으로 도는 소용돌이를 일으키는 현기증이 그러하다.

과도하게 환히 보면서 동시에 잘 보지 못한다.

온갖 것을 보는 동시에 아무 것도 보지 못한다.

어디선가 이 책의 작가가 '눈부셔하는 장님'이라고 불렀던, 그런 사람이 된다.

홀로 남은 그윈플렌은 성큼성큼 이리저리 거닐었다. 폭발이 있기 전에는 부글거린다.

그러한 흔들림 속에서도, 도저히 한곳에 머물 수 없는 상태에서도 그는 생각에 빠졌다. 그러한 부글거림은 청산 작업에 가까웠다. 그는 기억의 도움을 받았다. 겨우 들린다고 믿으면서 그처럼 철저하게 귀 기울이다니, 매우 놀라운 일이다! 서더크 감옥의 지하실에서 집정관이 읽었던 조난자들의 진술이 또렷하게, 그리고 이해할 수 있는 형태로 그의 머릿속에 떠올랐다. 그는 진술서의 한 마디 한 마디를 기억해 냈으며, 그 아래 은폐되어 있던 유년 시절이 전부 또렷이 눈앞에 떠올랐다.

그가 갑자기 멈췄다. 뒷짐을 진 채 천장 또는 하늘을, 어쨌든 위를 바라보며 한마디를 내뱉었다.

"복수!"

그는 물속에 잠겼던 머리를 마침내 물 위로 쳐든 사람처럼 보였다. 그는 순간의 선명함에 갑작스럽게 빠져 과거와 현재와 미래 모두를 보는 듯했다.

"아!"

그가 한탄했다. 생각의 바닥에도 아우성은 존재했다.

'아! 그렇게 된 사연이었구나! 내가 귀족이었구나. 모든 것이 밝혀지는군. 아! 나에게서 모든 것을 훔쳐 갔고, 나를 배신했고, 나를 자취도 없이 소멸시켰고, 내 유산을 빼앗고, 나를 유기했고, 나를 살해했구나! 내 운명의 시체가 15년 동안 바다 위를 떠다니다가 우연히 육지에 닿아, 살아서 벌떡 일어선 것이군! 내가 부활한 거야. 내가 탄생한 거야! 나는 내 넝마 밑에서 불쌍한 자 외에 다른 무엇의 박동을 느꼈고, 군중을 둘러볼 때마다, 그들이 가축 떼이고 나는 개가 아니라 목동임을 확실히 느꼈었지! 백성의 목동들, 인간의 지도자들, 안내자들, 지배자들, 그런 분들이 나의 선조들이셨어. 그것은 나이기도 하지! 나는 귀족이며 그래서 검을 갖고 있어! 나는 남작이야, 그래서 투구를 갖고 있어! 나는 후작이야, 그래서 깃털 장식을 갖고 있어. 나는 중신이야, 그래서 내 고유의 관(冠)을 갖고 있어. 아! 나에게서 그 모든 것을 박탈했군! 나는 원래 빛 속에 살았는데, 나를 어둠 속에서 살게 했어! 아버지를 추방한 자들이 그 자식을 팔아 버린 거군! 아버님이 돌아가시자, 베개로 사용하시던 망명이라는 돌을 머리 밑에서 끌어내어 그것을 내 목덜미에 매달고 하수구에 밀어 넣었어! 오! 나의 어린 시절을 혹독하게 괴롭혔던 악인들, 그들이 지금 내 기억 가장 깊은 곳에서 꿈틀대며 고개를 들고 있어, 맞아, 그들이 다시 환히 보여. 나는 무덤 위에서 한 떼의 까마귀들에게 쪼아 먹힐 살덩이였어. 소름 끼치는 그림자 밑에서 나는 피를 흘리며 비명을 지르고 울부짖었지. 아! 나를 처박은 곳이 바로 그곳, 오가는 자들이 무엇이든 밟아서 부서뜨리는 곳, 모든 사람이 짓밟는 그 밑, 농노보다도, 하인보다도, 병사의 심부름꾼보다도, 노예보다도 낮은, 인류의 바닥에 있는 이들의 아래에, 카오스가 시궁창으로 바뀌는 곳, 모든 것이 사라지는 곳이었어! 그런데 그곳으로부터 빠져나오고 있어! 그곳에서 올라오고 있어! 그곳에서 부활하고 있어! 그래서 지금의 모습이 된 거야. 복수!'

그는 앉았다가 일어나 두 손으로 머리를 감싸 쥔 채 다시 걸었다. 폭풍우 같은 독백이 그의 내면에서 이어졌다.

'내가 있는 곳은 어디인가? 꼭대기이다! 내가 떨어진 곳은 어디인가? 봉우리 위! 이 용마루, 이 웅장함, 세계를 덮는 이 원형의 지붕, 절대 권력, 이것이 내 집이지. 공중에 지어진 이 신전, 나는 이곳의 신들 중 하나야! 아무도 들어올 수 없는 이곳에 내가 들어와 있어. 저 밑에서 쳐다보던 높은 곳, 지극히 강렬한 빛을 뿜어내 눈을 감아 버렸던 높은 곳, 난공불락의 봉건 성채, 행운아들이 사는 절대 함락시킬 수 없는 요새에 내가 머무르고 있어. 이곳에 와 있는 거야. 나는 이곳의 주인이지. 아! 중대한 윤회(輪回)여! 저 밑에 있었는데, 이 높은 곳에 올라와 있어. 이 높은 곳에서 영원히! 이제 나는 귀족, 진홍빛 외투를 걸치고 머리에는 꽃무늬 관을 쓰고 왕들의 즉위식에 참석하면 내 앞에서 그들이 선서를 할 것이며, 내가 재상과 왕족을 판결하게 될 거야. 나는 진실로 존재하게 되었지. 내가 처박혔던 심연에서 다시 떠올라 정점에 닿았어. 도시와 전원에 있는 궁궐과 저택, 정원, 사냥터, 숲, 사륜마차, 어마어마한 돈을 갖게 되었어. 나는 수없이 축제를 열고, 법을 만들며, 행복과 쾌락을 내 의지대로 선택하게 되었어. 잡초들 속에 핀 한 송이 꽃을 꺾을 권리도 누리지 못했던 부랑아 그윈플렌이, 하늘의 별을 딸 수 있게 되었어!'

한 영혼 속으로 들어온 불길한 음영이었다. 한 명의 영웅이었던 그윈플렌의 내면에서, 그리고 확실히 알려 두지만, 아직도 영웅이기를 포기하지 않았던 그의 내면에서 정서적 훌륭함이 물질적 훌륭함으로 대체되고 있었다. 음울한 변화였다. 지나가는 한 무리의 악마들에게 홀려서 일어난 덕행 도난 사건이었다. 인간의 나약함을 노린 불시의 공격이었다. 야망과 본능의 의심스러운 의지, 욕망, 탐욕 등 흔히들 우월한 것이라 불리는 저열한 것들, 불운이라는 정화 작용으로 인해 그윈플렌에게서 먼 곳으로 쫓겨났던 그것들이, 너그럽고 착한 심성을 요란하게 다시 지배했다. 그것이 무엇에서 비롯된 것일까? 바다가 가져온 부유물 속에 있었던 양피지 한 장 때문이었다. 우연이 양심을 겁탈한 행위였다.

그윈플렌은 오만을 벌컥거리며 마셨다. 그것이 그의 영혼을 어둡게 만들고 있었다. 그 비극적인 술의 본질이 그렇다.

그는 취기를 느꼈다. 그리고 그것에 순응하는 것 이상의 행동을 했다. 취기를 달게 감상하고 있었다. 오랫동안 갈증을 느껴왔기 때문이었다. 우리는 분별력을 빼앗아 가는 술잔의 단순한 공범일까? 그는 그것을 언제나 막연하게 갈구해 왔다. 힘 있는 사람들 쪽을 계속 바라보곤 했다. 바라본다는 것은 원한다는 의미이다. 그래서 독수리 둥지에서 태어나는 독수리 새끼도 위험에서 자유롭지 못하다.

이제 그는 자신이 귀족이라는 것이 매우 당연한 사실이라고 생각했다.

겨우 몇 시간밖에 흐르지 않았지만, 어제라는 과거 역시 아득히 멀게 느껴졌다!

그윈플렌은 선(善)의 적인 호전(好戰)의 매복 장소에 빠졌다. '운수가 좋군!' 이런 말을 듣는 사람은 불운을 피하기 어렵다.

사람은 번영보다 고난 앞에서 더 잘 버틴다. 행운보다는 불운을 겪으면서 자신을 더 온전하게 보호한다. 카리브디스는 가난, 스킬라는 부유함이다. 벼락 아래에서 일어선 사람들은 그

섬광으로 인해 쓰러졌다. 절벽 앞에서도 경악하지 않던 그대, 구름과 꿈의 많은 날개에 실려 사라질 것을 걱정하라. 상승이 그대를 높은 장소로 데려갈 것이며 그대를 작게 만들 것이다. 신격화된 것은 음산한 능력을 소유하고 있다.

행복한 처지에서 자기 자신을 아는 것은 어렵다. 우연은 하나의 변장에 지나지 않는다. 그 얼굴처럼 속임수에 뛰어난 것은 없다. 그것은 섭리일까? 그것은 숙명일까?

밝음은 밝음이 아닐 수도 있다. 빛은 진리이지만 섬광은 배반일 수 있기 때문이다. 섬광이 밝혀준다고 믿으나, 사실은 불길을 일으킨다.

밤이 되면 어떤 손 하나가 등불 하나를, 별로 바뀐 더러운 비계를 어둠 속 구멍 주변에 놓는다. 자벌레나방이 그곳에 가까이 간다.

어디까지 그에게 책임이 있는 것인가?

독사의 눈이 새를 홀리듯, 불의 눈이 자벌레나방을 홀린다.

자벌레나방이나 새가 거기에 홀리지 않는 것이 가능한 일일까? 나뭇잎이 바람에 복종하기를 거역하는 것이 가능할까? 돌이 중력에 복종하기를 거역하는 것이 가능할까?

물질적 문제인 동시에 정신적 문제인 것이다.

여공작의 연서를 받은 후 그윈플렌은 뒤로 몸을 젖히며 저항했다. 그의 내면 깊숙이 그를 잡아 두던 끈이 있었기 때문이다.

그러나 질풍은 한쪽 지평선에서 불어오는 바람이 끝나면 다른 쪽에서 오는 바람으로 다시 시작하며, 운명 역시 자연처럼 나름대로 억척을 부린다. 첫 공격으로 흔들고, 두 번째 공격으로 뽑는다.

슬프도다! 떡갈나무들이 어떻게 쓰러진단 말인가?

겨우 열 살의 나이로 포틀랜드의 절벽 위에서 자신도 다른 사람들과 함께 타고 떠날 것으로 믿었던 선박을 휩쓸어 간 폭풍우, 그에게서 구원의 널빤지를 가져간 심연, 훨씬 뒤로 물러서며 그를 협박하던 텅 빈 공중, 그에게 단 하나의 은신처마저 거부하던 대지, 그에게 단 하나의 별도 허락하지 않던 하늘, 무자비한 침묵, 한줄기 빛도 없는 암흑, 온통 난폭함으로 가득한 무한의 장소 바다, 온갖 수수께끼가 가득한 또 다른 무한의 장소 하늘 등 그가 맞서야 할 적들을 바라보며 싸울 태세를 하던 그가, 무척 어리지만 늙은 헤라클레스가 죽음에 맞서듯 밤에 맞서 싸우던 그가, 미지의 존재가 드러내던 커다란 적대감 앞에서 겁내거나 정신을 잃지 않던 그가, 어마어마한 싸움을 벌이며 자신 또한 아이임에도 아기 하나를 품에 안아, 지치고 여린 품에 무거운 짐을 떠안음으로써 자신의 연약함이 쉽게 상처받게 하고, 매복하여 그를 노리는 어둠의 괴물들에게 부리망(網)을 벗겨 주는 등 모든 불리함을 불러들이면서 전혀 신경 쓰지 않던 그가, 요람을 벗어나기가 무섭게 운명과 접전을 벌였던 어린 맹수 조련사였던 그가, 불공평한 전투라도 그것을 피하지 않던 그가, 자신의 주변에서 일어난 인간들의 무서운 잠적을 보고서도 그러한 잠적을 수긍하며 씩씩하게 걸음을 재촉하던 그가, 한기와 갈증과 기아를 용감하게 견디어 낸 그가, 몸집은 피그미족이지만 영혼은 거인이었던 그가, 폭풍우와 가난이라는 두 형태로 몰아쳤던 광막한 바람을 누른 그윈플렌이 허영이라는 한 줄기 바람에 균형을 잃고 있었다!

숙명이라는 거대한 힘이 모든 절망과 가난, 폭풍우, 포효성, 재앙, 극심한 괴로움 등을 한 사람에게 몽땅 퍼부어 소멸시켰음에도 그 사람이 여전히 우뚝 서 있으면, 숙명은 그에게 미소를 보내고 그 사람은 갑자기 술에 취한 것처럼 휘청거린다. 운명의 미소, 그것보다 더 무시무시한 것을 생각이나 할 수 있겠는가? 그것은 인간을 시험하는 무자비한 영혼 검사관들의 마지막 책략이다. 운명 속에 등장하는 호랑이는 간혹 보드라운 앞발을 보여 준다. 두려워하기 전의 준비 작업이다. 괴물의 무시무시한 보드라움이다.

자신의 강해짐과 약해짐의 우연한 일치를, 그 누구라도 자신 속에서 관찰할 수 있었을 것이다. 급작스러운 증대는 붕괴와 열병을 불러온다.

그윈플렌의 머릿속에서는 새로운 것들이 무수히 뒤섞여 소용돌이쳤다. 온통 모호한 변신, 정의할 수 없는 기묘한 대비, 과거와 미래의 충돌, 두 개의 그윈플렌, 두 명의 자신이 있었다. 뒤에는 어둠에서 나와서 방황하고, 추위에 떨고, 굶주리고, 사람들을 웃기는, 누더기를 걸친 아이 한 명이 있는데, 앞에는 찬연하고, 화려하고, 웅장하며, 런던 전체를 놀라움 속에 몰아넣는 귀족 하나가 있다. 그는 그 하나를 벗어 버리고 다른 것과 융화되려 하고 있었다. 광대로부터 나와서 귀족 안으로 들어가고 있었다. 가죽의 변화가 때로는 영혼의 변화를 의미한다. 이 상황은 순간순간 지나칠 정도로 꿈과 비슷했다. 악몽과 길몽이 혼재되어 있었다. 그는 아버지를 떠올렸다. 누구인지 모르는 아버지를 떠올린다는 것, 비통스러운 일이다. 그는 아버지의 모습을 상상해 보려 노력했다. 방금 전에 들은 형에 대해서도 생각해 보았다. 그러니까 그에게도 가족이 있다는 의미다! 무엇이라고! 가족이, 그윈플렌에게! 그는 환상적인 꿈속에서 넋을 잃었다. 여기저기에 장려함이 유령처럼 나타났고, 미지의 엄숙함이 구름의 형태로 그를 앞장섰으며, 호화로운 팡파르가 들렸다.

"그리고 나의 언사도 유창할 거야."

그가 혼잣말을 했다.

그리고 상원으로 찬란하게 입장하는 자신을 상상했다. 그는 새로운 것들로 잔뜩 꾸며져 상원에 들어서고 있었다. 그에게 말할 것이 없을까? 그동안 얼마나 많이 준비해 두었는가! 직접 눈으로 보고, 만져 보고, 경험하고, 고통을 당한 사람으로서, 그들 속에서 이렇게 소리칠 수 있다는 것이 얼마나 큰 장점이겠는가! '당신들이 멀리하는 그 모든 것 가까이에 나는 직접 다가갔었소!' 공상으로 배를 불린 한가로운 귀족들의 얼굴을 현실로 가격하면 그들은 벌벌 떨 것이다. 그의 말은 진실이니까. 그들은 또한 박수를 치며 열광할 것이다. 그가 훌륭하니까. 그는 절대 권력자들 한가운데에서 그들보다 더 힘센 모습으로 불쑥 모습을 나타낼 것이다. 그들에게는 그는 횃불을 든 사람처럼 보일 것이다. 그들에게 진실을 보여 줄 테니까. 또한 검을 든 사람처럼 보일 것이다. 그들에게 정의로움을 보여 줄 테니까. 얼마나 멋진 승리인가!

명확하면서도 혼돈스러운 뇌리에 그러한 상상들을 하며 그는 광기의 증세를 보였다. 아무 안락의자에나 보이는 대로 털썩 주저앉아 잠이 드는 것 같았다가 소스라치며 벌떡 일어섰다. 다시 왔다 갔다 하며 천장을 가만히 바라보다가는 그곳에 있는 작위 관들에 시선을 집중하고, 상형문자 같은 가문을 무덤덤하게 보다가 벽의 벨벳을 만지고, 의자들을 밀치고, 양피지 서류들을 뒤적이고, 벅스턴, 험블, 검드레이스, 헌커빌, 클랜찰리 등 이름과 작위들을 소리 내어 읽고, 밀랍과 인장을 비교하고, 많은 왕들의 손이 닿은 인감들의 비단 장식끈들을 쓰다듬고, 창문 옆으로 다가가서 샘물 소리에 귀를 기울이고, 석상들을 하나하나 뜯어보고, 몽유병 환자처럼 인내심을 갖고 대리석

원주들을 세면서 말했다.

"그래!"

그러고는 입고 있던 새틴 옷을 만지면서 스스로에게 물었다.

"이것이 나인가? 맞아."

그의 내면에서는 폭풍우가 몰아치고 있었다.

그 폭풍우 속에서, 기력 상실과 피로를 느끼고 있었을까? 마시고, 먹고, 잠을 잤을까? 혹시 그랬다 하더라도 그는 그 사실을 몰랐을 것이다. 몹시 격렬한 특정 상황에서는, 사념이 끼어들지 않아도 본능이 자기 마음대로 만족을 추구한다. 게다가 그의 사념이란 것은 한 가닥 연기보다도 못했다. 용암이 가득 찬 구멍에서 검은 불길이 토사물처럼 나올 때, 분화구가 산 아래에서 풀을 뜯고 있는 가축을 신경 쓰겠는가?

시간이 꽤 흘렀다. 새벽이 되었고, 하늘도 환해져 있었다. 새하얀 빛이 방안을 비추며 그윈플렌의 영혼 속으로 들어왔다.

"데아!"

빛이 속삭였다.

제6부
우르수스의 다양한 모습

1. 인간 혐오자의 말

그윈플렌이 서더크 감옥으로 끌려가 사라지는 모습을 본 우르수스는, 숨어서 살피고 있던 구석에서 넋을 잃은 채 우두커니 서 있었다. 자물쇠와 빗장의 삐걱대는 소리가 그의 귀에 오랫동안 남아 있었다. 그 소리는 불쌍한 녀석 하나를 삼키면서 감옥이 지르는 희열의 비명 같았다. 그는 기다리고 있었다. 무엇을? 그는 지켜보았다. 무엇을? 그 냉정한 문들은 한 번 닫히고 나면 여간해서는 다시 열리지 않는다. 그 문들은 어둠 속에서 침체성에 마비되었기 때문에 움직이기가 쉽지 않은데, 특히 석방할 때 더욱 그렇다. 들어갈 때와 나갈 때는 다르다.

우르수스는 그 사실을 알았다. 하지만 기다림이란 마음대로 자유롭게 멈추기는 어렵다. 자신도 어쩔 도리 없이 기다리는 것이다. 우리가 하는 행동은 이미 획득한 힘을 발산하게 하는데, 그 힘은 대상이 없어도 고집스럽게 유지되고 우리를 사로잡아 손안에 넣어 우리로 하여금 한동안 맹목적인 행동을 계속하도록 한다. 부질없는 감시, 우리 모두 한 번은 취해 보았을 어리석은 태도, 사라진 것에 관심을 기울이는 사람이라면 누구나 기계적으로 감내하는 시간 낭비이다. 아무도 그런 부동성에서 탈출할 수는 없다. 모두들 어떤 어리석은 악착스러움으로 고집을 부린다. 그곳에 남아 있는 까닭도 모른다. 그러나 남아 있다. 능동적으로 시작했고 수동적으로 계속한다. 기운을 없애는 집요함이며, 극도로 지친 후에야 그 집요함에서 벗어난다. 우르수스는 다른 사람들과 달랐음에도 불구하고 감시의 시선이 섞인 몽상에 빠져, 다른 보통 사람들과 마찬가지로 그 자리에 못 박힌 듯 고정되어 있었다. 우리를 전적으로 지배하지만 우리는 아무 거부도 할 수 없는, 그러한 사건이 발생시키는 몽상에 빠져 있었다. 그는 검은색의 두 담장을 번갈아 가며 주의 깊게 살폈다. 낮은 담장을 바라보다가 높은 담장을 바라보았고, 교수대용 사다리가 걸려 있는 문을 보다가 죽은 사람의 얼굴이 조각된 문을 보기도 했다. 그는 감옥과 묘지로 구성된 곤경에 빠져 꼼짝할 수 없었다. 사람들이 기피하고 싫어하는 좁은 길에는 행인이 거의 없어, 우르수스는 누구의 주의도 끌지는 않았다.

드디어 그가, 몸을 숨기고 있던 구석, 자신이 망을 보던 우연히 만들어진 파수막을 떠나 느리게 발걸음을 옮겼다. 뉘엿뉘엿 해가 지고 있었다. 그의 파수(把守) 시간이 꽤 길었던 것이다. 가끔씩 그는 고개를 돌려 그윈플렌이 들어간 낮고 무시무시한 협문을 바라보았다. 그의 눈동자는 흐릿하고 둔해 보였다. 그는 골목 끝에 도달하자 다른 길로 들어섰다. 그러고는 몇 시간 전에 지나간 길들을 어렴풋하게 떠올리며 또 다른 길로 갔다. 자신이 더 이상 감옥이 있는 길에 있지 않음을 알고 있으면서도 여전히 감옥의 문이 보이는 것처럼 가끔 뒤를 돌아보았다. 타린조필드가 조금씩 가까워졌다. 장터 근처의 좁은 길은 정원과 정원 사이로 난 인적 없는 오솔길이었다. 그는 울타리와 도랑을 따라서 구부정하게 걸었다. 갑자기 걸음을 멈추고 몸을 곧게 세워 소리쳤다.

"잘됐어!"

동시에 그는 주먹으로 머리를 두 번 치고, 다시 허벅지를 두 번 쳤다. 일을 적절하게 판단한 사람을 가리키는 동작이다.

다른 사람에게 잘 들리지 않을 만큼 조그만 소리로 중얼거리기 시작했는데, 간혹 음성이 높아졌다.

"잘됐어! 아! 거지 녀석! 악당 녀석! 부랑자! 건달! 반역자! 정부에 대해 녀석이 한 말 때문에 끌려갔군. 녀석은 반역자야. 나는 반역자를 돌보고 있었던 거야. 나는 이제 반역자에게서 풀려난 거야. 내가 운이 좋은 거지. 녀석이 우리를 위험으로 끌어들이고 있었어. 감옥에 갇혔으니! 아! 잘된 일이지! 법이란 위대한 것이야. 아! 은혜도 모르는 녀석! 내가 저를 길렀는데! 모두 허사였어! 무엇 때문에 녀석이 마구 지껄이고 따질 필요가 있었단 말인가? 녀석이 국가의 일에 간섭하다니! 대체 말이나 되는 일인가! 동전이나 만지는 주제에, 세금이니, 가난한 사람들이니, 백성이니, 자기와 상관없는 일을 가지고 목소리를 높여 수다를 떨었다니! 펜스를 놓고 감히 함부로 지껄이다니! 왕국의 화폐인 구리를 놓고 심술궂고 악의적인 의견을 내놓다니! 녀석이 폐하의 엽전을 모욕했어! 파딩 한 닢, 그것은 곧 여왕인데! 신성한 초상, 제길, 신성한 초상인데! 우리에게 여왕이 있는가? 없는가? 녹청색으로 산화된 초상을 존중할 뿐이지. 모든 것은 정부 안에서 이루어져. 그 사실을 알아야 하지. 나는 오래 살았어. 그러니까 이것저것 충분히 알지. 나에게 이렇게 물어보겠지. '하지만 그러면 정치를 포기하는 것이오?' 친애하는 이들이여, 나는 정치를 당나귀의 빳빳한 털 한 가닥만큼도 소중하게 여기지 않소. 나는 어느 준(準) 남작에게 지팡이로 한 대 얻어맞았던 적이 있지. 내가 나 자신에게 말했어. '이만하면 족해. 나는 정치를 이해해.' 백성에게는 한 푼밖에 없는데 백성이 그것을 내놓으면 여왕이 냉큼 집어 가고, 백성은 감사하다고 하지. 그것보다 더 단순한 일은 없어. 나머지는 모두 귀족들의 일이지. 정신적 귀족들과 세속적 귀족들의 영토만 남지. 아! 그윈플렌은 감금됐어! 아! 녀석은 이제 감옥에 있어! 올바른 일이야. 공정하고 훌륭하고 당연하고 적법한 일이야. 녀석의 잘못이야. 수다는 금해졌어. 멍청한 녀석아, 네가 귀족이냐? 와펀테이크가 녀석을 체포했고 사법관이 녀석을 호송했으며 집정관이 녀석을 감금하고 있어. 지금쯤이면 어떤 사법 보좌관이 녀석의 껍질을 하나하나 벗겨 내고 있을 거야. 그 익숙한 사람들은 범죄의 털을 그렇게 뽑아내지! 우스운 녀석, 이제 궤짝 속에 밀어넣어졌군! 녀석에게는 나쁜 일이지만 사실 나에게는 좋은 일이야! 정말 흡족해. 솔직하게 고백하자면 나는 운이 좋지. 그 어린 녀석과 계집아이를 보살피다니, 내가 얼마나 미친 짓을 저질렀는지! 그 전에는 호모와 나, 둘이서 평화롭게 지냈는데! 그 못된 부랑아들이 내 오두막엔 대체 왜 온 거지? 그것들이 어렸을 때 내가 그토록 품어 주었는데! 어깨에 가죽 멜빵을 걸고 그것들을 끌고 다녔는데! 그것들을 구하더니 꼴좋게 돼버렸군! 기괴하게 추악한 그 녀석과, 두 눈이 먼 계집아이를! 모든 결핍을 감내하며 그것들을 위해 기근의 젖꼭지를 얼마나 주물렀는지! 그것들이 크더니 사랑 놀음을 해! 병신들의 사랑 놀음이었어. 두꺼비와 두더지가 나누는 목가적 사랑이었어. 그것들을 내 곁에 두고 지냈지. 그 모든 것이 결국 사법의 손에 끝장났군. 두꺼비가 정치에 대해 수다를 떨었어. 잘됐어. 이제 난 자유야. 와펀테이크가 왔을 때, 처음에 난 멍청이였어. 사람들은 항상 행복 앞에서 의구심을 갖지. 내 눈에 보이는 것이 현실이 아니라고, 불가능하다고, 악몽이라고, 꿈의 심술궂은 장난이라고 여겼지. 그런데 아니야. 이보다 더한 현실은 없어. 형태가 뚜렷해. 그윈플렌은 보기 좋게 감옥 속에 들어가 있어. 신이 지켜주었어. 감사합니다. 착하신 부인. 그 괴물이 소동을 일으켜 나의 사업장을 사람들이 지켜봤고, 그래서 내 가엾은 늑대가 고발당한 거야! 그윈플렌은 이제 떠났어! 이제 나는 그것들 둘을 모두 없애 버리게 되었군. 자갈 하나로 두 개의 혹을 불거지게 한 셈이지. 이 일 때문에 데아도 죽을 테니까. 데아가 그윈플렌을 보지 못하면—그년이 그를 본다네, 멍청한 년!—그년에게는 더 이상 살 이유가 없겠지. 그래서 이렇게 말하겠지. 내가 이 세상에서 할 일이 무엇이지? 그리고 떠나겠지. 잘들 가거라. 둘 다 악마에게나 가라. 나는 항상 그 둘을 몹시 싫어했어! 데아, 거꾸러져라! 아! 이제 매우 만족스럽다!"

2. 그가 한 일

그는 태드캐스터 여인숙으로 되돌아왔다.

6시 반이었다. 영국 사람들 식으로는 반 시간 지난 6시였다. 황혼이 되기 조금 전이었다.

여인숙 주인 나이슬리스는 대문 앞에 나와 있었다. 아침부터 침울했던 그의 얼굴은 아직까지 그대로였다. 얼굴에 질겁한 기색이 가득했다.

우르수스를 보자마자 멀리서부터 소리쳤다.

"어떻게 되었어요?"

"무엇이 말이오?"

"그윈플렌이 돌아오나요? 이제 와야 하는데. 곧 관객이 몰려들 것이오. 오늘 저녁에 〈웃는 남자〉 공연이 있나요?"

"오늘은 내가 '웃는 남자'요."

우르수스가 말했다. 그리고 껄껄 웃으며 여인숙 주인을 보았다. 그러더니 2층으로 올라가 여인숙 간판 옆 창문을 열고 몸을 숙여 손을 뻗어, '그윈플렌, 웃는 남자'라는 간판과 '정복된 카오스'라는 광고판을 떼어 겨드랑이에 낀 채로 내려왔다.

그를 보고만 있던 나이슬리스가 물었다.

"왜 그것들을 떼어 내시오?"

우르수스는 크게 웃었다.

"왜 웃는 것이오?"

여인숙 주인이 다시 질문했다.

"이제 나의 개인적인 삶으로 돌아갈 것이오."

우르수스의 답변이었다.

나이슬리스는 그 말의 뜻을 알아듣고 소년 고비컴에게, 관객이 오면 오늘 저녁은 공연이 없다고 말하라고 지시했다. 그리고 입장료 받을 때 쓰던 술통 좌석을 천장 낮은 홀 구석으로 치웠다.

잠시 후 우르수스는 그린박스로 올라갔다.

그는 두 간판을 구석에 놓고, 그가 '여인들의 별채'라고 부르는 곳으로 들어갔다. 데아는 잠들어 있었다. 그녀는 옷을 입은 채로 침대에 누워 있었다. 평소에 낮잠을 잘 때처럼 치맛자락이 펴져 있었다.

그녀 곁에 비노스와 피비가, 하나는 등받이 없는 의자에, 하나는 바닥에 앉아서 생각에 잠겨 있었다.

공연 시간이 다가왔지만 그녀들은 여신 분장용 옷을 입지 않았다. 몹시 걱정하는 기색이었다. 그녀들은 거친 모직 어깨걸이와 굵은 올의 직물로 지은 옷 속에 보따리처럼 감싸져 있었다.

우르수스가 데아를 바라보며 혼잣말을 했다.

"연습 삼아 더욱 긴 잠을 자는군."

그가 피비와 비노스를 돌아보며 불쑥 말을 걸었다.

"다들 아는 것처럼, 이제 음악은 끝났다. 각자 트럼펫은 서랍에 넣어 두어도 괜찮아. 여신으로 분장하지 않은 것은 잘했어. 지금 차림새는 꼴불견이지만, 잘했다. 그 걸레 같은 치마나 계속 입고 있어. 오늘 저녁에는 공연을 하지 않는다. 내일도, 모레도, 글피도, 공연은 없다. 이제 그윈플렌은 없어. 보다시피 그윈플렌은 깨끗이 사라졌다.”

그리고 다시 데아를 내려다보며 중얼거렸다.

“얼마나 큰 충격을 받을까! 훅 불어 꺼진 촛불 같을 거야.”

그는 두 볼을 한껏 부풀렸다.

“후! 그러면 마지막이야.”

그는 짧고 마른 웃음을 터트렸다.

“그윈플렌이 없다는 것은 그러니까 모든 것이 없다는 뜻이야. 내가 호모를 잃는 것과 같겠지. 어쩌면 그 이상일 거야. 다른 어떤 여자보다도 외로울 거야. 장님들은 슬픔 속에서 보통 사람들보다 더 어찌해야 할 바를 모르지.”

그는 안쪽에 있는 채광창 근방으로 갔다.

“해가 무척 길어졌군! 7시인데 아직까지도 밝아. 그러나 등불을 밝혀야겠어.”

그가 부싯돌을 부딪쳐 그린박스의 천장 등에 불을 켰다. 그리고 다시 데아를 내려다보며 중얼거렸다.

“감기 들겠어. 여인들이여, 너희들이 그녀의 카핀고 끈을 너무 풀어놓았어. 프랑스에 이런 속담이 있지. ‘4월이다, 실오라기 하나도 벗지 말아라.’”

그의 눈에 바닥에 떨어진 반짝이는 핀 하나가 보였다. 그는 핀을 집어 소매에 꽂았다. 그리고 계속 중얼거리며 그린박스 안을 서성였다.

"나는 나의 모든 기능을 온전히 보존하고 있어. 나는 명석해. 지나칠 정도로 명석하지. 내 의견으로는 이 사건이 공정하고, 따라서 지금 일어나는 일에 동의해. 그녀가 잠에서 깨면 이 사건을 그녀에게 정확히 말해 주어야지. 금세 비극이 일어나겠지. 이제 더 이상 그윈플렌은 없어. 잘 자거라, 데아. 그러면 모든 것이 잘 정리되는 거야! 그윈플렌은 감옥에, 데아는 무덤에. 서로 마주 볼 수 있겠군. 죽음의 무도(舞蹈)군. 두 운명 모두 무대 뒤로 사라져야 하지. 이제 의상을 챙기자. 여행 가방을 채우자. 여행 가방은 관이야. 두 피조물은 실패작이었지. 데아는 눈이 없고, 그윈플렌은 얼굴이 없고. 저 높은 곳에 계시는 선한 신께서 데아에게는 광명(光明)을, 그윈플렌에게는 미(美)를 돌려주시겠지. 죽음은 정리 작업 중 하나야. 모든 것이 잘됐어. 피비, 비노스, 북들을 못에 걸어 놓아라. 나의 아름다운 여인들이여, 요란한 소음을 내는 그대들의 재능도 녹슬겠지. 앞으로 공연이 없을 테니, 더는 트럼펫을 불지 않겠지. '정복된 카오스'가 정복되었군. 웃는 남자는 불꽃과 함께 자취를 감추었어. 타라탄타라*는 죽었어. 데아는 여전히 잠들어 있군. 잘하는 짓이지. 만약 저 애라면 나는 영영 깨어나지 않을 거야. 제길! 깨어나더라도 금세 다시 잠들겠지. 저렇게 허약한 여자는 곧 죽어. 정치에

---

* 의성어로, 트럼펫 연주 소리를 흉내 낸 소리다.

간섭하면 이렇게 되는 거야. 좋은 교훈이지! 그리고 정부들이 옳아! 그윈플렌은 집정관에게, 데아는 무덤구덩이 파는 인부들에게, 균형을 맞추는군. 교훈적 대칭을 이루는군. 여인숙 주인이 출입문을 막으면 좋을 텐데. 오늘 저녁은 우리끼리, 가족처럼 죽을 거야. 그러나 나도 호모도 아니야. 하지만 데아는 죽는 것이 맞아. 나는 계속 나의 지저분한 마차가 굴러다니도록 할 거야. 부랑자의 구불구불한 길이 나의 길이지. 두 여자도 보낼 거야. 한 명의 여자도 같이 다니지 않겠어. 내게는 늙은 탕아가 되고 싶은 경향이 있어. 탕아의 집에 있는 가정부는 선반 위에 빵이 있는 것과 같아. 나는 유혹 받고 싶지 않아. 이제 그럴 나이도 아니야. Turpe senilis amor(노인의 수치스러운 사랑). 나는 호모를 데리고 나의 길을 홀로 떠날 거야. 호모가 깜짝 놀라겠지! 그윈플렌은 어디에 있을까? 데아는? 나의 늙은 동무여, 이제 드디어 우리만 있어. 흑사병을 두고 맹세하지만 나는 지금 정말 황홀해. 그것들의 낭만적 사랑이 나에게는 짐스러웠어. 아! 그윈플렌, 못된 녀석, 돌아오지도 않네! 녀석이 우리를 이곳에 말뚝처럼 박아 버리는군. 그래. 이번에는 데아 차례야. 오래 걸리지 않겠지. 나는 무엇이든 끝마치는 것을 좋아하지. 그 아이가 죽는 것을 막기 위해서는 마귀의 콧방울을 한 번도 튕기지 않겠어. 어서 죽어라, 알아들어? 아! 저것이 잠에서 깨어나는군!”

데아가 눈을 떴다. 많은 장님들은 잠을 잘 때 눈을 감는다. 아무것도 모르는 그녀의 부드러운 얼굴에는 평소의 밝은 기색이 넘쳤다.

"그녀는 미소 짓고, 나는 웃고. 좋아." 우르수스가 조그맣게 말했다.

"피비! 비노스! 공연 시간이 다 되었을 텐데. 내가 너무 오랫동안 잤나 봐. 빨리 내 의상을 입혀 줘요." 데아가 그녀들에게 부탁했다.

피비도 비노스도 움직일 기미가 없었다.

그동안 데아의 형언할 수 없는 눈동자와 우르수스의 눈동자가 마주쳤다. 우르수스가 전율을 느꼈다. 그가 갑자기 소리쳤다.

"자! 어서! 뭐 하고 있어? 비노스, 피비, 주인아씨가 하시는 말씀 안 들려? 모두들 귀머거리가 된 거야? 서둘러! 곧 공연을 시작할 거야."

두 여인은 어이가 없다는 듯 우르수스를 바라보았다.

우르수스가 다시 큰 소리쳤다.

"관객들이 들어오고 있잖아? 피비, 빨리 데아에게 의상을 입혀. 비노스, 빨리 북을 쳐."

피비는 순순히 따랐다. 비노스는 수동적이었다. 두 여자는 복종의 화신(化身) 같았다. 상전 우르수스는 그녀들에게 언제나 수수께끼 같은 인물이었다. 전혀 이해할 수 없다는 것이 복종하는 이유였다. 그녀들은 그가 미쳤다고 생각했고, 그래서 명령을 따랐다. 피비는 의상을, 비노스는 북을 벽에서 꺼냈다.

피비가 데아에게 의상을 입혔다. 우르수스가 규방 출입문의 커튼을 쳤다. 그리고 커튼 뒤에서 떠들었다.

"저기를 봐, 그윈플렌! 마당이 벌써 사람들로 반 이상이나 찼어. 출입구에서 서로 떠밀며 난리들이군. 많이도 몰려왔군! 피비와 비노스는 그들이 안 보이는 모양이지? 저 보헤미아 계집들, 어리석기도 하지! 이십트 것들은 정말 멍청이들이야! 커튼을 열지 마라. 좀 정숙하게 굴어, 데아가 의상을 갈아입는 중이니까."

그가 잠깐 멈추었다. 그런데 감탄하는 목소리가 들렸다.

"데아, 아름다워!"

그윈플렌의 목소리였다. 피비와 비노스가 깜짝 놀라며 돌아섰다. 그윈플렌의 음성이 틀림없었다. 그러나 그 음성은 우르수스의 입에서 나온 것이었다.

우르수스가 약간 열린 커튼 사이로 그녀들에게 신호를 보내 놀라움을 감추라고 했다.

그리고 그윈플렌의 음성으로 계속 말했다.

"천사야!"

이번에는 우르수스의 음성으로 이야기했다.

"데아가 천사라고! 그윈플렌, 미친 것이 틀림없구나. 날아다니는 포유류는 박쥐 말고는 없어."

그리고 한마디를 덧붙였다.

"아, 그윈플렌, 나가서 호모를 풀어 주거라. 그것이 더 좋겠어."

그런 다음 그린박스 뒤쪽에 있는 계단을 그윈플렌처럼 날쌔게, 또 재빠르게 내려갔다. 그러면서 데아에게 들릴 정도로 요란하게 계단 밟는 소리를 냈다.

그는 안마당에 도착해, 그날 사건 때문에 갑자기 한가해지긴 했는데 영문을 모르는 소년을 불러 조그맣게 말했다.

"두 손을 내밀어."

그러더니 그의 손에 동전을 쥐어 주었다.

고비컴은 그 넉넉함에 감동했다.

우르수스는 귀에 대고 소곤댔다.

"얘야, 마당 가운데에 서서, 제자리에서 뛰고, 춤을 추고, 두드리고, 소리치고, 떠들고, 휘파람 불고, 구구거리고, 힝힝대고, 박수를 치고, 발을 구르고, 크게 웃고, 아무거나 깨뜨려라."

웃는 남자를 보러 왔던 사람들이 발걸음을 돌려 장터의 다른 가건물로 몰려가는 것을 본 여인숙 주인은 모욕감이 들고 불쾌해져서 출입문을 닫았다. 또 사람들의 귀찮은 질문을 피하기 위해 술도 팔지 않았다. 그리고 공연의 취소로 인해 한가해져서 손에 등을 하나 들고, 발코니 위에서 마당을 내려다보았다. 우르수스는 입 양쪽을 괄호 모양으로 구부린 두 손바닥으로 감싸고 말했다.

"이보게 신사 양반, 소년처럼 하시오. 꽥꽥대고, 짖고, 아우성을 치시오."

그는 다시 그린박스로 올라가 늑대에게 말했다.

"가능한 많은 말을 해라."

그리고 다시 목소리를 높였다

"사람들이 너무 많이 몰려왔어. 시끄러운 공연이 되겠군."

그러는 동안 비노스가 북을 두드렸다.

우르수스는 계속 떠들었다.

"데아가 의상을 다 입었군. 이제 시작하면 되겠어. 저렇게 많은 관객을 입장시킨 것이 유감스럽군. 아예 쌓여 있어! 저것 좀 봐, 그윈플렌! 광증에 사로잡힌 무리들이야! 오늘 최고의 수입을 올리겠어. 어서, 귀여운 아가씨들, 두 사람 모두 음악을 시작하시지! 이리 와, 피비, 어서 트럼펫을 들어. 그래, 비노스, 네 북을 마구 두드려. 한바탕 연타를 먹여. 피비, 페메*의 포즈를 잡아. 아가씨들, 내가 보기에는 만족스럽게 노출시키지 않았어. 그 재킷들 벗어. 그 두꺼운 면직물 대신 얇은 천으로 된 옷을 입어. 관객은 여인들의 몸매를 감상하길 좋아하지. 도덕가들께서 호통을 치건 말건, 내버려 두세. 좀 더 야하게, 젠장. 더 선정적으로

---

* 그리스 신화의 여신이다.

말이야. 그리고 미친 듯한 멜로디 속으로 돌진하는 거야. 붕붕, 윙윙, 탁탁, 나팔을 불고 북을 두드려! 사람이 정말 많기도 해라, 나의 불쌍한 그윈플렌!"

갑자기 멈추더니 다시 한마디를 덧붙였다.

"그윈플렌, 좀 도와줘. 판자를 내리자."

그리고 손수건을 꺼냈다.

"하지만 먼저 이 누더기 조각에 포효하도록 놔둬."

그러고는 세차게 코를 한 번 풀었다. 복화술자들이 꼭 해야 하는 예비 작업이었다.

다시 손수건을 호주머니에 넣고 도르래를 고정시켰던 꺾쇠를 뽑았는데, 그것이 평소처럼 삐걱거렸다. 그리고 판자가 내려졌다.

"그윈플렌, 막을 열지 않아도 돼. 공연이 시작될 때까지는 장막을 그냥 두어라. 그렇게 하지 않으면 밖에서도 다 보일 테니까. 아가씨들, 어서 무대 앞으로 나가시지. 음악 시작, 아가씨들! 붐! 붐! 붐! 관객의 구성이 탁월하군! 백성의 찌꺼기군! 이런! 하층민 무더기일세!"

바보처럼 복종하는 데 익숙한 두 보헤미아 여인은 자신들의 악기를 가지고 평소의 자리에, 즉 판자의 양쪽 끝에 자리를 잡았다.

그러자 우르수스는 기묘하게 변했다. 그는 더 이상 한 명의 사람이 아니었다. 한 무리의 군중이 되었다. 빈 곳을 가득 찬 장소로 만들기 위해 놀라운 복화술이 동원됐다. 그의 안에서 여러 사람의 음성과 짐승의 울부짖음이 한꺼번에 오케스트라를 이루며 터졌다. 그는 하나의 군단이었다. 누구든 눈을 감고 들으면, 자신이 축제가 벌어졌거나 소란이 일어난 광장에 와 있다고 믿었을 것이다. 우르수스로부터 나오는 더듬대는 소리와 아우성이 소용돌이가 되어 노래하고, 욕설을 내뱉고, 지껄이고, 기침하고, 침을 뱉고, 재채기하고, 남배를 피우고, 대화하고, 질문을 주고받는 등 온갖 소리를 냈다. 대충 형태를 잡은 음절들이 서로에게 침투해 혼합되었다. 아무것도 없는 안마당에서 남자들, 여인들, 아이들의 목소리가 들렸다. 아우성 속에서 들리는 뚜렷한 소음이었다. 짙은 연기 같은 그 아우성 속에서, 새들의 구구거리는 소리, 고양이들의 가르릉 소리, 젖을 빠는 아이들의 투정 등 기묘한 불협화음이 구불거리며 솟았다. 술 취한 사람들의 쉰 목소리도 들렸다. 사람들의 발에 채여 불만을 터뜨리는 개들의 으르렁대는 소리도 들렸다. 소리들은 먼 곳과 가까운 곳, 위와 아래, 앞쪽과 안쪽 모두에서 한꺼번에 들려왔다. 그 모두는 하나의 몽몽한 소음이었지만, 하나하나는 고함이었다. 우르수스는 주먹으로 치고, 발로 구르며, 자신의 목소리를 마당 안쪽으로 던지다가 그것이 땅 밑에서 솟아 나오게도 했다. 소음은 격정적이면서도 친근했다. 그는 웅얼거림에서 소음으로, 소음에서 소요로, 소요에서 태풍의 소동으로 옮겨갔다. 그는 자신이면서 모든 사람이었다. 독백인 동시에 다중 음성이었다. 눈속임처럼 귀속임도 있다. 프로테우스가 눈을 속인 것처럼, 우르수스는 귀를 속였다. 이와 같은 군중의 모사(模寫)처럼 놀라운 것은 없다. 그는 가끔 규방 출입문의 커튼을 열고 데아를 보았다. 데아는 귀를 기울여 소리들을 듣고 있었다.

한편, 소년도 미친 사람처럼 날뛰고 있었다. 비노스와 피비는 열심히 숨이 턱에 차도록 트럼펫을 불고 북을 두드렸다. 유일한 관람객인 여인숙 주인 나이슬리스는, 두 여인처럼 우르수스가 미친 것이라고 생각했다. 물론 그러한 생각은 그의 우수에 덧붙여진 또 하나의 울적함일 뿐이었다. 착한 여인숙 주인이 중얼거렸다.

"이 무슨 난장판이란 말인가!"

그는 법이 있다는 것을 알기 때문에 그 광경을 진지하게 보았다.

이와 반대로 고비컴은 그 난장판에 자신이 도움이 된다는 것에 신이 나서, 거의 우르수스만큼이나 열심이었다. 그것이 재미있기도 했다. 게다가 푼돈도 벌 수 있었다.

호모는 생각에 잠겼다.

자신이 만들어 내는 소동에 우르수스는 몇 마디 말을 일부러 덧붙였다.

"그윈플렌, 평소처럼 음모가 있어. 경쟁자들이 우리의 성공을 망치려 하고 있어. 야유는 승리에 뿌려지는 양념이지. 그런데 사람들의 숫자가 너무 많군. 모두 불편해 보여. 옆에 앉은 사람의 팔꿈치가 무척 신경 쓰일 지경이야. 좌석을 부수지나 않으면 좋겠는데! 잘못하다가는 분별력을 잃은 떼거리에게 우리가 먹히겠는걸. 아! 우리의 친구 톰짐잭이 있었다면! 하지만 그는 영영 다시 오지 않겠지. 저 뒤죽박죽인 머리들 좀 봐. 서 있는 사람들은 흡족해하는 기색이 아니야. 서 있는 것은, 갈레노스에 따르면 하나의 움직임이고 또 그 위인께서 이르기를 '건강에 좋은 움직임'이라고 하셨지만 오늘 공연은 단축해야겠어. 광고판에 게시된 것은 〈정복된 카오스〉뿐이니, 〈우르수스 루르수스〉는 공연하지 말아야지. 그래도 수입은 두둑해. 이 무슨 난장판이람! 오! 무리들의 눈먼 광증! 저들이 아무래도 물건들을 부수겠군! 이렇게 계속할 수는 없어. 단 한마디의 대사도 알아듣지 못할 거야. 내가 연설을 해야겠어. 그윈플렌, 장막을 조금 열거라. 시민들이여……."

우르수스가 열에 들뜬 매서운 음성으로 말했다.

"늙은이, 당장 내려가지 못해!"

그런 다음 본래 목소리로 다시 말을 이었다.

"백성이 나에게 모욕을 주고 있구나. 키케로의 말이 지극히 옳다. 'Plebs, fex urbis(평민은 도시의 재강이다).' 하지만 무슨 상관이야. 저 떼거리에게는 훈계가 필요해. 내 말이 저것들의 귀로 들어가게 하려면 힘이 꽤 들겠어. 그렇더라도 연설은 해야지. 인간이여, 너의 의무를 다하라. 그윈플렌, 저쪽에 이를 갈고 있는 메가이라* 같은 여자를 좀 봐."

우르수스가 말을 끊고 이를 한 번 갈았다. 그 소리에 자극받은 호모가 두 번째 이빨 가는 소리를 보탰고, 고비컴이 세 번째 것을 더했다. 우르수스가 다시 말했다

"여자들이 남자들보다 더 심해. 시기가 나쁘군. 하지만 상관없어. 연설의 힘이 어떤지 시험해 보겠어. 구변을 펴는 데 때를 가려서는 안 되지. 그윈플렌, 한번 들어 보아라, 변죽을 울리는 서론일 테니. 여자분들 그리고 남자분들, 저는 곰입니다. 여러분께 말씀 올리기 위해 곰의 낯짝을 벗겠습니다. 조용히 해 주시기를 바라옵니다."

우르수스가 군중의 야유 소리를 흉내 냈다.

"그럼플!"**

그리고 다시 연설을 계속했다.

"저는 저의 청중을 존중합니다. 그럼플 역시 많은 감탄사 중 하나입니다. 우글대는 백성이여, 인사를 올립니다. 저는 당신

---

* 복수의 여신이다.

** 툴툴대는 것을 연상시키는 작가의 신조어다.

들이 천민 떼거리임을 조금도 의심치 않습니다. 하지만 그러한 사실이 저의 존경심을 조금도 훼손시키지 않습니다. 심사숙고해 내린 존경심입니다. 허세로 저에게 명예를 안겨 주는 허세꾼 신사들께 가장 깊은 존경심을 바칩니다. 여러분 중에는 기묘하게 생긴 분들도 계십니다. 저는 그러한 사실에 조금도 기분이 상하지 않습니다. 절름발이 신사들과 곱사등이 신사들도 자연의 하나입니다. 낙타에는 혹이 있고 들소의 등은 잔뜩 부풀어 있습니다. 오소리의 왼발은 오른발보다 짧습니다. 그러한 사실은 아리스토텔레스가 제시했는데, 그가 지은 짐승들의 걸음걸이론에 나와 있습니다. 여러분 중 두 벌의 셔츠를 가지신 분은 한 벌만 몸에 걸치시고, 또 다른 한 벌은 고리대금업자에게 맡기셨을 것입니다. 자주 있는 일임을 알고 있습니다. 알부쿠에르케는 자신의 수염을, 성 디오니시우스는 자신의 후광을 전당포에 맡겼습니다. 유대인들은 후광까지 담보로 잡고 돈을 빌려 주었습니다. 위대한 전범(典範)들입니다. 빚을 지고 있다는 것은 무엇을 소유하고 있다는 의미입니다. 저는 여러분의 거지 속성에 존경을 표합니다."

우르수스는 연설을 멈추고 저음의 목소리로 다음과 같이 소리쳤다.

"진짜 당나귀군!"

그리고 가장 점잖은 말투로 그 야유에 대꾸했다.

“동감입니다. 저는 학자입니다. 그 사실에 대해서는 최선을 다해서 사과드립니다. 저는 학문을 학문적으로 업신여깁니다. 무지로 인해 우리가 먹고살 수 있는 것이 현실이고, 학문으로 인해 우리가 굶는 것이 현실입니다. 일반적으로 사람들은 선택을 해야 합니다. 유식하면서 야위느냐, 또는 풀을 맛있게 뜯으며 당나귀가 되느냐 중 한쪽을 선택해야 합니다. 저는 소의 허리 윗부분 고기가 요근(腰筋)이라고 불린다는 사실을 알기보다 그것을 먹기를 선택하겠습니다. 저는 단 하나의 장점을 갖고 있습니다. 제 눈이 건조하다는 사실입니다. 보시다시피 저는 눈물을 흘린 적이 없습니다. 단 한 번도 만족을 못했다고 말씀드려야겠군요. 절대로 만족하지 못했습니다. 심지어 제 자신에 대해서도. 저는 제 자신을 멸시합니다. 그러나 저는 여기에 오신 반대파 회원님들께 다음 사실을 말씀드리고 싶습니다. 우르수스는 한낱 학자에 불과하지만, 그윈플렌은 예술가라는 것을 말입니다.”

그가 콧방귀 소리를 냈다.

“그럼플!”

그러고는 연설을 계속했다.

“아직도 그럼플! 그 소리는 반대한다는 의미입니다. 그러나 다음으로 넘어가겠습니다. 그리고 그윈플렌은, 오! 신사 숙녀 여러분! 그의 곁에 또 하나의 예술가가 있습니다. 저희와 함께

하는 이 격조 높고 털 많은 인사, 호모 경이십니다. 옛날에는 들개였지만 이제는 개명된 늑대로 바뀌었고, 폐하의 충성스러운 신하입니다. 호모는 조화롭고 탁월한 재능이 있는 무언극 배우입니다. 집중하시고 조용히들 하십시오. 여러분께서는 이제 금세 그윈플렌처럼 호모가 공연하는 것을 보시게 될 것입니다. 또한 예술을 존중해야 합니다. 그것이 위대한 국민이 가져야 할 자세입니다. 여러분께서는 숲을 사랑하십니까? 저도 그렇습니다. 그렇다면, sylv sint consule dignα(숲들은 집정관 하나에 못지않으리니……). 예술가가 둘이면 집정관 하나에 능히 대적할 수 있습니다. 좋습니다. 저에게 지금 막 양배추 심을 던지신 분이 있지만 저를 맞히지는 못했습니다. 그것이 저의 입을 막을 수는 없습니다. 오히려 그 반대입니다. 위험을 피하고 나면 더 말이 많아집니다. Garrula pericula(수다스러운 위험). 유베날리스가 남긴 말입니다. 백성들이여, 당신들 중에는 남자 주정뱅이와 여자 주정뱅이 모두 있습니다. 아주 잘 되었습니다. 남자들은 고약하며 여자들은 흉합니다. 당신들은 이곳 선술집의 긴 의자에 무더기처럼 쌓여 있어야 할 온갖 유형의 뛰어난 이유를 갖고 계십니다. 한가함, 게으름, 절도 행각, 막간의 여가, 포터, 에일, 스타우트, 몰트, 브랜디, 진, 그리고 이성에 대한 끌림 등입니다. 훌륭합니다. 농담을 좋아하는 재사께서는 이곳에서 아주 좋은 농담거리를 찾을 수 있을 것입니다. 그러나 저는 자제하겠습니다. 음탕함, 그것도 좋습니다. 그러나 음탕함에도 품위가 있어야 합니다. 당신들은 명랑하십니다. 그러나 시끄럽습니다. 당신들은 짐승의 울부짖음을 멋있게 따라하십니다. 그러나 만약, 당신이 어느 레이디와 매음굴에서 사랑을 속삭일 때 제가 당신들을 보고 계속 짖어댄다면 당신들은 어떤 말을 하시겠습니까? 당신들은 몹시 불편해하실 것입니다. 맞습니다. 그것은 저희들에게도 불편합니다. 저는 당신들이 입 닥치는 것을 수락합니다. 예술 또한 음탕한 짓만큼 존경스럽습니다. 저는 당신들에게 점잖게 말씀드리고 있습니다."

그가 다시 갑작스럽게 목소리를 높여 소리쳤다.

"열병이 호밀 이삭 같은 너의 눈썹으로 네 목을 조르기를!"

그리고 그 말에 응답했다.

"존경하는 나리들, 호밀 이삭은 가만히 둡시다. 식물에서 난폭하게도 인간이나 짐승과의 유사점을 발견하는 짓은 매우 불경한 행동입니다. 게다가 열병은 누군가의 목을 조르지 않습니다. 틀린 비유입니다. 제발, 조용히 하십시오! 싫더라도 이 말씀만은 들어 주십시오. 당신들에게는 영국 신사의 특징인 엄숙함이 약간 결핍되어 있습니다. 제가 볍자니, 여러분 중 발가락이 빠져 나온 구두를 신으신 분들은 그것을 이용해 앞자리에 계신 관객들의 어깨에 발을 얹습니다. 그리하여 구두창은 항상 척골(蹠骨) 대가리가 있는 부분에서 뚫어진다는 것을 정숙한 부인들께서 알아차리시도록 합니다. 그러니 발은 좀 덜 내보이시고, 손을 좀 더 내보이십시오. 여기에서도 못된 장난꾼들이 재간 있는 앞발톱을 어리석은 이웃의 주머니 속에 밀어 넣는 것이 잘 보입니다. 친애하는 소매치기들, 부끄러워하십시오. 제발, 옆 사람에게 주먹질은 하더라도 그의 주머니를 털지는 마십시오. 당신들이 그의 눈언저리에 멍을 들게 하더라도 그의 돈 한 푼을 슬쩍할 때보다는 덜 화를 낼 것입니다. 차라리 이웃의 코를 다치게 하십시오. 그것이 좋습니다. 도시 평민들은 아름다운 외모보다 돈을 더 중요하게 여기니까요. 하지만 공감하는 저의 마음도 기억하십시오. 저는 소매치기들을 나무라며 유식한 척하지 않습니다. 악은 본래부터 있는 것입니다. 각 개인은 그것을 감당하고 또 실제로 행합니다. 자신의 죄로부터 생긴 그 벌레에게서 자유로운 사람은 없습니다. 저는 오로지 그 벌레 이야기를 할 뿐입니다. 우리 모두 가려운 곳이 있지 않습니까? 신께서도 마귀가 있는 부분을 긁적이십니다. 저 역시 많은 잘못을 행했습니다. Plaudite, cives(박수를 치시오, 시민들이여).”

우르수스는 군중이 으르렁대는 소리를 내다가, 맺음말로 그 소리를 통제했다.

“각하, 그리고 신사 여러분, 저의 연설이 다행스럽게도 여러분의 심기를 거스른 듯합니다. 이제 여러분께서 보내시는 야유에 이별을 고하려고 합니다. 그리고 다시 제 낯짝을 뒤집어쓰고 공연을 시작하겠습니다."

그는 연설조 억양을 개인적인 대화의 어조로 바꾸었다.

"장막을 다시 닫자. 잠깐 숨을 돌려야겠어. 내 연설은 달콤했지. 아주 능숙했어. 내가 그들을 각하들, 또 신사들이라 칭했어. 그 말은 벨벳에 싸여 있지만 아무짝에도 소용없는 것이야. 그윈플렌, 저 비열한 것들을 어떻게 생각하니? 저 거칠고 악의적인 것들이 날뛰는 바람에 40년 전부터 영국이 얼마나 고난을 당했는지 알 수 있을 거야! 옛날 영국인들은 호전적이었는데, 오늘날의 이것들은 청승맞고 터무니없는 망상에 빠져 있어. 게다가 법을 무시하고 왕의 권위를 거부하는 것을 자신들의 영광으로 여기지. 인간의 웅변으로 가능한 것들을 내가 다 쏟았어. 소년의 볼처럼 고상한 환유(換喩)들을 저것들에게 잔뜩 안겼지. 저것들이 조금 누그러졌을까? 나는 회의적이야. 그토록 게걸스럽게 처먹어대고, 담배를 꾸역꾸역 입안에 쑤셔 넣는, 그래서 문인들조차 파이프를 입에 물고 작품을 쓰는 일이 잦은 이 나라 이 백성들에게 무슨 기대를 하겠어! 어쨌든 괜찮아. 우리는 공연이나 시작하자."

장막의 고리들이 쇠막대 위에서 미끄러지는 소리가 났다. 집시 여인들의 북소리가 멈췄다. 우르수스가 걸려 있던 자신의 시포니를 들고 서곡을 연주하기 시작했다. 그러면서 나지막한 목소리로 지껄였다. "음! 그윈플렌, 무척 신비로워!" 그리고 늑대와 함께 소란을 떨었다.

그러는 동안, 시포니를 집어 든 것과 거의 동시에 못에 걸려 있던 가발을 집어 손이 닿을 수 있는 구석에 던졌다.

〈정복된 카오스〉의 공연이 거의 평소와 다름없이 시작되었다. 물론 파란 불빛이나 조명으로 꾸며진 선경은 없었다. 늑대도 자신의 역할을 잘 해냈다. 정해진 순간이 되자 데아가 출연해 신비하고 떨리는 목소리로 그윈플렌의 이름을 불렀다. 그녀는 팔을 뻗어 더듬어서 그의 머리를 찾았다…….

우르수스는 던져 놓았던 가발로 달려들어 그것을 헝클어뜨린 다음 잽싸게 머리에 쓰고 숨을 죽인 채 삐죽삐죽한 그 머리를 데아의 손 밑으로 들이댔다.

그 다음에 자기의 모든 능력을 쏟아 그윈플렌의 음성을 흉내 내어, 영혼의 부름에 응답하는 괴물의 대답을 형언하기 어려운 극진한 사랑으로 불렀다.

그 모방이 너무나 완벽해서 두 집시 여인은 이번에도 두리번거리며 그윈플렌을 찾았는데, 목소리만 들리고 그의 모습이 보이지 않자 진저리를 치며 두려워했다.

고비컴은 놀라운 듯 발을 구르고 환호성을 지르며 박수를 쳐서 올림포스 산 위에서나 들릴 법한 소란을 피웠고, 그 혼자 웃는 소리가 신들에게서 들려오는 웃음소리 같았다. 그 소년은 보기 힘든 관객으로서의 재능을 보였다.

우르수스가 용수철을 잡고 있는 꼭두각시 같은 피비와 비노스는, 평소처럼 악기 소리를 뒤죽박죽으로 뒤섞었다. 예를 들어 구리와 당나귀 가죽을 뒤섞었는데, 공연의 마지막을 알리고 돌아가는 관객들을 환송하는 소리였다.

우르수스가 땀에 흠뻑 젖어 일어섰다.

그가 호모에게 조그맣게 속삭였다.

"시간을 벌자는 것뿐이었다는 것을 너도 알겠지. 성공한 것 같구나. 혼비백산했지만 그런대로 해냈어. 그윈플렌이 오늘이나 내일이면 돌아올 거야. 데아를 빨리 죽일 필요가 없었던 거지. 너에게만은 진실을 이야기해 준다."

그는 가발을 벗고 땀을 닦아냈다. 그리고 혼잣말을 했다.

"나는 복화술의 천재야. 재주가 괜찮아! 프랑스의 왕인 프랑수아 1세가 데리고 있던 복화술자 브라방에 비교할 만했어. 데아도 그윈플렌이 이곳에 있다고 믿었어."

바로 그때 데아가 물었다.

"우르수스, 그윈플렌은 어디 있나요?"

우르수스는 소스라치게 놀라서 뒤쪽을 돌아보았다.

데아는 극장 안쪽의 천장 등 아래 서 있었다. 그녀의 얼굴은 유령처럼 창백했다.

그녀는 말로 표현할 수 없는 절망적인 미소를 띠고 다시 말했다.

"알아요. 그가 우리를 버리고 떠났군요. 그가 날개를 가지고 있다는 사실을 저는 알고 있었어요."

그러고는 보이지 않는 눈을 무한한 공간으로 향하며 덧붙여 말했다.

"나는 언제 따라갈 수 있을까?"

3. 복잡함

우르수스는 당황하여 망연자실하였다.

속이는 데 실패한 것이다.

그의 복화술이 서툴렀기 때문일까? 그것은 분명히 아니었다. 두 눈이 멀쩡한 피비와 비노스를 속이는 것은 성공했지만, 장님인 데아는 속이지 못했다. 피비와 비노스는 눈동자만이 밝았지만, 데아는 가슴으로 보고 있었던 것이다.

그는 한마디 대답도 못하며 깊이 생각했다. Bos in lingua. 당황한 사람은 혀에 소 한 마리를 얹어 놓은 것과 같다. 복합적인 감정이 뒤섞일 때는 모멸감이 가장 먼저 고개를 쳐든다. 우르수스는 생각에 잠겼다.

"내 의성어들만 헛되게 썼군."

더 이상 묘안이 없어 궁지에 몰린 모든 몽상가들이 그렇듯이 그는 자신에게 화를 냈다.

"보기 흉하게 추락했군. 나의 모방 기술을 완전히 낭비했어. 그런데 이제 우리는 어떻게 되는 거지?"

그는 우두커니 서서 데아를 쳐다보았다. 그녀는 어떤 말도 하지 않았다. 더욱 창백해져갈 뿐, 미동도 하지 않았다. 넋을 잃은 그녀의 눈은 어떤 심연만을 바라보고 있는 것 같았다.

때를 맞춰, 다른 일 하나가 일어났다.

여인숙 주인 나이슬리스가 손에 등을 들고 마당에 서서 우르수스에게 손짓하는 것이 보였다.

나이슬리스는 우르수스가 공연하던 유령 희극의 마지막을 볼 수 없었다. 누군가 여인숙의 문을 두드렸기 때문이다. 나이슬리스가 문을 열러 갔다. 문을 두 번 두드렸기 때문에 나이슬리스는 두 번이나 공연장을 떠나야 했다. 우르수스는 100개의 서로 다른 목소리로 이어 가던 독백에 집중한 나머지 그 사실을 전혀 알지 못했다.

나이슬리스의 말 없는 부름에 따라 우르수스가 마당으로 내려갔다.

그는 여인숙 주인 옆으로 갔다.

우르수스는 손가락 하나를 입술에 가져갔다.

나이슬리스 또한 손가락 하나를 입술에 가져갔다.

그 상태로 두 사람은 서로를 바라보았다.

그들은 서로에게 이렇게 말하는 것 같았다. '이야기 좀 합시다. 하지만 입은 다뭅시다.'

여인숙 주인이 천장 낮은 홀의 출입문을 열었다. 나이슬리스가 들어가고 우르수스가 그 뒤를 따랐다. 그곳에는 그들 두 사람밖에 없었다. 길 쪽으로 난 문과 창문은 모두 닫혀 있었다.

호기심에 그들을 따라오던 고비컴을 안마당에 세워 두고, 여인숙 주인이 문을 닫았다. 나이슬리스가 탁자 위에 등을 놓고 대화를 시작했다. 마치 속삭이듯, 두 사람은 목소리를 낮추었다.

"우르수스 씨……."

"나이슬리스 씨?"

"이제야 알겠소."

"이런!"

"당신은 저 가여운 눈먼 소녀가, 모든 것이 평소와 같다고 믿게 하고 싶었던 것이죠."

"복화술을 금하는 법은 없소."

"재능이 정말 훌륭하오."

"그렇지 않소."

"무엇이든 뜻대로 흉내를 내시니 정말 놀랍소."

"분명하게 말씀드리지만 그렇지 않소."

"드릴 말씀이 있소."

"정치에 관한 것이오?"

"정치에 관해서는 아무것도 알지 못하오."

"정치 이야기라면 듣고 싶지 않소."

"당신이 혼자 공연을, 또한 관중 역할도 하고 있을 때 누군가가 여인숙 문을 두드렸소."

"문을 두드렸다고요?"

"맞소."

"그런 것을 나는 마음에 들어 하지 않소."

"나 역시 그렇소."

"그러고 나서는?"

"내가 문을 열었소."

"누가 문을 두드린 것이오?"

"누군가 내게 말을 건넸소."

"그가 무슨 말을 했나요?"

"나는 그의 말을 귀 기울여 들었소."

"당신은 어떤 대답을 했소?"

"아무 대답도 하지 않았소. 그러고는 당신의 공연을 보기 위해 되돌아왔소."

"그리고……?"

"누가 두 번째로 문을 두드렸소."

"누가? 같은 사람이?"

"아니요. 다른 사람이었소."

"이번에도 그 사람이 말을 건넸소?"

"아무 말도 하지 않았소."

"그 사람이 조금 더 낫군."

"나는 그렇게 생각하지 않소."

"더 자세하게 말씀해 보시오. 나이슬리스 씨."

"처음에 말을 건넨 사람이 누구인지 맞춰 보겠소?"

"오이디푸스 노릇을 할 시간은 없소."

"서커스단의 우두머리였소."

"저 옆에 있는?"

"저 옆에 있는."

"시끄러운 음악을 연주하는 곳 말이오?"

"그렇소."

"그래서?"

"우르수스 씨, 그는 당신에게 제안을 했소."

"제안?"

"제안."

"왜?"

"왜냐하면."

"나이슬리스 씨, 당신이 나보다 더 낫소. 방금 전에 당신은 나의 수수께끼를 풀었지만 나는 당신의 수수께끼를 풀지 못하겠소."

"서커스단 우두머리가 당신에게 전해달라는 말인데, 오늘 아침에 경찰 행렬이 이곳에 다녀가는 것을 보았고, 따라서 그 서커스단 우두머리가 당신의 친구임을 증명하고 싶다고 했소. 그리고 당신의 지저분한 마차 그린박스와 당신의 말 두 필, 당신의 트럼펫과 그것을 부는 두 여인, 당신의 작품과 공연 중에 노래를 부르는 눈먼 여인, 당신의 늑대 등을 모두 포함해 당신을 현금 50파운드에 사겠다고 했소."

우르수스가 아니꼽다는 듯이 웃으며 답했다.

"태드캐스터 여인숙 주인 나리, 그윈플렌이 곧 돌아온다고 서커스단 주인 나리께 전하시오."

여인숙 주인이 어두운 곳에 있던 의자 위에서 어떤 물건을 집어 들더니 두 팔을 쳐들어 우르수스를 보고 돌아섰는데, 한 손에는 축 처진 외투 하나가 들려 있었고 다른 한 손에는 가죽 조끼와 펠트 모자, 카핀고가 들려 있었다.

그리고 나이슬리스가 말했다.

"두 번째로 문을 두드린 사람은 경찰에서 보낸 자였는데, 그는 들어올 때도 나갈 때도 아무 말도 하지 않았고 이것들만 두고 갔소."

우르수스는 조끼와 카핀고와 모자와 외투가 그윈플렌의 것임을 바로 알아보았다.

4. 귀먹은 담벼락, 벙어리 종

우르수스는 펠트로 된 모자, 외투의 천, 카핀고의 서지, 조끼의 가죽 등을 만져 보고 더 이상 그 유품의 주인을 의심할 수 없었다. 그가 아무 말 없이 간결하고 강압적인 동작으로 여인숙 문을 가리켰다.

나이슬리스는 문을 열어 주었다.

우르수스는 곤두박질치듯 문밖으로 뛰쳐나갔다.

나이슬리스는 눈으로 그를 뒤따랐고 우르수스가 아침에 그 윈플렌을 호송해 와펀테이크가 사라진 쪽으로, 그의 늙은 다리가 허락하는 만큼 급하게 달려가는 것을 보았다. 15분 후, 우르수스는 서더크 감옥의 협문이 있고, 자신이 이미 동태를 살피며 오랜 시간을 보낸 골목길에 숨을 헐떡이며 도착했다.

그 골목길은 굳이 자정이 되지 않더라도 인적이 끊겨 있었다. 낮에는 처량할 뿐이지만 밤이면 불안을 느끼게 했다. 일정한 시각이 지나면 아무도 그곳에 얼씬도 하지 않았다. 두 담벼락이 혹시 서로에게 접근하지 않을까, 또는 감옥과 묘지가 갑자기 포옹하고 싶은 생각이 들어서 서로 껴안았을 때 그 틈에 끼어 으스러지지 않을까 모두들 걱정하는 것 같았다. 모든 것이 밤이 만들어 내는 공포였다. 파리의 보베르 거리에 가지 친 버드나무들이 늘어서 있었는데 그 나무들의 평판이 좋지 않았다. 밤이면 절단되고 남은 가지들이 굵고 억센 손으로 변해서 행인들을 붙잡는다고들 했다.

이미 말한 것처럼 서더크의 주민들은 감옥과 묘지 사이로 난 길을 본능적으로 피해 다녔다. 옛날에는 밤이 되면 그 길을 쇠사슬로 막아 놓았었다. 매우 무의미한 조치였다. 그 길을 차단하는 가장 좋은 쇠사슬은 사람들이 그 길을 보며 느끼는 공포였다.

우르수스는 굳게 결심하고 그 길로 들어섰다.

그에게 어떤 생각이 있었을까? 그 어떤 생각도 없었다.

그가 그 길에 들어선 것은 그저 알아보고 싶어서였다. 감옥의 문을 두드리려고 했을까? 당연히 아니었다. 그 무시무시하고 헛된 수단은 그의 뇌수에서 싹도 틔우지 않았다. 무엇을 좀 물어보기 위해 그곳에 들어가려 한다고? 얼마나 어리석은 짓인가! 감옥이란 그곳으로 들어가려는 사람에게도, 그곳에서 나오려고 하는 사람에게만큼이나 쉽게 열리지 않는다. 감옥의 문에 달린 돌쩌귀는 오직 법에 따라서만 회전한다. 우르수스는 그것을 잘 알고 있었다. 그렇다면 도대체 무엇 때문에 그 길에 왔는가? 단지 보기 위해서였다. 무엇을 보기 위해서였을까? 아무것도 없었다. 무엇인지 알 수도 없다. 다만 가능한 것을. 그윈플렌이 없어진 문 앞에 다시 선다는 것, 그것만으로도 우르수스에게는 이미 중요한 그 무엇이었다. 가끔은 제일 검고 제일 무뚝

뚝한 벽이 말을 하는 때가 있고, 돌들 사이로 어렴풋한 불빛이 새어 나오기도 한다. 때로는 밀폐되고 어두운 퇴적물 속에서 밝음이 흘러나오기도 한다. 그래서 표면을 면밀히 살피는 것은 곧 효과적으로 귀를 기울임을 의미한다. 우리의 관심사와 우리 사이를 가로막고 있는 것의 두께를 최소한 얇게 하려는 본능, 그것은 모든 사람의 보편적 본능인 것이다. 우르수스가 감옥의 협문이 있는 골목으로 돌아간 것은 그러한 본능 때문이었다.

그가 골목으로 들어서는 순간 종소리가 한 번 들리더니 연달아 두 번째 소리가 들렸다.

'벌써 자정인가?' 잠깐 그가 생각했다.

그리고 기계적으로 숫자를 헤아리기 시작했다.

"셋, 넷, 다섯."

그가 생각에 잠겨 중얼거렸다.

"종소리가 참으로 드문드문 울리는구나! 참으로 느리군! 여섯, 일곱."

그는 이렇게도 중얼거렸다.

"처량한 소리군! 여덟, 아홉, 그래! 당연하지. 감옥에 있으면 시계도 슬픔에 잠기지. 열. 게다가 묘지도 곁에 있으니. 저 종이 살아 있는 사람들에게는 시각을 알리지만 죽은 자들에게는 영원을 알리지. 열하나. 가엾도다! 자유롭지 못한 사람에게 시각을 알림은 영원을 알리는 것과 같지! 열둘."

그가 걸음을 멈추었다.

"맞아, 자정이야."

열세 번째 종소리가 들렸다.

우르수스는 전율했다.

"열셋!"

열네 번째 종소리가 들리더니, 곧이어 열다섯 번째 종소리가 들렸다.

"이게 무슨 의미인가?"

종소리는 드문드문 계속해서 들렸다. 우르수스가 주의 깊게 귀를 기울였다.

"시각을 알리는 종소리가 아니야. 이건 무타 종소리야. 자정을 알리는데 시간이 오래 걸린다 했어! 이 종소리는 쳐서 나는 것이 아니고 땡그렁대는 거야. 얼마나 무서운 일이 벌어진 것일까?"

예전에는 수도원처럼, 감옥에도 무타라는 종이 있었다. 이 종은 슬픈 일이 있을 때만 울렸다. 무타, 즉 '벙어리 종'은 무척 낮게 울려서 마치 누구에게도 들리게 하지 않으려고 애쓰는 것 같았다.

우르수스는 망보기에 편리한 모퉁이에 다시 도착했다. 감옥을 엿보면서 거의 하루를 보낸 곳이었다.

종소리는 음산한 간격을 두고 느릿느릿 계속 울렸다.

조종(弔鐘) 소리는 허공에 흉한 구두점을 남긴다. 그것은 사람들의 부지런한 일상에 음산한 줄 바꿈 표시를 해 준다. 조종 소리는 죽어 가는 사람의 헐떡거림과 비슷하다. 그 소리는 임종을 알린다. 울리고 있는 종 주변 이곳저곳에 위치한 집들 속에 흩어져, 기다림 속에 펼쳐지는 몽상이 있다면, 조종 소리가 몽상을 뻿뻿한 토막으로 잘라 낸다.

아직 윤곽이 없는 몽상은 하나의 피신처이다. 고통 속에 있는 무엇인지 모를 막막한 것이, 괴로움을 이겨낼 수 있다는 희망을 준다. 그런데 조종은 희망을 사라지게 하며 구체적으로 명시(明示)한다. 조종은 막막함을 없애고, 불안이 유보 상태로 남기 위해 애를 쓰는 혼란 속에서, 버림받은 이들에게 결단을 재촉한다. 조종 소리는 듣는 사람의 괴로움이나 두려움에 따라 말을 건넨다. 그 비극적 종소리는 개인의 관심사다. 우리 각자에게 전하는 통보다. 그 규칙적으로 반복되는 소리가 내려치는 내면의 독백만큼 음산한 것은 없다. 규칙적인 반복은 특정한 의도의 징표이다. 모루 위의 망치처럼, 사념 위의 종은 무엇을 벼리려고 하는 것일까?

우르수스는 막연하게, 또 어떤 이유도 없었지만 조종 소리를 계속 헤아렸다. 자신이 미끄러져 기울어짐을 느낀 그는 어떠한 추측도 하지 않기 위해 애썼다. 추측이란 헛되이 사람들을 멀리 이끌어 가는 경사면이다. 하지만 그 종소리는 무엇을 의미하는 것인가?

그는 감옥의 협문이 있는 곳의 어둠에 집중했다.

갑자기 검은 구멍과 같은 그곳에서 붉은 빛이 보였다. 그 붉은 빛이 조금씩 커졌고 밝은 빛으로 바뀌었다. 붉은 빛은 전혀 흐릿하지 않았다. 금세 하나의 형태와 모서리들을 갖추었다. 감옥의 문이 돌쩌귀 위에서 이제 막 회전했다. 붉은 빛이 홍예틀과 문의 윤곽을 뚜렷하게 부각시켰다.

그러나 약간만 열렸을 뿐 활짝 열리지는 않았다. 어떤 감옥이든 활짝 열리지는 않는다. 하품을 하는 것처럼 보였다. 아마도 권태 때문일 것이다.

협문을 통해 횃불을 든 남자 한 명이 나왔다.

종소리는 계속 울렸다. 우르수스는 두 가지에 신경을 곤두세웠다. 귀는 조종 소리에, 눈은 횃불에 집중했다.

그 남자가 나온 다음 반쯤만 열려 있던 문이 활짝 열렸고 두 남자가 나온 뒤를 이어 네 번째 남자가 나왔다. 네 번째 남자는 와펜테이크였는데 횃불에 비쳐 그 모습이 뚜렷하게 보였다. 그는 손에 아이언웨펀을 들고 있었다.

와펜테이크의 뒤를 따라 침묵에 휩싸인 남자들이 둘씩 협문을 빠져나와 행렬을 이루었고 말뚝처럼 뻣뻣이 걸었다.

그 야간 행렬은 두 사람씩 짝을 짓고 있었는데, 마치 고행 회원들의 둘씩 짝지은 속죄 행렬처럼 단절되지 않고 어떠한 소리도 내지 않으려는 음산한 정성을 기울이며, 엄숙하고 조용하게 감옥의 협문을 나섰다. 굴에서 나오는 뱀이 그렇게 조심스럽다.

횃불이 그들의 옆모습과 행동을 부각시켰다. 옆모습은 거칠고 행동은 음울했다.

우르수스는 아침에 그윈플렌을 호송해 간 경찰들의 얼굴을 알아보았다. 의심할 여지가 없었다. 바로 그들이었다. 그들이 다시 나타났다.

따라서 그윈플렌도 다시 나타날 것이 분명했다.

그들이 그곳으로 그를 끌고 갔으니 그를 다시 집으로 데려다 줄 것은 당연한 일이었다.

우르수스의 눈동자는 더욱 커졌다. 그윈플렌을 풀어줄까?

두 줄의 경찰 행렬은 낮은 첨두형 문틀 밑으로 매우 느리게, 마치 방울방울이 떨어지듯 흘러나왔다. 그치지 않는 종소리가 그들의 발걸음을 조절하는 듯했다. 행렬이 감옥을 빠져나오자 우르수스 쪽으로 등을 돌려 그가 서 있던 반대편으로 우회했다.

협문 아래서 번쩍이는 두 번째 횃불이 행렬의 끝을 알렸다.

우르수스는 그들이 데리고 나오는 것을 볼 수 있으리라는 기대감을 가졌다. 죄수 한 명을. 남자 한 명을.

우르수스는 그것이 그윈플렌일 것이라는 희망을 가졌다.

마침내 그들이 데리고 나오는 것이 모습을 보였다.

그것은 관(棺)이었다.

네 남자가 검은 천으로 덮은 관 하나를 운반하고 있었다.

어깨에 삽을 멘 남자 한 명이 그들의 뒤를 따라갔다. 세 번째 횃불이 나타났는데, 전속사제처럼 보이는 사람이 그것을 들고 책을 소리 내어 읽으며 행렬의 끝에 섰다.

관은 오른쪽으로 돌아선 경찰의 행렬을 따라갔다.

이와 동시에 행렬의 선두가 걸음을 멈추었다.

삐걱거리는 열쇠 소리가 우르수스의 귀에 들렸다.

감옥 맞은편, 골목의 다른 쪽을 따라 쌓은 낮은 담장에서 두 번째 문이 열리고 통과하는 횃불이 그곳을 밝혔다.

죽은 자의 얼굴이 새겨진 그 문은 묘지의 출입문이었다.

먼저 와펀테이크가 열린 문으로 들어섰고 남자들이 그 뒤를 따랐으며, 첫 번째 횃불에 이어서 두 번째 횃불도 들어갔다. 문 앞에서는 굴속으로 다시 들어가는 뱀처럼 행렬이 좁아졌다. 문 저쪽에 있는 또 다른 암흑 속으로 경찰의 가느다란 행렬이 모두 사라지고 관이 그 뒤를 따랐고, 뒤에는 삽을 걸친 사람이 있었다. 그리고 횃불과 책을 든 사람이 사라지자 문이 닫혔다.

담 위로는 아른거리는 불빛 말고는 아무것도 보이지 않았다.

수군대는 소리가 들리더니 뒤이어 둔탁한 소리가 들렸다.

의심할 것도 없이 전속 사제와 무덤 파는 사람이 내는 소리일 것이다. 수군대는 소리는 전속 사제의 기도문 외우는 소리였고 둔탁한 소리는 삽으로 퍼서 던진 흙이 관 위로 떨어지는 소리일 것이다.

수군대는 소리도, 둔탁한 소리도 멈추었다.

다시 움직이는 기척이 들리더니 환한 횃불이 나타나고, 와펀테이크가 아이언웨펀을 높이 든 채 다시 열린 묘지의 문을 나섰다. 전속 사제는 책을 들고, 무덤 파는 사람은 삽을 멘 채로 다시 나타났다. 행렬은 관 없이 다시 모습을 나타냈고, 두 줄로 이루어진 남자들의 행렬은 여전히 아무 말 없이 반대 방향으로 행진했다. 묘지의 문이 다시 닫혔다. 감옥의 문은 다시 열렸다. 협문의 음울한 첨두홍예가 불빛에 형태를 드러냈다. 복도의 어둠이 희미하게 보였다. 감옥의 두껍고 깊은 어둠이 눈앞에 나타났다. 그리고 다음 순간, 그 모든 광경은 암흑 속으로 사라졌다.

조종 소리도 들리지 않았다. 고요가 모든 것을 닫았다. 암흑의 불길한 자물쇠이다.

나타났다 사라진 유령이었다.

안개처럼 사라지는 유령들의 행렬이었다.

논리적으로 서로 꼭 들어맞는 사건들의 인접성이, 결국에는 자명함과 유사한 그 무엇을 이루어 놓는다. 그윈플렌의 체포, 그를 체포하던 순간의 침묵, 경찰에서 보낸 사람이 가져온 그의 옷들, 그가 끌려간 감옥에서 들리던 조종 소리, 그 모든 것에 땅속에 묻힌 관이, 그 비극적 일이 저절로 덧붙여진 것이다. 아니, 더욱 정확하게 말하자면 그것들과 정확히 일치했다.

"그 아이가 죽었어!"

우르수스가 울부짖었다.

그는 표석(標石) 위에 힘없이 주저앉았다.

"죽었어! 그들이 죽인 거야! 그윈플렌! 내 아들, 내 아이!"

그는 흐느끼기 시작했다.

5. 국가의 이익이라는 명분으로 작은 일도 큰일처럼 한다

우르수스는 단 한 번도 눈물을 흘린 적이 없음을 자부했다. 안타까운 일이다! 그의 눈물샘은 가득 차 있었던 것이다. 기나긴 삶 동안 온갖 슬픔을 참는 과정에서 방울방울 모여 포화 상태에 이른 눈물샘을 한순간에 비울 수는 없다. 우르수스는 오랫동안 흐느꼈다.

첫 눈물은 연체금을 거두어들이는 것과 같다. 그는 그윈플렌을 위해, 데아를 위해, 자신을 위해, 호모를 위해 눈물을 흘렸다. 그는 아이처럼 울었다. 그는 늙은이처럼 울었다. 그에게 웃음을 주던 모든 것 때문에 울었다. 그렇게 연체금을 지불한 것이다. 눈물을 흘릴 권한에는 유효 기간이 존재하지 않는다.

조금 전 매장한 사람은 하드콰논이었다. 그러나 우르수스는 그 사실을 알지 못했다.

시간이 꽤 흘렀고 동이 트기 시작했다. 아침의 창백함이 희미하게 그림자로 구겨져, 볼링그린 위에 펼쳐졌다. 태드캐스터 여인숙 건물의 정면을 하얀 새벽이 물들였다. 주인 나이슬리스도 잠을 이루지 못했다. 때로는 하나의 사건이 여러 사람을 불면증에 걸리게 하기 때문이다.

어떤 참극이든 모든 것에 영향을 미친다. 돌 하나를 수면에 던져 보라. 그리고 솟아오르는 물줄기의 수를 세어 보라. 나이슬리스는 자신에게도 불행이 온 것으로 느껴졌다. 누구든 자신의 집에서 사건이 일어나면 몹시 불쾌해진다. 나이슬리스는 도무지 안정이 되지 않았고, 또 복잡한 일들이 생길 것을 막연히 짐작하며 깊은 생각에 잠겼다. 그는 '그런 사람들'을 받아들인 일을 후회했다. 미리 알 수 있었다면! 결국 그들은 나쁜 일을 일으킬 거야! 이제 그들을 어떻게 내쫓아야 하나? 하지만 우르수스와 계약을 체결하지 않았던가. 그들을 떨쳐 버릴 수 있다면 얼마나 좋을까! 그들을 쫓아내려면 어떻게 해야 할까?

난데없이 여인숙 출입문을 요란하게 두드리는 소리가 들렸다. 이 소리는 영국에서 '어떤 사람'의 방문을 알렸다. 문 두드리는 소리의 음계는 방문자의 사회적 위치에 상응했다. 지체 높은 귀족이 두드리는 소리는 아니었지만, 어떤 관리가 두드리는 소리였다.

여인숙 주인은 두려움에 떨며 구멍창을 약간 열었다.

정말 관리들이 있었다. 나이슬리스는 집 앞에 한 무리의 경찰이 와 있음을, 새벽 속에서도 알 수 있었다. 무리에서 두 사람이 앞으로 나섰는데 그중 한 명은 사법관이었다.

나이슬리스는 어제 아침에 사법관을 이미 보았기 때문에, 그를 바로 알아보았다.

다른 남자는 누구인지 알 수 없었다.

살집이 좋았으며 안색은 밀랍 같았고, 멋을 부린 가발을 쓰고 여행용 외투를 걸친 신사였다. 나이슬리스는 그 두 사람 중 특히 사법관을 두려워했다. 만약 나이슬리스가 궁정인이었다면 그는 두 번째 남자를 훨씬 더 두려워했을 것이다. 그가 바킬페드로였기 때문이었다.

무리 속 남자 하나가 다시 문을 두드렸다. 사나운 기세였다.

여인숙 주인은 두려움 때문인지 이마에서 굵은 땀방울을 흘리며 문을 열었다.

사법관은 경찰을 이끌고, 부랑자들의 신상을 구체적으로 파악하고 있는 사람의 말투로 음성을 높여 엄격하게 질문했다.

"우르수스?"

"예, 이곳에 삽니다, 나리."

여인숙 주인이 공손하게 대답했다.

"그건 알고 있네."

사법관이 말했다.

"물론입지요, 나리."

"나오라고 하시오."

"나리, 그는 집에 없습니다."

"어디로 갔소?"

"저도 모릅니다."

"왜?"

"아직 돌아오지 않았습니다."

"일찍 나갔소?"

"아닙니다. 매우 늦게 나갔습니다."

"부랑자들이란!"

사법관이 낮게 중얼거렸다.

"나리, 저기 그가 옵니다."

나이슬리스가 작게 말했다.

우르수스가 모퉁이에 모습을 드러냈다. 여인숙으로 돌아오는 중이었다. 그는 정오에 그윈플렌이 들어간 감옥과 자정에 무덤을 덮는 소리가 들린 묘지 사이에서 거의 밤을 새웠다. 그는 두 가지 이유 때문에 창백했다. 슬픔과 하얀 새벽빛 때문이었다.

여명은 유충 상태의 빛으로 모든 형상을, 그것이 움직이는 것이더라도, 뿌려진 어둠 속에 섞어 놓는다. 창백하고 흐릿한 형태의 우르수스가 천천히 걷고 있었는데 마치 꿈속의 사람 같았다.

슬픔에서 오는 부주의로, 모자도 쓰는 것도 잊고 여인숙에서 나왔다. 우르수스는 자신이 모자를 쓰지 않았다는 것도 알아차리지 못했다. 몇 가닥의 회색 머리카락이 바람에 흔들렸다. 눈은 떴지만 아무것도 보지 않는 것 같았다. 잠들었지만 깨어 있는 경우가 있듯이, 깨어 있지만 잠든 경우도 빈번히 볼 수 있다. 우르수스는 정신 나간 사람의 기색을 하고 있었다.

"우르수스 씨, 빨리 오시오. 나리들께서 당신에게 전하실 말씀이 있다 하오."

여인숙 주인이 소리쳤다.

오로지 사건을 무마하는 데만 몰두해 있던 나이슬리스는 '나리들'이라는 복수형을 사용하고 싶지 않았다. 그것이 무리 모두에 대한 존칭일 수 있지만 우두머리의 기분을 나쁘게 만들 수도 있었기 때문이다. 그러나 얼떨결에 그렇게 말하고 말았다.

우르수스는 깊이 잠들었다가 침대에서 떨어진 사람처럼 놀랐다.

"무슨 일이오?"

그가 영문을 몰라 물었다.

그리고 경찰들과 그들을 이끌고 온 관리를 발견했다.

새롭고 강렬한 충격을 받았다.

조금 전에는 와펀테이크, 이번에는 사법관이었다. 그 둘이 그를 서로 던지는 것 같았다. 유사한, 그리고 옛날부터 내려오는 암초 이야기가 있다.

사법관이 그에게 여인숙 안에 들어가자는 신호를 보냈다.

우르수스가 그 신호에 따랐다.

이제 막 일어나 홀을 청소하던 고비컴은 손을 멈추고 탁자들 뒤로 물러나 빗자루를 세워 놓은 채 숨을 죽였다. 그는 머리를 긁적거렸다. 닥칠 일들에 잔뜩 신경을 곤두세우는 행동이었다.

사법관이 탁자 앞에 놓인 기다란 의자에 앉았다. 개인용 의자에는 바킬페드로가 앉았다. 우르수스와 나이슬리스는 서 있었다. 밖에 있는 경찰관들은 닫힌 출입문 앞에 있었다.

사법관이 우르수스를 똑바로 쳐다보며 말했다.

"당신은 늑대 한 마리를 데리고 있소."

우르수스가 답했다.

"늑대라고 할 수 없습니다."

"당신은 늑대를 데리고 있소."

사법관이 단호한 어조로 '늑대'에 힘을 주어 말했다.

우르수스는 말했다.

"그것은 말입니다……."

그러다가 입을 다물었다.

"위법이오."

사법관의 말이 떨어졌다.

우르수스가 얼떨떨해져 변명했다.

“제 하인입니다.”

사법관이 손을 탁자 위에 올려놓고, 다섯 손가락 모두를 벌렸다. 권위를 과시하는 행동이었다.

“광대 양반, 내일 이 시간까지 늑대와 함께 영국을 떠나도록 하시오. 만약 떠나지 않는다면 늑대를 재판소 서기과로 데려가 죽일 것이오.”

‘모살(謀殺)이 계속되는군.’

우르수스의 머리를 스친 생각이었다. 그러나 단 한마디도 입 밖에 내지 않고, 사지를 부들대며 떠는 것에 그쳤다.

“알아듣겠소?”

사법관이 몰아붙였다.

우르수스는 머리를 끄덕였다.

사법관이 다시 한 번 강조했다.

“죽이겠소.”

잠깐 동안 침묵이 흘렀다.

“목을 조르든가 물속에 처넣어 죽일 것이오.”

사법관이 우르수스를 쳐다보며 덧붙였다.

“당신을 감옥에 잡아넣을 것이오.”

우르수스가 우물댔다.

"판사님."

"내일 아침이 밝기 전에 출발하시오. 만약 따르지 않으면 명령대로 하겠소."

"판사님……."

"왜 그러오?"

"저희가 영국을 떠나야 합니까?"

"그렇소."

"오늘 말입니까?"

"오늘 말이오."

"어떻게 말입니까?"

나이슬리스는 흡족했다. 그가 그토록 두려워하던 사법관이 자신에게 도움을 주었기 때문이다. 경찰이 조력자로 바뀐 것이다. 경찰이 '그런 사람들'로부터 자신을 해방시켜 주었다. 그가 찾으려던 수단을 경찰이 가져왔다. 내보내고 싶던 우르수스를 경찰이 내쫓은 것이다. 거부할 수 없는 힘이다. 그 무엇도 맞서는 것은 불가능하다. 그는 황홀한 기분이 들었다.

그가 중간에 끼어들었다.

"나리, 이 남자가……."

그는 우르수스를 가리켰다.

"오늘 중으로 영국을 떠나려면 어떻게 해야 하느냐고 물었습니다. 매우 간단합니다. 런던 교의 양쪽에 있는 템스강 정박지에서 매일 낮과 밤에, 다른 나라로 향하는 배들이 출발합니다. 영국에서 덴마크, 네덜란드, 스페인 등 모든 나라로 가지만 전쟁으로 인해 프랑스로는 가지 않습니다. 오늘 밤 썰물 때인 새벽 1시 즈음 여러 척의 배가 떠납니다. 그중에는 로테르담으로 가는 포그라트 호가 있습니다."

사법관이 자신의 어깨를 우르수스 쪽으로 기웃하며 말했다.

"좋소. 첫 배편으로 출발하시오. 포그라트 호로."

"판사님."

우르수스가 말했다.

"무엇이요?"

"판사님, 예전에 가지고 있던 바퀴 달린 작은 오두막이었다면 그럴 수 있습니다. 그것은 배에 실을 수 있었을 것입니다. 그러나……."

"뭐요?"

"그러나 제가 가지고 있는 것은 두 마리 말이 끄는 커다란 기계, 그린박스입니다. 배가 아무리 넓다 해도, 그것이 들어갈 공간은 없을 것입니다."

"그것이 나와 무슨 상관인가? 늑대를 죽일 것이오."

사법관이 대꾸했다.

우르수스는 몸서리를 치며, 얼음 손이 자신을 만지는 느낌을 받았다. '흉측한 괴물들! 사람을 죽이다니! 이것은 놈들의 궁여지책일 뿐이야.' 그의 머리에 떠오른 생각이었다.

여인숙 주인이 미소를 지으며 우르수스에게 말했다.

"그린박스를 팔 방법이 있소."

우르수스가 나이슬리스를 쳐다보았다.

"당신에게 하나의 제안이 들어왔소."

"누구에게?"

"마차를 사겠다는 제안이오. 말 두 필과 두 집시 여인을 사겠다는 제안 말이오. 그리고……."

"누구에게서요?"

우르수스가 다시 질문했다.

"옆에 있는 서커스단 주인이오."

"그랬지."

우르수스는 기억이 되살아났다. 나이슬리스가 사법관 쪽으로 몸을 돌렸다.

"나리, 거래는 오늘 중으로 성사시킬 수 있습니다. 옆에 있는 서커스단 주인이 큰 마차와 말 두 필 등을 사고 싶다고 말했습니다."

"그 서커스단 주인이 좋은 생각을 했군."

사법관이 대꾸했다.

"그것이 유용할 테니까. 마차와 말들이 그에게 필요할 거요. 그도 오늘 안으로 떠나야 하오. 서더크 교구의 사제들께서 타린조필드에서 들려오는 난잡한 소음을 나무라셨소. 집정관께서 적절한 조치를 행하셨소. 오늘 저녁부터 이 광장에서 익살광대들의 가건물을 단 한 채도 볼 수 없을 것이오. 모든 추악한 짓은 이제 끝났소. 여기에 계신 점잖은 신사께서……."

사법관이 하던 말을 멈추고 바킬페드로에게 경의를 표했고, 바킬페드로도 그에게 답했다.

"이곳까지 직접 왕림하신 존경스러운 신사께서는 지난밤에 윈저를 떠나 이곳에 도착하셨소. 명을 받들고 오셨소. 폐하께서 이런 명을 내리셨소. '그것들을 깨끗이 치워 버리도록 하라.'"

우르수스는 밤이 새도록 생각에 잠겨 우연히 몇 가지 질문을 자신에게 던졌다. 그가 본 것은 관 하나였을 뿐이다. 그 안에 그윈플렌이 있었노라 확신할 수 있을까? 이 세상에는 그윈플렌 말고도 죽은 사람들은 얼마든지 있다. 지나간 관 하나가 죽은 자의 이름을 알려 주는 것은 아니다. 그윈플렌의 체포에 뒤이어, 시신 하나를 묻었다. 하지만 그것을 증명할 수 있는 것은 아무것도 없다. Post hoc, non propter hoc(그것에 뒤를 이어서이지, 그 때문은 아니다). 우르수스는 의심을 갖게 되었다. 물 위에 뜬 석유처럼, 희망은 큰 슬픔 위에서도 활활 타고 빛을 낸다. 표면에 떠오른 그 불꽃은 영원히 인간의 슬픔 위를 떠다닌다. 우르수스는 결국 이런 결론을 얻었다.

'땅에 묻힌 사람은 그윈플렌일 수 있어. 하지만 확신할 수는

없어. 누가 알까? 그윈플렌은 아직 살아있을지도 몰라.'

우르수스는 사법관에게 허리를 숙여 경의를 표하며 말했다.

"존경하는 판사님, 떠나겠습니다. 저희 모두가 떠나겠습니다. 포그라트 호를 타고 로테르담으로. 명령에 따르겠습니다. 그린박스와 말들과 트럼펫들과 이집트 여인들을 전부 팔겠습니다. 그러나 저와 언제나 함께해 온 동료이기 때문에, 도저히 떼어놓을 수 없는 자가 있습니다. 그윈플렌……."

"그윈플렌은 죽었소."

낯선 목소리가 들려왔다.

우르수스는 뱀이 피부에 와 닿은 것 같은 한기를 느꼈다. 말을 한 사람은 바킬페드로였다.

마지막 불빛은 사라졌다. 더 이상 의문은 없었다. 그윈플렌은 죽었다. 그 정도의 인물이라면 그 사실을 알 수 있었을 것이다. 그만큼 음울했다.

우르수스가 다시 한 번 예를 표했다.

나이슬리스는 비겁함만 뺀다면 무척 좋은 사람이었다. 하지만 공포를 겪으면, 놀라울 정도로 잔인했다. 지극한 표독스러움은 공포이다.

그가 중얼댔다.

"간단해졌군."

그리고 우르수스 뒤에 서서 이기주의자 특유의 동작으로, 또

본디오 빌라도가 대야 위에서 했을 만한 동작으로 손을 비볐다. 그 동작은 이제 근심에서 해방되었다는 의미였다.

우르수스는 괴로움에 압도당해 고개를 숙였다. 그윈플렌에게 선고가 내려져 사형이 행해졌고, 그에게는 추방령이 선고되었다. 이제 복종 말고는 다른 수가 없었다. 그는 골똘히 생각했다.

누가 그의 팔꿈치를 쳤다. 사법관이 아닌 다른 사람이었다. 그는 사법관의 시종이었다. 우르수스는 온몸을 떨었다.

'그윈플렌은 죽었소'라고 말한 바로 그 목소리가 그의 귓가에서 소곤댔다.

"당신에게 은혜를 내리고자 하시는 분이 하사하신 10파운드가 여기 있소."

바킬페드로는 조그마한 돈주머니를 우르수스 앞에 있던 탁자 위에 놓았다.

바킬페드로가 자신이 전해 주겠다며 들고 나간 보석 상자를 모두 기억하고 있을 것이다.

2천 기니 중 10기니, 그것이 바킬페드로의 한계였다. 솔직히 그 정도면 족하다고 여겼다. 만약 그 이상의 금액을 전해 주었다면 손해를 보았다고 생각했을 것이다. 자신이 귀족 하나를 찾아내는 수고를 했고, 이제 막 채굴을 시작했으며, 따라서 그 첫 생산물을 자신의 수중에 넣는 것이 합당하다고 생각했다. 그의 행동이 인색하다고 생각하는 사람들의 견해도 타당할 수 있다. 하지만 그 행동을 보고 경악하는 것은 잘못이다. 바킬페드로는 돈을, 특히나 훔친 돈을 좋아했다. 시샘꾼 안에는 구두쇠가 들어앉아 있다. 바킬페드로도 약점 없는 사람이 아니었다. 온갖 살인 범죄를 저지른다고 해서 자기의 약점을 덮지는 못한다. 호랑이들의 몸에도 이가 있듯이 말이다.

게다가 그것은 베이컨의 학설이기도 했다.

바킬페드로가 사법관을 돌아보며 말했다.

"이제 끝내도록 하지요. 제가 무척 바쁩니다. 파발마(擺撥馬)가 끄는 폐하의 마차가 기다리고 있습니다. 전속력으로 달려서 두 시간 안에 윈저에 도착해야 합니다. 보고 드려야 할 문제도 있고, 또 받들어야 할 명령도 있습니다."

사법관이 몸을 일으켰다.

그리고 겨우 닫혀 있던 출입문 쪽으로 가서 문을 열고 아무 말 없이 경찰관들을 바라보며 인지를 세웠는데, 그 끝에는 권위가 번갯불처럼 번쩍였다. 무리는 일제히 또 조용히 여인숙 안으로 들어왔다. 그들의 침묵은 혹독한 그 무엇인가가 다가오고 있음을 알려 주었다.

나이슬리스는 일이 복잡해지는 것을 막아 준 빠른 결말에 만족했고, 뒤엉킨 실타래에서 빠져나오게 된 것에 황홀해졌다. 그는 경찰관들이 안으로 들어오는 것을 보고 자신의 집에서 우르수스를 체포할까 봐 불안해졌다. 그윈플렌과 우르수스가 잇달아 자신의 집에서 체포된다면 그 두 사건은 선술집 영업에 피해를 줄 수도 있기 때문이다. 술꾼들은 경찰이 성가시게 구는 것을 싫어한다. 따라서 어느 정도 호소하듯이, 그리고 너그럽게 보이는 태도로 자신이 끼어들 때라고 생각했다. 나이슬리스가 얼굴에 미소를 띠고 사법관을 쳐다보았다. 그의 얼굴에 드러나는 신뢰감은 존경심 때문에 많이 절제되어 있었다. 그가 사법관에게 물었다.

"나리, 감히 한 말씀 여쭈옵니다. 이제 그 못된 늑대는 영국 밖으로 쫓겨나게 되었고 우르수스 역시 큰 저항을 하지 않으며 나리의 명령대로 모든 것이 행해질 것이니, 존경스러운 저 경찰관들께서는 더 이상 반드시 필요하다 여겨지지 않습니다. 나리께서는 경찰관들의 존경할 만한 행동이 국익에 필요하다 하더라도 그것이 사업장에 누가 될 수 있음을, 또한 저의 여인숙은 아무 죄가 없음을 숙고해 주시기 바랍니다. 여왕 폐하의 분부대로 그린박스의 광대들을 깨끗이 없애셨으니 이 집에는 범죄자가 더는 없을 듯합니다. 눈먼 소녀와 두 집시 여인은 작은 잘못도 저지르지 못할 것이옵니다. 따라서 나리께 간곡히 청하옵건대, 엄숙한 방문의 시간을 줄이시고 방금 집 안에 들어온 당당한 신사들을 돌려보내옵소서. 그들은 더 이상 이 집에서 할 일이 없기 때문이옵니다. 제가 드리는 말씀의 타당성을 나리께 소박한 질문 한 가지를 통해 입증하는 것을 허락하신다면, 저 존경스러운 신사들이 더 이상 이곳에 있을 필요가 없음을 확실히 보여 드리겠습니다. 저의 질문은 이러합니다. 우르수스라고 하는 사람이 명령에 따라 이곳을 떠나는데 저 신사들께서 이곳에서 누구를 체포할 수 있겠습니까?"

"당신이오." 사법관이 대답했다.

자기 몸뚱이를 꿰뚫는 검에게 어떤 군소리를 할 수 있을까. 나이슬리스는 크게 놀라 털썩 주저앉았다. 자신이 무슨 물건 위에 앉았는지, 탁자인지 의자인지 알아챌 정신도 없었다.

사법관이 언성을 높였는데, 광장에 사람들이 있었다면 모두에게 그의 음성이 들렸을 것이다.

"선술집 주인 나이슬리스 플럼프트, 이것이 마지막으로 처리해야 할 일이오. 저 광대와 늑대는 부랑자들이오. 그들은 모두 추방 명령을 받았소. 그러나 가장 큰 죄를 저지른 사람은 바로 당신이오. 당신의 집에서, 당신의 허락 아래 법이 유린당했소. 당신은 자격을 부여받았고 따라서 공적인 책임을 져야 하는데, 당신의 집에서 추문의 원천을 만들어냈소. 나이슬리스 씨, 당신의 영업 허가는 취소되었고 당신은 정해진 벌금을 내야 하며 또한 감옥에 가야 하오."

경찰관들이 여인숙 주인을 에워쌌다.

사법관이 고비컴을 가리키며 계속했다.

"공범자인 이 소년도 체포한다."

경찰관 하나가 고비컴의 목덜미를 움켜잡았다. 고비컴은 호기심 가득한 눈으로 경찰관을 쳐다보았다. 소년은 별로 무서워하지 않았고 영문을 전혀 몰랐다. 이미 이상한 일들을 너무 많이 보았기 때문에 어떤 코미디가 계속된다고만 생각했다. 모자를 푹 눌러쓴 사법관은 두 손을 내려서 배 위에 엇갈려 놓았다. 최상의 위엄을 나타내는 동작이었다. 그리고 한마디 더 추가했다.

"결론이 났소, 나이슬리스 씨. 당신은 금고형을 선고받아 바로 수감될 것이오. 당신과 소년 전부. 또한 이 집, 즉 태드캐스터 여인숙은 폐쇄 선고를 받아 문을 닫게 될 것이오. 본보기로 삼으려는 것이오. 그럼, 우리를 따라오시오."

제7부
타이탄 여신

1. 깨어남

'데아!'

태드캐스터 여인숙에서 그러한 사건이 벌어지고 있던 그 시각에 코를레오네궁에서 날이 밝는 것을 바라보고 있던 그윈플렌에게, 밖에서 그 절규가 들려오는 것 같았다. 하지만 그 절규는 밖이 아니라 그의 내면에 존재했다.

영혼의 깊은 아우성을 들어 보지 못한 사람이 있겠는가?

게다가 날이 밝고 있었다.

여명은 하나의 목소리이다.

태양이, 잠들어 있는 그늘, 즉 양심을 깨우는 것 말고 다른 어떤 일에 공을 세우겠는가?

빛과 미덕은 같은 종(種)이다.

신이 크리스트로 불리든 사랑으로 불리든, 제일 선한 사람도 그를 잊을 때가 있기 마련이다. 우리 모두, 성자들조차도, 우리로 하여금 잊었던 것을 다시 기억하게 해 주는 음성이 필요하다. 그런데 여명이 우리 내면에 존재하는 고귀한 예고자로 하여금 목소리를 내도록 한다. 여명이 오면 수탉이 노래하듯 의무 앞에서 양심은 절규하는 것이다.

인간의 마음, 그 카오스가 'Fiat lux(빛이 생겨라)'를 듣는다.

그윈플렌,—그를 이 이름으로 계속 부를 것이다. 클랜찰리는 한 명의 귀족, 그윈플렌은 한 명의 인간이기 때문이다—그는 부활한 듯한 느낌을 받았다.

이제 동맥을 연결해야 할 때였다.

그의 내면에서 정직성이 누출되고 있었다.

"데아!"

그가 소리쳤다.

다음 순간 그는, 자신의 혈관에 충분하게 수혈이 이루어짐을 느꼈다. 몸에 유익하고 격정적인 그 무엇이 그의 내면으로 급히 뛰어들고 있었다. 선한 생각의 세찬 분출은, 열쇠가 없어서 자기 집 벽을 망설임 없이 뚫고 들어가는 사람의 행동과 유사하다. 사다리를 타고 올라가야 하지만, 그것은 유용한 수고이다. 파손도 감내해야 한다. 그러나 이것은 악의 파손이다.

"데아! 데아! 데아!"

계속해서 외쳤다.

그는 자신에게 스스로의 마음을 확인시켜 주었다. 그리고 큰 소리로 물었다.

"어디 있어?"

그 누구도 대답을 하지 않는다는 사실이 놀라웠다. 그는 천장과 벽들을 보고, 다시 정신을 찾기 시작했지만 여전히 영문을 모른 채 다시 물었다.

"어디 있어? 또 나는 어디 있는 거야?"

그런 다음 그 방 안에서, 그 우리 속에서, 갇혀 버린 거친 야수의 부질없는 걸음을 다시 걸었다.

"내가 어디에 있는 거야? 윈저. 그리고 너는? 서더크. 아! 세상에! 우리 사이에 이렇게 거리가 있는 것은 처음이야. 누가 그 고랑을 팠을까? 나는 여기에, 너는 그곳에! 아! 그러한 일은 없어. 앞으로도 없을 거야. 도대체 나에게 무슨 일이 생긴 거야?"

그가 우뚝 멈추어 섰다.

"누가 여왕 이야기를 해 주었지? 내가 그것이 무엇인지 알기나 하는가? 달라졌다고! 내가 달라졌다고! 어째서? 나는 귀족이니까. 데아, 어떤 일이 일어났는지 알아? 이제 너는 레이디야. 마주치는 일들이 그저 놀라울 뿐이야. 오! 제길! 나의 길을 찾아야 해. 누가 나에게 길을 잃게 했단 말인가? 음산한 분위기로 나에게 말을 건 사람이 있어. 그가 한 말을 지금도 기억하고 있어. '각하, 하나의 문이 열리면 다른 문이 닫힙니다. 나리 뒤에 있는 것은 더 이상 없습니다.' 그가 한 말은 이런 의미겠지. '당신은 비겁자야!' 그 사람, 그 불쌍한 자! 아직 완전히 깨어나지도 않았던 나에게 그런 소리를 마구 해댔지. 어리둥절했던 첫 순간을 그 자가 악용한 거지. 그의 수중에 들어간 먹이가 된 것 같았어. 녀석은 지금 어디에 있을까? 그에게 욕을 해대야겠어! 녀석은 꿈에서나 볼 수 있는 음산한 웃음을 띠고 나에게 말했어. 아! 이제야 다시 나로 되돌아오는군! 정말 편안하군. 클랜찰리 경을 마음대로 주무를 수 있다고 생각한다면 그것은 오산이야. 여귀족과 함께, 즉 데아와 함께, 영국의 중신으로 사는 거야. 조건이 있다고! 내가 그따위 조건을 받아들일 것 같아? 여왕이라고? 여왕이 나와 무슨 상관이지! 나는 그녀를 단 한 번도 본 적이 없어. 노예가 되기 위해서 귀족이 된 것이 아니야. 나는 권력의 속으로 들어가지만 자유인이야. 혹시 나의 사슬을 풀어준 것이, 헛수고였다고 생각하고들 있을까? 그들은 단지 내 입에 물렸던 재갈을 벗겼을 뿐이야. 그것이 전부였지. 데아! 우르수스! 우리는 영원히 함께할 거예요. 당신들의 처지가 나의 처지였고, 지금 나의 처지가 당신들의 처지예요. 어서 이곳으로 와요. 아니, 내가 가겠어. 즉시. 지금 바로 가겠어! 나는 너무 기다렸어요. 내가 돌아오지 않는 것을 보고 모두 어떻게 생각하겠어? 그 돈! 다른 사람을 통해 그 돈을 보내다니! 마땅히 내가 갔어야 했는데. 똑똑히 기억해. 그 남자, 그가 나는 여기에서 나가면 안 된다고 했어. 어디 두고 보라지. 빨리 마차를! 마차 한 대를 준비시켜! 내가 그들을 찾으러 가겠어. 시종들은 어디에 있지? 주인이 있으니 시종들이 있어야지. 나는 이곳의 주인이야. 이곳은 내 집이야. 그러니까 내가 빗장을 비틀고, 자물쇠를 깨트리고, 발길질로 문을 부술 거야. 내 앞을 막는 자는 내 검으로 그 몸뚱이를 관통하겠어. 이제 나에게도 검이 있으니까 누가 감히 나에게 거역하는지 보겠어. 나에게 아내가 있어. 데아. 나에게 아버지가 있어. 우르수스. 나의 집은 궁전이지. 그것을 우르수스에게 드릴 거야. 나의 이름은 왕관이야. 그것을 데아에게 줄 거야. 서둘러야 해! 빨리! 데아, 나 여기에 있어! 아! 우리 둘 사이의 거리를 한걸음에 뛰어넘었으면! 가자!"

그러더니 가장 먼저 손에 잡히는 휘장을 젖히고, 세찬 기세로 방을 나섰다.

복도가 나타났다.

무작정 앞으로 나아갔다.

두 번째 복도가 보였다.

문이 모두 열려 있었다.

그는 이 방 저 방을 기웃거리다가 여러 복도를 지나서, 출구를 찾아서 무작정 걸었다.

2. 궁전과 숲의 유사함

이탈리아 양식으로 된 궁전에는 출입문이 별로 없다. 코를레오네궁이 그러한 유형이었다. 어디를 보아도 커튼과 휘장과 장식용 융단뿐이었다.

당시 사치품이 넘치는 무수한 방과 복도가 어지럽게 뒤섞여 있지 않은 궁전은 거의 없었다. 황금빛 물건들과 대리석, 목각 공예품, 동양의 비단 등으로 가득 차 있었다. 또한 은밀함과 침침함을 보장하는 구석이 있는가 하면, 밝은 빛으로 가득한 구석도 있었다. 그러한 구석은 화려하고 유쾌한 지붕 아래 다락방들, 네덜란드의 도기나 포르투갈의 아라비아식 청색 타일로 장식하고 니스를 칠해 번쩍거리는 작은 방들, 고미다락방*을 이루는 벽의 구멍들, 온통 유리로 장식된 작은 방들, 기거할 수 있는 예쁜 옥상 누각 등이었다. 또한 속이 텅 빈 두꺼운 벽의 내부에도 사람이 충분히 기거할 수 있었다. 그리고 여기저기에, 과자 그릇처럼 생긴 아담한 방도 있었는데, 그것은 모두 옷장으로 쓰이는 방이었다. 그 방을 가리켜 '작은 아파트'라고 했다. 대부분의 범죄는 그 안에서 일어났다.

기즈 공작을 죽이고, 실브칸 재판소 소장의 예쁜 부인의 정

---

* 지붕 바로 아래 있는 다락방이다.

절을 잃게 하고, 혹은 르벨이 데려온 처녀들의 비명을 막는 데 매우 적절한 장소였다. 처음 들어선 사람에게는 매우 복잡하고 종잡기 어려운 장소였다. 유괴하기에 적합한 곳이었다. 그 안은 알려지지 않았고, 모든 것은 그 속에서 사라졌다. 왕족들과 귀족들은 그 우아한 동굴 속에 자신들의 노획물을 숨겼다. 샤롤레 백작은 참사원 의원의 아내인 쿠르셩 부인을, 몽될레 씨는 크루아 생랑프루아 지방의 징세 청부인이었던 오드리의 딸을 그러한 곳에 숨겼다. 콩티 대공은 릴아당 지역의 아름다운 빵집 여주인 둘을, 그리고 버킹엄 공작은 가엾은 페니웰을 그러한 궁에 숨겼다.

예를 다 들자면 끝이 없다. 그러한 곳에서 이루어지는 일들은, 옛 로마의 법률이 Vi, clam et precario라고 했듯이 '강제적으로, 은밀하게, 신속하게' 이루어졌다. 그러한 장소에 들어간 사람은 주인이 원하는 만큼 그곳에 머물러야 했다. 그곳은 황금으로 장식된 지하 감옥이었으며 수도원 내지는 하렘과 유사한 곳이었다. 무수히 많은 층계가 구불구불 올라가기도 하고 내려가기도 했다. 나선형으로 배열된 방들이 서로 끼어 박혀 있어서, 방들을 따라가면 처음 자리로 되돌아오게 되어 있었다. 어떤 갤러리를 따라가다 보면 기도실이 나왔다. 고해실이 규방과 접해 있기도 했다. 산호의 분지(分技) 현상과 해변의 구멍들이, 왕족과 귀족의 그 '작은 아파트'를 지은 건축가들에게 아마 모형을 제시했을 것이다. 무수한 갈래가 풀릴 수 없게 얽혀져 있었다. 벽에 난 틈새를 가로막고 회전하는 초상화들이 출입할 공간을 만들었다. 모두가 주도면밀하게 이루어놓은 것들이다. 그것이 필요했을 것이다. 그 속에서 온갖 비극이 연출되었으니. 그러한 벌집 층은 지하실에서 지붕 밑 방까지 연결됐다. 베르사유궁을 포함해 모든 궁들에 상감(象嵌)된 기이한 석산호였고, 거인들이 사는 곳에 있는 피그미족의 거처이기도 했다. 복도, 간이 휴게실, 둥지, 벌집 구멍, 숨는 장소 등 거인들의 옹졸함이 기어 들어가는 온갖 구멍이 있었다.

그처럼 굴곡이 있고 비밀스러운 곳들은, 눈을 띠로 가리고 손으로 더듬으며 웃음을 참고 즐기는 놀이, 즉 술래잡기를 떠올리게 했을 것이다. 또한 아트리데스, 플랜태저넷, 메디치 등의 가문 사람들, 엘츠의 난폭한 기사들 리치오 및 메날데스키와, 이 방 저 방으로 황망히 도망치는 사람들을 뒤쫓던 검들을 떠올리게도 했을 것이다.

고대에도 그러한 신비로운 거처들이 있어서, 그 속에서 사치와 비극이 공존했던 모양이다. 그러한 모형이 이집트의 몇몇 지하 무덤에 보존되어 있는데, 파살라쿠아가 발견한 프사메티쿠스왕의 지하 무덤이 적절한 예이다. 그러한 유형의 수상한 건축물들에게서 느끼던 두려움을 옛 문인들의 글에서 발견할 수 있다. Error circumflexus. locus implicitus gyris(원을 그리며 헤매니 수많은 굽이가 얽혀 있는 곳이구나).

그윈플렌은 코를레오네궁의 '작은 아파트'에 있었다. 그는 떠나고 싶고, 밖에 나가고 싶고, 데아를 다시 보고 싶어 마음이 들떴다. 그런데 숱한 복도와 작은 방들, 감춰진 문들, 예측하지 못한 문들이 얽혀져 그의 발길을 자꾸 붙잡고 더디 걷게 했다. 달음박질치고 싶었으나 여기저기 방황할 수밖에 없었다. 문 하나만 밀어 젖히면 될 것 같은 순간에, 풀어야 할 실타래가 가로막았다.

방 하나를 지나면 다른 방이 나왔고, 그 다음에는 응접실들이 교차하고 있었다. 살아 있는 것이라고는 하나도 보이지 않았다. 그는 귀 기울여 보았다. 아무 움직임도 느껴지지 않았다.

때때로 자신이 이미 갔던 길을 다시 가고 있는 것 같았다.

누군가 자신을 향해 걸어오고 있는 것 같기도 했다. 하지만 아무도 보이지 않았다. 거울 속에 비친, 귀족의 복장을 한 자기의 모습이었다.

분명 자신인데도 실감이 나지 않았다. 그는 자신임을 인식하고 있었지만 첫눈에 알아보지는 못했다.

닥치는 대로 모든 통로를 따라서 걸어갔다.

그는 건물의 은밀한 굴곡에 이르렀다. 요염한 색과 조각이 약간은 음탕한 듯하며 은은한 방이 하나 있었다. 그런가 하면 온통 자개와 에나멜로 뒤덮여, 돋보기를 통해서나 보일 만큼

얇게 쪼갠 상아를, 담뱃갑을 장식하듯 사이사이에 박아 장식한 수상한 제단도 있었다. 또 다른 곳에는 여인들의 우울증에 대비해 마련했다는 이유로 '부두아르'라고 불리는 피렌체식 은신처도 있었다. 천장과 벽과 바닥에는 새들과 나무들, 진주로 뒤덮인 괴이한 식물들, 흑옥(黑玉)으로 덮인 보자기, 전사들, 여왕들, 히드라의 복부 가죽으로 만든 갑옷을 입은 인어 등의 모양이 벨벳이나 금속판에 그려져 있었다. 크리스탈의 기울어진 단면이 반사된 빛에 프리즘 효과를 더하고 있었다. 유리 세공품이 보석처럼 빛났다. 어두운 구석들도 번쩍댔다. 에메랄드의 유리질이 떠오르는 태양의 금빛과 섞여 비둘기 목 근처의 털빛이 구름처럼 떠다니는 듯한 반짝이는 결정면들이, 숱한 미세 거울인지 또는 거대한 남옥(藍玉) 덩어리인지 쉽게 구별하기 어려웠다. 섬세하면서도 거대한 화려함이었다. 만약 그것이 제일 커다란 보석 상자가 아니라면, 제일 귀여운 궁전이었다. 매브를 위한 집 또는 가이아를 위한 보석 한 알이었다. 그윈플렌은 계속 출구를 찾고 있었다.

결국 출구를 찾지 못했다. 어느 쪽으로 가야 할지 알 수 없었다. 처음 본 화려함만큼 사람을 홀리는 것도 없다. 그러나 그것은 미로였다. 한 걸음을 옮길 때마다 화려함이 그의 앞을 가로막았다. 그가 가는 것을 막무가내로 반대하는 것 같았다. 그를 놓아 주고 싶지 않은 것처럼 보였다. 그는 경이라는 끈끈이에

붙어 있는 느낌이 들었다.

'무서운 궁전이군!'

그의 뇌리에 떠오른 생각이었다.

그는 불안해져서 그 이유를 스스로에게 물으며 혹시 갇힌 것이 아닌지 두려워하기도 하고, 탁 트인 공기를 호흡하고 싶어 화를 내면서 끊임없이 돌아다녔다.

'데아! 데아!'

그는 거듭해서 마음속으로 그녀의 이름을 불렀다. 밖으로 빠져나오게 해 줄 실인 것처럼, 그래서 끊어지게 두면 안될 실인 것처럼 그 이름에 집착했다.

가끔씩 큰 소리를 내어 사람을 불러 보았다.

"어이! 아무도 없소?"

아무 대답도 없었다.

방들만 끊임없이 이어질 뿐이었다. 황량하고, 적막하고, 화려하고, 스산했다.

흔히 마법에 걸린 성이라고 부르는 것이 그럴 것이다.

감춰진 열 공급구를 통해 들어온 뜨거운 공기가 복도와 방의 온도를 한여름처럼 만들고 있었다. 어느 마법사가 6월을 몽땅 끌어다가 그 미로 속에 가두어 둔 것 같았다. 가끔씩 좋은 향기도 났다. 마치 보이지 않는 꽃들이 있는 것처럼, 간헐적으로 향기가 났다. 더위를 느낄 정도로 따뜻했다. 어디를 보나 융단이 깔려 있었다. 알몸으로 서성대도 좋을 듯했다. 그윈플렌은 창밖을 바라보았다. 바깥 풍경이 끊임없이 바뀌었다. 봄날 아침의 상쾌함으로 가득한 정원이 보이더니, 다른 석상들로 장식한 새로운 벽면들이 보이고, 건물들 사이로 스페인식 사각형 안뜰이 다양한 모습을 드러내는데 바닥에 깐 포석에는 이끼가 끼어 더욱 시원스러워 보였다. 가끔 템스강도 보였다. 또한 웅장한 탑들도 있었다. 바로 윈저궁이었다. 아직 이른 아침이었던 탓에 행인들이 보이지 않았다.

그는 다시 걸음을 멈추었다. 내면의 소리에 귀 기울였다.

'아! 이곳을 떠나겠어. 다시 데아에게 돌아가겠어. 나를 억지로 이곳에 잡아 두지는 못해. 내가 나가는 것을 막는 자에게는 불운이 닥칠 거야! 저 커다란 탑은 무엇이지? 만약 어떤 거인이나 지옥의 개 또는 타라스코 용이 마법에 걸린 이 궁전의 문을 막는다면 내 손으로 없애버리겠어. 군대가 일제히 덤비더라도 나는 그들을 삼켜 버릴 거야. 데아! 데아!'

갑자기 어떤 소리가, 아주 약한 소리가 들려왔다. 물 흐르는 소리 같았다.

그는 좁고 어두운 회랑 안에 들어와 있었는데, 몇 걸음 앞에 커튼이 드리워져 있었다.

그는 커튼을 젖히고 안으로 들어갔다.

그는 전혀 뜻밖의 곳으로 들어간 것이다.

3. 이브

그가 들어간 곳은 바구니 손잡이 모양의 궁륭형 천장이 있고 창문이 없는 팔각형 실내였고, 천장 위에 뚫린 채광창을 통해 들어오는 빛이 실내를 밝혀 주고 있었다. 벽과 바닥과 천장은 모두 복사꽃 색깔이 감도는 대리석으로 장식했다. 실내 중앙에는 검은 대리석으로 뾰족탑 모양의 닫집 하나가 있었으며 기둥은 나사형이었는데, 중후하고 매혹적인 엘리자베스 여왕 시대의 양식이었다. 그 닫집이, 역시 검은색 대리석으로 깎은 수반형 욕조 위에 그림자를 드리우고 있었다. 욕조 가운데에서 따뜻하고 향기로운 물줄기가 가늘게 솟아, 조용히 그리고 천천히 욕조를 채우고 있었다. 그의 눈앞에 처음으로 나타난 것이었다.

백색을 광채로 바꾸기 위한 검은 욕조였다.

그가 들은 것이 그 물소리였다. 일정 정도에서 욕조의 물이 새어나가게 해 욕조 밖으로 넘치지 않도록 설치되어 있었다. 수반에서는 모락모락 김이 피어올랐지만 그 양이 적어서 대리석에는 김이 거의 서리지 않았다. 물줄기는 매우 가늘어 강철 회초리 같았고, 가냘픈 숨결에도 휠 듯했다.

가구는 눈에 띄지 않았다. 욕조 옆에 있는 의자 겸용 침대가 전부였다. 쿠션이 있고 상당히 길어서, 한 여인이 그 위에 누워도 발치에 개나 정인(情人)의 자리가 넉넉하게 있었다. 이런 의자 겸용 침대를 가리키는 칸알피에라는 말에서 프랑스어의 카나페가 생겨났다.

아래쪽을 은으로 만든 것으로 보아 스페인식의 기다란 의자였다. 그 위에 놓인 방석들과 등받이 쿠션은 매끄러운 흰색 비단으로 되어있었다. 욕조의 다른 쪽에는 선반을 갖춘 높은 은제 화장대가 벽에 기대어 있었는데, 온갖 화장 도구가 있었고 그 중앙에는 은제 틀을 두른 베네치아 산 작은 거울 여덟 개가 창문 모양을 하고 있었다.

소파에서 가장 가까이에 위치한 벽에는 천창(天窓) 형태의 사각형 창틀 하나가 파여 있고, 그것을 붉은색의 은판으로 막아 놓았다. 은판에는 경첩이 덧문처럼 달려 있었다. 은판 중간에 검은색 에나멜로 황금색 왕관 문양을 상감(象嵌)했고, 그 문양이 빛났다. 은판 위쪽 벽에는 초인종 하나가 매달려 고정되어 있었다. 만약 초인종이 순금제가 아니라면, 도금을 했을 것이다.

입구 맞은편, 즉 그윈플렌이 서 있던 곳 정면에는 대리석 벽면 한 조각이 제거되어 있었다. 그 대신 제거된 대리석 크기만큼의 통로가 생겼고, 바닥부터 천장까지 커다랗고 높은 은빛 망(網) 한 폭이 그 통로를 막았다.

요정 이야기에 나올 것 같은 거미줄처럼 올이 매우 가느다란 망은 투명했다. 그것을 통해 모든 것을 볼 수 있었다.

망 중앙에, 보통 거미가 있어야 할 그 위치에 기막힌 것 하나가 보였다. 한 여인의 나체였다.

정확히 말하면 옷을 벗은 것은 아니었다. 여인은 확실히 옷을 입고 있었다. 머리끝부터 발끝까지 옷으로 감싸있었다. 그 옷은 슈미즈였고, 성화(聖畵) 속 천사들이 입고 있는 긴 옷 같았다. 하지만 지극히 얇아서 물에 젖은 듯 투명했다. 그래서 벗은 여인처럼 보였는데, 나체보다 그것이 더 뇌쇄적이고 위험했다. 왕족 처녀들과 귀부인들이 두 줄로 늘어선 수도사들 사이로 엄숙한 종교적 행진을 한 적이 있는데, 몽팡시에 공작 부인은 자신을 더욱 낮춘다는 의미로 맨발에 레이스로 된 슈미즈만을 입은 채 자기 모습을 파리 시민 모두에게 보였다는 이야기가 전해진다. 그녀가 들었던 촛불이 그나마 완화제 역할을 했다고 한다.

유리처럼 투명한 은빛 망은 커튼이었다. 그것은 위쪽만 고정되어 있어서, 아래에서 들어 올릴 수 있었다. 그 망이 대리석 욕실과 침실 사이의 경계를 표시했다. 매우 작은 침실은 거울의 동굴 같았다. 베네치아 산 거울들을 가느다란 황금색 막대로 이어 놓았고, 그렇게 만들어진 다면체 거울은 침실 중간에 있는 침대를 비추었다. 커튼으로 사용되는 망이나 소파처럼 침대도 은빛이었는데 그 위에는 한 여인이 누워 있었다. 그녀는 잠들어 있었다.

머리는 뒤로 젖혔고 발 하나로는 이불을 차 던졌는데 그 모습은 날갯짓 하는 꿈에 눌린 수쿠부스*처럼 보였다.

듬성듬성한 레이스로 만든 베개는 융단이 깔린 바닥에 떨어져 있었다. 그녀의 나체와 시선 사이에는 두 가지 장애물만 있었다. 그녀의 블라우스와 은빛 커튼뿐이었다. 두 투명한 물건뿐이었다. 방보다는 규방에 더 가까웠던 침실을, 욕실에서 들어오는 반사광이 은은하게 밝혔다. 여인이 혹시 수줍음을 몰랐을 수도 있으나 반사광은 매우 조심하는 듯했다.

침대에는 난간도 닫집도 천개(天蓋)도 없어서, 그녀가 잠에서 깨어나 눈을 뜨면 거울들 속에 비치는 숱한 자기 나신을 볼 수 있을 것이었다.

잠을 설쳤는지 침대의 시트가 몹시 혼란스럽게 흩어져 있었다. 아름다운 주름들은 천의 올이 매우 곱다는 것을 알려 주었다. 당시에는 한 여왕이 저주를 받아 지옥에 가게 되면 그러한 침대 시트에서 자야 한다고 믿었다.

그러나 그렇게 나체로 잠자리에 드는 풍습은 이탈리아에서 들어온 것으로, 옛 로마인들로부터 유래되었다. 'Sub clara nuda lucerna(램프의 빛 아래에 있는 나체의 여인)' 호라티우스가 한 말이다.

* 남자가 잠에 취한 틈을 타, 육체적 관계를 맺는 암마귀를 말한다.

비록 자락이 흩어졌어도, 뚜렷이 드러난 커다란 황금색 도마뱀 무늬로 보아 중국산임이 확실한 독특한 비단으로 지은 가운이 침대 발치에 떨어져 있었다.

침대 너머 규방 안쪽에 출입문 하나가 있을 법한데, 큰 거울 하나가 그것을 가리는 동시에 그것이 있음을 표시해 주었다. 거울에는 공작새들과 백조들 그림이 있었다. 희미함으로 만들어진 듯한 그 방 안에 있는 모든 것이 빛났다. 유리와 황금색 접합재 사이는, 베네치아에서 '유리의 담즙'이라고 부르는, 번쩍이는 재료로 칠해져 있었다.

침대 머리맡 촛대들이 있는 은제 탁자 위에는 책 한 권이 펼쳐져 있었다. 그리고 펼쳐진 페이지 상단에는 다음과 같은 제목이 굵고 붉은 글씨로 쓰여 있었다.

Alcoranus Mahumedis(마호메트의 코란)

당연히 그 모든 자질구레한 것이 그윈플렌의 눈에 들어왔을 리 없다. 그의 눈에는 여인만이 보였다.

그는 돌처럼 굳어 버린 동시에 혼란에 빠졌다. 양립이 불가능하나, 분명히 존재하는 양태이다.

그 여인이 누구인지 그는 바로 알아챘다. 그녀의 눈은 감겨 있었지만, 얼굴은 그가 있는 쪽을 향하고 있었다.

여공작이었다.

미지의 존재에게서 나오는 모든 광휘가 혼융된 신비로운 존재, 그로 하여금 차마 고백할 수 없는 숱한 몽상에 잠기게 했고, 그에게 그처럼 기이한 연서를 보냈던 바로 그 여인이었다! '그녀가 내 얼굴을 보았지만 나를 원했어!' 그가 그렇게 말할 수 있는 단 한 명의 여자였다. 그는 벌써 그녀에 대한 모든 몽상을 뇌리에서 내쫓았고, 편지를 불태웠다. 그녀를 몽상과 기억 밖으로 멀리 추방했다. 그녀를 더 이상 기억하지 않았고, 지웠었다…….

그런데 그녀를 다시 만나다니!

다시 본 그녀는 위험했다.

벗은 여인은 무장한 여인이다.

그는 더 이상 숨도 쉬기 어려웠다. 그는 님부스에 실려서 떠밀리는 것 같았다. 오로지 바라보기만 했다. 그녀가 자기 눈앞에 있다니! 도대체 가능한 일인가?

극장에서는 여공작이었다. 그런데 지금은 네레이데스, 나이아디스, 파타였다. 항상 유령처럼 출현하는 존재였다.

그는 도망치려고 했지만 그것이 불가능함을 깨달았다. 그의 두 눈이 두 줄의 쇠사슬이 되어 그를 환영에 꽁꽁 묶어 버렸다.

매춘부일까? 처녀일까? 둘 모두였다. 보이지 않는 메살리나*

* 클라우디우스 황제의 부인으로 음탕한 여인의 상징이다.

가 미소를 짓는 동시에 디아나*가 경계를 하고 있음이 확실했다. 그 아름다움 위에는 범접하기 어려운 빛이 있었다. 그 순결하며 고귀한 모습에 견줄 만한 순수함은 없을 것이다. 아무 것도 닿지 않은 특이한 눈(雪)은 바로 알 수 있다. 그녀는 융프라우**의 신성한 백색을 가지고 있었다. 잠이 들어 무방비하게 드러낸 이마, 헝클어진 주홍빛 머리카락, 감긴 눈꺼풀 아래 보이는 긴 속눈썹, 어렴풋이 보이는 푸르스름한 혈관, 조각한 듯한 동그란 젖가슴, 발그스름한 윤곽의 무릎과 엉덩이 등에서 흘러나오는 것은 엄숙하게 잠이 든 신성(神性)이었다. 그녀의 몸에서 나오는 음탕함이 광휘 속에 녹아들고 있었다. 그 여자는, 마치 자기에게도 신들처럼 파렴치하게 행동할 권리라도 있는 듯 태연하게 알몸을 드러내 놓았다. 깊은 바다의 딸임을 스스로 자처하고 바다를 향해서 '아버지!'라고 부를 수 있는, 태평스러운 올림포스의 여신 같았다. 비너스가 커다란 물거품 위에 누워 있는 것처럼 부두아르 속 침대 위에서 오만하게 누워 잠든 그녀는, 범접할 수 없고 눈부신 몸뚱이를 숱한 시선과 욕망, 광기, 몽상 등 그 앞을 지나가는 모든 것들에게 맡기고 있었다.

그녀는 밤에 잠들어 해가 뜬 후까지 자고 있었다. 어둠 속에

---

* 남성을 거부하는 여성의 상징이다.

** 알프스의 봉우리 이름으로 젊은 여인을 가리키는 말이다.

서 시작해 광명 속까지 유지되는 신뢰였다.

그윈플렌은 전율에 몸을 떨었다. 찬미하고 있었던 것이다.

해롭고, 지나친 관심을 유발하는 찬미였다.

그는 두려웠다.

운명의 도깨비 상자 속은 결코 고갈되지 않는다. 그윈플렌은 종착점에 왔다고 생각했다. 그러나 다시 시작이었다. 결국 그에게, 전율하는 한 남자에게 잠든 여신 하나를, 그처럼 엄청난 벼락을 치기 위해 그의 머리 위에서 소란스럽게 번쩍이던 숱한 번개는 대체 무엇이었는가? 욕정을 자극하면서 위험한 그의 꿈을 분만하기 위해, 잇달아 갈라지던 하늘의 틈새들은 대체 무엇이었는가? 그의 막연한 열망과 헛되고 희미한 생각, 꿈틀대는 살로 바뀐 몹쓸 사념을 하나하나 그에게 전해 주고 불가능에서 나온 취하게 만드는 일련의 현실들로 그를 괴롭힌, 미지의 유혹자가 그에게 베푸는 호의는 다 무엇이었는가? 어둠의 세계가 가여운 그를 상대로 적의에 찬 음모를 꾸미고 있었던 것인가? 그를 둘러싼 음산한 운명의 미소 앞에서 앞으로 그는 어찌 될 것인가? 의도적인 듯한, 현기증 나는 이 사건의 실상은 무엇인가? 그 여인이! 이곳에! 왜? 어떻게? 어떤 설명도 없다. 왜 그인가? 왜 그녀인가? 그를 영국의 중신으로 만든 것은 그 여공작을 위해서였는가? 누가 그 두 사람을 서로에게 데려왔는가? 속임수에 빠진 자는 누구인가? 누가 희생당하는 것인가? 누구의 선의가 악용당하는 것일까? 신을 저버리는 것일까? 그 모든 의문을 그는 명료하게 떠올리지 못하고, 자신의 뇌리에 있는 검은 구름 덩어리 사이로 얼핏 보았을 뿐이다. 마법에 걸려 있는 듯하고 악의가 있는 듯한 곳, 감옥처럼 집요한 이 궁전이 어떤 음모의 일부란 말인가? 그윈플렌은 어떤 것 속으로 다시 흡수되어 소멸되려는 듯한 느낌이 들었다. 정체 모를 힘들이 그를 신비하게 얽매고 있었다. 어떤 인력이 그를 고정시켰다. 그의 의지가 다른 그릇으로 옮겨지듯 그를 떠났다. 무엇을 잡고 버텨야 할까? 그는 넋을 잃고 무엇인가에 홀려 있었다. 이번에는 돌이킬 수 없을 만큼 미쳤다는 감정에 사로잡혀 있었다. 찬란한 절벽 아래로 내리꽂히는 추락이 계속되었다.

여인은 계속 잠에 빠져 있었다.

내면의 혼란이 가중되고 있던 그에게 그녀는 더 이상 레이디도, 여공작도, 귀부인도 아니었다. 단지 여자였다.

일탈은 인간 안에 잠재 상태로서 존재한다. 모든 악습은 우리의 생체 기관 속에서 준비되어 있고, 이미 보이지 않는 노선을 가지고 있다. 우리가 비록 순진무구하고 순결해 보일지라도 우리 안에는 그러한 노선이 만들어져 있다. 오점 없는 존재가 약점 없는 존재를 뜻하지는 않는다. 사랑은 하나의 법칙이다. 관능은 하나의 함정이다. 취기가 있고 또 주벽이 있다. 취기는 한 여인을, 주벽은 여자를 원하는 것이다.

그윈플렌은 넋을 잃은 채 그저 전율할 뿐이었다.

이처럼 뜻하지 않은 만남 앞에서 어떻게 버틸 수 있을까? 물결 같은 피륙도, 여유 있는 비단 옷도, 한껏 멋 부린 장식도, 숨기기도 하고 내보이기도 하는 엽색꾼 여인의 과시도, 구름도 없었다. 두려움을 갖게 할 만큼 간결한 나신만이 있었다. 파렴치할 만큼 에덴적인, 신비로운 경고였다. 남자의 어두운 측면 전체가 독촉을 당했다. 이브는 사탄보다 더하다. 인간적인 것과 초인적인 것이 섞여 있었다. 의무에 대한 본능의 사나운 승리로 이르는 걱정스러운 황홀감이었다. 아름다움의 오만한 윤곽은 강제적이다. 그것이 이상 속에서 현실로 빠져나올 경우, 인간에게는 치명적인 이웃이 될 수 있다.

여공작이 이따금 침대 위에서 나른하게 몸을 뒤척였다. 구름이 형상을 바꾸듯이, 그녀의 몸뚱이 형태가 바뀔 때마다, 공중에 희미한 수증기의 움직임이 생겼다. 매혹적인 굴곡을 만들었는가 하면 다시 펴서, 몸뚱이는 물결처럼 일렁댔다. 여인에게는 물의 온갖 유연함이 있었다. 물처럼 여공작도 무엇인지 모를, 포착할 수 없는 것을 소유하고 있었다. 형언할 수 없는 기괴한 것, 내보인 살, 즉 그녀가 그곳에 있었지만 여전히 환상 같았다. 촉지할 수 있는데 멀리 느껴졌다. 그윈플렌은 당황하고 창백해져서 가만히 바라볼 뿐이었다. 팔딱대는 젖가슴 소리에 귀 기울였고, 유령의 호흡이 들리는 듯했다. 강력하게 이끌렸으나 그는 필사적으로 거부했다. 그녀를 어찌 거역한단 말인가? 자신을 어찌 거역한단 말인가?

그는 모든 것을 각오했지만 그것만은 미처 짐작하지 못했다. 출입문을 막는 난폭한 경비원, 맞서 싸워야 할 사납고 괴물 같은 간수, 그가 맞서 싸워야 하리라 예상했던 것은 그러한 것이었다. 케르베로스*와 맞닥뜨릴 것이라 예상했는데, 헤베**와 마주친 것이다!

벗은 여인이 있었다. 잠들어 있는 여인이었다.

얼마나 어두운 싸움인가!

그는 눈을 감았다. 눈 속에 들어온 극심한 여명, 그것은 괴로움이다. 하지만 그는 감긴 눈꺼풀로 금세 그녀를 다시 보았다. 어둠 속에서도 여전히 아름다웠다. 도망을 친다는 것은 어렵다. 도망치려 애써 보았으나 허사였다. 꿈속에 가둬진 사람처럼, 그는 그 자리에 뿌리를 내린 듯 했다. 후퇴를 원하면 유혹이 우리의 발을 포석 위에 못 박는다. 전진하는 것은 가능하지만 뒷걸음질은 불가능하다. 보이지 않는 실절(失節)의 팔이 땅으로부터 나와, 우리를 미끄럼 속으로 끌어당긴다.

감동은 둔해진다는 것이 많은 사람들이 갖는 통념이다. 하지

---

* 그리스 신화에 나오는 지옥의 문을 지키는 개를 말한다.

** 그리스 신화에 나오는 청춘의 여신을 말한다.

만 이것은 큰 오류다. 상처 위에 질산을 떨어트리면, 차츰 통증이 가라앉다가 마침내 멈춘다든가, 다미앙*이 능지처참에 무감각해졌다고 하는 것과 같다.

그러나 진실은 거듭될수록 더욱 날카로움을 느끼게 된다는 것이다.

놀라움이 거듭되면서 그윈플렌은 그 정점에 이르러 있었다. 그의 이성이라는 항아리는 경이로 인해 넘치고 있었다. 그는 자신 안에서 위험한 깨어남이 진행되고 있음을 느꼈다. 그에게는 더 이상 나침반이 없었다. 오로지 하나의 확실함만이 있었다. 그 여인이었다. 정체를 알 수 없고 파선 같은, 되돌릴 수 없는 행복이 엿보였다. 방향을 잡는 것은 불가능한 일이었다. 대항할 수 없는 조류와 암초뿐이었다. 암초는 바위가 아닌 인어다. 심연의 아래에는 자석이 있었다. 그윈플렌은 그 인력에서 벗어나기를 바랐다. 그러나 어떻게 한단 말인가? 더 이상 부착점(附着點)이 존재하지 않았다. 인간의 유동(流動)은 끝없이 계속될 수 있다. 사람도 파손된 선박처럼 운행 불능의 상황에 처할 수 있다. 인간의 닻은 바로 의식이다. 슬픈 일은, 의식도 파괴할 수 있는 것이다.

그에게는 이제 다음과 같은 최후의 수단도 없었다.

---

* 루이 15세를 살해하려다 사지가 찢겨 처형된 인물이다.

'나의 얼굴은 흉하게 훼손돼서 무시무시해. 그녀가 나를 거부하겠지.'

그 여인은 그를 사랑한다는 편지를 보냈었다.

위기 속에는 불안정한 돌출부 같은 순간이 존재한다. 우리가 선(善)으로 기대려 하지만 악(惡)으로 기울 때, 악 위에 걸려 있는 우리의 일부인 돌출부가 결국에는 우리를 낭떠러지 아래로 내리꽂는다. 그 슬픈 순간이 그윈플렌에게 온 것일까?

어떻게 피할 것인가?

낭떠러지는 바로 그녀였다! 여공작! 그 여인! 그녀가 그의 앞에, 침실에, 아무도 없는 곳에, 잠든 채, 그에게 맡겨진 채, 혼자 있었다. 그녀를 그의 뜻대로 할 수 있는 그의 지배 아래에 있었다!

여공작이!

아득한 하늘 끝의 별 하나를 발견했다. 그 별을 찬양했다. 그 별은 매우 멀리 있다! 가만히 있는 별이 두려울 리 있겠는가? 어느 날, 어느 날 밤에 별이 움직였다. 별 주위에 떨리는 빛이 보인다. 고정되어 있는 것 같던 천체가 움직인다. 별이 아니라 혜성이었다. 그것은 하늘의 커다란 방화범이다. 천체가 움직이고, 커지고, 주홍빛 모발을 마구 흔들더니 거대해진다. 그리고 가까이 온다. 오! 무시무시함이여! 그것이 다가온다! 혜성이 우리를 알아보고, 우리를 갈구하며, 우리를 원한다. 몹시 무서운 천체의 접근이다. 우리에게 다가온 것은 감당하기 어려운 강렬한 빛, 즉 실명(失明)이다. 마찬가지로 과도한 생명은 죽음이다. 천정점이 주는 그것을 우리는 거부한다. 심연에서 오는 사랑의 제의를 거절한다. 우리는 손으로 눈꺼풀을 가리고 몸을 감추고 피한 후에 무사하다고 믿는다. 그리고 다시 눈을 뜬다……. 그런데 우리 앞에 두려워하던 별이 있다. 그것은 이제 별이 아니고 하나의 세계이다. 알지 못하는 세계이다. 용암과 이글이글 타오르는 불의 세계이다. 무한히 깊은 곳에서 솟아오른, 삼켜질 듯한 놀라움이다. 그녀는 하늘을 가득 채운다. 오로지 그녀밖에 없다. 무한의 바닥에 있던 석류석, 멀리서 볼 때는 금강석이던 것이 가까이 다가와서는 화덕으로 바뀐다. 우리는 그 불꽃에 휩싸인다.

그리고 낙원의 열기로 인해 우리가 연소되는 것을 느끼기 시작한다.

4. 사탄

잠자던 여인이 갑자기 깨어났다. 그녀는 침대 위에서 갑작스러우면서도 위엄 있게 상체를 일으켰다. 부드러운 비단 같은 주홍빛의 금발이 출렁이며 허리 위로 쏟아져 내렸다. 그녀가 입고 있는 슈미즈가 흘러내려 낮은 어깨가 드러났다. 그녀는 섬세한 손으로 자신의 분홍색 발톱을 만지며, 잠깐 동안 벗은 발을 바라보았다. 페리클레스의 찬미를 받고 페이디아스가 조각할 만한 발이었다. 그런 후에 떠오르는 태양을 바라보며 암호랑이가 기지개를 켜듯 하품을 했다.

숨소리도 안 내려고 애쓸 때 그러는 것처럼 그윈플렌이 무척 힘들여 호흡했던 모양이다. "거기에 누가 있어요?"

그녀가 물었다.

그녀는 하품을 하면서 물었는데 우아함으로 가득했다. 그윈플렌은 낯선 그녀의 음성을 처음 들었다. 사람을 유혹하는 여인의 목소리였다. 달콤하고 오만한 억양이었다. 애무하는 듯한 어조가 그녀의 습관적인 명령조의 말투를 완화시켜 주었다.

그 순간, 그녀가 무릎을 꿇고 상체를 세우자 수천 개의 투명한 주름 속에서 무릎을 꿇은 태고의 석상이 드러났다. 그녀는 가운을 끌어당기고 침대 아래로 가볍게 뛰어내려 벌거벗은 채로 섰다. 화살 한 대가 스쳐 지나갈 동안의 짧은 시간이었다. 다음 순간 그녀의 몸은 바로 숨겨졌다. 눈 깜짝할 사이에 비단 가운이 그녀를 덮었다. 기다란 소매가 그녀의 손을 감추었다. 오로지 발가락 끝만 보였다. 아이의 발처럼 하얗고, 발톱이 조그마했다.

그녀는 등 뒤에 눌려 있던 머리를 끌어내 가운 위로 던진 다음 침실 안쪽으로 달려가 무늬가 그려진 거울에 귀를 대보았다. 그 거울이 출입문을 숨기고 있음이 확실했다.

그녀가 집게손가락으로 거울을 가볍게 톡톡 두드리면서 말했다.

“그쪽에 누가 있어요? 데이비드 경! 벌써 오셨어요? 도대체 지금 몇 시나 되었나요? 아니면 자네인가, 바킬페드로?”

그녀가 돌아서며 중얼거렸다.

“아니야. 이쪽이 아니야. 욕실에 누가 있어요? 어서 대답해요! 아니야, 아무도 그쪽으로는 들어올 수가 없지.”

그녀는 은빛 커튼이 있는 곳으로 와서 발과 어깨로 커튼을 젖히며 욕실 안으로 들어갔다.

그윈플렌은 숨이 끊어질 듯한 괴로움을 느꼈다. 피할 곳이 없었다. 도망치기에는 너무 늦었다. 게다가 그럴 힘도 없었다. 차라리 바닥이 갈라진다면 좋겠다고 생각했다. 그래서 땅속으로 가라앉아 버리고 싶었다. 들키지 않을 방법이 없었다.

그녀가 그를 발견했다.

그녀는 무척 놀란 듯 그를 바라보았다. 그러나 전혀 두려워하지 않았고, 오히려 행복과 경멸이 그녀의 얼굴에 나타났다.

“아니, 그윈플렌!”

그녀는 격렬하게 껑충 뛰어서 그의 목을 껴안았다. 그 암고양이는 표범이었다.

그처럼 격정적인 동작으로 인해 가운의 소매가 올라갔고, 드러난 맨팔로 그윈플렌의 머리를 열정적으로 감싸 안았다.

그러더니 갑자기 그를 밀어내고, 맹수의 발톱 같은 작은 두 손을 그윈플렌의 양 어깨 위에 얹었다. 그녀는 그의 앞에, 그는 그녀의 앞에, 그렇게 마주 보았고 그녀가 기묘한 표정으로 그를 살폈다.

운명적인 존재, 그녀가 알데바란*의 눈으로 그를 쳐다보았다. 그녀의 눈빛은 뒤섞여 있는 가시광선이었고, 형언할 수 없는 음흉함과 별빛을 함께 띠고 있었다. 그윈플렌은 푸른 눈동자와 검은 눈동자를 번갈아 보다가, 하늘의 시선과 지옥의 시선에 점차 정신을 잃었다. 여인과 남자는 서로 음침한 황홀경을 보냈다. 그들은 서로를 유혹했다. 그는 흉측함으로, 그녀는 아름다움으로, 즉 두 사람 다 전율할 두려움으로 서로를 유혹하고 있었다.

그는 떨칠 수 없는 무게에 짓눌려 아무 말도 못했다. 여자가 감동한 듯 소리쳤다.

"그대는 지혜로워. 그대가 왔어. 내가 런던을 떠나야 한다는 것을 알았던 거야. 그대가 나를 따라온 거야. 잘했어. 이곳에 오다니, 정말 대단해."

---

* 황소자리의 알파별을 뜻한다.

서로간의 소유가 이루어지면 번개가 생겨난다. 야수적이면서 동시에 정직한 정체 모를 두려움이 보내는 경고를 희미하게 알아차린 그윈플렌이 주춤거리며 물러섰다. 그러나 그의 어깨에 경련을 일으킨 분홍색 손톱이 그를 잡았다. 저항할 수 없는 그 무엇이 점차 모습을 나타내고 있었다. 야수와 같은 남자인 그는 야수와 같은 여인의 동굴 속에 들어온 것이다.

그녀의 목소리가 다시 들렸다.

"앤, 그 멍청한 것, 너도 알고 있지? 여왕 말이야. 그녀가 이유도 설명하지 않고 나를 윈저로 불렀어. 도착했더니 그녀는 얼간이 대법관과 함께 방구석으로 숨어버렸어. 그런데 어떻게 내가 있는 곳까지 들어왔지? 내가 남자라고 부르는 자는 너 같은 사람이야. 방해물 따위는 없어. 부름을 받자마자 달려오지. 나에 대해 알아본 것이 있나? 여공작 조시안이 내 이름이야. 너도 그것은 알고 있겠지. 누가 너에게 문을 열어 주었지? 물론 시종이겠지. 그 아이는 참으로 똑똑해. 그에게 상금 백 기니를 주도록 하겠어. 그런데 어떤 방법을 썼지? 한 번 말해 봐. 아니, 말하지 마. 설명하면 작아져. 놀라움을 주는 네가 더 좋아. 용모가 기괴한 만큼 그대는 경이로워. 너는 천상에서 왔어. 바로 그거야. 또는 에레보스*의 뚜껑 문을 통해 세 번째 지하 세계에서

---

* 지옥의 암흑을 가리키는 말이다.

올라왔어. 그대에게 그런 것은 아무것도 아니었겠지. 저절로 천장이 갈라지고 마루가 열렸을 거야. 구름을 타고 내려왔거나, 유황의 불길을 뚫고 올라왔어. 너는 그렇게 이곳으로 왔어. 신들처럼 너도 이곳에 들어올 자격이 있어. 그대는 나의 정인(情人)이야."

그윈플렌은 넋을 잃고 그녀의 말을 들었다. 그는 자신의 생각이 점점 더 비틀거림을 느꼈다. 이제 되돌릴 수 없었다. 또한 의심할 것도 없었다. 여인은 밤에 받은 편지 내용을 다시 확인시켜 주었다. 그가, 그윈플렌이, 여공작의 정인, 열정적인 사랑을 받는 정인이라니! 수천 개의 음산한 머리를 소유한 커다란 오만이 가엾은 가슴속에서 꿈틀댔다.

허영심이라는 것은 우리 내면에 있되, 우리에게 적대적인 거대한 힘이다.

여공작의 말은 계속되었다.

"그대가 여기에 왔으니 그것은 운명의 의지야. 내가 바라던 거지. 저 위에, 또는 저 아래에 누군가가 있어, 우리를 서로에게 던진 거야. 스틱스*와 에오스(여명)의 약혼이야! 모든 법률을 벗어난 광적인 약혼! 그대를 처음 본 날, 내 스스로에게 말했어. '저 사람이야. 바로 알아볼 수 있어. 내가 바라던 괴물이야.

---

* 저승에 있는 강으로 어둠의 세계다.

저 남자는 내 것이야.' 운명의 뜻을 도와야지. 그래서 너에게 편지를 썼어. 그윈플렌, 질문이 하나 있어. 그대는 예정설을 믿나? 나는 믿고 있어. 특히 키케로의 작품에서 '스키피오의 꿈'을 읽은 후에는 훨씬 굳게 믿지. 이런, 내가 미처 알아채지 못했군. 네가 귀족의 복장을 하고 있구나. 마치 영주처럼 차려 입었군. 그렇게 못할 이유도 없지 않아? 그대는 광대니까. 게다가 다른 이유가 더 있어. 광대는 귀족 못지않아. 도대체 귀족이 무엇이지? 그들도 웃기는 광대일 뿐이야. 그대의 체격은 고상하고 수려해. 그대가 이곳에 오다니, 경이로워! 언제 도착했지? 이곳에 도착한 지 얼마나 되었어? 나의 벗은 몸을 보았나? 나는 아름다워, 그렇지 않은가? 지금 목욕을 하려는 참이었어. 아! 그대를 사랑해! 편지를 읽었군! 당신이 읽었나? 누가 읽어 주었어? 글을 읽을 줄 알아? 너는 분명히 무식할 거야. 내가 물어보더라도 대답을 주지 마. 나는 그대의 목소리를 좋아하지 않아. 너무나 부드러워. 당신 같은 뛰어난 사람이 말을 하면 안 돼. 너처럼 누구와도 비교할 수 없는 자는 말하는 대신 이를 갈아야 해. 너의 노래는 조화로워. 나는 그것이 매우 싫어. 나를 거슬리게 하는 너의 유일한 단점이야. 나머지 모든 것은 훌륭하고 찬란해. 인도에서는 그대가 신으로 추앙받을 거야. 태어날 때부터 얼굴에 이 끔찍한 웃음이 있었어? 아니지? 분명히 형벌을 받았을 것이야. 네가 범행을 저질렀기를 바라. 빨리 내 품에 안겨."

그녀는 소파 위에 주저앉으며 그를 자기 옆에 앉도록 했다. 두 사람도 모르게 서로의 몸이 닿았다. 그녀의 말이 거센 바람처럼 그윈플렌을 스쳐갔다. 그는 미친 단어의 소용돌이가 만들어 내는 뜻을 겨우 알아들었다. 그녀의 눈에 감탄의 빛이 넘쳐흘렀다. 그녀는 광란하는 동시에 다정한 목소리로, 소란스럽게 말을 이었다. 그녀의 말은 음악이었지만 그윈플렌에게는 폭풍처럼 들렸다.

그녀가 그를 지그시 누르듯 고정된 시선으로 응시하다가 말을 계속했다.

"그대 곁에 있으니 나의 지위가 실추되는 것 같아. 얼마나 큰 행복인가! 왕족이라는 것, 그것이 어찌나 무미건조한지! 나는 고귀한 신분이야. 그보다 피곤한 것은 없어. 전락하면 휴식을 가질 수 있어. 나는 존경에 진력이 나서 멸시를 바라지. 비너스부터 클레오파트라, 슈브뢰즈 부인, 롱그빌 부인 등에서 나에게까지 이른 한 무리의 여인들은, 모두 정상을 벗어났어. 나는 당신을 자랑하기 위해 사람들 앞에 내보이겠어. 나의 정인임을 알리겠어. 내가 출생한 스튜어트 왕가에 타박상을 입힐 사랑 놀음이지. 오! 이제 숨을 약간 쉴 수 있겠군! 나는 출구를 발견했어. 나는 위엄에서 벗어났어. 지위를 잃는다는 것은 자유가 된다는 의미야. 모든 것을 끊고, 모든 것을 대수롭지 않게 여기고, 무슨 짓이건 망설이지 않고, 모든 것을 떨치는 것, 그것이 삶이지. 이봐, 내가 널 사랑해.” 그녀가 잠깐 동안 멈추더니, 끔찍한 미소를 띠고 말을 이었다.

“내가 널 사랑하는 것은 흉측한 얼굴 때문만은 아니야. 네가 천한 신분이기 때문이기도 하지. 나는 괴물을 사랑하는 동시에 광대를 사랑하는 거야. 모욕당하고, 우롱당하고, 괴이하고, 흉하고, 극장이라고 하는 죄인 공시대 위에 전시되어 있는 정인, 그 정인에게는 아주 색다른 맛이 있어. 심연의 과일을 베어 먹는 맛이지. 부끄러운 정인, 그것이 참맛이야. 낙원의 사과가 아니라 지옥의 사과를 깨무는 행위가 나를 홀려. 나는 그런 행위에 대한 허기와 갈증을 느껴. 나는 바로 그러한 이브야. 심연 속의 이브. 너는 그러한 사실은 깨닫지 못했더라도, 악마일 거야. 나는 어떤 환상의 가면을 위해 스스로를 보존했어. 그대는 어떤 환상이 줄을 조정하고 있는 꼭두각시지. 당신은 지옥의 위대한 웃음을 보여주는 형상이야. 당신은 이제껏 내가 기다리던 주인이야. 나에게는 메데이아나 카니디아 같은 여인들처럼 사랑이 필요했어. 나에게도 그러한 어둠 속에서 이루어진 커다란 사랑이 닥치리라 믿고 있었어. 네가 바로 내가 원하던 것이야. 지금 그대에게 많은 이야기를 하고 있지만, 아마 무슨 뜻인지 이해하기 어려울 거야. 그윈플렌, 아직 아무도 내 몸을 소유하지 못했어. 나는 그대에게, 활활 타오르는 불처럼 순결한 내 몸을 바치겠어. 당신은 틀림없이 내 말을 믿지 못하겠지. 하지만 그것 역시 나에게는 중요하지 않아!"

그녀의 말은 마구 뒤섞여, 내뿜는 용암 같았다. 에트나 화산이 허리를 찔렸을 때 그러한 불꽃을 분출할 것이다.

그윈플렌이 더듬거리며 말했다.

"마담……."

그녀가 손으로 그의 입을 막았다.

"쉿! 내가 너를 바라보고 있어. 그윈플렌, 나는 타락한 숫처녀야. 나는 베스타 여신에게 몸을 바친 숫처녀이자 바쿠스의 여사제이지. 아직 어떤 남자도 나의 몸을 갖지 못했고, 따라서 나는 델포이 신전의 피티아(푸티아) 역할도 능히 맡을 수 있으며, 발뒤꿈치를 드러내고 청동제 삼각대를 밟을 수도 있어. 그 삼각대 위에서 사제들이 피톤의 가죽 위에 팔꿈치를 괸 채로, 보이지 않는 신에게 속삭이듯이 질문을 던져. 나의 심장은 돌로 되어 있어. 하지만 디스강 하구의 헌틀리 내브 암석 아래로 바다가 굴려다 놓는 신비로운 자갈을 닮았어. 그 자갈을 깨트리면 그 속에 독사가 있어. 그 독사가 바로 나의 사랑이야. 모든 일을 해낼 수 있는 사랑이지. 그것으로 인해 네가 여기에 왔으니까. 도저히 건너뛸 수 없는 아득히 먼 거리가 우리 두 사람 사이를 가로막고 있었어. 나는 천랑성(天狼星)에, 너는 알리오스에 있었어. 그대는 측정할 수조차 없는 무한의 공간을 건너 이곳에 도착했어. 훌륭해. 아무 말도 하지 마. 그리고 내 몸을 가져."

그녀가 잠시 말을 멈췄다. 그는 온몸을 떨고 있었다. 그녀의 얼굴에 다시 미소가 떠올랐다.

"그윈플렌, 꿈꾼다는 것은 창조함이야. 바람이란 부름이지. 망상을 축조하는 것은 현실을 이루기 위한 도발이야. 전지전능하고 끔찍한 어둠은 도전장을 받고 참지 못해. 우리를 흡족하게 해 주지. 그래서 네가 여기에 온 거야. 내가 나 스스로를 감히 파멸시킬 수 있겠느냐고? 당연하지. 내가 주제넘게 그대의 정인, 아니 그대의 첩, 그대의 시녀, 그대의 물건이 될 수 있냐고? 기꺼이. 그윈플렌, 나는 여자야. 여자란 개흙이 되기를 갈구하는 진흙이지. 나는 나 자신을 멸시하고 싶은 욕구를 느껴. 그것이 오만의 묘미를 돋우어 주지. 위대함과의 합금에 어울리는 것은 미천함이야. 그 둘보다 더 훌륭하게 조화되는 것은 없어. 사람들에게 멸시를 당하는 네가 나를 멸시해. 전락 아래로의 전락, 얼마나 큰 쾌락인가! 이중의 치욕으로부터 피어난 꽃, 내가 그 꽃을 꺾겠어. 나를 짓밟아. 그러면 나를 더 사랑하게 될 거야. 그 사실을 잘 알고 있어. 내가 왜 너를 열렬히 사랑하는지 알아? 너를 경멸하기 때문이야. 네가 나보다 훨씬 낮은 곳에 있기 때문에 너를 제단 위로 모시는 거야. 높은 것과 낮은 것을 혼합하는 것, 그것이 곧 카오스이고 나는 카오스를 좋아해. 모든 것은 카오스로 출발해 카오스로 끝나지. 카오스가 무엇이지? 하나의 거대한 더러움이야. 또한 신은 그 더러움으로 빛을 만들었고 그 하수구에서 세계를 창조했어. 그대는 내가 어디까지 전락했는지 몰라. 진흙으로 별 하나를 빚는다면, 그것이 나일 거야."

가운의 자락을 열어 젖혀 처녀의 상체를 드러내며 그렇게 말하던 이 놀라운 여인이 다시 말을 이었다.

"나는 다른 모든 사람에게 암늑대이지만, 네게는 암캐가 되겠어. 다들 몹시 놀라겠지! 얼간이들이 놀라는 꼴을 보는 것은 기분 좋은 일이야. 나는 스스로를 잘 알아. 내가 여신이라고? 암피트리테도 키클롭스에게 몸을 주었어. Fluctivoma Amphitrite(물결이 토해 낸 암피트리테). 내가 요정이라고? 위르젤도 물갈퀴 달린 손 여덟에 날개까지 달린 뷔그릭스에게 몸을 허락했어. 내가 공주라고? 메리 스튜어트에게는 리치오가 있었지. 세 미녀에게 세 괴물이 있었어. 나는 그녀들보다 더 훌륭해. 네가 그 세 괴물보다 더 괴이하니까. 그윈플렌, 우리 두 사람은 서로를 위해 태어났어. 그대는 외모가 괴물이라면 나는 내면이 그래. 그것에서 나의 사랑이 싹텄어. 잠깐의 변덕이라고 해도 괜찮아. 폭풍은 무엇인가? 변덕이야. 우리 두 사람 사이에는 별과 관련된 친화력이 있어. 우리 모두 밤으로부터 태어났어. 그대는 얼굴이, 나는 생각이 그래. 이제 그대가 나를 창조해. 그대가 도착하니 나의 영혼이 밖으로 나오고 있어. 나는 나의 영혼을 몰랐어. 그것은 무척 경악스러운 영혼이야. 그대가 가까이 오니 여신인 내 속에 있던 히드라가 밖으로 나오고 있어. 너는 나의 진정한 본질을 드러내게 만들어. 너로 하여금 나 자신을 찾게 해 주지. 내가 너를 얼마나 닮았는지 봐. 거울 속을 보듯 나를 들여다봐. 그대의 얼굴이 나의 영혼이야. 나 자신이 이토록 끔찍한 줄 이전에는 알지 못했어. 따라서 나도 괴물이야! 아! 그윈플렌, 그대가 나를 권태로부터 해방시켜 주는군."

그녀가 아이처럼 기묘하게 웃더니 그의 귀에 대고 속삭였다.

"미친 여자를 보고 싶어? 그게 바로 나야."

그녀의 시선이 그윈플렌을 파고들었다. 시선이란 사랑의 미약이다. 그녀의 옷이 두려움을 줄 정도로 흩어졌다. 눈멀고 본능적인 환희가 그윈플렌을 휩쌌다. 죽음이 섞여 있는 환희였다.

여인이 말을 하는 동안 그는 불꽃이 자신에게 튀는 것을 느꼈다. 그는 돌이킬 수 없는 일이 생기고 있음을 느꼈다. 한마디 말도 할 기운이 없었다. 그녀가 말을 멈추고 그를 응시하며 속삭였다.

"오! 괴물!"

그녀의 모습은 거칠어 보였다.

갑자기 그녀가 그의 두 손을 잡으며 말했다.

"그윈플렌, 나는 왕좌이고 그대는 장터의 무대야. 우리 둘을 대등하게 놓아. 아! 나는 행복해. 나는 이제 아래로 떨어졌어. 내가 얼마나 천한 년인지 모든 사람이 알 수 있기를 바라지. 그러면 모두들 내게 더욱 허리를 굽실거릴 거야. 누구를 싫어하면, 그만큼 더 설설 기는 법이니까. 인간이라는 종(種)은 그렇게 태어났어. 적의를 지니고도 파충류처럼 기어. 용이면서도 구더기처럼 행동해. 오! 나는 신들처럼 타락했어. 사람들은 내가 왕의 사생아라는 꼬리표를 영영 나에게서 떼어 내지 못해. 나는 여왕처럼 행동해. 로도프가 누구지? 악어 머리를 가진 남자 프테를 사랑한 여왕의 이름이야. 그녀는 그 남자를 기리려고 세 번째 피라미드를 짓도록 했어. 펜테실레이아는 사기타리우스라는 별자리의 이름을 가진 한 켄타우로스를 사랑했어. 그리고 안 도트리슈에 대해서는 어떻게 생각해? 마자랭은 상당히 흉측하게 생겼지! 하지만 너는 흉측하지 않아. 그대는 기형이야. 추한 남자는 미미하지만, 기형인 남자는 위대하지. 추한 남자는 잘생긴 외모 이면에 존재하는 마귀의 찡그림이야. 기형은 숭고함의 이면이지. 다른 한쪽이야. 올림포스에는 두 개의 경사면이 있어. 하나는 밝음 속에서 아폴론이 태어나게 하고, 또 다른 경사면은 어둠 속에서 폴리페모스*가 태어나도록 하지. 그대는 거인이야. 그대가 숲속에 있으면 베헤못**이고, 바닷속에 있으면 레비아단이며, 더러운 시궁창에 있으면 티폰***일 거야. 그

* 외눈박이 거인 키클로프스 중 하나다.

** 〈욥기〉에 나오는 거대한 괴물이다.

*** 그리스 신화에 나오는 반인반수다.

대는 지상(至上)의 존재야. 그대의 기형 안에는 벼락이 있어. 그대의 얼굴은 벼락으로 인해 헝클어졌어. 그대의 얼굴에는 거대한 불꽃 주먹의 성난 뒤틀림이 남아 있어. 그 주먹이 당신을 이렇게 빚어 놓고 가 버렸어. 거대하고 모호한 노여움이 광기에 휩싸여, 초인적이라 할 수 있는 무시무시한 이 얼굴 아래에 당신의 영혼을 끈끈이로 고정시켜 놓았어. 지옥이란 형벌의 풍로이고 그 속에서 벌겋게 쇠를 달구는데, 사람들이 그 쇠를 숙명이라고 말하지. 그렇게 달군 쇠로 그대에게 낙인을 찍었어. 그대를 사랑한다는 것은 위대함을 이해한다는 의미야. 내가 그 승리를 차지했어. 아폴론을 사모한다는 것은 그야말로 소소한 일이지! 영광은 경악에 비례해. 내가 너를 사랑해. 밤마다, 무수한 밤을 지새우며 그대에 대한 꿈에 사로잡혔어! 이곳은 나의 궁전이야. 네게 정원을 보여주지. 나뭇잎이 우거진 곳, 샘터, 마음 놓고 포옹할 수 있는 동굴, 베르니니의 훌륭한 대리석 조각품이 있어. 그리고 그 지나치게 많은 꽃들! 봄이 오면 장미꽃이 불길 같이 피어나. 여왕이 나의 언니라는 이야기를 내가 했던가? 내 몸을 네 마음대로 해. 주피터가 내 발에 입을 맞추고 사탄이 내 얼굴에 침을 뱉어도 내 몸은 상관없어. 종교가 있나? 나는 교황주의자야. 내 아버지인 제임스 2세는 프랑스에서 예수회 사제들에게 둘러싸여 돌아가셨어. 나는 당신 곁에서 느끼는 이러한 감정을 이제껏 느낀 적이 없어. 오! 저녁이 되면 황금으로 만든 배의 주홍빛 장막 아래서 너와 내가 같은 소파에 앉아, 음악이 연주되는 동안 바다의 한없는 부드러움 속으로 들어가고 싶어. 나를 모욕해. 나에게 매질을 해. 나를 매수해. 나를 미친한 계집처럼 대해. 나는 그대를 숭배할 거야."

애무도 포효를 할 수 있다. 못 믿겠다면 사자들이 있는 곳에 가보라. 그 여인 속에는 끔찍함이 있고 그것은 우아함과 결합되어 있었다. 그것보다 비극적인 것은 없다. 날카로운 발톱을 느끼는 동시에 벨벳의 감촉도 느낀다. 고양이과 짐승의 후퇴를 품은 공격이다. 그러한 전진과 후퇴에는 놀이와 살육이 공존했다. 그녀는 숭배하고 있었지만 오만했다. 그 결과가 광기의 전달이었다. 형언할 수 없을 만큼 사나운 동시에 감미로운 치명적인 언어였다. 모욕의 말이 모욕하지 않았다. 찬양의 말이 모독했다. 모욕을 신격화했다. 그녀의 억양과 말은 노여움 같았고 사랑에 들떠 있었다. 그리고 무엇인지 모를 프로메테우스의 위대함을 각인했다. 아이스킬로스가 노래한 위대한 여신의 축제가, 별빛 아래에서 사티로스들을 찾는 여인들에게 바로 그 거대하고 어두운 광기를 준다. 그러한 광기의 정점이 도도나의 나뭇가지들 아래에서 추는 모호한 춤들을 더욱 복합적으로 만든다. 하늘 정반대 쪽에 있는 사람으로 변신할 수 있을지 모르지만, 그 여인은 변신해 있는 것 같았다. 그녀의 머리카락이 맹수의 갈기처럼 파르르 흔들렸다. 그녀의 가운 자락이 여며지다가 다시 열렸다. 야수의 울부짖음이 가득한 젖가슴처럼 매혹적인 것은 없다. 그녀의 푸른 눈에서 발산되는 광선이, 그녀의 검은 눈에서 치솟는 불꽃과 뒤섞였다. 그녀의 모습은 초자연적이었다. 그윈플렌은 기력이 다해 그러한 접근에서 생겨난 깊숙한 침입에 자신이 정복당했음을 느꼈다.

"너를 사랑해!"

그녀가 비명을 지르듯 외쳤다.

그러고는 그에게 깨무는 것처럼 키스를 했다.

주피터와 유노에게처럼, 그윈플렌과 조시안에게도 아마 곧 필요하게 될 구름이 호메로스에게 있었다. 사물을 볼 수 있는, 따라서 그를 본 여인이 그를 사랑한다는 것, 그리고 자신의 흉측한 입에 신성한 입술이 밀착되는 것이 그윈플렌에게는 달콤하면서도 번개 같은 충격이었다. 그는 온통 수수께끼로 싸여있는 여인 앞에서 내면의 모든 것이 사그라지는 것을 느꼈다. 데아에 대한 기억은 어둠 속에서 약한 비명을 지르며 몸부림쳤다. 스핑크스가 큐피드를 먹는 장면이 새겨진 고대의 저부조가 있는데, 하늘에서 내려온 그 사랑스러운 존재의 날개가 잔인하게 웃는 이빨 사이에서 피를 흘린다.

그윈플렌은 그 여인을 사랑하고 있었을까? 인간도 지구처럼 두 개의 극을 갖고 있을까? 휘어지지 않는 축에 고정된 우리가, 멀리에는 별이 있고 가까이에는 진흙이 있고, 낮과 밤이 교차

하는, 회전하는 천체일까? 인간의 가슴에도 두 방향이 존재해, 한 방향에서는 밝음 속에서 사랑하고 다른 방향에서는 어둠 속에서 사랑하는 것일까? 이쪽에 있는 여인은 빛, 저기에 있는 여인은 시궁창이다. 천사는 필요하다. 악마도 하나의 필요라는 것이 가능한가? 영혼을 위해 준비된 박쥐의 날개가 있단 말인가? 황혼의 시각이 모든 사람에게 숙명적으로 온다는 말인가? 실절도, 거역해서는 안 되는 우리 운명의 필요한 부분이란 말인가? 악도, 다른 것과 하나로 묶어서 숙고해야 할 우리 천성의 부분이란 말인가? 실절이, 반드시 지불해야 할 빚이란 말인가? 커다란 전율을 느꼈다.

하지만 어떤 음성이 우리에게 말한다. 나약해지는 것 역시도 범죄라고. 육체, 생명, 공포, 관능, 숨 막히는 취기, 그리고 오만 속 커다란 수치심 등 그윈플렌이 느끼고 있던 것들은 형언할 수 없는 것들이었다. 그가 추락할 것인가?

그녀가 거듭 말했다.

"너를 사랑해!"

그리고 광기에 휩싸인 듯 그를 가슴에 끌어안았다.

그윈플렌은 헐떡거릴 뿐이었다. 갑자기 그들 곁에 뚜렷하고 맑은 초인종 소리가 들렸다. 벽에 고정된 초인종이 울린 것이다. 여공작이 그쪽으로 고개를 돌리며 말했다.

"그녀가 내게 무슨 볼일이 있나?"

다음 순간, 왕관 문양이 새겨진 은판이 용수철 달린 뚜껑문의 소리와 함께 벌컥 열렸다. 왕실을 상징하는 푸른색 벨벳으로 장식된 선반의 내부가 보였고, 그 속의 황금 접시 위에 한 통의 편지가 놓여 있었다.

편지의 봉투는 사각형이었고 두툼했다. 주홍색 밀랍에 찍힌 봉인이 잘 보였다. 초인종이 계속 울렸다.

열린 은판은 두 사람이 앉아 있던 소파에 닿을 것 같았다. 여공작이 한 팔로 그윈플렌의 목을 감아 안고, 다른 한 팔로는 상체를 기울여 접시 위에 있는 편지를 집어 은판을 밀었다. 선반이 다시 닫혔고 초인종 소리가 그쳤다.

여공작은 두 손가락 사이에 밀랍을 넣어 깨뜨린 다음, 봉투를 뜯어 그 속에 들어 있던 편지 둘을 꺼내고 봉투는 그윈플렌의 발치에 던졌다.

깨진 밀랍에 찍힌 인장의 글씨는 형태를 보존하고 있었는데, 그윈플렌이 보니 선명한 왕관 문양 위에 A자가 보였다.

찢긴 봉투가 두 면이 다 보이도록 펼쳐져서 봉투에 쓴 것을 읽을 수 있었다.

'조시안 여공작 각하에게.'

봉투 속에 들어 있던 두 편지 가운데 하나는 양피지였고, 다른 하나는 송아지 피지였다. 양피지는 컸고 송아지 피지는 작았다. 양피지 위에는 흔히 귀족의 밀랍이라고 부르는 초록색 밀랍으로 커다란 대법관부 도장이 찍혀 있었다. 여공작은 여전히 팔딱거리고 눈에 환희가 감돌았다. 귀찮다는 듯 살짝 불만스러운 표정을 지었다.

"아! 나에게 무엇을 보낸 거야? 쓸데없는 휴지 조각을! 항상 흥을 깨는 여자군!"

그러고는 양피지를 옆으로 던져 버리고 송아지 피지를 살짝 펴 보았다.

"그녀의 글씨체야. 내 언니의 글씨체. 보기만 해도 피곤해. 그윈플렌, 조금 전에 혹시 글을 읽을 줄 아느냐고 내가 물었지. 읽을 줄 알아?"

그윈플렌은 고개를 끄덕였다.

그녀는 마치 누운 여자처럼 소파 위에 몸을 길게 펴고 가운 자락으로는 두 발을, 그리고 소매로는 두 손을 부드럽게 감쌌다. 기묘한 정숙함이었다. 두 젖가슴은 그대로 드러내 놓고는 열렬한 시선으로 그윈플렌을 감싸며, 그에게 송아지 피지를 내밀었다.

"자, 그윈플렌, 그대는 내 것이야. 이제 봉사를 시작해. 내 사랑, 여왕이 나에게 보낸 편지를 읽어줘."

그윈플렌이 편지를 받아 편 다음, 온갖 유형의 떨림이 뒤섞인 목소리로 읽기 시작했다.

마담, 과인은 과인의 신하이자 영국의 대법관 윌리엄 쿠퍼가 확인하고 서명한 조서의 사본을 정중히 동봉하오. 그 조서로 인해 다음과 같이 중대하고 특이한 일이 일어난 바, 린네우스 클랜찰리 경의 합법적인 적자가 광대들 속에서 그윈플렌이라는 이름으로 미천한 부랑자의 삶을 살고 있었음을 알게 되었고 그 당사자를 찾았소. 그의 신분이 인멸된 것은 아주 어린 시절이었소. 왕국의 법률과 그의 상속권에 따라, 린네우스 경의 적자 퍼메인 클랜찰리 경은 오늘부터 상원에 받아들여져 복권될 것이오. 이러한 연유로, 그대에게 호의를 보이고 클랜찰리 및 헌커빌 가문의 재산과 영지를 차질 없이 상속할 수 있도록 하기 위해 과인은 그대의 총애 대상을 데이비드 더리모이어 경 대신 그로 바꾸었소. 과인은 벌써 퍼메인 경을 그대의 거처인 코를레오네궁으로 모시라고 명했소. 과인은 여왕이자 언니로서 명하고 바라는 바, 오늘까지 그윈플렌이라고 불리던 우리의 퍼메인 클랜찰리 경이 그대의 부군이 되고 그대 역시 기꺼이 그와 혼인해야 할지니, 그것이 과인의 기쁨이 될 것이오.

그윈플렌이 거의 모든 단어를 비틀대는 어조로 읽는 동안, 여공작은 소파의 쿠션으로 자신의 몸을 받쳐 세우고, 시선을 못 박고 귀를 기울였다. 그윈플렌이 읽기를 마치자 그녀가 편지를 빼앗았다.

'앤, 여왕.'

그녀가 여왕의 서명을 꿈속에 잠긴 사람 같은 목소리로 읽었다.

그리고 바닥에 내던졌던 양피지를 다시 들어 읽었다. 마투티나 호에 탔다가 난파당한 사람들의 고백이었는데, 그것은 서더크 집정관과 대법관이 서명한 조서에 첨부되어 있는 사본이었다.

그 조서를 다 읽은 후, 그녀는 여왕의 서신을 또다시 읽었다. 그리고 작게 말했다.

"좋아."

그리고 조용히, 그윈플렌이 들어온 회랑의 출입문을 손가락으로 가리키며 말했다.

"나가세요."

그윈플렌은 돌처럼 굳어져 움직이지 못했다.

그녀가 얼음장처럼 차가운 목소리로 다시 말했다.

"당신이 나의 남편이니, 나가세요."

그윈플렌은 아무 말도 못하고, 죄인처럼 눈을 내리깐 채 그 자리에 서 있었다.

그녀가 말했다.

"당신은 이제 이곳에 계실 자격이 없어요. 여기는 내 정인의 자리니까요."

그윈플렌은 마치 그 자리에 못 박힌 것처럼 서 있었다.

"좋아요. 그러면 제가 나가지요. 아! 당신이 나의 남편이라니! 잘됐어요. 당신을 증오해요."

그녀는 벌떡 일어서더니, 누구에게 보내는지 모를 작별 인사의 동작을 공중에 그리며 밖으로 나갔다. 그녀 뒤로 회랑으로 통하는 문이 다시 닫혔다.

5. 서로를 알아보았지만 알지 못했다

그윈플렌 혼자 남았다.

미지근한 욕조와 흩어진 침대 앞에서.

그의 내면에서는 사념의 분산이 정점에 이르러 있었다. 그의 뇌리에서 오가는 것은 결코 사유(思惟)와 비슷하지 않았다. 그것은 살포와 흩어짐, 불가해 속에서의 고뇌였다. 그의 내면에는 꿈속의 혼란 비슷한 것이 있었다.

미지의 세계로 들어가는 것은 간단하지 않다.

시종에게 여공작의 편지를 받은 후, 그윈플렌에게는 일련의 경이로운 시간이 시작되었고 그것은 점차 이해하기 어려웠다. 그 순간까지도 꿈속에 있었지만 모든 것을 선명하게 보았다.

이제 그는 더듬거렸다.

그는 아무 생각도 없었다. 더 이상 몽상조차 하지 않았다. 오로지 감수할 뿐이었다. 여공작이 그를 버려두고 간 자리, 소파 위의 그 자리에 머물렀다. 문득 희미한 그 공간에서 발걸음 소리가 들렸다. 한 남자의 발걸음 소리였다. 그 소리는 여공작이 나간 회랑 반대쪽에서 들렸다. 소리가 점차 가까워졌다. 조용한 소리였으나 분명했다. 그윈플렌은 비록 생각에 골몰해 있었지만, 발걸음 소리에 귀를 기울였다.

갑자기, 여공작이 젖혀 놓은 은빛 커튼 너머로, 침대 뒤 그림이 그려진 거울 뒤쪽에 있다고 짐작했던 출입문이 활짝 열렸다. 쾌활한 남자의 음성이 온통 거울로 뒤덮인 침실 속으로, 옛 프랑스 노래의 후렴 한 구절을 던져 넣었다.

퇴비 위 어린 새끼 돼지 세 마리
가마꾼들 같이 맹세했네.

한 남자가 들어섰다.

남자의 허리에는 검이 있었고, 깃털 장식을 한 모자를 손에 들었는데 모자에는 장식용 끈과 모장(帽章)이 있었고 계급줄이 있는 화려한 해군복을 입고 있었다.

그윈플렌은 용수철이 튕기듯이 벌떡 일어섰다.

그는 남자를 즉시 알아보았고, 남자도 그를 즉시 알아보았다. 몹시 놀란 두 사람의 입에서 동시에 비명 같은 소리가 흘러나왔다.

"그윈플렌!"

"톰짐잭!"

깃털 장식을 한 모자를 쓴 남자가 그윈플렌에게 다가왔다. 그윈플렌은 팔짱을 낀 채 우뚝 서 있었다.

"그윈플렌, 어떻게 여기에 와 있나?"

"그런데, 톰짐잭, 자네는 이곳엔 왜 오셨는가?"

"아! 이제 알겠군. 조시안! 또 변덕이 생겼군. 괴물 같은 광대 앞에서는 버티기 힘들었겠지. 그윈플렌, 여기에 오려고 변장을 했군."

"자네 역시도, 톰짐잭."

"그윈플렌, 귀족 복장으로 차려 입었는데, 도대체 무슨 까닭인가?"

"톰짐잭, 자네의 장교 복장은 무엇인가?"

"그윈플렌, 그 질문에는 대답하지 않겠네."

"나도 마찬가지네. 톰짐잭."

"그윈플렌, 내 이름은 톰짐잭이 아니네."

"톰짐잭, 내 이름은 그윈플렌이 아니네."

"그윈플렌, 여기는 나의 집일세."

"나도 내 집에 와 있는 것이네, 톰짐잭."

"자네가 내 말을 따라하는 것을 금지하겠네. 자네에게는 빈정대는 재주가 있지만 나에게는 지팡이가 있어. 우스꽝스러운 흉내는 이제 그만두게, 불쌍한 건달 양반."

그윈플렌의 얼굴이 창백해졌다.

"자네야말로 건달일세! 지금 나에게 한 모욕적인 말에 대한 대가를 치러야 하네."

"그러길 바란다면 자네의 가건물에서 하지. 주먹으로."

"이곳에서 검으로 하세나."

"그윈플렌, 검은 귀족의 물품이네. 나는 나와 동등한 사람들만 상대로 결투를 한다네. 자네와 내가 주먹질을 한다면 평등하지만, 검 앞에서는 다르네. 태드캐스터 여인숙에서 톰짐잭은 그윈플렌을 상대로 주먹질을 하는 것이 가능하네. 하지만 윈저에서는 그렇지 않네. 이 사실을 잘 알아두게. 나는 해군 소장이네."

"나는 영국의 중신일세."

그윈플렌이 톰짐잭이라고 여겼던 남자가 폭소했다.

"국왕은 아닌가? 자네 말이 옳을 수 있네. 광대는 모든 역할을 다 하니까. 차라리 아테네의 사령관 테세우스라고 우겨보게."

"나는 영국의 중신일세. 그러니 우리 결투를 하세."

"그윈플렌, 시간을 길게 끄는군. 자네에게 채찍질을 할 수 있는 자에게 장난치지 말게. 나는 데이비드 더리모이어 경이라네."

"나는 클랜찰리 경일세."

데이비드 경이 또다시 폭소했다.

"아주 적절한 이름이야. 그윈플렌이 클랜찰리 경이라. 조시안을 갖기 위해서는 꼭 필요한 이름이지. 그래, 자네를 용서하네. 그 까닭을 아는가? 자네와 나는 그녀의 두 정인이라네."

바로 그때 회랑의 문이 열리더니 한 목소리가 들렸다.

"두 분은 남편들이십니다, 나리들."

두 사람은 똑같이 고개를 돌려 쳐다보았다.

"바킬페드로!"

데이비드 경이 놀라서 외쳤다. 진짜 바킬페드로였다.

그는 미소를 띠고 깊숙이 허리를 굽혀 두 귀족에게 예를 표했다.

그의 뒤 몇 걸음 떨어진 곳에는 점잖고 근엄한 신사 한 사람이 있었다. 그는 손에 검은색 막대 하나를 들고 있었다. 신사가 다가와서 그윈플렌에게 예를 세 번 표한 후에 말했다.

"각하, 저는 알현실 문지기이옵니다. 폐하의 명령에 따라 나리를 모시러 왔사옵니다."

제8부
의회와 그 주변

1. 장엄한 것의 분석

급상승 작용은 벌써 여러 시간 전부터 다채로운 형상으로 그윈플렌에게 현기증을 일으키게 했다. 그것은 그를 윈저로 실어 갔었고, 다시 런던으로 데려왔다.

환상처럼 느껴지는 현실이 한순간도 멈추지 않고 그의 앞에서 이어졌다.

그 일련의 사건 속에서 빠져나올 방법이 없었다.

숨 쉴 틈도 없었다.

광대를 본 이는 운명의 실상을 본 것이다. 하강하다 상승하고 다시 하강하는 발사체들, 그것이 곧 운명의 수중에 사로잡힌 인간이다.

발사체인 동시에 장난감이다.

같은 날 저녁에 그윈플렌은 무척 기묘한 장소에 있었다.

그는 백합꽃 문양이 있는 긴 의자 위에 앉았다. 그는 비단 정장 위에 흰색 호박단으로 안감을 댄 진홍색 벨벳 가운과 흰담비 모피로 된 의례용 외투를 걸쳤고, 양쪽 어깨에는 황금빛 테두리를 한 흰담비 모피 띠를 드리웠다.

주변에는 젊은이들과 노인들, 온갖 연령대의 남자들이 백합꽃 문양이 그려진 의자 위에 앉아 있었는데 모두들 그와 같이 진홍색 옷과 흰담비 모피 띠를 걸쳤다.

그의 앞쪽에 무릎을 꿇고 앉아 있는 사람들이 보였다. 그들은 검은색 비단옷을 입었다. 무릎을 꿇고 있는 사람 중 몇 명은 무엇을 쓰고 있었다.

그와 약간 떨어진 맞은편에는 계단과, 연단, 닫집, 사자상과 유니콘 상 사이에 널찍하고 반짝이는 방패형 문장이 보였다. 계단 위쪽에 위치한 연단 위 닫집 안에는 찬란한 황금색 왕관 문양이 조각된 안락의자 하나가, 방패형 왕가 문장에 등을 맞댄 채 있었다. 왕좌였다.

그레이트브리튼의 왕좌였다.

그윈플렌 자신도 중신이므로 영국 중신의 방, 즉 상원에 온 것이다. 그윈플렌이 어떤 과정을 거쳐 상원에 들어오게 되었을까? 먼저 그 이야기를 알아보자.

아침부터 저녁까지, 윈저에서 런던까지, 코를레오네궁에서 웨스트민스터홀까지, 끊임없이 이어진 사닥다리를 올라가야 했다. 사다리를 하나씩 오를 때마다 새로운 현기증에 시달렸다.

그는 중신의 신분에 합당한 경호를 받으며, 여왕이 보낸 마차편으로 윈저에 왔다. 의전 경호대와 죄인 호송대는 서로 많이 닮았다.

그날 윈저부터 런던에 이르는 길가에서는, 백성들이 화려한 왕실 전용 역마차 두 대를 수행하는, 폐하의 연금을 받는 귀족들로 이루어진 기마대 행진을 구경했다. 첫 번째 마차에는 막대기를 손에 든 검은색 권장의 문지기가 탔다. 두 번째 마차에는 하얀 깃털을 꽂은 모자를 쓴 사람이 있었는데, 모자챙이 드리우는 그늘로 인해 얼굴을 볼 수 없었다. 누구일까? 왕자였을까? 죄수였을까?

그윈플렌이었다.

상원으로 모셔지는 사람이 아니라면, 런던탑으로 호송되는 사람일 것이라고들 여겼다.

여왕이 적절한 조치를 내렸다. 동생의 신랑감과 관계되는 일이므로 자기의 경호원 중 몇 명을 보낸 것이다.

검은 색 권장의 문지기 아래에 있는 장교가 행렬의 선두를 장식했다.

검은색 권장의 문지기가 탄 마차의 보조 의자 위에 은색 방석이 있었다. 방석 위에는 왕관 문양이 찍힌 검은 서류 가방 하나가 있었다.

런던에 도착하기 전 마지막 역참인 브렌트퍼드에 이르렀을 때 두 마차와 경호대가 잠깐 멈췄다.

네 필의 말이 끄는 거북 등 모양의 사륜마차 한 대가 기다리고 있었다. 사륜마차에는 네 명의 시종이 뒤에, 두 명의 전열 기수와 한 명의 마부가 앞에 탔다. 마차의 바퀴들과 디딤대, 채 등 모두가 황금색으로 되어 있었다. 마구는 전부 은으로 만들었다.

그 의전용 마차는 놀라울 만큼 용맹한 모양으로 만들어져서, 루보의 유명했던 50대의 사륜마차 중에 들 만했다.

알현실 문지기가 마차에서 내리자 그의 수하에 있는 장교도 말에서 내렸다.

그 장교가 역마차의 보조 의자에 있었던 은색 방석과 그 위에 놓였던 왕관 문양이 찍힌 서류 가방을 두 손으로 받들고 문지기 뒤에 가서 섰다.

알현실 문지기가 아무도 타고 있지 않은 사륜마차의 출입문을 연 다음, 그윈플렌이 타고 있던 역마차의 출입문을 열었다. 그리고 다소곳이 시선을 낮춰 그윈플렌에게 사륜마차에 오를 것을 예의를 갖춰 권했다.

그윈플렌이 역마차에서 내려 사륜마차에 올랐다.

알현실 문지기와 그의 수하 장교가 그 뒤를 따라 사륜마차 안으로 들어간 다음, 예전부터 의전용 마차 안에 마련해 놓았던 시동용의 낮고 등받이 없는 장의자 위에 앉았다.

사륜마차의 안은 온통 흰색 새틴으로 되어 있었고 그 위에 뱅슈산 레이스를 늘어뜨렸는데 레이스는 도토리 모양의 은제 장식으로 꾸며졌다. 천장에는 가문이 그려져 있었다.

그들을 태우고 온 두 역마차의 전열 기수들은 왕실 무사복을 입었다. 그런데 갈아탄 사륜마차의 마부나 전열 기수들은 매우 다른 제복을 입었고 무척 화려했다.

몽유병 환자처럼 정신을 차리지 못하고 있던 그윈플렌이 그 화려하게 차려입은 하인들을 보고 문지기에게 물었다.

"저 하인 제복은 무엇이오?"

알현실 문지기가 답했다.

"나리 댁 하인들의 정복이옵니다, 각하."

그날 저녁에 상원이 열리게 되어 있었다. Curia erat serena(회의가 저녁에 열리다). 옛 의사록(議事錄)에 나오는 문장이다. 영국에서는 의회가 주로 밤에 열린다. 셰리던*이 자정에 연설을 시작해 해가 뜰 즈음에야 끝난 일도 있었다.

역마차 두 대는 빈 상태로 윈저로 되돌아갔고, 그윈플렌이 탄 사륜마차는 런던으로 갔다.

네 필의 말이 끄는 거북 등 모양의 사륜마차는 브렌트퍼드에

* 아일랜드의 정치가다.

서 런던까지 보통 속도로 달렸다. 마부가 쓴 가발의 위엄이 흐트러지지 않도록 하기 위해서이다.

그 엄숙한 마부로 인해 그윈플렌 역시 의례적 분위기에 휩쓸렸다. 그러한 지체는 미리 계산된 것이었다. 그 개연성에 대해서는 후에 드러나게 된다.

사륜마차가 킹스게이트 앞에 도착했을 때는, 밤이 되기 직전이었다. 킹스게이트는 두 탑 사이에 위치한 반궁륭형 문으로 웨스트민스터의 화이트홀로 통한다.

귀족들로 이루어진 기마대가 사륜마차를 둘러쌌다.

사륜마차 뒤에 탔던 시종 중 하나가 포석 위로 뛰어내려서 마차의 문을 열었다. 알현실 문지기가 방석을 든 장교와 함께 먼저 내려서 그윈플렌에게 말했다.

"번거로우시겠으나 이제 내리소서. 모자는 언제나 쓰고 계시옵소서."

그윈플렌은 여행용 외투 밑에 비단 정장을 입고 있었는데, 어제 저녁부터 계속 입고 있던 옷이었다. 그는 검을 차고 있지 않았다.

외투는 사륜마차에 두었다.

킹스게이트의 반궁륭형 아치 밑에는, 몇 개의 계단을 올라가면 작은 협문이 있었다.

화려한 의전(懷典)에서는 우선적인 것이 존경을 표현하는 것이다.

알현실 문지기가 앞장을 섰고 장교를 뒤따르게 했다. 그윈플렌이 그 뒤를 따라갔다. 그들은 층계를 올라가 협문 안으로 들어갔다. 잠시 후 둥글고 넓은 실내에 들어왔다. 중앙에 지주(支柱)가 있는데 조망탑의 초석처럼 보였다. 맨 아래층 홀이었는데 그곳은 예배당 후진(後陣)에 있는 좁은 첨두홍예를 통해 빛이 들어왔다. 한낮에도 어두울 수밖에 없는 곳이었다. 엄숙함에 빛이 들어갈 때는 거의 없다. 어두침침함이 장엄하다.

그 곳에 열세 사람이 서 있었다. 세 사람이 맨 앞줄에, 여섯 사람이 두 번째 줄에, 나머지 네 사람은 마지막 줄에 섰다. 맨 앞줄의 세 사람 중 하나는 담홍색 벨벳 상의를 입었고 다른 둘 역시 붉은 상의를 입었지만 새틴으로 지어진 것이었다. 세 사람 모두 어깨 위에 영국의 문장을 달고 있었다.

두 번째 줄의 여섯 사람은 모두 물결무늬가 있는 흰색 상의를 입었고, 가슴에 있는 가문은 각각 달랐다.

마지막 줄의 네 사람은 모두 검은색 물결무늬 천으로 지은 상의를 입었고, 네 사람이 크게 달랐다. 그중 첫 번째 사람은 푸른색 망토를 걸쳤고, 두 번째 사람의 가슴에는 성 게오르기우스의 모습이 진홍색으로 그려져 있었으며, 세 번째 사람의 가슴과 등에는 진홍색 십자가가 수놓아져 있었다. 네 번째 사람은 목둘레에 사벨린이라고 부르는 검은색 모피로 만든 깃을 두르고 있었다. 모두들 가발은 썼지만 모자는 쓰지 않았고, 허리에는 검을 찼다.

실내가 어두워 그들의 얼굴은 알아볼 수가 없었다. 그들 또한 그윈플렌의 얼굴을 알아볼 수 없었다.

알현실 문지기가 검은색 권장을 높이 쳐들며 말했다.

"퍼메인 클랜찰리 경이시여, 클랜찰리 및 헌커빌 남작이시여, 알현실 담당인 저, 검은색 권장의 문지기는 영국의 수석 군사에게 각하를 인도하는 바입니다."

담홍색 벨벳 상의를 입은 사람이 앞으로 나서더니 땅에 이마가 닿도록 허리를 깊이 굽혀 예를 표시하면서 말했다.

"퍼메인 클랜찰리 각하, 저는 영국의 수석 군사인 자르티에르이옵니다. 저는 세습 장교인 노퍽 공작 각하께서 제게 하사하신 직을 수행하고 있나이다. 저는 국왕과 중신, 그리고 가터 기사들에게 복종을 맹세했사옵니다. 제가 관직을 받던 날, 영국의 장교께옵서 포도주 한 잔을 저의 머리에 부어 주시던 그 순간에 저는 귀족에게 헌신하고 평판이 나쁜 사람들과 어울리는 것을 피하며, 귀족들을 꾸짖기보다는 용서하고 과부들과 처녀들을 도울 것을 선서했습니다. 중신들의 장례식 절차를 주관하고 그들의 가문(家紋)을 보살피며 수호하는 일은 저의 책임입니다."

새틴 상의를 입은 두 사람 중 한 명이 그윈플렌에게 예를 표하고 말했다.

“각하, 저는 영국의 제2수석 군사인 클래런스입니다. 중신 아래 계급에 속하는 귀족의 장례는 저의 책임입니다. 명을 받들 준비가 되어 있사옵니다.”

새틴 상의를 입은 다른 사람이 예를 표하고 나서 말했다.

“각하, 저는 영국의 제3수석 군사 노로이입니다. 명을 받들 준비가 되어 있나이다.”

부동자세인 채로, 예도 표하지 않는 두 번째 줄의 여섯 명이 한 걸음 앞으로 움직였다.

그윈플렌의 오른쪽 첫 번째 사람이 말하기 시작했다.

“각하, 저희는 영국 여섯 공작의 전령병입니다. 저는 요크이옵니다.”

다른 전령병들도 자신을 차례대로 소개했다.

“저는 랭커스터입니다.”

“저는 리치먼드입니다.”

“저는 체스터입니다.”

“저는 서머싯입니다.”

“저는 윈저입니다.”

그들의 가슴팍에 있는 가문들은 그들의 이름이 가리키는 도시나 그곳의 문장이었다. 그들 뒤에 검은 옷을 입고 있던 사람들은 아무 말도 없었다. 수석 군사 자르티에르가 그들을 손가락으로 가리키며 그윈플렌에게 말했다.

"얼마 전에 임명된 전령병 네 명을 소개해 올리도록 하겠습니다, 각하."

그리고 호명하기 시작했다.

"푸른 망토."

푸른 망토를 입은 남자가 고개를 숙여 예를 표시했다.

"붉은 용."

성 게오르기우스가 그려진 옷을 입은 남자가 예를 표했다.

"붉은 십자가."

진홍색 십자가가 수놓아진 옷을 입은 사람이 예를 표했다.

"미담이."

사벨린 모피 깃을 단 남자가 예를 표했다.

수석 군사가 신호를 보내자, 전령병 '푸른 망토'가 앞으로 나서서 알현실 문지기 수하의 장교로부터 은색 방석과 왕관 문양이 그려진 서류 가방을 받아들었다. 그러자 수석 군사가 검은 권장을 든 문지기에게 엄숙하게 말했다.

"모든 것이 완료되었습니다. 각하를 모시는 임무를 완벽히 인수했습니다."

이러한 의전 절차와 앞으로 이야기하려는 것은, 헨리 8세 이전 시절에 따르던 옛 의례였다. 앤 여왕이 그것들을 한동안 복원시키려고 했었다.

오늘날에는 그중 그 무엇도 더 이상 지켜지지 않는다. 그렇지만 상원만은 흔들리지 않는다. 혹시 이 세상 어딘가에 태고의 것이 있다면, 상원일 것이다.

그러나 상원도 변한다. E pur si muove(그렇더라도 움직인다).

예를 들어 중신이 의회로 가는 길목에 세우던 메이폴, 즉 오월의 장대*는 어떻게 되었는가? 그 장대는 1713년에 마지막으로 세워졌다. 그 후로 '메이폴'은 영원히 모습을 감추었다. 즉 폐지되었다.

외양은 움직임이 없다. 그러나 현실은 바뀐다. 앨버말이라는 명의를 예로 들자. 그 명의는 영속적으로 보인다. 그 명의 아래로 여섯 개의 가문(家門)이 거쳐갔다. 그들은 오도, 맨더빌, 비턴, 플랜태저넷, 비첨, 몽크 등이다. 레스터라는 명의 아래로는 다섯이 지나갔다. 보몬트, 브리오즈, 더들리, 시드니, 코크 등이다. 링컨이라는 명의 아래로는 여섯 가문, 렘브룩이라는 명의 아래로 일곱 가문이 지나갔다. 영원한 명의 아래서 가문들은 끊임없이 변한다. 겉만 보는 역사가는 불변성을 신뢰한다. 실제로는 계속되는 것이 없다. 인간이란 물결이다. 물결은 인류인 것이다.

여인들과 귀족들은 스스로가 계속된다는 같은 환상을 가지

---

* 존경하는 사람의 집 앞에 나무를 심는 중세 유럽의 풍습을 말한다.

고 있다.

우리가 지금까지 읽어 온 것과 앞으로 읽을 것 모두에서 아마 영국의 상원은 자신의 모습을 찾지 못할 수도 있다. 그것은 젊은 시절 아름다웠던 여인이 자신의 주름살을 인정하지 않는 것과 비슷하다. 거울은 늙은 피고인, 꾸짖음을 운명으로 여기고 받아들인다.

유사한 것을 만들어 내는 것이 바로 역사가의 임무이다.

수석 군사가 그윈플렌에게 알렸다.

"저를 따르시옵소서, 각하."

그리고 한마디를 덧붙였다.

"이제 사람들이 인사를 드릴 것입니다. 각하께서는 모자의 챙을 살짝만 쳐드시면 됩니다." 그리고 둥근 홀 안쪽의 문을 향해 줄을 지어 갔다.

알현실 문지기가 앞장서 걸었다.

'푸른 망토'가 방석을 들고 뒤를 따랐고, 그 뒤에 수석 군사가 섰고, 그윈플렌은 모자를 쓰고 맨 뒤에 있었다.

나머지 두 수석 군사와 다른 전령병은 여전히 둥근 홀에 남아 있었다.

알현실 문지기가 앞서 수석 군사를 안내했다. 그윈플렌은 많은 홀들을 지나갔다. 지금은 그런 홀들을 다시 볼 수 없을 것이다. 영국 의회의 옛날 건물이 철거되었기 때문이다.

여러 방을 지나며 군주가 지내던 중세 느낌의 방도 보았다. 제임스 2세와 몬머스가 마지막으로 만난 방, 난폭한 숙부에게 비겁한 조카가 헛되이 무릎 꿇던 모습을 보던 방이었다. 그 방 주변에는 옛 중신들의 가문(家紋) 아홉 개가 시대 순서대로 배치되어 있었다. 낸슬래드론 경, 1305년. 베일리얼 경, 1306년. 베니스티드 경, 1314년. 캔틸럽 경, 1356년. 몬베곤 경, 1357년. 티보톳 경, 1372년. 코드너의 주치 경, 1615년. 벨라아쿠아 경, 연대 미상. 해런과 서리 경, 연대 미상. 블루아 백작, 연대 미상.

어느덧 밤이 되었고, 회랑마다 하나둘씩 등이 켜지기 시작했다. 모든 홀에는 천장에서 늘어뜨린 촛대에 불을 밝혔는데, 예배당 측랑의 밝기와 유사했다.

꼭 필요한 사람들 말고는 마주치는 사람도 없었다. 어느 홀을 지나가는데 서기들이 전부 일어서서 예를 표했다.

다른 홀에 들어서니 그곳에는 서머싯주 브림프턴 지방의 영주인 기령 기사, 경애하는 필립 시드넘이 있었다. 기령 기사는 전쟁 중에, 국왕의 군기가 펄럭이는 곳에서 기사 서품을 받은 사람을 뜻한다.

다른 홀에 들어가니 그곳에는 영국에서 가장 내력 있는 준(準) 남작, 서퍽의 에드먼드 베이컨 경이 있었다. 니콜라스 경의 상속권자이며, 프리무스 바로네토룸 안글리코이*라는 이름을 가진 사람이다. 에드먼드 경의 뒤에는 화승총을 든 그의 아르키페르(궁수)와 얼스터 지방의 문장을 받들고 있는 그의 예비 기사가 꼿꼿이 서 있었다. 준 남작들은 아일랜드의 얼스터 주를 방비하는 임무를 맡고 있었다.

다음 홀에는 회계 담당관 네 사람과 세금 책정을 담당하는 궁내대신의 대리관 두 사람과 재무대신이 이야기를 나누고 있었다. 그들 이외에도 조폐 담당관이 손바닥에 한 닢의 파운드화를 올려놓고 보여 주고 있었다. 당시 관습대로 압착기로 찍은 것이었다. 그 여덟 사람이 새로운 상원의원에게 존경을 담아 예를 표했다.

하원에서 상원으로 통하는, 양탄자가 바닥에 깔려 있는 복도 입구에 왔을 때 왕실 통제관 및 글러모건을 대표하는 마감의 토머스 맨셀 경이 그윈플렌에게 예의를 갖추어 인사했다. 또한 복도의 끝에서는 다섯 항구의 남작들의 사절단이 좌우로 네 사람씩 서서 그에게 예를 표시했다. 다섯 항구는 실제로 여덟 개 항구로 되어 있다. 윌리엄 애시버넘은 헤이스팅스를 대표해 그에게 예를 표했고, 매슈 엘머는 도버를, 조시아스 버셋은 샌드위치를, 필립 보틀러 경은 하이스를, 존 브루어는 뉴 럼니를, 에드워드 사우스웰은 라이 시를, 제임스 헤이는 윈첼시 시를, 그리고 조지 네일러는 시포드 시의 대표자로 예를 표했다.

---

* 영국 제일의 준 남작이다.

그윈플렌이 그들 모두에게 답례하려는데 수석 군사가 낮은 목소리로 의례 규칙을 상기시켰다.

“모자의 가장자리만 살짝 들어 올리소서, 각하.”

그윈플렌은 그 말에 따랐다.

그는 ‘그림의 홀’에 도착했다. 하지만 그곳에는 몇몇 성자의 초상화 이외에 다른 그림이 없었다.

홀을 반으로 갈라놓은 살문 모양의 목책 이쪽에는 요직을 맡은 국무대신 셋이 있었다. 그 셋 중 하나는 영국 남부와 아일랜드 및 식민지, 프랑스, 스위스, 이탈리아, 스페인, 포르투갈, 터키 등을 관리하는 자였다. 두 번째 사람은 영국 북부와 네덜란드, 독일, 덴마크, 스웨덴, 폴란드, 모스코바 공국(公國) 등을 관리했다. 세 번째 사람은 스코틀랜드 태생으로, 스코틀랜드를 관리했다. 첫 두 사람은 영국 출신이었다. 그들 중 하나는 뉴 래드너 시를 대표하는 의원 로버트 할리였다. 스코틀랜드를 대표하는 뭉고 그레이엄, 즉 몬트로즈 공작의 친척도 함께 있었다. 모두들 조용히 그윈플렌에게 예를 표했다.

그윈플렌은 손으로 모자 끝을 가볍게 들어올렸다.

목책 관리자가 홀 안쪽 통로에 가로질러 있던 막대를 들었다. 안쪽에는 초록색 천이 덮인 긴 탁자가 있었는데 귀족들 전용이었다.

탁자 위에는 나뭇가지 모양의 커다란 촛대가 불을 밝혔다.

그윈플렌은 알현실 문지기와 '푸른 망토', 자르티에르 등을 앞세워 그 특별칸에 들어갔다.

홀은 무척 컸다.

안쪽 두 창문 사이에 걸려 있는 방패형 왕가의 문장 아래, 두 노인이 서 있었다. 어깨를 흰담비 모피 띠로 장식한 붉은 벨벳 가운을 입고 있었고, 흰담비 모피의 가장자리는 황금색 줄로 감쳐 있었다. 그리고 흰색 깃털을 꽂은 모자를 가발 위에 쓰고 있었다. 가운 사이로 그들의 비단 정장과 검의 손잡이가 드러났다.

두 노인 뒤에는 검은 물결무늬 천으로 지은 옷을 입은 남자 하나가 부동자세로 있었다. 그는 커다란 황금 권장을 높게 들고 있는데 막대 끝에 왕관을 쓴 사자상 하나가 보였다.

영국의 중신을 나타내는 권장 담당 의전관이었다.

사자는 중신을 상징한다.

'그리고 사자는 곧 남작이자 중신이다.'

베르트랑 뒤게클랭이 남긴 일지에 있는 구절이다.

수석 군사가 붉은 벨벳 가운을 걸친 두 노인을 가리키며 그윈플렌에게 다가가 속삭였다.

"각하, 저 두 분은 각하와 대등하신 분들입니다. 저분들이 인사하시는 방법대로 답례하셔야 합니다. 두 귀족께서는 남작이시며, 대법관께서 지정하신 각하의 두 보증인이십니다. 두 분

모두 매우 연로하시어 앞을 잘 보시지 못합니다. 저분들이 각하를 상원에 소개해 주실 것입니다. 한 분은 피츠월터 경 찰스 밀드메이십니다. 남작석의 여섯 번째 자리에 앉으십니다. 그리고 다른 한 분은 트레리스의 애런들 경 오거스터스 애런들이십니다. 남작석의 서른여덟 번째 자리에 앉으십니다."

수석 군사가 두 노인 앞으로 한 발자국 나서며 목소리를 높였다.

"두 각하께 클랜찰리 남작이시고, 헌커빌 남작이시며, 시칠리아의 코를레오네 후작이신 퍼메인 클랜찰리 경께서 인사드리십니다."

두 귀족은 모자를 벗어 팔 끝까지 들어 올린 후, 다시 썼다.

그윈플렌이 똑같이 인사했다.

알현실 문지기가 앞서고 그 뒤에 '푸른 망토'와 자르티에르가 차례로 섰다. 그러자 그윈플렌 앞에 중신의 권장을 든 의전관이 서고 두 귀족이 그의 양편에 섰다. 피츠월터 경은 그의 오른쪽에, 트레리스의 애런들 경은 그의 왼쪽에 서 있었다. 애런들 경은 몹시 쇠약했으며 두 사람 중 연장자였다. 그는 다음 해에 자신의 작위를 미성년자인 손자 존에게 물려준 후 세상을 떠났다. 그의 작위는 1768년에 영원히 소멸되었다.

행렬이 홀을 나선 후 회랑으로 접어들었는데 약간 돌출된 벽기둥이 벽면에 일정한 간격을 두고 서 있었다. 각 벽기둥 앞에는 삼각 미늘창을 든 영국 병사들과, 도끼 모양 미늘창을 든 스코틀랜드 병사들이 번갈아 가며 서 있었다.

도끼 미늘창을 든 스코틀랜드 병사들은 훗날 퐁트누아에서 프랑스 국왕 직속의 흉갑 기병대에 정강이를 드러낸 채 맞섰던 그 장엄한 부대원이 되었다. 당시 그들의 연대장이 부하들에게 이렇게 소리쳤다고 전해진다.

"신사들이여, 모자를 잘 고쳐 쓰시오. 돌진하는 영광이 우리에게 내려졌소."

삼각 미늘창을 든 병사들의 지휘관과 도끼 미늘창을 든 지휘관이, 그윈플렌과 두 귀족에게 검으로 예를 표했다. 병사들도 삼각 미늘창 또는 도끼 모양 미늘창으로 예를 표했다.

회랑 끝에 번쩍거리는 커다란 문이 있었다. 어찌나 그 빛이 찬란했는지 마치 두 장의 황금판 같았다.

문 양쪽에 두 사람이 움직이지 않고 서 있었다. 그들이 입은 제복을 통해 문지기임을 금방 알 수 있었다.

그 문에 조금 못 가서 회랑이 넓어졌고, 유리창으로 둘러싸인 원형 광장 같은 홀이 있었다.

그 속에서 등받이가 엄청나게 큰 안락의자에, 걸친 가운과 머리에 쓴 가발이 매우 커서 오히려 장엄하게 보이는 한 인물이 앉아 있었다. 영국의 대법관 윌리엄 쿠퍼 경이었다.

국왕보다 더 불구라는 것도 하나의 소질일 수 있다. 윌리엄 쿠퍼는 근시안이었고 앤 여왕도 그러했다. 하지만 그보다는 나쁘지 않았다. 윌리엄 쿠퍼의 나쁜 시력을 여왕의 근시안이 좋아했고, 그를 대법관 및 양심의 수호자 직위에 임명하는 이유가 되었다.

윌리엄 쿠퍼의 윗입술은 얇고 아랫입술은 두꺼웠다. 반쯤만 착한 사람이 갖는 특징이다.

천장에 매달린 등이 유리로 둘러싸인 홀을 밝히고 있었다.

대법관은 안락의자에 엄숙하게 앉아 있었고 그의 오른쪽에 있는 탁자에는 왕실 서기가 앉았다. 그의 왼쪽에 있는 탁자에는 의회 서기가 앉았다.

두 서기는 앞에 펼쳐진 장부 하나와 필기구를 마련해 두고 있었다.

대법관의 안락의자 뒤에는 왕관 장식을 한 권장을 든 의전관이 있었다. 그리고 옷자락을 드는 사람과 돈주머니를 들고 따라가는 사람도 모두 커다란 가발을 쓰고 있었다. 그 모든 직책은 아직도 존재한다.

안락의자 곁의 제기단 모양을 한 작은 탁자 위에는 검이 한 자루 놓여 있었다. 칼집과 불꽃 색깔의 벨벳으로 만든 허리띠도 갖추어져 있었다.

왕실 서기 뒤에는 의전관 한 사람이 가운 하나를 펼쳐서 두 손으로 받쳐 들고 있었다. 대관식 때 입는 가운이었다. 의회 서기의 뒤에도 가운을 두 손으로 받치고 있는 의전관이 있었다. 의회에 들어갈 때 입는 가운이었다.

두 가운 모두 흰색 호박단으로 안을 대고, 황금 줄로 가장자리를 두른 흰담비 모피 띠로 어깨를 장식한 진홍빛 벨벳으로 되어 있었다. 대관식 때는 가운의 담비 모피 띠가 조금 더 넓다는 것만이 달랐다.

세 번째 의전관은 '라이브러리언'이라고 했는데 그는 플랑드르산 가죽판 위에 붉은색 양가죽 표지가 있는 작은 책, 즉 신사록(紳士錄)을 받들고 있었다. 그 속에는 상원의원과 하원의원의 목록이 있었고, 아무것도 적지 않은 빈 페이지도 있었다. 또한 연필도 한 자루 붙어 있었다. 이것들을 의회에 첫 등원하는 사람에게 제공하는 것이 관례였다.

그윈플렌을 두 중신 사이에 두고 걸어가던 행렬이 대법관의 안락의자 앞에서 멈췄다.

보증인인 두 귀족들이 모자를 벗었다. 그윈플렌 역시 그들과 똑같이 했다.

수석 군사가 '푸른 망토'에게서 은색 천으로 만든 방석을 건네받고, 무릎을 꿇더니 방석 위에 있던 검은 서류 가방을 대법관에게 정중히 올렸다.

대법관은 그 서류 가방을 의회 서기에게 주었다. 서기는 형식을 갖춰 그것을 받아 들고 자기 자리로 돌아가 다시 앉았다.

의회 서기가 서류 가방을 열고 난 뒤에 자리에서 일어섰다.

서류 가방에는 두 장의 문서가 들어 있었다. 하나는 상원으로 보낸 국왕의 공문서였고, 다른 하나는 새로 중신이 된 사람에게 보낸 등원 명령서였다.

서기가 선 채로, 두 문서를 큰 소리로 또 공손하게, 천천히 낭독했다.

퍼메인 클랜찰리 경에게 보낸 등원 명령서는 상투적인 표현으로 마무리되었다.

> …… 짐이 경에게 엄숙하게 명하노니 짐에 대한 신의와 충성의 의무를 지키기 위해 웨스트민스터의 의회에 등원하여, 고위 관리들과 중신들 사이에서 왕국과 교회의 많은 문제들에 대해 명예와 양심에 근거한 견해를 거리낌 없이 펼쳐 주기를 바라는 바이다.

낭독이 끝나자 대법관이 목소리를 높였다.

"왕좌에 대한 맹세는 끝났습니다. 퍼메인 클랜찰리 경, 경께서는 화체설*에 대한 신뢰, 성자들에 대한 숭배, 그리고 미사를 포기하십니까?"

---

* 化體說, 성찬식 때 빵과 포도주가 예수의 살과 피로 바뀌었다는 교리다.

그윈플렌이 몸을 굽혀 동의를 나타냈다.

“신앙 맹세도 마치셨습니다.”

대법관이 공표했다. 의회 서기가 다시 말했다.

“각하께서는 시험을 끝마치셨습니다.”

대법관이 덧붙여 이야기했다.

“퍼메인 클랜찰리 경, 경께서는 이제 등원하는 것이 가능합니다.”

“그렇게 될지어다.”

두 보증인이 동시에 말했다.

‘그렇게 모든 절차를 끝마친 후, 중신은 자신의 검을 차고 숭고한 자리에 올라 회의에 참석한다.’

노르망디의 옛 헌장에 나오는 문장이다. 그윈플렌의 뒤에서 누군가의 소리가 들렸다.

“각하, 의회 가운을 입혀 드리겠습니다.”

말이 끝나자마자 가운을 들고 있던 의전관이 그것을 그윈플렌에게 입혀 주고, 담비 모피 띠를 목에 걸어 주었다.

진홍색 가운을 걸치고 황금 손잡이가 있는 검을 허리에 차자, 그윈플렌은 자신의 양쪽에 있던 두 중신들과 비슷해 보였다.

‘라이브러리언’이 그에게 신사록을 바쳤다. 그것을 그윈플렌의 윗옷 주머니에 넣어 주었다.

수석 군사가 그의 귀에 대고 작은 목소리로 말했다.

"들어가시면서 국왕의 의자에 예를 표하십시오."

국왕의 의자란 왕좌를 뜻한다.

그동안 두 서기는 탁자에 앉아서 각자 무엇을 기록하고 있었는데 한 사람은 왕실 장부에, 다른 한 사람은 의회 장부에 기록했다.

두 서기가 차례대로, 그러나 왕실 서기가 더 빨리 장부를 대법관에게 가져왔고 대법관이 서명을 했다.

두 장부에 서명을 하고 나서 대법관이 자리에서 일어섰다. 그리고 위엄 있게 말했다.

"클랜찰리 남작이시고, 헌커빌 남작이시며, 이탈리아의 코를레오네 후작이신 퍼메인 클랜찰리 경, 그레이트브리튼의 정신적이자 세속적 귀족들이신 경의 동료들에게 오신 것을 환영합니다."

그윈플렌의 두 보증인이 그의 어깨를 건드렸다. 그가 뒤로 돌아섰다.

그러자 회랑 끝의 황금색 문이 활짝 열렸다. 바로 영국 상원으로 가는 정문이었다. 그윈플렌이 전혀 다른 행렬에 둘러싸여 서더크 감옥의 철문이 눈앞에서 열리는 것을 본 지 36시간이 채 흐르지 않았다.

그의 머리 위에 있던 구름 덩어리가 끔찍할 만큼 빨리 움직인 것이다. 구름 덩어리는 사건들이다. 급속함은 습격과 다름없다.

2. 공명정대

야만적인 시절에는 국왕과 대등한 대귀족 신분의 제정이 필요한 협정이었다. 하지만 그 초보적인 정치적 궁여지책은 프랑스와 영국에서 각각 상반된 결과를 가져왔다.

대귀족은 프랑스에서 싹텄다. 그 시기는 정확하지 않다. 전설에서는 카롤루스 대제 때라 하고, 또 역사에서는 현군(賢君) 로베르* 때라 한다. 하지만 역사도 전설만큼이나 자신의 말을 믿지 못한다. '프랑스왕은 세력가들에게 중신이라는 칭호를 주고, 왕과 대등하다고 믿게 만든 다음에 그들을 자기 곁으로 끌어들이려 했다.' 파뱅이 한 말이다.

대귀족은 두 갈래로 나누어졌는데 그 하나가 프랑스에서 영국으로 전해진 것이다.

영국 대귀족의 신분을 제정한 것은 큰 사건이었고, 위대하다고 할 만했다. 이보다 앞서 색슨족에게는 위트네즈멋이라는 것이 있었다. 덴마크의 귀족과 노르망디의 배신(陪臣)이 바롱이라는 말에 녹아들었다. 바롱은 vir와 같은 단어이며 스페인어로는 인간을 뜻하는 varon이라 번역한다. 근대에 이르러 '남작'이라고 번역하지만, 중세 봉건 시대에는 세력 있는 영주를 칭

---

* 앙주의 공작, 프로방스의 백작, 나폴리의 왕이다.

하는 말이었다. 1075년경부터 바롱들이 왕에게 영향력을 미쳤다. 게다가 어떤 왕이었는가! 정복자 기욤이었다. 1086년에는 그들이 봉건 제도의 초석을 만들었는데 둠즈데이 북이 그 초석이다. 이는 '최후의 심판에 쓸 장부'라는 뜻이다. 존왕(장 성 테르) 시절에는 갈등이 심화되어, 프랑스의 영주들이 그와 그레이트브리튼을 거만하게 대했다. 심지어는 프랑스의 중신이 영국의 왕을 불러 법정에 세우기도 했다. 영국의 바롱들이 분노할 수밖에 없었다. 필립 오귀스트의 대관식에서는 영국의 국왕이 노르망디 공작 신분으로 제1군기를 들었고, 기엔 공작이 제2군기를 들었다. 외국인의 신하 노릇이나 하는 왕에 대한 불만으로 인해 이른바 '영주들의 전쟁'이라는 것이 일어났다. 바롱들은 그 가엾은 왕 장에게 마그나 카르타*를 받아들이도록 했고, 그것에서 상원의 싹이 튼 것이다. 왕의 편이었던 교황이 귀족들을 파문했다. 당시는 1215년이었고, 인노켄티우스 3세가 교황이었다. 그 교황이 Veni Sancte Spiritus(오소서, 성령이시여)를 썼고, 존왕에게 사추덕의 상징으로 네 개의 금반지를 보낸 바 있다. 귀족들은 꿋꿋이 버티고자 했다. 여러 세대에 걸쳐 계속될 기나긴 싸움이었다. 펨브룩이 계속 투쟁했다. 1248년에는 '옥스퍼드 양보 협정'을 맺었다. 바롱 스물넷이 왕의 권한을

---

* 영국의 대헌장이다.

제한하고 국왕의 모든 조치를 심의하여, 논쟁이 커지면 각 주에서 기사 한 사람씩을 더 참가시켰다. 코뮌*의 여명기라 할 수 있다. 훗날 귀족들이 한 도시에서 시민 대표 두 사람과, 한 읍에서 부르주아 대표 두 사람씩을 협조자로 받아들일 수 있었다. 그리하여 엘리자베스 여왕 시절까지는 중신들이 코뮌들의 대표 선거가 유효한지를 판단하는 심판관 역할을 했다. 그들의 심판권(재판권)에서 속담처럼 퍼진 다음과 같은 원칙이 탄생했다.

코뮌의 대표는 다음과 같은 세 가지 P 없이 임명되어야 한다.
Sine Prece, sine Pretio, sine Poculo
간청 없이, 돈 없이, 술 없이

하지만 부패 선거구가 생기는 것은 어쩔 수 없었다. 1293년에도 프랑스 중신의 법정에 영국의 왕이 소환되었다. 프랑스 국왕 필리프 4세가 에드워드 1세를 자기 앞에 세운 것이다. 에드워드 1세는 아들에게 자신이 죽으면 시신을 삶은 후 그 뼈를 보관했다가, 그것을 지니고 전쟁터에 나가라는 유언을 남긴 왕이다. 왕들의 잇따른 미치광이 행동을 크게 걱정하던 귀족들은 의회의 세력을 키워야겠다고 생각했다. 의회를 양원으로 나누

---

* 봉건 영주들에게 예속되지 않은 자유시다.

었는데 그렇게 해서 상원과 하원이 생긴 것이다. 그런데 귀족들은 지배권을 거만하게 행사했다.

> 코뮌의 대표 중 어떤 사람이 감히 상원에 대해 불리한 언급을 하면, 그를 심판대에 세워 버릇을 고치든가, 때로는 런던탑으로 보낼 수 있다.

표결이 이루어질 때도 차별이 있었다. 상원에서는 표결할 때 의원 한 명 한 명의 의견을 구하는데 지위가 가장 낮은 바롱, 즉 그들 사이에 '막내'라고 부르는 사람부터 의견을 제시하도록 했다. 반면 하원에서는 모두가 일제히 가축 떼처럼 '예' 또는 '아니요' 중 하나로 표결하게 했다.

코뮌의 대표자들은 의견을 고백하고 중신들은 심판했다. 중신들은 숫자를 무시하기 때문에 재무성 감사는 평민 의원들에게 맡겼고, 평민 의원들은 그러한 역할을 이용해 이익을 얻었다. 재무성을 장기판이라 하는데, 탁자를 덮는 융단이 격자무늬였기 때문이라고 하는 이들도 있고 또는 영국 국왕의 국고금을 넣어 두는 서랍들이 격자무늬 철창 뒤에 있었기 때문이라고 하는 이들도 있다.

13세기 말부터 《이어북(Year-book)》이라고 하는 연감이 나왔다. 두 장미 간의 전쟁*이 계속되는 동안 귀족들은 무게를 느겼는데, 랭커스터 공작인 곤트의 존 쪽에서 오는 무게가 느껴지다가 요크 공작인 에드먼드 쪽에서 오는 무게가 느껴지기도 했다. 워트 타일러, 롤러드 교도들, 국왕 제조꾼 워릭 등으로 대표되며 또한 해방의 바탕이 된 무정부 상태 속에서는, 알려졌건 숨겨졌건 영국의 봉건 체제가 버팀목 역할을 했다. 귀족들은 왕좌를 매우 유용하게 시기했다. 시기는 곧 감시를 뜻한다. 그들은 국왕의 주도권을 통제하고, 대역죄의 범위를 극소수의 경우로 제한하고, 거짓 리처드들을 부추겨 헨리 4세에 반항하게 했다. 그리고 스스로 심판관이 되어 요크 공작과 앙주의 마르그리트 사이에서 세 왕관과 관련된 문제를 판결했으며 필요하면 직접 군대를 일으켜 슈루즈버리, 튜크스버리, 세인트앨번스 등에서 전투를 벌여 패배하기도 하고 승리하기도 했다. 벌써 13세기에 루이스에서 그들은 전승을 거두었고 국왕의 네 형제를 나라에서 추방했다. 그 네 형제는 이자벨과 마르슈 백작 사이에서 태어난 사생아들로 네 사람 모두 고리대금업자였고, 이들은 유대인들을 앞장세워 기독교도들을 수탈했다. 왕자들이지만 다른 한편으로는 사기꾼들이었다. 훗날에도 그러한 현상이 나타났지만, 당시에는 크게 존경받지 못했다. 15세기까지도 영국 국왕의 모습에는 노르망디 공작의 흔적이 남았고, 의회의

---

* 영국 왕좌를 두고 랭커스터와 요크 가문이 30년 동안 벌인 전쟁이다.

문서도 프랑스어로 작성되었으나 헨리 7세 때부터 귀족들의 뜻에 따라 영어로 작성되기 시작했다.

영국이 유서 펜드래건 때는 브르타뉴적이었고, 카이사르 때는 로마적이었고, 7왕국(七王國) 시절에는 색슨적이었고, 해럴드 치하에서는 덴마크적이었으며, 기욤 치하에서는 노르망디적이었고, 마침내 귀족들 덕분에 영국다운 모습을 찾게 되었다. 그 후에 다시 영국 국교회가 세워졌다. 그 나라 고유의 종교가 있다는 것 그 자체가 힘이다. 외부의 교황이 국민의 생명을 소진시켰다. 메카란 문어와 같다. 1534년에 런던은 로마를 내쫓았고, 대귀족이 개혁을 시작하여 루터를 받아들였다. 1215년에 당했던 파문에 대한 반격이었다. 그것이 헨리 8세의 마음에도 들었다. 하지만 다른 면에서 귀족들이 성가셨다. 곰 앞에 서 있는 불독 한 마리, 헨리 8세 앞에 있던 상원이 그랬다. 울지가 국민에게서 화이트홀을 훔치고, 헨리 8세가 울지에게서 화이트홀을 훔쳤을 때 누가 으르렁댔는가? 네 명의 귀족들이었다. 그들은 치치스터의 다르시, 블렛소의 세인트 존, 그리고 마운트조이와 마운트이글이었다. 왕은 침해받고 대귀족이 잠식한다. 세습이라는 것은 매수되기 어려운 속성을 가지고 있다. 이러한 속성 때문에 귀족들이 예속될 수 없다. 심지어 바롱들은 엘리자베스 앞에서도 꿈틀댄다. 더럼에게 가해진 벌도 그러한 이유였다. 그 폭군적 치마는 피로 물들어 있다. 넓게 펼쳐진 치마 밑에 감춰진 단두대, 그것이 엘리자베스였다. 엘리자베스는 의회 소집 횟수를 최소한으로 줄였고 상원의 의원 수도 65명으로 제한했는데 그중 후작은 단 한 명, 웨스트민스터 후작뿐이었으며 공작은 전혀 없었다.

프랑스의 왕들도 유사한 시기심이 발동하여 작위를 없앴다. 앙리 3세 시절에는 공작령이 여덟 개밖에 남지 않았다. 또한 망트 남작, 쿠시 남작, 쿨로미에 남작, 티므레의 샤토뇌프 남작, 타르드누아의 페르 남작, 모르타뉴 남작, 그리고 몇몇 다른 이들이 프랑스의 남작 페르로 남아 있는 것을 왕은 불쾌해 했다.

영국에서는 대귀족들이 줄어들도록 왕실이 아예 그들을 못 본 척했다. 예를 들어 12세기부터 앤 여왕 치세까지 사라진 대귀족의 수는 모두 565명에 이른다. 장미전쟁 당시에 공작들을 뿌리째 뽑아내기 시작하더니, 메리 튜더 치세에서는 아예 도끼질을 한 것이다. 귀족 사회를 참수형 시킨 것이다. 공작을 베어버린다는 것은 곧 머리를 자른다는 의미다. 좋은 정책임이 확실했다. 하지만 잘라 버리는 것보다는 부패시키는 것이 더 낫다. 그러한 점을 직감한 사람이 제임스 1세다. 그는 공작령을 부활시켰다. 그는 왕을 돼지로 만들었던, 총애하던 빌리어스를 공작으로 만들었다. 봉건적 공작이 궁정의 공작으로 변형되었다. 그리고 얼마 안 되어 그러한 것들이 바글대게 되었다. 찰스 2세는 두 정인에게 여공작 작위를 내렸는데 하나는 사우스

햄턴의 바버라였고, 다른 하나는 케루엘의 루이즈였다. 앤 여왕 때는 공작의 숫자가 스물다섯에 이르렀고 그중 세 명은 외국인이었다. 그들은 컴벌랜드, 케임브리지, 그리고 쉰베르크 공작이었다. 과연 제임스 1세가 고안한 이 방법이 성공했을까? 그렇지 않았다. 상원은 자신들이 농락당했다고 생각하며 화를 냈다. 제임스 1세와 찰스 1세에 대해 화를 냈는데, 지나가는 길에 한마디 하자면 마리 드 메디시스가 남편의 죽음에 다소라도 관련되었듯이 찰스 1세도 부친의 죽음에 일조를 했을 것이다. 찰스 1세와 대귀족은 결별했다. 제임스 1세 시절에 횡령과 독직 혐의로 베이컨을 심판대에 세웠던 귀족들이, 찰스 1세 치세에는 반역 혐의로 스태퍼드를 재판에 넘겼다. 한 사람은 명예를, 다른 한 사람은 목숨을 잃었다. 찰스 1세는 스태퍼드를 통해 벌써 한 번의 참수를 당한 것이다. 귀족들이 코뮌들에게 힘을 보탰다. 국왕은 옥스퍼드에서 의회를 소집했다. 혁명은 그것을 런던에서 소집했다. 중신 43인은 왕과 함께, 22인은 공화제와 함께 갔다. 귀족들이 평민을 받아들인 데서 권리 장전이 나왔고, 그것이 우리 인권 선언의 초안이었으며, 프랑스 혁명은 후미진 미래에서 영국의 혁명 위로 던진 흐릿한 그림자였다.

귀족들이 끼친 영향은 대략 그러했다. 물론 그들의 의도가 아니었다고 생각하자. 상관없다. 더욱이 비싼 대가를 지불해야 했다. 대귀족은 거대한 기생충이기 때문이다. 하지만 그들이 남긴 공적을 외면할 수 없다. 루이 11세와 리슐리외와 루이 14세의 전제적인 업적, 술탄의 등장, 평등이라는 이름으로 저지른 평준화, 홀(笏)을 이용한 몽둥이질, 대중을 고무래질로 천박하게 만드는 등 프랑스에서 저질러진 그 터키인들의 짓들을 영국에서는 귀족들이 방어했다. 그들은 귀족 정치를 일종의 장벽으로 삼고, 다른 한편 국왕에게 제방 역할을 했고, 또한 백성의 피신처가 되었다. 그들은 백성들에게 거만하게 행동하는 것을 국왕에 대한 불손함으로 사죄했다. 레스터 백작 시몽은 헨리 3세에게 이렇게 말했다. '왕이시여, 당신은 거짓말을 했소.' 귀족들은 왕실에 복종을 강요했고 때때로 수렵처럼 가장 예민한 부분에서 왕에게 타박상을 입혔다. 모든 귀족은 국왕의 수렵 구역을 지날 때 점박이 사슴 한 마리를 죽일 권리를 가지고 있었다. 귀족들에게는 왕의 집이 곧 자신들의 집이었다. 왕이 런던탑에 갇힐 경우와 중신이 갇힐 경우 모두 같은 금액의 비용이 지출되었다. 그 금액은 일주일에 12파운드였고 상원이 지출을 담당했다. 그보다 더 큰 권한도 가지고 있었다. 왕위를 박탈하는 것 역시 상원의 권한이었다. 귀족들은 존왕을 내쫓았고, 에드워드 2세의 왕권을 박탈했으며, 리처드 2세를 왕좌에서 끌어내렸고, 헨리 6세를 꺾어서 마침내 크롬웰의 출현을 가능하게 했다. 찰스 1세가 루이 14세와 유사한 점이 얼마나 많은가! 크롬웰 덕분에 그는 잠재적 상태로 남게 되었다. 한편 대부분의 역사가

들이 이 점에는 주목하지 않는데, 크롬웰도 대귀족에 속하기를 열망했다는 사실을 지나는 길에 알아 두자. 그는 그러한 열망 때문에 엘리자베스 바우처를 아내로 맞아들였다. 그녀는 옛 크롬웰 가문의 한 사람인 바우처 경의 후손이며 상속자였다. 바우처 경의 대귀족 신분은 1471년에 소멸되었고 바우처 가문의 다른 지파였던 로비저트 경의 신분 역시 1429년에 소멸되었다. 맹렬한 기세로 중첩되는 사건들을 인식한 그는 대귀족의 권리를 열망하기보다 제거된 왕을 이용해 지배하는 것이 더 단순하다고 판단했다. 때로는 음산한 귀족들의 의식이 왕에게 타격을 주었다. 재판정에 출두한 중신의 양쪽에는 런던탑에서 파견한 간수 두 사람이 어깨에 도끼를 걸치고 서 있곤 했는데, 그러한 조치는 중신뿐만 아니라 국왕에 대해서도 마찬가지였다. 5세기 동안, 태고의 모습을 간직한 영국의 상원은 정해진 일정에 따라 흔들림 없이 움직여 왔다. 느슨해져서 기분전환을 하는 날도 있었다. 그 예로 교황 율리우스 2세가 보낸 치즈와 햄, 그리스산 포도주를 가득 싣고 들어온 화물선 갈레아차에 홀리는 기묘한 순간도 있었다. 영국의 귀족 집단은 항상 불안해하고, 거만하고, 완강하고, 섬세하고, 애국적인 경계심이 많았다. 17세기 말에 1694년도 제10호 법령을 반포하여, 사우샘프턴주의 스톡브리지 읍에서 의회에 대표를 파견할 수 있는 권한을 빼앗고 하원에 압력을 가해 그곳의 선거 결과를 무효화시킨 것도 그들이었다. 교황파의 속임수가 선거를 더럽혔기 때문이다. 그들은 제임스가 요크 공작이던 시절, 그로 하여금 국교를 신봉한다는 맹세를 하도록 했다. 그가 거부하자 그들은 그의 왕위 계승권을 박탈하려 했다. 결국 그가 왕위를 계승했지만 귀족들은 그를 다시 마음대로 할 수 있었고, 마침내 그를 국외로 추방했다. 그러한 귀족 정치가 오랜 세월 지속되는 동안 본능적인 약간의 진보가 있었다. 귀족 정치로부터 칭찬할 만한 빛은 항상 어느 정도 나왔다. 그 말기, 그러니까 우리 시대는 속하지 않는다. 제임스 2세 시절, 귀족들은 기사 92명과 부르주아 346명의 하원의 비율을 유지시켰다. 타락시키는 경향이 크고 매우 이기적인 반면에 그러한 귀족 정치가 어떤 경우에는 특이한 공평성을 나타냈다. 보통 그 집단을 냉혹한 기준으로 평가한다. 역사가 호의로써 대접하는 것은 평민이다. 그러나 잘 따져보아야 한다. 우리는 귀족들의 역할이 매우 크다고 믿는다. 과두 체제는 야만적 단계의 자유 상태이다. 하지만 자유임에는 틀림없다. 폴란드를 생각해 보라. 명목상으로는 왕국이나 실상은 공화국이다. 영국의 중신은 국왕을 끝없이 의심하고 감시했다. 많은 경우에 평민보다 귀족들이 더 능수능란하게 국왕을 화나게 할 수 있었다. 그들은 일부러 왕을 궁지로 몰아넣기도 했다. 예를 들어 1694년에는 윌리엄 3세의 비위를 맞추기 위해, 3년 임기제 의회에 관한 법안을 하원에서 부결했으나 중신들은 가결했다. 윌리엄 3세는 바스 백작의 펜더니스성을 빼앗았고, 모돈트 자작의 모든 직책을 빼앗았다. 영국의 왕권 심장부에 있던 베네치아 공화국이 상원이었다. 국왕을 총독만큼이나 약하게 만드는 것이 상원의 목표였고, 왕에게서 감축한 것들을 모두 국민에게 돌려주었다.

왕권은 그러한 의도를 알아차렸고 대귀족에게 증오심을 가졌다. 쌍방이 서로를 약화시키기 위한 방법을 찾았다. 그렇게 찾아낸 축소 방안들이 백성에게는 이익의 증대를 안겨주었다. 군주제와 과두 체제라는 눈먼 세력들은 자신들이 제삼자, 즉 민주 체제를 위해 노력하고 있다는 사실을 알아채지 못했다. 지난 세기, 페러스 경이라는 중신의 목을 매달 수 있었다는 사실이 왕실에게 얼마나 큰 기쁨을 주었겠는가!

비단으로 그의 목을 매달았다. 정중한 행동이었다. 프랑스의 중신이었다면 목을 매달지 않았을 것이다. 리슐리외 공작의 거만한 지적이다. 공감한다. 아마 목을 내리쳤을 것이다. 그것이 더 정중한 예우라는 것이다. 몽모랑시 탕가르빌은 항상 이렇게 서명했다. '프랑스 및 영국의 중신.' 그렇게 영국의 대귀족을 두 번째 서열로 밀쳐냈다. 프랑스의 중신은 서열이 높았지만 힘이 약했다. 실권보다는 서열에, 그리고 지배력보다는 상석권에 더 집착했기 때문이다. 그들과 영국의 귀족 사이에는 자만심과 자부심 사이에서 볼 수 있는 미묘한 차이가 존재한다. 프랑스의 중신에게는 외국의 귀족보다 높은 위치를 차지하는 것, 스페인의 세력가보다 앞서는 것, 베네치아의 파트리키우스를 넘어서는 것, 프랑스의 원수(元帥), 총사령관, 해군 사령관 등을 그들이 비록 툴루즈 백작이나 루이 14세의 아들이더라도 제후 회의에서 말석에 앉게 하는 것, 공작령이 아들을 통해 세습되었는지 혹은 딸을 통해 세습되었는지를 구분하는 것, 아르마냑이나 알브레 같은 단순 백작령과 에브뢰 같은 페리 작위를 갖춘 백작령의 차이를 유지시키는 것, 특별한 경우 스물다섯에 성령 기사단의 휘장이나 황금 양털 기사단의 휘장을 당연권에 따라 부착하는 것, 왕실 쪽의 가장 유서 깊은 페르인 트레모아이 공작과 제후 측에서 가장 유서 깊은 페르인 위제스 공작 간에 균형을 잡도록 하는 것, 자기 사륜마차에도 선거 후(侯)의 마차와 동등한 숫자의 말과 시종을 갖춰야 한다고 주장하는 일, 최고법원장에게 자신을 각하라고 부르도록 하는 일, 멘 공작도 외 백작처럼 1458년부터 중신의 반열에 올랐는지에 대해 말다툼하는 일, 커다란 홀을 건널 때 대각선으로 건너야 하는지 혹은 옆쪽을 따라 건너야 하는지를 규명하는 것 등이 매우 중요한 일이었다. 반면 영국의 귀족에게 중요했던 일은 항해 협정, 선서, 유럽이 영국에 봉사하도록 하는 것, 바다의 지배, 스튜어트 왕조의 축출, 프랑스와의 전쟁 등이었다. 이곳 프랑스에서는 꼬리표를, 바다 건너 저쪽에서는 제국을 그 무엇보다도 중요시했다. 영국의 중신은 먹이를 지니고 있었으나, 프랑스의 중신은 그림자를 지니고 있었다.

요약하면 영국의 상원은 하나의 출발점이었다. 문명사 속에서 보면 측정할 수 없을 만큼 위대하다. 국가를 탄생시킨 영광은 영국 상원의 차지이다. 영국의 상원은 한 백성의 통일을 실현한 최초의 구현체이다. 영국의 저항력, 아무도 대적할 수 없는 그 정체 모를 힘은 귀족의 방, 즉 상원으로부터 태동되었다.

귀족은 군주에 대한 일련의 폭력 행위로 결정적 왕권 박탈의 초안을 계획했다. 상원은 오늘날에 이르러 자신들이 원하지도 않으면서 자신도 모르는 사이에 이루어 놓은 것에 조금 놀라고 슬퍼한다. 그것은 돌이킬 수 없기 때문에 더욱 그렇다. 양보란 무엇인가? 반환하는 것이다. 또한 모든 국민은 그 진실을 알고 있다. '내가 베풀겠노라.' 왕의 그 말에 국민은 이렇게 대꾸한다. '내가 회수하겠노라.' 상원은 자신들이 중신의 특권을 창조하는 것으로 믿었지만, 결과적으로는 시민의 권리를 탄생시켰다. 귀족 정치라는 독수리가 자유라는 참수리의 알을 품은 것이다.

막 알을 깨고 나온 참수리가 하늘에서 빙글빙글 도는데 독수리는 죽어 가고 있다. 귀족 정치가 임종을 맞는데, 영국은 커 가고 있다.

그러나 귀족 정치를 대할 때 공정해지자. 귀족 정치는 왕권의 균형을 잡아 주는 평형추 노릇을 했다. 또한 독재 군주를 막아 주는 방어벽 노릇도 해 주었다. 귀족 정치에 감사를 표하자. 그리고 이제 그것을 땅에 묻도록 하자.

3. 오래된 홀

웨스트민스터 수도원 근처에 옛 노르망디풍 궁전이 있었는데, 헨리 8세 때 불태워져서 궁전의 두 날개만 남았다. 에드워드 6세가 그중 하나를 상원에게 주고 다른 하나는 하원이 차지하게 했다.

두 날개도, 두 홀도 이제 남아 있지 않다. 모든 것을 다시 지었다.

이미 말했고, 또 한 번 강조하지만 오늘날의 상원과 옛날의 상원 간에는 유사점이 전혀 없다. 옛날의 궁전을 허물었다는 것은 옛날의 관습도 조금은 허물었다는 의미이다. 건축물에 가해진 곡괭이질의 진동이 관습과 법률에도 전해진다. 낡은 돌덩이가 무너져 내릴 때는 낡은 법률 조항이 함께 떨어진다. 사각형 홀에 있던 상원을 원형 홀 안으로 옮겨 놓자. 상원은 전혀 다른 것으로 바뀔 것이다. 갑각(甲殼)의 모양이 변하면 연체동물의 모양이 변형된다.

인간의 일이건 신의 일이건, 즉 법률이건 교조건, 또는 귀족 제도건 사제직이건, 옛것을 보존하려면 새것을 만들지 말아야 한다. 그 껍질도 바꾸어서는 안 된다. 부품을 끼워 넣는 것으로 끝내야 한다. 예를 들면 예수회의 교리는 가톨릭 교리에 추가된 부품이다. 옛 건축물도 옛 제도를 다루듯 해야 한다.

그림자는 폐허에서 머물러야 한다. 소진된 세력은 새롭게 단장한 거처에 들어가면 오히려 불편함을 느낀다. 누더기 제도에는 오막살이 궁전이 어울린다.

옛 상원의 내부를 보여 주는 것은 낯선 사람을 보여 주는 것과 같다. 역사란 밤이다. 역사에는 후경(後景)이 존재하지 않는다. 무대 전면에 자리하지 못하는 것들 위로 일몰과 어둠이 동시에 덮친다. 무대의 장식을 떼어내면 즉시 지워지고 망각된다. '과거'라는 말의 동의어 중 하나는 '무시된 존재'이다.

중신들이 재판정을 구성할 때는 웨스트민스터의 큰 홀에 자리를 잡았고, 입법 기관으로서 상원을 구성할 때는 '귀족들의 집', 즉 House of the lords라고 부르는 특별실에 자리했다.

국왕이 소집할 때에만 구성되는 영국 중신들의 법정 외에, 그 법정보다는 하위이나 다른 모든 법원의 상위인 영국의 대법정 둘도 웨스트민스터홀에 자리 잡았다. 두 법정은 대체로 그 홀 끝에 있는 인접한 두 칸에 자리했다. 하나는 국왕의 의자가 있는, 즉 국왕이 처리하는 법정이었다. 그리고 다른 하나는 대법관이 처리하는 법무성 법정이었다. 첫 번째는 심판을 내리는 법정이었고, 두 번째는 자비를 베푸는 법정이었다. 대법관이 사안의 성격에 따라 왕의 자비를 청하기도 했다. 물론 이는 매우 드문 일이었다. 오늘날에도 존속되는 두 법정이 법률을 해석하고 그것을 조금 수정했다. 판사의 기술은 법률 조항을 다듬는 목공의 기술이다. 그러한 목공예로부터 형평(衡平)이 어렵게 모습을 나타낸다. 웨스트민스터홀에서 법률이 제정됐고 또한 적용되었다. 그 홀의 둥근 천장은 거미줄이 생기지 않도록 하기 위해 밤나무 목재로 만들어졌다고 한다. 그러나 법에는 거미줄이 많이 끼었다.

법원을 구성한다는 것과 의회를 구성한다는 것은 서로 다른 일이다. 그러한 이원성(二元性)에서 지상권(地上權)이 생겼다. 1640년 11월 3일에 시작된 장기 의회(Long Parliament)는 이원성이라는 양날의 검이 필요함을 느꼈는데, 이는 혁명적인 욕망이었다. 그래서 상원이 바로 사법권이자 입법권임을 공표했다. 이원적 권력은 아득히 먼 옛날부터 상원에게 있었다. 조금 전에 말한 것처럼, 중신들은 판사의 자격으로 웨스트민스터홀을 차지했고 입법자로는 다른 홀을 차지했다.

다른 홀, 즉 귀족 전용의 방은 좁고 길었다. 그 방을 밝히는 조명 시설은 천장에 깊숙이 뚫어 놓은 네 개의 창이 전부였는데 그곳을 통해 햇빛이 들어왔고, 왕의 상징인 닫집 위에 유리창 여섯 개와 커튼을 갖춘 타원형창 하나가 있었다. 밤에는 벽에 고정된 나뭇가지 모양의 촛대 열두 개에서 나오는 빛 말고 다른 조명이 없었다. 베네치아의 원로원의 조명은 그보다 더 약했다. 절대 권력을 소유한 부엉이들에게는 어느 정도의 어둠이 더 편하다.

귀족들의 회합이 있는 홀 위의 높은 궁륭형 천장은 황금색 널판으로 된 다면체로 되어 있었다. 평민의 회의장은 평평한 천장이었다. 군주제 아래서 세워진 건축물은 모든 것이 그 나름의 의미를 가졌다. 귀족의 홀 끝에 출입문이 있었고 그 맞은편 끝에 왕좌가 놓여 있었다. 출입문에서 몇 걸음을 안으로 옮기면 긴 막대기가 횡으로 있어 경계선을 만들었다. 백성의 세계는 끝나고, 귀족들의 세계가 시작되는 곳을 표시하는 경계였다. 왕좌 오른편에, 뾰족탑 모양의 상단부에 가문을 새긴 벽난로가 있었는데 그 벽난로가 대리석에 새긴 두 개의 저부조를 보여줬다. 하나는 572년에 브르타뉴를 상대로 커스울프에서 거둔 승리의 장면을 새긴 것이었고, 다른 하나에는 던스터블 읍의 지도가 있었다. 그 지도에는 도로가 넷 있었고, 그 도로들이 세계를 네 부분으로 나누는 위선(緯線)과 평행을 이루었다. 왕좌는 세 계단 높은 곳에 놓여 있었는데 '왕의 의자'라고 불렀다. 마주보고 있는 양 벽에 커다란 장식 융단이 이어졌고 융단에는 연속적인 그림이 수놓아져 있었다. 이는 엘리자베스가 귀족들에게 내린 것으로, 아르마다가 스페인을 떠나 영국 근처에서 난파하기까지 겪은 일을 그림으로 나타내었다. 선박들의 높은 선루(船樓)는 금실과 은실로 수를 놓았는데 세월이 흘러 모두 검게 변했다. 그 장식 융단을 등지고, 왕좌를 기준으로 오른쪽에는 주교들을 위한 벤치가 세 줄 있었고 왼쪽에는 공작과 후작과 백작의 벤치가 시렁 위에 세 줄로 있었다. 첫 번째 벤치 셋에는 공작들이, 두 번째 벤치 셋에는 후작들이, 마지막으로 세 번째 벤치 셋에는 백작들이 앉았다. 자작들의 벤치는 왕좌와 마주 보았으며 그 뒤에, 즉 입구 쪽의 가로막대와 자작의 벤치 사이에 남작의 벤치 둘이 놓여 있었다. 왕좌 오른편의 제일 높은 벤치에는 캔터베리와 요크의 두 대주교가 앉았고, 중간 벤치에는 런던과 더럼 및 윈체스터의 세 주교가 앉았으며, 아래쪽 벤치에는 다른 주교들이 앉았다. 캔터베리 대주교와 다른 주교들 간에는 무척 큰 차이가 있었다. 그가 주교가 된 것은 '신성한 섭리에' 따른 것이지만, 다른 주교들은 겨우 '신성한 허락에' 따라 주교가 되었다는 것이다. 왕좌 오른쪽에는 웨일스 대공을 위한 의자 하나가 있었고, 왕좌 왼쪽에는 왕실의 공작들을 위한 접이 의자들이 놓여 있었다. 그 뒤에는 아직 성인이 되지 않은 어린 중신, 즉 회의에 참가하지 못하는 어린 귀족을 위한 좌석 한 줄이 준비되어 있었다. 모든 곳에 백합꽃이 가득했다. 그리고 커다란 방패형의 영국 왕가의 문장이 네 벽에, 즉 중신 위에도 왕의 머리 위에도 똑같이 걸려 있었다. 대귀족의 신분을 물려받을 젊은이들은 왕좌 뒤의 닫집과 벽 사이에 서서 토론하는 광경을 구경했다. 안쪽에는 왕좌가 있고 나머지 세 면에는 중신의 벤치가 있고, 중앙에 널찍한 사각형 공간이 만들어졌다. 영국 왕가의 문장을 수놓은 융단이 바닥에 깔려 있고 그 위에는 양모 방석 넷이 놓여 있었다. 하나는 왕좌 앞에 놓였는데 좌우에 권표(權標)와 관인(官印)을 놓고 대법관이 그 위에 앉았다. 또 하나는 주교들 앞에 놓였는데 그 위에는 최고법원 판사들이 앉았다. 그들에게는 참석권만 있고 발언권은 주어지지 않았다. 다른 하나는 공작들과 후작들, 백작들 앞에 놓였고 그 위에는 대신들이 앉았다. 그리고 마지막 하나는 자작들과 남작들 앞에 놓였다. 그 위에는 왕실 서기와 의회 서기가 앉았고 그들 아래의 서기 둘이 무릎을 꿇고 적는 일을 했다. 그 사각형 공간의 가운데에는 천에 덮인 넓은 탁자가 있었는데 그 위에 서류와 장부와 금전출납부가 쌓여져 있었고, 그 곁에는 귀금속으로 장식된 잉크병들이 놓여 있었으며 탁자 모서리마다 높은 촛대에 불을 켜 놓았다. 중신들은 자신의 영지가 최초로 탄생한 연도에 맞춰 차례대로 자리에 앉았다. 그리고 작위에 맞춰서 열에 앉게 되어 있었다. 입구 쪽 가로막대 앞에는 알현실 문지기가 서 있었다. 출입문 바로 안쪽에는 문지기의 수하 관리 한 명이 서 있었고, 출입문 밖에도 마찬가지로 문지기의 수하인 공고(公告) 담당자가 서 있었다. 그의 역할은 재판의 시작을 알리는 것이었는데, "Oyez(들으시오)!"라고 프랑스어로 외쳤다. 그렇게 세 번, 첫 음절에 위엄 있게 힘을 주며 외쳤다. 공고 담당자 곁에는 대법관의 권장을 들고 다니는 의장관(懷依官)도 함께 있었다. 국왕이 참석하는 의식에서 세속적 중신은 작위에 대응하는 관을 쓰고, 정신적 중신은 삼각형 주교모를 썼다. 대주교들은 공작관의 주교모를 쓰고, 자작 아래 서열인 주교들은 남작관의 주교모를 썼다.

기묘한 동시에 시사하는 바가 있는 특징은, 왕좌와 주교들과 바롱들이 사각형 공간을 만들고 그 공간에 고위관리들이 무릎을 꿇고 앉는 배치가 프랑스의 최초 두 왕조* 시절에 보았던 회의장의 모습이라는 것이다. 프랑스와 영국의 권력 서열이 같은 양태를 나타내고 있다. 힝크마르는 이미 853년에 'de ordinationesacri palatii(황실 회의에 대해)'라는 글에서, 18세기 웨스트민스터에서 열릴 상원의 회의 장면을 설명했다. 100년을 앞서 미리 작성된 기이한 의사록이다.

역사란 무엇인가? 미래로 울려 퍼지는 과거의 메아리이다. 또는 과거 위로 드리워진 미래의 그림자이다.

의회는 7년마다 소집하도록 정해져 있었다.

---

* 메로빙거와 카롤링거 왕조를 가리킨다.

귀족들은 문을 잠그고 비밀리에 토론했다. 평민 대표(코먼)의 회의는 공개적으로 열렸다. 대중성은 싸구려로 생각했다. 귀족의 수는 제한이 없었다. 귀족을 마구 임명하는 것은 왕권이 소유했던 협박 수단이었다. 통치 수단이기도 했다.

18세기 초, 귀족의 수가 크게 증가했다. 그 이후에는 더욱 늘어났다. 귀족 사회를 묽게 만드는 것은 정략의 하나였다. 엘리자베스가 대귀족을 로드 65명으로 농축시킨 것은 실책이었는지 모른다. 귀족 집단의 구성원이 적을수록 그 집단은 더욱 강력해진다. 어떠한 회의라도 참가하는 회원이 많을수록 유능한 두뇌는 적게 마련이다. 제임스 2세는 그러한 사실을 어렴풋하게라도 알고 있어 상원의 귀족을 188명까지 늘렸다. 국왕의 밀실을 드나드는 두 여공작을 대귀족에서 제외하면 186명이었다. 앤 여왕 시절에는 주교들을 포함한 귀족의 수가 모두 207명에 이르렀다.

여왕의 부군인 컴벌랜드 백작 말고도 스물다섯의 공작이 있었다. 첫 번째 서열인 노퍽 공작은 가톨릭 신자인지라 상원에 참석하지 않았고, 마지막 서열인 케임브리지 공작은 하노버 선거후의 장자로 외국인이건만 상원의 의석을 차지했다. 영국 최고의, 그리고 유일한 후작이라는 평가를 받은 윈체스터 후작은 제임스 2세 지지파였기 때문에 상원에 참석하지 않았다. 그리하여 후작은 다섯이었는데 그중 서열의 첫째가 린지였고, 마지막은 로시안이었다. 백작은 79명이었고, 서열의 첫째는 더비 백작이었고 마지막은 이슬리 백작이었다. 자작은 아홉 명이었다. 그 중 첫 번째 서열은 헤리퍼드였고, 마지막은 론스데일이었다. 그리고 남작은 62명이었으며, 서열의 첫째가 애버게브니였고 마지막은 허비였다. 허비 경은 서열 마지막의 남작이었기 때문에 상원의 '막내'가 되었다. 제임스 2세 시절 옥스퍼드, 슈루즈버리, 켄트 등의 백작들로 인해 네 번째 서열이었던 더비 경은, 앤 여왕에 이르러서는 첫 번째 서열이 되었다. 베룰럼과 웸이라는 두 대법관의 이름은 바롱의 명단에서 없어졌다. 역사는 베룰럼의 이름에서 베이컨을, 웸의 이름에서 제프리스를 다시 찾도록 해 준다. 베이컨과 제프리, 여러 이유로 인해 어두운 이름들이다. 1705년에는 주교의 수가 스물여섯에서 스물다섯으로 줄어들었다. 체스터 주교의 자리가 비워졌기 때문이다. 몇몇 주교들은 세도가 출신이었다. 예를 들어 옥스퍼드의 주교인 윌리엄 탤벗의 가문은 프로테스탄트파의 수장 역할을 했다. 또한 훌륭한 학자들도 있었다. 노위치 수도원장이었던 요크 대주교 존 샤프, 시인이었던 로체스터의 주교 토머스 스프레트, 보쉬에의 적이었으며 캔터베리 대주교로서 생을 마친 링컨의 주교 웨이크 등을 예로 들 수 있다.

중대한 일이 있을 때나 국왕이 상원에 보내는 어떤 전교를 받을 때, 가운을 입고 가발을 쓰고 그 위에 고위 사제의 모자나 깃털로 장식한 모자를 얹은 점잖은 집단이, 폭풍우가 아르마다를 파멸시키는 장면이 그려진 상원의 벽을 따라 자신들의 머리를 정렬시켰다. 벽면의 그림은 폭풍우가 영국의 명령에 복종했다는 의미를 내포하고 있었다.

4. 오래된 방

그윈플렌의 복권 절차는, 킹스게이트를 통해 입장한 순간부터 유리창으로 싸인 원형 홀에서 선서를 할 때까지 시종일관 희미함 속에서 이루어졌다.

윌리엄 쿠퍼 경은 영국의 대법관인 자신에게, 젊은 퍼메인 클랜찰리 경의 흉하게 훼손된 얼굴에 대해 자세한 보고를 하지 못하도록 했다. 어느 중신의 얼굴이 곱지 않다는 사실을 안다는 것 자체가 체면을 상하게 하는 일이라고 생각했고, 지체 낮은 자가 그러한 일을 주제넘게 보고하는 행위로 인해 자신이 초라해진다고 느꼈기 때문이다. 어떤 평민이건 '그 귀족은 꼽추야!'라는 말을 하면서 속으로는 즐거워할 것이다. 따라서 한 귀족이 흉하게 생겼다는 것은 그 자체만으로도 큰 치욕이다. 여왕이 그에 대해 귀띔해 주었을 때도 대법관은 한마디로 대꾸했다.

"귀족의 얼굴은 작위입니다."

아주 간단한 대답이었다. 또한 자신이 검토한 조사 보고서를 통해 모든 상황을 파악하고 있었다. 그리하여 모든 신중한 조치를 취하게 된 것이다.

새로운 귀족이 상원에 들어서는 순간, 그의 얼굴이 소란을 발생시킬 수도 있었다. 소란을 방지하는 것이 중요했다. 그리하여 대법관은 나름대로 대책을 세웠다. 문제를 최소화하는 것이 신중한 사람들의 고정관념이며 행동의 기준이다. 요란한 돌발 사태에 대한 혐오감도 엄숙함의 일부분이다. 영지를 물려받은 다른 상속자들의 등원처럼, 그윈플렌의 등원 또한 어떤 방해도 받지 않고 이루어져야 했다.

그런 까닭으로 대법관은, 퍼메인 클랜찰리 경의 영접 의식을 저녁 회의 시간으로 정했다. 대법관은 문지기이므로, 그리고 노르망디 법령에 따르면 quodammodo ostiarius(어떤 뜻에서는 문지기)인지라, 또한 테르툴리아누스에 의하면 januarum cancellorumque potestas(출입문과 가로막대 담당 책임자)라, 문지방에서도 의식을 치를 수 있다. 윌리엄 쿠퍼 경은 자신의 권한을 발동하여, 유리창으로 둘러싸인 홀에서 퍼메인 클랜찰리 경의 복권 절차를 완벽하게 마쳤다. 뿐만 아니라 복권된 중신이 회의 시작 전에 방 안으로 들어갈 수 있게 하기 위해 시간을 당겼다.

방 바깥에서, 즉 문지방 앞에서 중신이 서임되었던 전례가 있었다. 최초의 세습 남작인 홀트캐슬의 존 비첨스는 1387년 리처드 2세가 키더민스터 남작으로 삼았고, 그러한 방식으로 상원에서 받아들였다.

그러나 그러한 전례를 되살리는 것은 대법관 스스로를 난처한 입장에 놓이게 했다. 겨우 두 해 후에 뉴헤이븐 자작이 상원에 들어올 때 그는 그 단점을 알게 되었다.

이미 언급한 바처럼 윌리엄 쿠퍼 경은 근시안이었기 때문에, 그윈플렌의 얼굴이 흉하다는 것을 겨우 알아차렸다. 보증인인 두 귀족은 조금도 알지 못했다.

두 늙은이는 거의 장님에 가까웠기 때문이다.

대법관은 의도적으로 그들을 지명한 것이다.

대법관은 그윈플렌의 훤칠한 키와 당당한 체격만을 보았기 때문에, 오히려 그의 '외모가 수려하다'고 생각했다.

문지기들이 그윈플렌 앞의 출입문을 활짝 열었을 때, 회의실 안에는 귀족 몇 명만이 있었다. 그들은 대부분 늙은이였다. 늙은이는 모임이 있을 때 시간을 엄수한다. 또한 그들은 여인들 옆에 늘 붙어 있다. 공작의 벤치에는 공작 두 사람밖에 없었는데, 한 명은 머리가 온통 하얗게 세었고, 다른 한 명의 머리는 희끗희끗한 정도였다. 그들은 리즈 공작인 토머스 오스번과 쉰베르크였다. 쉰베르크는, 독일 태생이나 원수 지휘봉으로 프랑스인이 되었다가 영지로 인해 영국 사람이 되었고, 낭트 칙령 때문에 쫓겨나서 프랑스인으로 영국을 상대로 전쟁을 하다가 다시 영국인으로 프랑스에 맞섰던 그 쉰베르크의 아들이었다. 정신적 중신의 벤치에는 영국의 수석 주교 캔터베리의 대주교가 가장 높은 열에 앉았고, 맨 아래 열에는 엘리의 주교인 사이먼 패트릭 박사와 도체스터 후작 에벌린 피어폰트가 대화하고 있었다. 후작은 주교에게 방책과 와책의 차이에 대해 설명하고 있었다. 방책이란 숙영지를 방어하려고 텐트 주변에 박아 놓은 말뚝을 가리키지만, 와책은 성채의 흉벽 아래 날카롭게 깎은 말뚝을 설치해서 포위군이 기어오르는 것을 대비하고 농성군(籠城軍)의 탈출을 막는 장치라고 했다. 또한 각면보루(各面堡壘)에 와책을 설치할 시에는, 말뚝은 반쯤은 땅속에 박고 반쯤은 드러나게 해야 한다고 설명했다. 웨이머스 자작인 토머스 딘은 촛대 가까이에 앉아서 설계도를 자세히 확인했다. 그 설계도는 윌트셔주의 롱리트에, 황색 모래와 붉은 모래, 민물조개 껍질, 고운 석탄 가루 등을 배합해 만든 타일을 깔아서 '구획된 잔디밭'을 만들기 위한 것이었다. 자작의 벤치에는 늙은 귀족들이 마구 뒤섞여 있었는데, 에식스, 오술스톤, 페러그린, 오스번, 윌리엄 줄스타인, 록퍼드 백작 등이 있었고 그들 사이에서 가발을 쓰지 않는 무리에 속하는 몇몇 젊은이들이 헤리퍼드 자작 프라이스 데버루 주변에서, 애팔래치아산맥의 호랑가시나

무에서 차(茶)를 얻을 수 있는지에 대하여 토론을 벌이고 있었다. "거의 차라고 볼 수 있지." 오스번이 말했다. "완전한 차야." 에식스의 의견이었다. 볼링브룩의 사촌 세인트 존의 포렛이 귀 기울여 듣고 있었다. 훗날 볼테르는 볼링브룩의 제자라 할 수 있었는데, 그 까닭은 볼테르가 처음에는 포레 신부에게 배웠지만 마지막 교육은 볼링브룩에게 받았기 때문이다. 후작의 벤치에는 여왕의 의전관이자 켄트의 후작인 토머스 그레이가 영국 의전 장관인 린지 후작 로버트 버티에게 1614년도 영국 대복권 추첨에서 일등을 한 사람은 영국으로 망명한 두 프랑스인, 파리최고법원 판사였던 르콕 씨와 브르타뉴 지방의 시골 귀족인 라브넬 씨였다고 주장하고 있었다. 와임스 백작은 《시빌라들의 기이한 예언 사례》라는 책을 읽고 있었다. 긴 턱과 명랑함, 그리고 나이 여든일곱의 고령으로 잘 알려진 그리니치 백작 존 캠벨은 정부(情婦)에게 편지를 쓰고 있었다. 챈도스 경은 손톱을 정리하고 있었다. 곧 시작될 회의에는 원칙적으로 국왕이 참석하게 되어 있었기 때문에 여왕의 대리관(代理官)들이 파견될 예정이었고, 따라서 문지기 보조원 두 사람이 왕좌 앞에 선홍색 벨벳을 씌운 벤치를 놓았다. 두 번째 양모 방석 위에는 기록 담당 판사, 즉 사크로룸 사크리니오룸 마기스테르도 앉아 있었는데, 그가 사는 관저는 개종한 유대인들이 소유하던 건물이었다. 네 번째 방석 위에서는 두 하위 서기가 무릎을 꿇고 앉아서 서류를 뒤적거리고 있었다.

그동안 대법관이 첫 번째 양모 방석 위에 앉고, 상원 소속 관리들이 앉거나 선 채로 각자의 자리를 잡자 캔터베리 대주교가 일어나 기도문을 외우는 것으로 회의를 시작했다. 그윈플렌은 입장한 지 한참 되었지만 아무도 알아채지 못했다. 그의 자리는 남작의 벤치 중 두 번째 것이었는데 가로막대와 매우 가까워서 몇 걸음만 걸어 그곳에 도착했다. 그의 보증인인 두 귀족이 그의 좌우에 앉아 있었기 때문에 사람들 눈에는 새로 등원한 중신의 모습이 잘 보이지 않았다. 아직 아무에게도 통보하지 않아서, 의회 서기는 새로운 귀족과 관련된 문서를 조그만 음성으로 속삭이는 것처럼 읽었고, 이어서 대법관이 '일반적인 무관심 속에' 새로운 중신의 등원을 선언했다. 그 동안에도 모두들 잡담하기 바빴다. 회의장은 웅성대는 소리로 가득했다. 그러한 틈에 의회가 온갖 으스름한 일들을 처리하여, 나중에 그 일들이 의원들에게 놀라움을 안겨주기도 했다.

그윈플렌은 조용하게 모자를 벗고, 두 연로한 중신인 피츠월터 경과 애런들 경 가운데 앉았다.

덧붙이자면 스파이답게 모든 정보를 수집했고 음모를 성공시키기로 마음먹은 바킬페드로는 대법관 앞에서 공식적으로 조사 결과를 진술할 때, 그윈플렌은 충분히 그의 훼손된 웃는 얼굴을 엄숙한 얼굴로 바꿀 수 있다는 점을 부각시켜 퍼메인 클랜찰리 경의 흉한 측면을 어느 정도 감싸려 했다. 심지어 그 윈플렌의 그러한 능력을 과장하기도 했다. 하지만 귀족들의 입장에서 본다면, 그것이 무슨 상관이 있겠는가? 윌리엄 쿠퍼 경이 바로 다음의 금언을 이야기한 당사자가 아닌가? '영국에서는 중신 하나를 복권시키는 것이 국왕 하나를 복위시키는 것보다 더 중요하다.' 당연히 수려한 외모와 위엄이 겸비된다면 더 좋다. 어떤 귀족의 기형적 외모는 매우 유감스러운 일이며, 그것은 운명이 주는 치욕일 수도 있다. 하지만 다시 한 번 강조하자면, 외모가 기형이라서 권리가 줄어드는가? 대법관은 뭐든지 신중하게 조치했고 또한 그것이 타당했다. 하지만 결국, 신중한 조치를 했건 하지 않았건, 중신이 상원에 들어가는 것을 그 누가 방해할 수 있단 말인가? 기형과 불구보다 영주권이나 왕권이 더 위에 있지 않은가? 1347년에 절멸한 유서 깊은 커민 가문에서는, 버컨 백작들의 야수를 떠올리게 하는 포효가 영지처럼 세습되지 않았던가? 그리하여 누구든 호랑이의 포효를 들으면 그가 스코틀랜드의 중신임을 알 수 있지 않았던가? 체사레 보르자의 얼굴에 있는 흉한 핏자국이 그가 발렌티노 공작이 되는 것을 막았는가? 룩셈부르크의 대공인 장이 장님인 것이 보헤미아의 왕위에 오르는 데 방해가 되었는가? 리처드 3세가 혹이 있다 해서 영국의 왕좌에 앉지 못했던가? 지난 일들을 그 바닥까지 유심히 살펴보면, 도도한 무관심으로 허락된 불구와 용모의 추함은 높은 신분과 반대되는 것이 아니라 오히려 그것을 인정해 주고 증명해 준다. 영주권의 위엄은 매우 당당해 외모상의 기형 정도는 그것을 흔들지 못한다. 그것은 물론 다른 측면의 문제이며, 또 무시할 수 없기도 하다. 어쨌든 쉽게 이해할 수 있겠지만 그윈플렌의 등원에 장애가 되는 것은 아무것도 없었다. 따라서 대법관의 신중한 조치는 하위 전술로서는 쓸모 있었지만, 보다 상위 관점인 귀족적 원칙에서 보면 낭비였다.

안으로 들어서면서 그는 수석 군사가 알려 준 것처럼, 또한 보증인 중신들이 떠올려 준 것처럼, '국왕의 의자'에 예를 표했다. 이제 모든 것이 끝났다. 그는 귀족이 되어 있었다.

그 높은 곳에서 비치는 광휘 아래, 스승 우르수스가 두려워하며 허리를 굽히던 그 경이로운 봉우리가 이제 그의 발밑에 있었다.

그는 영국의 찬란하면서도 어두운 장소에 있었다.

6세기부터 유럽과 역사가 주목하던 봉건적 산(山)의 늙은 봉우리였다. 한 암흑세계 위에서 광채를 내뿜는 무서운 후광이었다. 그 후광 속으로 들어왔다.

되돌릴 수 없는 진입이었다.

그는 자신의 집에 들어와 있었다.

왕좌에 앉은 왕처럼, 그 역시 자신의 자리에 앉아 있었다.

그는 분명 그곳에 있었고 앞으로 그 무엇도 그가 그곳에 있는 것을 막을 수 없었다. 닫집 아래에 보이는 왕관은 그의 남작관과 자매 사이였다. 그는 그 왕좌의 동료였다. 그는 폐하와 마주보고 앉은 각하였다. 조금 낮기는 해도 거의 동배였다.

어제 그는 무엇이었나? 광대였다. 그런데 오늘은 무엇인가? 제후였다.

어제는 아무것도 아니었으나, 오늘은 전부였다.

미천함과 권세의 예상치 못한 대면이었다. 운명의 소용돌이에 휩싸인 영혼의 밑바닥에서 마주 보며 다가가, 갑자기 의식의 반씩을 소유했다.

불행과 행운이라는 두 유령이 영혼 하나를 손에 넣으려고 서로 끌어당겼다. 빈곤한 유령과 부유한 유령이라는 적대적 관계의 두 형제 사이에서 일어난 지성과 의지와 뇌수의 비장한 분할이었다. 한 사람 안에 존재하는 아벨과 카인이기도 했다.

5. 오만한 수다

상원의 벤치가 조금씩 채워졌다. 귀족들이 도착하기 시작했다. 그들이 처리해야 할 것은, 여왕의 부군이자 컴벌랜드 공작인 덴마크의 조지를 위해 책정한 세비를 10만 파운드 인상하는 사안이었다. 그 이외에 폐하께서 승인하신 여러 법안을 왕실 대리관들이 직접 상원에 상정하게 되어 있었기 때문에, 국왕이 참석하는 회의로 여겨졌다. 중신들은 모두 궁정 예복이나 일상복 위에 가운을 걸쳤다. 모든 사람의 가운이 그윈플렌의 것과 비슷했다. 약간의 차이가 있다면, 공작의 가운에는 가장자리를 금실로 감친 흰담비 모피 띠가 다섯 개, 후작의 것에는 네 개, 백작과 자작의 것에는 세 개, 그리고 남작의 것에는 두 개 달려 있다는 것 정도였다. 귀족들은 여러 무리를 이루며 들어왔다. 복도에서 서로 마주쳤지만, 벌써 시작된 대화를 자기들끼리 계속했다. 혼자 입장하는 이들도 있었다. 의복은 엄숙하고 장엄했지만 말과 행동은 전혀 그렇지 않았다. 들어서는 모든 사람들이 왕좌에 예를 표했다.

중신들은 파도처럼 밀려들었다. 엄숙한 이름들의 행렬이건만 의전례는 거의 없었다. 관중이 없었기 때문이다. 레스터가 입장하더니 리치필드와 악수를 했다. 그 다음 로크의 친구이자 피터버러와 몬머스의 백작인 찰스 모돈트가 들어왔다. 그는 로크의 충동질에 휘말려 주화의 재주조를 제안했다. 그 뒤를 이어 라우다운의 백작 찰스 캠벨이 풀크 그레빌, 즉 브룩 경의 말에 귀를 기울이며 들어섰다. 다음에는 카나르본의 백작 도엄이 들어왔다. 그 뒤를 렉싱턴 남작 로버트 서턴이 따랐다. 사료 편찬관에 불과하면서 역사가 행세를 하려 했던 그레고리오 레티를 파면할 것을 왕에게 조언했던, 그 렉싱턴의 아들이었다. 그 다음 펠

콘버그 자작인, 수려한 노인 토머스 벨러지스가 입장했다. 하워드 집안의 세 사촌 형제, 즉 빈던 백작 하워드, 버크셔 백작 보우스 하워드, 스태퍼드 백작 스태퍼드 하워드가 같이 들어왔다. 러블레이스 남작 존 러블레이스가 그들의 뒤를 따랐다. 러블레이스의 작위는 1736년에 맥이 끊겨, 리처드슨이 자기의 작품에서 그 이름을 가진 인물 하나를 새롭게 만들었다. 정치적으로 또는 전쟁으로 서로 다르게 유명한 인물들이, 그리고 그중 몇몇은 영국에 영광을 안겨주었지만, 모두들 웃으며 잡담을 늘어놓고 있었다. 역사가 마치 잠옷을 입은 채로 모습을 나타낸 것 같았다.

반 시간도 지나지 않아 회의장이 거의 다 찼다. 국왕이 참석하는 회의이니 당연했다. 그러한 사실보다 자연스럽지 못했던 것은 대화의 열기였다. 조금 전까지만 해도 잠들어 있던 회의장이, 이제 벌집을 쑤셔 놓은 것처럼 웅성댔다. 잠든 회의장을 깨운 것은 늦게 도착한 귀족들이었다. 그들은 새로운 소식을 가져왔다. 참으로 기이한 일이다. 계속 회의장에 있던 귀족들은 그 안에서 일어난 일을 모르는데, 그곳에 있지 않던 이들이 알고 있었다.

윈저에서 도착한 귀족들이 몇 명 있었다.

몇 시간 전부터 그윈플렌에 대한 소문이 퍼지고 있었다. 비밀이란 그물과 비슷해서, 코 하나가 풀리면 몽땅 풀려버린다.

앞에서 이야기했던 사건들을 바탕으로, 무대 위에서 되찾은 영지와 귀족으로 입증된 광대에 관한 이야기가 윈저에 있는 왕실 사람들의 입을 통해 아침부터 퍼져 나갔다. 왕족들끼리 그 이야기를 했는데 금세 시종들 사이에 이야기가 퍼졌다. 그 소문은 궁궐을 빠져나와 시가지로 옮겨갔다. 소문이란 중력을 가지고 있어서 속도의 자승 법칙(自乘 法則)이 적용될 수 있다. 소문이 일단 군중에게 떨어지면 상상을 초월하는 속도로 그 안으로 침투해 간다. 저녁 7시까지도 그 이야기를 런던에서는 모르고 있었다. 그런데 8시가 되어서는 그윈플렌은 런던의 소음 그 자체가 되었다. 회의 시간에 늦지 않기 위해 먼저 회의장에 들어와 있던 몇몇 귀족들만이 소식을 전혀 모르고 있었다. 모든 것을 마구 지껄이는 시가지에 있지 않고, 아무것도 보이지 않는 회의장에 있었기 때문이다. 그리하여 각자의 벤치에 여유롭게 앉아 있는데 뒤늦게 도착한 사람들이 흥분된 목소리로 그들에게 외친 것이다.

"그래서 어찌 되었소?"

몬터큐트 자작 프랜시스 브라운이 도체스터 후작에게 질문했다.

"무엇이 말이오?"

"가능한 일입니까?"

"도대체 무엇이 말입니까?"

"웃는 남자!"

"도대체 웃는 남자가 무엇이오?"

"웃는 남자를 모르십니까?"

"모르오."

"광대입니다. 장터를 떠도는 유랑민입니다. 무시무시한 얼굴을 두어 푼 정도 내고 구경하지요. 곡예사예요."

"그런데요?"

"여러분께서 그 광대를 영국의 중신으로 받아들이셨습니다."

"바로 당신이 웃는 남자요, 몬터큐트 경!"

"저는 웃지 않았습니다, 도체스터 경."

그러고는 몬터큐트 자작이 의회 서기에게 신호를 주었다. 양모 방석 위에서 일어난 서기가 새로운 중신의 영입 사실을 여러 나리들에게 확인해 주었다. 자세한 정황까지 설명했다.

"이런, 나는 엘리의 주교와 잡담만 지껄여 대고 있었네."

도체스터 경이 말했다.

젊은 앤슬리 백작이 늙은 유러 경에게로 다가갔다. 유러 경은 1707년에 작고했으니, 살 날이 두 해밖에 남아 있지 않은 사람이었다.

"유러 경?"

"앤슬리 경?"

"린네우스 클랜찰리 경과 아십니까?"

"이미 고인이 되었지요. 압니다."

"스위스에서 돌아가신 그분이지요?"

"그렇습니다. 그와 나는 친척이었어요."

"크롬웰 시절에 공화파셨고, 찰스 2세 치하에도 계속 공화주의자로 남으셨던 분이죠?"

"공화주의자라고요? 천만의 말씀입니다. 화가 나 뒤틀렸던 것뿐입니다. 그와 국왕 사이에 있었던 개인적인 다툼이었을 뿐이오. 내가 확신하건대, 하이드 경이 차지한 대법관 자리를 주었다면 그도 국왕 편을 들었을 것이오."

"놀라운 사실이군요. 유러 경. 사람들은 클랜찰리 경을 청렴한 분이라고 했습니다."

"청렴한 사람이라고요! 그것이 존재하기는 하나요? 젊은이, 그런 사람은 없소."

"그러나 카토가 있지 않았습니까?"

"카토*에 대한 이야기들을 믿다니."

"그러면 아리스테이데스**는 어떤가요?"

"그를 추방한 것은 잘한 일이오."

"또한 토마스 모루스가 있지 않습니까?"

---

* 검박함을 중요시한 것으로 유명한 인물이다.

** 청렴함으로 잘 알려진 인물이다.

"그의 목을 자른 것도 잘한 일이지."

"클랜찰리 경은 어떤 분이라고 생각하십니까?"

"비슷한 부류였지요. 게다가 망명 생활을 고집하다니 우스꽝스럽지요."

"그분은 망명지에서 돌아가셨습니다."

"실망한 야심가 같으니. 아! 나는 그를 잘 알아요! 확신합니다. 내가 그의 가장 가까운 친구였으니까요."

"유러 경, 그분이 스위스에서 혼인하셨던 것을 아십니까?"

"대충 소문은 들었소."

"또한 그 혼인으로 합법적인 아드님 한 분을 얻으셨다는 것도 아십니까?"

"알고 있어요. 하지만 죽었소."

"살아 있습니다."

"살아 있다고요!"

"그렇습니다."

"믿기 어려운 일이군."

"사실입니다. 입증되었고 확인되었으며, 인정받아 벌써 목록에 등재되었습니다."

"그렇다면 그 아들이 클랜찰리의 작위를 상속받아야 하지 않겠소?"

"상속받아야 하는 것은 아닙니다."

"무슨 이유로 말이오?"

"이미 상속받았기 때문입니다. 이미 끝난 일입니다."

"끝났다고?"

"유러 경, 고개를 돌려 뒤를 보십시오. 그가 남작의 벤치에 앉아 있습니다."

유러 경이 고개를 돌렸다. 그러나 그윈플렌의 얼굴은 숲처럼 무성한 머리카락으로 덮여 있었다.

"저런! 저 사람은 벌써 새로운 유행을 받아들였나 보군. 가발을 쓰지도 않았어."

그의 머리카락만 보면서 노인이 중얼거렸다.

그랜섬이 콜페퍼에게 가까이 갔다.

"한 사람이 크게 맞았군!"

"누구 말인가?"

"데이비드 더리모이어 말이오."

"무슨 뜻이오?"

"그는 이제 중신이 아니오."

"어떤 이유로 말이오?"

그러자 그랜섬 백작 헨리 오버쿼크가 콜페퍼 남작 존에게, 바다 위를 떠돌다가 해군성에 표류해온 호리병, 콤프라치코스들의 양피지, 제프리스가 부서한 왕명 유수 레기스, 서더크 감옥 지하실에서 이루어진 대질, 이에 대한 대법관과 여왕의 승인, 유리창으로 둘러싸인 홀에서의 선서, 회의가 시작되는 순간 퍼메인 클랜찰리 경을 상원에 맞아들인 것 등 모든 일들을 이야기해 주었다. 그러고 나서 두 사람은 피츠월터 경과 애런들 경 사이에 앉아 있는, 소문의 주인공인 새 귀족의 얼굴을 보려고 애썼다. 그러나 유러 경이나 앤슬리 경보다 나은 결과를 갖지 못했다.

게다가 우연인지 또는 대법관의 조언으로 두 보증인이 그렇게 했는지는 알 수 없으나, 그윈플렌은 매우 어두침침한 곳에 자리를 잡아 사람들의 호기심 어린 눈길을 피할 수 있었다.

"어디요? 그가 어디에 있소?"

회의장에 들어서면서 누구나 고함치듯 말했다. 하지만 아무도 그를 제대로 볼 수 없었다. 그린박스에서 그윈플렌을 보았던 사람들은 특히 열에 들뜬 듯 궁금해했다. 그러나 허사였다. 젊은 아가씨 하나를 지체 높은 늙은 여자들 사이에 신중하게 감추는 일이 가끔 생기듯, 그윈플렌은 몸이 온전하지 않고 모든 일에 무심한 늙은 귀족들 여럿에 감춰져 있었다. 통풍에 시달리는 사람들은 타인의 일에 거의 무심하다.

사람들은 여공작 조시안이 썼다는 세 줄짜리 편지의 사본을 돌려가며 읽었다. 새로운 중신이자 클랜찰리 가문의 정당한 상속권자인 퍼메인 경과 결혼하라는 명령을 받고, 언니인 여왕에게 보낸 답장이었다. 편지의 내용은 대충 이랬다.

마담,

저는 그것도 괜찮습니다. 그렇다면 데이비드 경을 정인으로 삼도록 하겠습니다.

'조시안'이라는 서명도 있었다. 쪽지가 진짜인지 또는 위조된 것인지는 모르나, 어쨌든 그 반응은 열광적이었다. 가발을 쓰지 않은 무리에 속하는 젊은 귀족인 모헌 남작 찰스 오크햄프턴이 쪽지를 여러 번 읽으며 재미있어 했다. 영국인이지만 프랑스적 기지를 가진 페이버셤 백작 루이스 드 듀러스는 모훈을 보며 미소를 띠었다.

"나의 아내로 맞고 싶은 여자군!"

모헌 경이 탄성을 질렀다.

그런 다음, 듀러스와 모훈이 주고받는 대화가 들렸다.

"모헌 경, 여공작 조시안을 아내로 삼다니요!"

"안 되는 이유가 무엇이오?"

"저런!"

"무척 행복할 것 같소!"

"그럴 사람들이 여럿이오."

"언제나 우리는 여럿이 아니었나요?"

"모헌 경, 공의 말씀이 옳소. 여자에 있어서만은 우리 모두 서로의 찌꺼기를 가지고 살지요. 누가 처음이었을까요?"

"아마 아담이겠지요."

"아담조차도 그러지 못했소."

"그래, 사탄이겠군!"

"친애하는 친구여, 아담은 명의 대여인일 뿐이오. 사기를 당한 가여운 사람이지요. 그가 인류라는 이름을 덮어쓰고 책임을 떠맡은 것입니다. 여자에게 남자를 만들어 준 존재는 악마란 말이오."

루이스 드 듀러스가 결론지었다.

콜몬들리 백작인 휴 콜몬들리는 박식한 법률학자였다. 그는 사제들의 벤치에 앉아 있던 너대니얼 크루에게 질문을 받았다. 너대니얼은 이중으로 중신이었는데, 크루 남작으로 세속적 중신이면서 더럼의 주교로 정신적 중신이기도 했다.

"있을 수 있는 일인가요?"

크루가 물었다.

"합법적인가요?"

콜몬들리가 되물었다.

"새로 온 사람에 대한 서임은 상원 회의실 밖에서 이루어졌소. 이에 대한 전례가 있다 하오."

주교의 대답이었다.

"맞습니다. 리처드 2세 시절의 비첨 경과, 엘리자베스 시절의 체네이 경 등이 그 전례에 해당합니다."

"또한 크롬웰 시절에 브락힐의 경우도 그러했습니다."

"크롬웰 시절은 생각할 가치가 없습니다."

"그 모든 것에 대해 어떻게 생각하시오?"

"여러 가지 일들이 떠오릅니다."

"콜몬들리 백작님, 젊은 퍼메인 클랜찰리 경을 상원에서 어느 서열에 놓을까요?"

"주교님, 공화정을 거치는 동안 옛 서열이 많이 변동되었기 때문에 클랜찰리는 바너드와 소머스 사이의 신분이 될 것입니다. 의사 개진을 할 때 퍼메인 클랜찰리 경은 여덟 번째가 됩니다."

"정말로! 광장의 광대가!"

"사건 그 자체는 크게 놀랍지 않습니다, 주교님. 때때로 그런 일들이 일어납니다. 더욱 놀라운 사건들이 생기기도 합니다. 1399년 1월 1일에 베드퍼드에 있는 아우스강이 갑자기 말라 버리며 두 장미의 전쟁을 경고하지 않았습니까? 강물이 말라 버릴 수 있으니, 어느 영주이건 천한 신분으로 추락할 수 있는 것입니다. 이타카의 왕 오디세우스도 온갖 직업을 갖고 있었습니다. 퍼메인 클랜찰리 경 역시 광대라는 껍데기를 쓰고 있었던 것뿐입니다. 의복의 미천함은 혈통의 고귀함에 아무 영향을 주지 못합니다. 그러나 개회식 이전에 치른 선서식이나 서임식은 그것이 비록 합법적이라 할지라도, 많은 반론이 발생할 것입니다. 제 견해로는 후에 대법관에게 그 문제에 관해 질의할 수 있을지 그 여부를 명확히 해야 할 것입니다. 몇 주 안에 어찌 해야 될지는 확실해질 것입니다."

그러자 주교가 덧붙여 말했다.

"상관없습니다. 게스보더스 백작 사건 이후에는 본 적이 없는 일이지요."

그윈플렌, 웃는 남자, 태드캐스터 여인숙, 그린박스, 정복된 카오스, 스위스, 시용, 콤프라치코스, 망명, 얼굴의 훼손, 공화제, 제프리스, 제임스 2세, 유수 레기스, 해군성에서 마개를 딴 호리병, 아버지, 린네우스, 합법적 아들, 퍼메인 경, 사생아, 데이비드 경, 내재적 갈등, 여공작 조시안, 대법관, 여왕 등 그 모든 단어가 이 벤치에서 저 벤치로 달음박질치고 있었다. 길게 뿌린 도화용 화약, 그것은 수군거림이다. 사람들은 그 단어들을 되씹었다. 그 사연이 회의실 안의 거대한 웅성거림을 만들었다. 몽상의 우물 밑에 잠겨 있던 그윈플렌에게도 그 웅성거림이 어렴풋이 들려왔지만, 그것이 자신으로 인해 발생된 현상이라는 것은 모르고 있었다.

하지만 그는 그 수군거림에 기묘하게 몰두하고 있었다. 표면이 아닌 어떤 심층에 관심을 쏟아붓고 있었다. 지나친 몰두는 고립을 가져온다.

먼지가 군대의 행진을 막을 수 없듯이, 소음이 회의의 진행을 막을 수 없다. 상원에서는 질문을 받았을 경우 말고는 발언권이 없고 단순한 참석자에 불과한 문서 담당 판사들이 두 번째 양모 방석 위에, 국무대신 세 사람은 세 번째 방석 위에 앉았다. 영지의 상속권자들이 왕좌 뒤에 있는 자신들의 구역에 모여 있었다. 특별석에는 미성년 중신들이 앉아 있었다. 그 꼬마 중신들이 1705년에는 열두 명 정도였다. 그들은 헌팅던, 링컨, 도싯, 워릭, 바스, 벌링턴, 더웬트워터, 롱그빌, 론스데일, 더들리, 워드, 그리고 카터렛이었다. 그렇게 백작 여덟과 자작 둘 그리고 남작 둘이 장벽을 이루었다.

세 층으로 놓인 벤치에 지정된 각자의 자리로 모든 귀족들이 돌아가 앉았다. 주교들 대부분이 참석했다. 서머싯 공작인 찰스 시모어를 포함해, 서임 순서에 따라 끝에 앉아야 하는 케임브리지 공작이자 하노버 선거후의 장자인 조지 아우구스투스에 이르기까지 공작들의 수가 많았다. 모두들 서임된 순서대로 자리했다. 그 순서는 다음과 같다. 조부께서 92세 된 홉스를 하드위에 편안히 쉬게 해 주신 데번셔 공작 캐번디시, 리치먼드 공작 레녹스, 사우샘프턴 공작, 그래프트 공작, 노섬벌랜드 공작, 피츠로이 삼형제, 오몬드 공작 버틀러, 보퍼드 공작 서머싯, 세인트앨번스 공작 보클러크, 볼턴 공작 폴렛, 리즈 공작 오스번, 어떤 일이든 받아들이겠다는 말 즉 'che sara sara(케 세라 세라)'를 좌우명으로 삼는 베드퍼드 공작 로우트슬리 러셀, 버킹엄

공작 셰필드, 러틀랜드 공작 매너스와 다른 공작들의 순서였다. 노퍽 공작 하워드와 슈루즈버리 공작 탤벗은 가톨릭이기 때문에 참석하지 않았다. 우리가 흔히 말부르크라고 칭하는 말버러 공작 처칠은, 그 당시 전쟁터에서 프랑스를 공격하고 있었기 때문에 참석하지 않았다. 스코틀랜드에서 온 공작은 아무도 없었다. 퀸스베리와 몬트로즈, 록스버그 등을 상원에 받아들인 것은 1707년이 되어서였다.

6. 높은 곳과 낮은 곳

별안간 회의장에 강렬한 빛이 나타났다. 네 명의 문지기가 높고 크며 무수한 초를 꽂은 촛대 넷을 가지고 들어와, 왕좌 양쪽에 놓았다. 반짝거리는 진홍빛 속에서 왕좌가 모습을 드러냈다. 비어 있었지만 위엄이 넘쳐흘렀다. 여왕이 앉아 있어도 더 위엄 있지는 않았을 것이다.

알현실 문지기가 들어와 막대를 들고 크게 소리쳤다.

"폐하의 대리관들이십니다."

웅성거림이 일시에 멈췄다.

가발을 쓰고 장의(長衣)를 입은 서기가 백합꽃 문양의 수가 놓인 방석 하나를 들고 커다란 문을 통해 들어섰다. 방석 위에는 양피지들이 놓여 있었다. 그 양피지들은 법안이었다. 각 양피지는 명주실로 된 끈으로 꿰었고, 끈에는 bille(비) 혹은 bulle(벌)이라는 작은 공이 하나씩 달려있었고 어떤 것은 금으로 되어 있었다. 그리하여 법안을 가리켜 영국에서는 bills(빌)이라 하고, 로마에서는 bulles(벌)이라 부른다.

서기에 이어서, 중신의 가운을 걸치고 깃털 모자를 쓴 사람 셋이 들어섰다.

그 세 사람은 국왕의 대리관들이었다. 맨 앞에 선 사람은 왕실 회계국 장관 고돌핀이었고, 두 번째 사람은 추밀원 의장 펨브룩이었으며, 세 번째 사람은 옥새상서 뉴캐슬이었다.

그들은 상석권 순서로, 즉 작위가 아닌 직권 순서대로 입장했다. 그리하여 고돌핀이 선두에, 뉴캐슬은 공작이지만 맨 나중에 입장했다.

그들은 왕좌 앞에 있는 벤치로 와서 왕좌를 향해 먼저 예를 표한 후, 모자를 다시 쓰고 벤치에 앉았다.

대법관이 알현실 문지기를 향해 말했다.

"하원의원들을 앞으로 부르시오."

알현실 문지기가 바로 밖으로 나갔다.

상원 서기가 양모 방석들로 둘러싸인 사각형 공간 중앙에 있는 탁자 위에 법안들을 받쳤던 방석을 올려놓았다.

모든 일이 잠시 멈추었다. 그러는 동안 문지기 두 사람이 가로막대 앞에, 세 계단 높이의 발판 하나를 가져다 놓았다. 그 발판은 담홍색 벨벳으로 되어 있었고 그 위에 백합꽃 문양으로 황금빛 못들을 박았다.

출입문이 다시 열리며 크게 외치는 소리가 들렸다.

"영국의 충성스러운 하원의원들이십니다."

알현실 문지기가 의회의 다른 쪽에게 알리는 소리였다.

귀족들이 일제히 모자를 썼다.

하원의원들은 의장을 선두로 모자를 벗은 채 들어섰다.

그들은 가로막대 앞에서 멈추었다. 모두들 평상복 차림이었고 대부분 검은색 옷이었는데 허리에는 검을 차고 있었다.

앤도버 읍을 대표하는 예비 기사 하원 의장 존 스미스가 가로막대 가운데 지점에 놓인 발판 위로 올라섰다. 하원 의장은 검은색 새틴으로 만든 장의를 입고 있었는데, 소매가 매우 넓었고 앞자락과 뒷자락에는 황금색 장식끈이 있었고 그의 가발은 대법관의 것보다 숱이 적었다. 그는 당당한 풍모를 가지고 있었으나, 지위는 낮았다.

하원 의장과 의원들 모두, 모자를 쓴 채 앉아 있는 중신들 앞에서, 모자를 벗고 기다리는 것처럼 서 있었다.

하원의원 중에 체스터의 법원장 조세프 제킬과, 최고위 법정 변호사 세 사람, 즉 후퍼, 포이스, 파커, 그리고 이들과 함께 법무차관 제임스 몬터규, 법무장관 시몬 하커트 등도 있었다. 몇

몇 준 남작들과 기사들, 그리고 하팅턴, 윈저, 우드스톡, 모돈트, 그램비, 스큐드모어, 피츠하딩, 하이드, 버클리 등 명목상의 귀족 아홉 사람, 즉 중신의 아들이나 영지의 상속권자인 그들을 빼고는 모두 평민 출신이었다. 침묵을 지키는 일종의 음울한 군중이었다.

입장하는 사람들의 발걸음 소리가 끝나자 알현실 문지기 수하의 공고인이 크게 외쳤다.

"Oyez(들으시오)!"

왕실 서기가 일어섰다. 그러고는 방석 위에 놓여 있던 양피지 중 첫 번째 것을 집어서 읽었다. 법안 비준권을 위임 받아 의회에 출석할 세 명의 대리관을 임명하는 여왕의 교서였다. 왕실 서기의 음성이 갑자기 높아졌다.

"시드니, 고돌핀 백작."

서기가 고돌핀 경에게 예를 표했다. 고돌핀 백작이 모자를 살짝 들어 답했다. 서기가 계속 낭독했다.

"……토머스 허버트, 펨브룩과 몽고메리 백작."

서기가 펨브룩 경에게 예를 표했다. 펨브룩 경이 손가락으로 모자를 가볍게 쳤다. 서기가 다시 계속했다.

"……존 흘리스, 뉴캐슬 공작."

서기가 뉴캐슬 경에게 예를 표했다. 뉴캐슬 경이 고개를 숙였다.

왕실 서기가 자리에 앉았다. 의회의 서기가 일어섰다. 무릎을 꿇고 앉아 있던 그의 직속 수하 서기도 그의 뒤를 따라 일어섰다. 두 사람 모두 왕좌를 향해 서고, 등을 하원의원들 쪽으로 돌렸다. 방석 위에는 다섯 개의 법안이 있었다. 법안은 하원에서 가결되었고 귀족들에 의해서 동의되었다. 이제 왕의 비준을 기다리고 있었다.

의회의 서기가 첫 번째 법안을 낭독했다.

그것은 하원이 발의한 법령으로, 햄프턴 코트에 있는 여왕의 거처 미화 작업에 소요되는 경비 100만 파운드를 국가 재정으로 충당한다는 것이었다.

낭독을 끝낸 서기는 왕좌를 향해 고개를 깊이 숙여 예를 표했다. 그의 수하 서기는 머리를 더욱 깊이 숙여 예를 표했고, 하원의원들 쪽으로 고개를 반 정도 돌려 크게 말했다.

"여왕 폐하께옵서는 여러분의 호의를 받아들이시고 동의를 표하셨습니다."

서기가 두 번째 법안을 낭독했다.

그것은 트레인밴드에서 복무하기를 회피하는 사람은 그 누구든, 금고형 및 벌금형에 처한다는 법령이었다. 어디든 마음대로 끌고 가는 군대인 트레인밴드란 무보수로 복무하는 시민군(市民軍)으로, 엘리자베스 시절, 아르마다가 영국으로 접근해 왔을 때 보병 18만 5천 명과 기병 4만 명을 보유하고 있었다.

두 서기가 왕좌를 향해 다시 예를 표했다. 하급 서기는 하원 의원들을 보면서 크게 소리쳤다.

"여왕 폐하께서 동의하십니다."

세 번째 법안은 영국에서 가장 부유한 주교구 중 하나인 리치필드와 코번트리 통합 주교구의 교구 귀속분 세금과 고정 급여금을 올리고, 주보 성당에 연금을 지불하며, 성당 참사원 수를 늘리고, 승원장의 지위를 높여 그 직위의 세습 재산을 증가시킨다는 내용이었는데 '성스러운 종교에 필요한 것을 채우기 위한' 것이 그 취지라고 하였다. 네 번째 법안은 예산안에 새로운 조세 항목들을 추가했는데 신설된 과세 대상은 다음과 같다. 대리석 무늬 벽지, 런던 시내에서 운행하는, 그리고 그 수가 8백 대로 제한된 임대용 사륜마차, 법정 변호사, 대소인, 사무 변호사, 무두질한 피혁,* 비누,** 포도주, 밀가루, 보리, 그리고 호프. 톤세(脫) 세율을 새로 조정하고 적용 기간을 4년으로 제한하며, 서양 선박은 톤당 투르 주조화 6리브르를, 동방에서 오는 선박은 톤당 1,800리브르를 과세한다는 내용도 있었다. 그 이외에도 법안은 올해 징수한 인두세(人頭稅)가 충분치 못하다고 공표한 다음, 왕국 안 모든 사람들에게 두당 부가세 4실링***

---

* 취지문에는 피혁 세공인의 불만에도 '불구하고'라는 설명이 덧붙여 있다.

** 취지문에는 서지와 고급 직물을 많이 생산하는 지역의 항의에도 '불구하고'라는 설명이 덧붙여 있다.

을 과세한다고 했으며 정부에 새로운 선서를 하지 않는 사람들에게는 두 배의 세금을 매기겠다는 언급도 덧붙여 있었다. 다섯 번째 법안은, 사망에 대비해 장례비에 충당할 1파운드를 예치하지 않는 환자는 입원시키지 않는다는 것이었다. 마지막 법안 역시 처음의 두 법안처럼, 왕좌를 향해 예를 표하고 하급 서기가 하원의원들을 향해 어깨 너머로 '여왕 폐하께서 동의하십니다'라고 외치는 것으로 하나하나 비준되고 법률로 확정되었다.

하급 서기가 네 번째 양모 방석 앞에 다시 무릎을 꿇자, 대법관이 공표했다.

"뜻대로 이루어지기를 바라옵나이다."

국왕이 참석하는 회의는 그렇게 끝이 났다.

하원 의장은 대법관을 향해 몸을 반으로 접듯 굽히고, 장의 뒷자락을 두 손으로 추스르며 뒷걸음질 치며 발판에서 내려갔다. 하원의원들은 이마가 땅에 닿도록 허리를 굽혀 예를 표한 다음, 자기들의 의사 일정을 마쳤기 때문에 모두 퇴장했고 그동안 상원의원들은 그러한 예를 표시하는 데는 아무 관심도 없다는 듯 자신들의 일을 다시 시작했다.

*** 투르 주조화 48수를 말한다.

7. 바다의 폭풍보다 더 난폭한 인간의 폭풍

문들이 다시 닫혔다. 알현실 문지기가 다시 돌아왔다. 국왕 대리관들은 왕좌 앞의 벤치를 떠나 그들의 직분이 정한 좌석, 즉 공작의 벤치 상석에 앉았다. 대법관이 입을 열었다.

"상원은 얼마 전부터 부군 전하께 지급되는 세비를 10만 파운드 증액하는 법안에 대해 토론했습니다. 그동안 토론이 충분히 이루어졌으니 이제 표결을 시작하겠습니다. 표결은 관례에 따라 남작석에 앉아 계신 '막내' 귀족부터 시작하겠습니다. 경들께서는 호명에 응해 자리에서 일어서시어 '만족' 혹은 '불만'으로 대답해 주십시오. 또한 필요하다고 여기실 때는 자유롭게 의견을 개진해 주십시오. 서기, 표결을 시작하시오."

의회 서기가 일어서서, 황금색이고 악보대 모양을 한 작은 책상 위에 놓인 커다란 2절판 책을 펼쳤다. 중신 목록이었다.

이때, 상원의 막내는 존 허비 경이었는데 1703년에 남작 작위를 받아 중신이 되었다. 브리스톨의 여러 후작들이 그의 후손들이다. 서기가 호명했다.

"허비 남작, 존 경."

황금빛 가발을 쓴 노인이 일어섰다.

"만족."

대답을 마치고 다시 앉았다.

하급 서기가 표결 내용을 기록했다.

서기가 계속 호명했다.

"킬룰테이의 콘웨이 남작 프랜시스 시모어 경."

"만족."

시동 같은 모습을 한, 멋을 부린 젊은이 하나가 반쯤 일어서며 중얼댔다. 그는 아마 자신이 훗날 하트퍼드 후작의 조부가 되리라는 사실을 상상도 못했을 것이다.

"가우어 남작, 존 레비슨 경."

서기가 다시 호명했다.

뒷날 후손들이 서덜런드 공작이 될 그 남작은 일어섰다가 다시 앉으면서 대답했다.

"만족."

서기가 호명했다.

"건지 남작, 헤니지 핀치 경."

하트퍼드 후작들의 선조에 비해 그 젊음이나 우아함이 부족하지 않는, 에일스퍼드 백작들의 선조가 될 그는 자신의 좌우명 'aperto vivere voto(자기 욕망을 고백하며 살다)'를 보여 주려고 하는 듯 크게 소리쳤다.

"만족."

외침에 가까웠다.

그가 다시 자리에 앉는 동안 서기가 다섯 번째 남작을 호명했다.

“그랜빌 남작, 존 경.”

“만족.”

그랜빌 포트리지 경이 바로 일어섰다가 앉으며 대답했다. 그의 영지는 후사가 없어 1709년에 사라졌다. 서기가 여섯 번째 남작으로 넘어갔다.

“헬리팩스 남작, 찰스 몬터규 경.”

“만족.”

새빌이라는 이름이 소멸된 후, 그 작위를 계승한 헬리팩스 경이 대답했다. 몬터규라는 이름도 후에 소멸되었는데, 이 Mountague(몬터규)는 Montagu(몬터규)나 Mountacute(몬터큐트)와는 전혀 다르다.

헬리팩스 경이 말했다.

“조지 각하께서는 폐하의 부군 자격으로 세비를 받으십니다. 이 외에도 덴마크의 공후 자격과 컴벌랜드 공작 자격, 영국 및 아일랜드 해군 원수 자격으로 받으시는 세비가 있습니다. 하지만 대원수에게 지급해야 할 세비는 받지 못하고 계십니다. 매우 부당한 일입니다. 그러한 혼란을 끝내야 합니다. 영국 백성의 권리를 위해서입니다.”

헬리팩스 경은 그런 다음 구원의 종교를 찬양하고 교황주의를 힐난했다. 헬리팩스 경이 다시 자리에 앉자 서기가 계속했다.

"바너드 남작, 크리스토프 경."

클리블랜드 공작들의 시조가 될 바너드 경이 호명에 답했다.

"만족."

그런 다음 천천히 다시 앉았다. 레이스로 만들어 단 가슴 장식 때문이었는데, 사람들의 눈길을 끌었다. 그는 위엄을 갖춘 귀족이자 용감한 장교였다.

바너드 경이 자리에 앉는 동안에, 기계적으로 호명하던 서기가 잠시 지체했다. 안경을 고쳐 쓰고 명부 위로 상체를 숙이고 잔뜩 긴장한 듯 들여다본 후에 머리를 번쩍 쳐들며 호명했다.

"클랜찰리 및 헌커빌의 남작, 퍼메인 클랜찰리 경."

그윈플렌이 일어섰다.

"불만."

모두가 그를 바라보았다. 그윈플렌은 서 있었다. 왕좌 양쪽에 놓여 있던 커다란 이삭 같은 촛대들이 그의 얼굴을 환히 비추었고, 연기 위로 떠오르는 가면처럼, 넓고 침침한 회의장에 그의 얼굴이 뚜렷하게 보였다.

그윈플렌은 온 힘을 다해 스스로를 자제했다. 엄밀히 말해 그것은 가능했다. 호랑이를 길들이는 데 필요한 단호한 의지로, 그는 잠시 자신의 얼굴에 새겨진 그 이빨을 드러내는 운명적 웃음을 엄숙한 표정으로 바꾸는 데 성공했다. 잠시 동안이나마 그는 웃지 않은 것이다. 하지만 그것은 계속될 수 없었다. 우리를 지배하는 법칙 또는 우리의 운명에 대한 불복종은 오래 유지되지 않는다. 바닷물이 때로는 인력에 항거하여 물기둥 형태로 부풀어 올라 산을 만들기도 한다. 하지만 다시 떨어진다는 조건 하에서 가능한 것이다. 바닷물의 그러한 항거는 곧 그윈플렌의 항거였다. 자신의 얼굴에 엄숙한 기색이 드리울 한 순간을 위해, 그러나 번개가 번쩍이는 시간보다 별로 더 길지 않을 그 순간을 위해, 그는 놀라울 만큼 강인한 의지로 영혼의 음울한 베일을 이마 위에 던졌다. 그리고 치유될 수 없는 자신의 웃음을 그렇게 멈추게 했다. 타인이 조각한 그 얼굴에서 그는 즐거움을 그렇게 제거했다. 그의 얼굴에 남은 것은 무시무시함뿐이었다.

"저 사람은 누구야?"

고함소리가 들려왔다.

모든 벤치 위로 설명할 수 없는 떨림이 퍼져나갔다. 숲처럼 더부룩한 머리, 눈썹 밑에 검게 파인 구멍, 가려진 눈에서 발산되는 깊은 시선, 어둠과 빛이 흉하게 혼합된 얼굴의 사나운 부각, 그 모든 것이 깜짝 놀랄 만했다. 그 무엇과도 비교할 수가 없었다. 그윈플렌에 관해 들었던 이야기들이 무용지물이 되었다. 기가 막혔다. 미리 예상했던 사람들에게조차 예상하지 못한 모습이었다. 전능한 신들이 모두 모여 태평스러운 야연이 벌어지고 있는 신성한 산꼭대기에, 참수리 부리에 갈가리 찢긴 프로메테우스의 얼굴이, 유혈 낭자한 달이 지평선에 떠오르듯 갑자기 나타났다고 생각해 보라. 올림포스의 시야에 나타난 카프카스, 그 모습이 어떠했을까! 늙은이나 젊은이나 하나같이 넋을 잃고 멍하니 그윈플렌을 쳐다보았다.

경험이 많고 공작으로 지명되었으며 모든 상원의원에게 깊은 존경을 받는 노인, 워턴 백작 토머스가 기겁하며 벌떡 일어섰다.

"이게 무슨 일이오? 누가 저 사람을 회의장에 들여보냈소? 빨리 저 사람을 내쫓으시오."

고함을 치더니, 거만하게 그윈플렌을 쳐다보며 물었다.

"당신 누구요? 어디에서 왔소?"

즉시 그윈플렌이 답했다.

"심연이오."

그러고는 팔짱을 낀 채로 귀족들을 둘러보았다.

"제가 누구냐고요? 저는 비참함 그 자체입니다. 각하들이시여, 드릴 말씀이 있습니다."

전율이 회의장을 휩쓸다가 갑자기 조용해졌다. 그윈플렌이 말을 계속했다.

"경들이시여, 당신들은 매우 높은 곳에 계십니다. 그래요. 신께서 나름의 이유가 있어 그렇게 하셨으리라 믿어야 합니다. 경들께서는 권력과 풍요로움, 유희, 경들의 머리 위에 떠 있는 태양, 무한의 권위, 독점적 향유, 그리고 타인에 대한 커다란 망각 속에 둘러싸여 있습니다. 그래요. 그러나 여러분 아래에도 무엇인가가 있습니다. 어쩌면 위에 있을지도 모르지요. 경들이시여, 저는 여러분께 소식 하나를 전하려고 합니다. 그것은 인류가 존재한다는 사실입니다."

군중은 어린아이들과 같다. 그들 속에서 일어나지 않는 사건은 그들에게 도깨비 상자이다. 그래서 그것을 두려워하면서도 좋아한다. 때로는 용수철이 움직여 마귀 하나가 나오는 것 같다. 그렇게 프랑스에서는 미라보가 출현했다. 그 역시 용모가 흉했다.

그윈플렌은 그 순간 자신의 내면에 기묘한 팽창이 일어남을 느꼈다. 군중을 향해 이야기하는 사람은 그 순간, 델포이 신전에서 신탁을 전하는 여사제의 자리에 있다고 여긴다. 많은 영혼들이 보이는 정상에 있다고 생각하는 것이다. 자신의 발뒤꿈치 아래에서 인간들의 내장이 움직인다. 그윈플렌은 더 이상, 전날 밤 한순간 지극히 작아졌던 그 사람이 아니었다. 그를 혼란 속으로 몰아넣었던 급작스러운 상승의 취기가 걷혀 또렷해졌고, 자부심에 홀렸던 그윈플렌의 눈에 이제 하나의 임무가 보이기 시작했다. 처음에 그를 작게 만들던 것이 이제는 그를 고취시켰다. 그는 의무에서 나오는 강렬한 섬광으로 인해 드디어 눈을 뜨게 됐다.

여기저기에서 시끄럽게 외치는 소리가 들려왔다.

"들어보도록 합시다! 귀 기울여 봅시다!"

그러는 동안에도 그는 초인적인 힘으로 잔뜩 긴장하여 자신의 얼굴에 엄숙하고 음산한 긴장을 유지시켰으며, 그의 이빨에서 드러나는 웃음은 야생마처럼 뒷발질하며 탈출하려 했다. 그가 말을 계속했다.

"저는 깊은 심연에 빠졌다가 지금 막 빠져나왔습니다. 경들께서는 권위 있고 부유하십니다. 매우 위험한 일이지요. 경들은 어둠을 이용해 이득을 취하십니다. 그러나 조심하시길 바랍니다. 또 다른 커다란 세력이 있습니다. 그것은 여명입니다. 여명은 정복당하지 않습니다. 그것이 곧 돌아올 것입니다. 아니, 돌아오고 있습니다. 여명은 태양을 방출할 수 있습니다. 하늘로 태양을 쏘아 올리는 투석기를 누가 막겠습니까? 태양은 곧 권리입니다. 그리고 경들께서는 특권을 뜻합니다. 마땅히 경외하셔야 합니다. 진정한 집의 주인이 곧 대문을 두드릴 것입니다. 무엇이 특권의 아버지입니까? 우연입니다. 그리고 무엇이 특권의 아들입니까? 악용입니다. 그것들에게는 좋지 않은 내일만이 있습니다. 경들께 경들의 행복을 신고하기 위해 왔습니다. 경들의 행복은 타인의 불행을 바탕으로 만들어졌습니다. 경들께서는 모든 것을 소유하셨지만, 그 모든 것들은 다른 사람들의 가난으로 이루어진 것입니다. 경들이시여, 저는 절망한 변호사이며, 패소한 사건을 변호합니다. 이 소송을 신께서 다시 승소로 바꾸실 것입니다. 저는 아무것도 아니고 그저 목소리일 뿐입니다. 인류는 하나의 입이며, 저는 그 입에서 나오는 외침입니다. 경들에게도 그 외침이 들릴 것입니다. 영국의 중신들이시여, 저는 군주이자 피의자이며, 판관이자 단죄 받은 백성의 재판정을 경들 앞에서 열 것입니다. 저는 허리가 휠 정도로 제가 해야 할 말에 짓눌려 있습니다. 어떤 말부터 해야 할까요? 잘 모르겠습니다. 저는 광활하게 펼쳐진 고통 속에서 커다랗고 어수선한 저의 변론 글을 주워 모았습니다. 이제 그것들을 어찌 처리해야 할까요? 그것들이 저를 짓누르고 있어, 경들 앞에 그것을 뒤죽박죽 내던져야 합니다. 이런 일을 제가 예상했을까요? 아닙니다. 경들께서 놀라셨겠지만 저도 그렇습니다. 어제까지 저는 광대였는데, 오늘은 귀족입니다. 미묘한 장난입니다. 미지의 존재가 벌이는 짓입니다. 우리 모두 두려워해야 합니다. 경들이시여, 창공은 모두 경들 쪽에 있습니다. 이 광활한 세상에서 경들의 눈에는 오직 축제만 보입니다. 그러나 그늘이 있다는 것을 아셔야 합니다. 여러분 가운데 와 있는 저는 퍼메인 클랜찰리 경이라고 불립니다. 그러나 저의 진짜 이름은 한 가난뱅이의 이름인 그윈플렌입니다. 저는 세력가들의 손안에 들어가, 한 왕의 명령으로 얼굴이 훼손되었고 그것이 그 왕에게 즐거움을 주었습니다. 저에 대한 이야기를 마쳤습니다. 경들 중에서는 많은 분들이 저의 선친과 친분을 가지셨을 것입니다. 저는 그분을 모릅니다. 그분은 봉건 체제라는 테두리 속에서 여러분과 관계가 있으시고, 저는 추방자라는 점에서 그분 쪽에 있습니다. 신께서 하신 일, 잘된 것입니다. 저는 심연 속에 던져졌습니다. 무슨 의미였을까요? 저에게 그 밑바닥을 보도록 하기 위함이었습니다. 저는 잠수부였습니다. 그래서 제가 진주를, 진실을 발견했습니다. 저는 알기 때문에 말할 수 있습니다. 제 말을 이해할 수 있을 것입니다, 각하들. 저는 경험했습니다. 저는 보았습니다. 고통이냐고 물으시겠지만 그렇지 않습니다. 행복한 이들이시여, 그것을 한 단어만으로 표현할 수 없습니다. 가난, 저는 그 속에서 자랐습니다. 겨울, 저는 그 속에서 바들바들 떨었습니다. 기근, 저는 그 맛을 알고 있습니다. 멸시, 저는 그것을 감수했습니다. 흑사병, 저는 그 병에 걸린 적이 있습니다. 수치감, 저는 그것을 묵묵히 받아들였습니다. 그리고 이제 경들 앞에 그것을 다시 토해 놓겠습니다. 그러면 토해 낸 숱한 비참함이 여러분의 발을 더럽힐 것이며 또 불길처럼 활활 타오를 것입니다. 저는 지금 제가 서 있는 이 자리에 끌려오기 전에는 잠시 망설였습니다. 다른 곳에 저의 다른 의무가 있기 때문입니다. 그리고 이곳에 저의 마음이 있지 않기 때문입니다. 저의 내면에서 일어난 일은 여러분과는 상관이 없습니다. 여러분께서 검은색 권장의 문지기라고 부르시는 사람이, 여러분께서 여왕이라고 부르시는 여인의 명령에 따라 저를 데리러 왔을 때 저는 거절할 생각도 해 보았습니다. 그러나 신의 보이지 않는 손이 저를 그쪽으로 떼밀고 있었고, 그래서 복종했습니다. 저는 제가 경들 가운데로 와야 한다고 느꼈습니다. 왜냐고요? 제가 어제까지 걸치고 다니던 누더기 때문입니다. 신께서 저를 배고픈 사람들과 뒤섞어 놓으신 것은, 배부른 사람들 가운데에서 제가 말을 하도록 하기 위해서였습니다. 아! 연민을 느끼셔야 합니다! 경들께서 속해 있다고 믿으시는 이 운명적인 세계를, 경들께서는 전혀 모르십니다. 너무나 높은 곳에 계시기 때문에, 이 세상 밖에 계십니다. 이 세상이 어떤 것인지 제가 경들께 말씀드리겠습니다. 저는 많은 경험을 했습니다. 저는 엄청난 무게 밑에서 빠져나왔습니다. 저는 경들의 무게가 어떤지 말씀드릴 수 있습니다. 아! 주인이신 경들이시여, 경들께서 어떤 분들인지 알고나 계십니까? 무엇을 하고 계시는지 깨닫고나 계십니까? 전혀 모르고 계십니다. 모두가 끔찍합니다. 어느 날 밤, 폭풍우 몰아치던 날 밤, 버려진 어린 고아의 몸으로, 외로운 세계 속에서 홀로, 여러분들이 사회라고 칭하는 어둠 속으로 처음 발을 들여 놓았습니다. 그러면서 제가 첫 번째로 본 것은 법이었습니다. 그것은 교수대의 형태였습니다. 두 번째로 본 것은 부유함이었습니다. 추위와 배고픔으로 인해 죽은 한 여인을 통해서 본 경들의 부유함이었습니다. 세 번째 것은 죽어 가는 어린아이의 모습을 통해 본 미래였습니다. 네 번째 것은 늑대 한 마리 말고는 동료도 친구도 없는, 어느 부랑자의 모습 밑에 감추어져 있던 착함과 진실함과 공정함이었습니다."

그 순간, 고통스러운 감정에 사로잡힌 그윈플렌은 목구멍까지 흐느낌이 솟구치는 것을 느꼈다.

흐느낌 때문에, 얼굴의 웃음이 다시 모습을 보였다.

웃음의 감염은 즉시 일어났다. 회의장 위로 한 덩어리 구름이 떠돌고 있었다. 그것이 공포감으로 변할 수 있었는데, 즐거움을 퍼뜨렸다. 활짝 만개한 웃음이라는 발광 상태가 회의실을 전부 점령했다. 지극히 고귀한 사람들의 소모임에서는 익살꾼이 가장 큰 환영을 받는다. 그들은 그렇게 자신들의 엄숙함에 복수를 가한다.

왕의 웃음은 신들의 웃음과 유사해서 그 속에는 잔인한 송곳이 있다. 귀족들이 장난을 쳤다. 낄낄거리는 소리가 웃음을 날카롭게 갈았다. 그를 모욕하기 위해 그 주위에서 박수를 쳤다. 즐거워하는 감탄사들이 마구 뒤섞여 그에게 다가왔다. 쾌활하면서도 치명상을 입히는 우박 같았다.

"잘한다! 그윈플렌!" "좋아, 웃는 남자!" "브라보, 그린박스의 주둥이!" "그래, 타린조필드의 돼지 머리!" "공연을 하러 왔군. 좋아! 빨리 수다를 떨어!" "드디어 나를 즐겁게 해 주는 자가 나타났어!" "저 짐승, 정말 잘도 웃는군!" "잘 있었는가, 꼭두각시!" "광대 귀족께 문안드립니다!" "어서 열변을 토해 봐!" "저 자가 영국의 중신이라니!" "계속해 보게!" "그만! 그만!" "괜찮아! 괜찮아!"

대법관의 심기가 불편해졌다.

청력이 안 좋은 오먼드 공작 제임스 버틀러 경은 손을 나팔 모양으로 만들어 귀에 가져다 대고, 세인트앨번스 공작 찰스 보클러크에게 물었다.

"저 사람의 주장은 어떠했소?"

세인트앨번스 공작이 답했다.

"불만이라오."

"제길, 그럴 줄 알았어. 저따위 얼굴이니!"

도망치는 군중은 빨리 붙잡아야 한다. 의회 또한 군중이다. 웅변은 재갈이다. 만약 재갈이 풀리면 청중은 날뛰고, 뒷발질하며 연설자를 떨어뜨리기도 한다. 청중은 연사를 증오한다. 사람들은 그 사실을 충분히 알고 있지 못한다. 고삐를 당겨 버티는 것이 좋은 방법 같지만 사실은 그렇지 않다. 하지만 어느 연사든지 그 방법을 쓴다. 그것이 본능이다. 그윈플렌 또한 고삐를 당겼다.

그는 잠시, 웃고 있는 사람들을 뚫어지게 바라본 후 목소리를 높였다.

"경들께서는 비참함을 모욕하고 계십니다. 영국의 중신들이시여, 조용히 해 주십시오. 판사님들이시여, 변론을 경청해 주십시오. 오! 간청하옵건대 가엾게 여기십시오! 누구를 말이냐고요? 경들 자신을 가엾게 여기십시오. 위험에 처해 있는 자가 누구인지 아십니까? 바로 경들입니다. 경들께서 저울에 올려졌고 저울의 한쪽에는 경들의 권력이, 다른 한쪽에는 경들의 책임이 놓여 있음을 알지 못하십니까? 신께서 경들을 저울에 재고 계십니다. 오! 웃지들 마십시오. 그리고 깊이 생각하십시오. 신의 저울추가 흔들거리는 것은 바로 양심의 전율입니다. 경들의 성품이 나쁜 것은 아닙니다. 경들께서도 다른 이들과 마찬가지로, 그리고 더 우월하거나 더 고결하지도 않은 인간일 뿐입니다. 혹시 경들께서 스스로를 신으로 여기신다면, 내일 병석에 누워 여러분의 신성이 열 속에서 떨고 있음을 살펴보십시오. 모든 사람들 사이에는 우열이 없습니다. 저는 정직한 분들에게 말씀드리겠습니다. 여기에도 그런 분들이 계십니다. 저는 고취된 지성들을 향해서 말씀드리겠습니다. 여기에도 그러한 지성들이 계십니다. 저는 자비로운 영혼들에게 말씀드리겠습니다. 여기에도 그러한 영혼들이 계십니다. 경들께서도 그 누구의 아버지이시며, 아들이시고, 형제이십니다. 따라서 측은한 마음에 눈시울을 적시는 경우도 때때로 있을 것입니다. 경들 중 오늘 아침에 어린 자식이 잠에서 깨어나는 것을 응시하신 분은 모두 선하십니다. 모든 가슴은 똑같습니다. 인간이란 하나의 가슴이라는 것 이외에 다른 그 무엇도 아닙니다. 억압하는 사람들과 억압당하는 사람들 사이에는, 그들이 처한 장소가 다르다는 차이만 있을 뿐입니다. 경들의 발이 사람들의 머리를 밟지만, 그것은 경들의 잘못은 아닙니다. 사회라는 바벨탑의 잘못입니다. 모든 것이 위에서 짓누르도록 되어 있으니, 실패한 건축물입니다. 한 층이 다른 층을 버티기 힘들 정도로 짓누릅니다. 제가 드리는 말씀을 잘 들어주십시오. 자세히 알려 드리겠습니다. 오! 경들께서는 강하시니 형제애를 발휘해 주십시오. 경들께서는 지배자들이시니 온후함을 바탕으로 삼으십시오. 제가 본 것을 경들께서 아신다면! 애처롭도다! 저 아래의 극심한 고통! 인류가 지하 감방 속에 처박혀 있습니다. 아무 죄를 짓지 않았건만 저주받은 이들이 얼마인가! 햇빛도 없고 공기도 없으며 용기도 없어, 아무것도 희망하지 못합니다. 그런데 무서운 일은, 그러면서도 모두들 기다린다는 사실입니다. 그 숱한 절망들이 어떨지 한번 생각해 보십시오. 죽음 속에서 살아가는 사람들이 헤아릴 수 없이 많습니다. 겨우 여덟 살에 매춘을 시작해, 스무 살이 되면 나이가 들어 그 짓조차 관두는 소녀들도 있습니다. 가혹한 형벌 역시 사람들을 공포에 떨게 합니다. 저는 지금 이것저것 따지지 않고 앞뒤 없이 말씀드리고 있습니다. 그저 머리에 떠오르는 대로 말할 뿐입니다. 바로 어제, 이곳에 와 있는 제가 알몸으로 쇠사슬에 묶인 채 복부를 돌로 짓누르는 고문을 견디지 못해 죽어 가는 사람을 보았습니다. 그러한 일이 일어나고 있다는 것을 아십니까? 모르실 겁니다. 세상에서 일어나는 일을 아신다면, 경들 중 어느 누구도 행복해하실 수 없을 것입니다. 혹시 뉴캐슬 온 타인에 가보신 분 계십니까? 그곳 탄광에는 석탄을 씹어먹는 사람들이 있습니다. 그것으로 허기를 잊기 위해서입니다. 랭커스터 백작령에 있는 리블체스터는 극심한 궁핍으로 인해 도시가 황량한 마을로 변했습니다. 저는 덴마크의 조지 대공이 10만 기니가 더 필요하다고는 생각하지 않습니다. 그 대신 가난한 환자를 병원에 받아들이고, 장례비를 미리 지불하지 않도록 하는 쪽을 선택하겠습니다. 카나르본 백작령의 트래스모어와 트래스비컨에서의 가난한 사람들의 빈곤함은 무시무시한 지경까지 이르렀습니다. 스트래퍼드에서는 돈이 없어 채소밭에 고인 물을 빼내지 못하고 있습니다. 랭커셔 전 지역의 직조 공장들은 모두 문을 닫았습니다. 도처에 실업 사태입니다. 할렉의 청어잡이 어부들이, 고기가 잘 잡히지 않을 때 풀을 뜯어먹는다는 것을 아십니까? 버턴 레이저스에서는 아직도 문둥병자들을 한 장소에 모아 놓고, 혹시 그 소굴을 벗어나는 사람이 있으면 총을 쏜다는 사실을 아십니까? 경들 중 한 분이 그 영주이신 에일즈베리에서는 계속되는 기근을 떨쳐 버리지 못하고 있습니다. 경들께서는 코번트리주에 있는 펜크리지의 주보 성당에 보조금을 내려 주어,

그곳 주교를 더욱 풍요롭게 해 주기로 결의하셨습니다. 그런데 그곳 주민들의 오두막집에는 침대도 없습니다. 그래서 땅바닥에 작은 구덩이를 파고 아기들을 그 안에 눕힙니다. 결국 그곳 사람들은 무덤 속에서 삶을 시작하는 것입니다. 그 모든 것을 저는 직접 제 눈으로 똑똑히 보았습니다. 경들이시여, 여러분께서 결정하신 세금을 누가 감당하는지 아십니까? 죽어 가는 사람들입니다. 슬픈 일입니다! 경들께서는 큰 잘못을 저지르고 계십니다. 잘못된 길로 가고 계십니다. 경들께서는 부자들의 부를 키워 주기 위해 가난한 사람들의 가난을 키워 주고 계십니다. 경들이 해야 할 일은 그 반대입니다. 여유로운 자에게 주기 위해 일하는 사람에게서 빼앗고, 배부른 자에게 주기 위해 거지에게서 빼앗으며, 왕에게 주기 위해 굶주린 자에게서 빼앗다니! 아! 맞습니다. 저의 피에는 오래된 공화주의의 피가 흐르고 있습니다. 그래서 그러한 현상을 극도로 싫어합니다. 이른바 왕이라고 불리는 자들, 저는 그들을 증오합니다! 또한 여인들의 파렴치함이란! 어떤 사람에게 슬픈 이야기를 들은 적이 있습니다. 오! 저는 찰스 2세를 증오합니다. 저의 선친께서 사랑하시던 여인이, 선친은 망명지에서 죽어 가고 계신데 그 왕에게 몸뚱이를 내주었습니다. 매춘부입니다! 찰스 2세와 제임스 2세, 하나는 빈둥거리는 건달이고 다른 하나는 간교한 범죄자입니다! 왕이라는 것 속에 무엇이 있는지 아십니까? 하나의 인간, 욕망과 불구 상태에 휘둘리는 여린 인간이 하나 있을 뿐입니다. 왕이 무엇에 필요합니까? 기생충 같은 왕권에게 경들께서는 사료를 마구 먹입니다. 경들께서 그 지렁이를 보아뱀으로 만듭니다. 그 촌충을 경들께서 용으로 키웁니다. 가난한 사람들에게 자비를 베풀어야 합니다! 경들께서는 왕좌를 살찌우기 위해 세금을 점점 더 무겁게 부과하십니다. 경들께서 반포하시는 법령을 조심하십시오. 경들께서 밟아 으스러뜨리는 고통스러운 굼실거림을 조심하십시오. 아래를 보십시오. 경들의 발을 한 번 내려다보십시오. 오! 힘 있는 분들이여, 여러분의 발밑에 힘없는 사람들이 있습니다. 애처롭게 여기십시오. 그렇습니다! 경들 자신을 애처롭게 여기십시오! 많은 사람이 죽어 가고 있는데, 낮은 곳이 죽으면 높은 곳이 죽기 마련입니다. 죽음이란 어느 구성원도 피할 수 없는 멈춤입니다. 밤이 오면 그 누구도 자기의 구석에 낮을 보관할 수 없습니다. 경들께서는 이기주의자들이신가요? 다른 사람들을 구하십시오. 선박의 침몰에 무심한 승객은 없습니다. 승객의 일부만 난파당하고 나머지 승객들은 난파당하지 않는 경우는 없으니까요. 오! 명심하십시오. 심연은 모든 사람 앞에 입을 벌리고 있습니다."

웃음소리가 더 커져서 걷잡을 수 없어졌다. 군중을 즐겁게 하는 데는 말에 터무니없는 점이 있는 것만으로 충분했다.

겉보기에는 희극적이지만 내면은 비극적인 것, 그보다 더 치욕적인 고통은 없으며 그보다 더 깊은 분노도 없다. 바로 그러한 것이 그윈플렌의 내면에 있었다. 그의 말이 지향하는 쪽이 있지만, 그의 안면은 엉뚱한 쪽으로 향했다. 끔찍한 상황이었다. 그의 목소리에 날이 섰다.

"그 사람들은 그런데도 즐거워합니다! 그렇습니다. 빈정거림이 단말마의 고통에 대항합니다. 냉소가 단말마의 헐떡거림에 모욕을 줍니다. 그들은 모든 일을 할 수 있습니다! 좋습니다. 두고 보도록 하지요. 아! 저도 그들 중 한 명입니다. 그리고, 오! 가난한 이들이여, 당신들 중 한 명이기도 합니다! 어느 왕이 저를 팔았습니다. 그런데 어느 가난한 사람이 저를 돌보았습니다. 누가 저의 얼굴을 훼손했습니까? 군주입니다. 누가 저를 치유하고 양육했습니까? 굶어 죽을 처지에 놓인 사람이었습니다. 저는 귀족 클랜찰리이지만 그윈플렌으로 남으려고 합니다. 제가 비록 세력가들 편에 있으나, 저는 미천한 사람들 편에 속합니다. 비록 즐기는 사람들 가운데 서 있지만, 저는 괴로워하는 사람들과 함께 있습니다. 아! 이 사회는 거짓투성이입니다. 언젠가 진실한 사회가 찾아올 것입니다. 그러면 더 이상 나리들은 없고, 오로지 자유를 누리는 이들만이 있을 것입니다. 상전들은 없고 부모들만 있을 것입니다. 그것이 우리의 미래입니다. 굽실거림도, 미천함도, 무지도, 마소 같은 사람들도, 궁정인들도, 시종들도, 군주도 없고 단지 광명만이 있을 것입니다!

그러는 동안 저는 여기에 있겠습니다. 저에게 권리 하나가 있으니 그것을 행사하겠습니다. 그것은 진정한 권리일까요? 만약 그것을 제 자신을 위해 행사한다면 그것은 권리가 아닙니다. 그러나 모든 사람을 위해 행사한다면 그것은 진정한 권리입니다. 제가 그들 중의 하나인지라 귀족들에게 말하겠습니다. 오! 밑바닥에 계신 나의 형제들이여! 그대들이 얼마나 빈곤한지를 그들에게 알리겠습니다. 저는 백성의 누더기를 한 줌 움켜쥐고 벌떡 일어서서, 상전들의 머리 위에 노예들의 참혹함을 마구 흔들겠습니다. 그러면 운명의 총애를 받은 건방진 자들이, 불운한 사람들의 추억을 영원히 떨쳐 버리지 못할 것입니다. 제후와 군주들은 가난한 사람들의 국물로부터 자유롭지 못할 것입니다. 그들 머리 위로 떨어지는 것이 벌레들의 즙이라면 그들에게는 안 된 일이지만, 그것이 사자들 위로 떨어진다면 다행스러운 일이지요!"

그윈플렌이 갑자기 연설을 멈추고, 네 번째 양모 방석 위에서 무릎을 꿇은 채 적고 있는 하급 서기들을 바라보며 외쳤다.

"무릎을 꿇고 있는 저 사람들은 누구입니까? 그곳에서 무엇을 하고 계십니까? 어서 일어서시오. 당신들은 인간입니다."

귀족이라면 본 척도 하지 말아야 할 하급 관리에게 불쑥 그렇게 말을 건네자, 사람들의 즐거움은 정점에 이르렀다. "브라보!" "우와!" 하는 고함소리가 터졌다. 박수를 치던 사람들이 이제는 발도 굴렀다. 마치 그린박스에 와 있는 것 같았다. 그린박스에서는 웃음이 그윈플렌을 환대했지만 여기에서는 그를 죽이고 있었다. 죽이는 행위, 그것은 우스꽝스러운 자가 행하는 노고이다. 사람들의 웃음은 종종 살해를 위해 최선을 다한다.

웃음이 폭력으로 바뀌었다. 마치 비 오듯이 야유가 쏟아져 내렸다. 군중이 기지를 뽐내면 그것은 얼간이 짓으로 변한다. 그들의 약삭빠르고 멍청한 냉소가, 사실을 고찰하지 않고 멀찌감치 던져 버리고, 의문을 푸는 대신 그것을 처단한다. 돌발 사건은 일종의 의문 부호이다. 웃음에 있어서는, 그것이 수수께끼를 내포한 웃음인 것이다. 웃지 않는 스핑크스가 그 웃음 뒤에 있다.

서로 반대되는 외침이 들려왔다.

"이제 그만! 그만!"

"더 해! 조금 더!"

림스터 남작 윌리엄 파머는, 릭 퀴니가 셰익스피어에게 한 모욕적인 언사를 그윈플렌에게 던졌다.

"Histrio! Mima!(익살광대! 희극배우년!)"

남작의 벤치에서 스물아홉 번째 자리에 앉으며, 격언식 언사를 구사하기 좋아하는 본 경이 목소리를 높였다.

"우리는 짐승들이 열변을 토하는 시절로 되돌아왔군요. 인간의 입들 사이에서 짐승의 턱빼가 발언권을 얻었습니다."

"발라암의 당나귀가 하는 말을 들어봅시다."

야머스 경이 거들었다.

야머스 경은 코가 둥글고 입이 비스듬해 매우 예리한 인상을 주었다.

"반역자 린네우스가 무덤 속에서 벌을 받았소. 저 아들이 바로 아비에게 내려진 형벌이라오."

리치필드 및 코번트리의 주교 존 허프가 말했다. 그윈플렌이 그에게 지급될 직책 수당에 대해 언급했었다.

"거짓말입니다. 그가 고문이라고 하는 것은 강렬하고 엄격한 벌일 뿐이며, 또한 지극히 적법한 벌입니다. 영국에 고문은 존재하지 않습니다."

법률학자 의원인 콜몬리 경이 말했다.

래비 남작 토머스 웬트워스가 대법관을 바라보며 외쳤다.

"대법관님, 이제 그만 폐회하십시오!"

"안 돼! 안 돼! 계속해야 해! 우리를 이렇게 즐겁게 해 주잖아! 우와! 어이!"

젊은 귀족들이 고함을 쳤다. 그들이 즐거워하는 모습은 광기에 가까웠다. 특히 네 사람은 폭소와 증오심을 주체하지 못하고 있었다. 그들은 로체스터 백작인 로렌스 하이드, 태닛 백작인 토머스 터프턴, 해턴 자작, 몬터규 공작이었다.

"개집으로 들어가, 그윈플렌!"

로체스터가 말했다.

“내려와! 내려와!”

태넷의 고함이었다.

해턴 자작은 1페니 동전을 호주머니에서 꺼내서 그윈플렌에게 던졌다.

그리고 그리니치 백작 존 캠벨, 리버스 백작 새비지, 하버셤 남작 톰슨, 워링턴, 에스크릭, 롤스톤, 록킹햄, 카터렛, 랭데일, 베니스터, 메이너드, 헌스던, 카나르본, 캐번디시, 벌링턴, 홀더니스 백작 로버트 다르시, 플리머스 백작 아서 윈저 등은 박수를 쳤다. 팬더모우니엄 또는 팡테옹의 소란스러움이었고, 그윈플렌의 말은 그 소음 때문에 들리지 않았다.

“조심하시오!”

겨우 들리는 것은 그 한 마디뿐이었다.

옥스퍼드를 최근에 졸업했고, 이제 겨우 코밑에 수염이 나기 시작한 몬터규 공작 랠프가 자신의 자리인 열아홉 번째 좌석에서 내려와 그윈플렌에게로 가서 그의 얼굴을 응시하며 팔짱을 낀 채로 섰다. 하나의 칼날에도 특히 날카로운 부분이 있듯이, 하나의 음성에도 특히 모욕적인 어조가 있다. 몬터규는 그러한 어조로 그윈플렌의 코밑에서 낄낄대며 고함을 쳤다.

“너 지금 무슨 소리를 하는 거야?”

“예언이오.”

그윈플렌이 대꾸했다.

다시 폭소가 터졌다. 그리고 그 웃음 아래에는 분함이 계속되는 저음으로 으르렁댔다. 미성년 중신 중 하나인 도싯 및 미들섹스의 백작 라이오넬 크랜세일드 색빌이 벤치에서 일어서서 웃지도 않고 장래의 입법자답게 엄숙한 표정으로 아무 말 없이 어깨를 약간 으쓱하며, 열두 살 소년의 싱그러운 얼굴로 그윈플렌을 유심히 보았다. 그러자 세인트애서프의 주교가 곁에 있던 세인트데이비즈의 주교 쪽으로 고개를 돌려 그윈플렌을 가리키며 그의 귀에 대고 속삭였다. "저러한 사람을 현자라 하는 것이오!"

비웃음의 소용돌이를 시작으로 고함들이 터져 나왔다.

"고르고의 낯짝이야!" "도대체 무슨 일이지?" "상원에 대한 모욕이야!" "저따위 인간을 내세우다니!" "수치다! 수치야!" "폐회하시오!" "아니오! 할 말 다하도록 둡시다!" "익살광대, 어서 읊어라!"

루이스 드 듀러스 경은 두 손으로 허리를 짚고 서서 큰 소리로 외쳤다.

"아! 웃으니까 참 좋군! 나의 비장(脾臟)이 즐거워하는군. 저는 다음과 같은 투표를 제의합니다. '상원은 그린박스에게 진심으로 감사한다.'"

이미 앞에서도 말한 것처럼, 그윈플렌은 예전과는 전혀 다른 삶을 꿈꾼 적이 있다.

현기증이 날 만큼 까마득한 심연 위의 부서지기 쉽고 가파른 모래언덕을 기어오른 경험이 있는 사람, 손과 손톱, 팔꿈치, 무릎, 그리고 발밑에서 받침점이 계속 도망치는 것을 느껴 본 사람, 저항하는 절벽 표면에서 미끄러지지 않을까 하는 극심한 공포에 사로잡힌 채, 전진하기는커녕 자꾸만 뒤로 밀리고, 올라가는 대신 깊숙이 빠져들고, 정상을 향한 몸부림이 계속될수록 추락의 확신이 강해지고, 위험에서 벗어나려고 할 때마다 스스로를 더욱 위험에 처박으면서, 심연이 무시무시하게 다가옴을 느껴 본 사람, 그리고 밑에서 입을 벌리고 있는 심연 속으로 추락할 때 음산한 냉기를 느껴 본 사람, 그가 바로 그윈플렌이 느끼던 것을 느낀 사람이다.

그는 자신을 상승시키던 것이 발밑에서 무너져 내리는 것을 느꼈고, 청중석이 가파른 절벽으로 보였다.

모든 것을 집약해 말을 하는 사람이 항상 있기 마련이다.

스카스데일 경이 그곳에 모인 사람들의 감정을 대신했다.

"저 괴물, 여기에 뭐 하러 왔어?"

그윈플렌은 발작을 일으킬 만큼 크게 분노해 고개를 번쩍 쳐들었다. 그리고 모든 사람들을 뚫어지도록 응시하였다.

"이곳에 무엇 하러 왔느냐고 물으셨습니까? 끔찍한 모습을 보여 드리기 위해 왔습니다. 말씀하신 것처럼 저는 괴물입니다.

아니, 저는 백성입니다. 제가 다른 존재라고 생각하십니까? 아닙니다. 저는 모든 사람 중 하나일 뿐입니다. 다른 존재는 경들이십니다. 경들께서는 환상에 불과하지만 저는 실체입니다. 저는 인간입니다. 무시무시하게 웃는 남자입니다. 누구를 보고 웃는 것일까요? 경들을 보고 웃습니다. 스스로를 보고 웃습니다. 온갖 것을 보고 웃습니다. 웃음이 무엇을 의미하는지 아십니까? 경들이 저지른 죄이며 그가 당한 고통입니다. 이제 경들의 죄가 경들의 얼굴을 노리고 던지고, 그가 당한 고통을 경들의 낯짝에 토하고 있습니다. 저는 웃습니다. 이것은 제가 운다는 뜻입니다."

그가 잠시 말을 멈췄다. 청중석도 조용했다. 낮은 웃음소리만이 들렸다. 사람들이 다시 주의를 집중하는 것 같았다. 그는 심호흡을 크게 한 후 연설을 이어갔다.

"저의 얼굴에 있는 웃음을 만들어 준 사람은 어느 왕입니다. 이 웃음은 온 세상을 덮는 절망을 상징합니다. 이 웃음은 증오와 강제된 침묵, 강렬한 노기와 절망을 의미합니다. 이 웃음은 고문이 만들어 낸 산물입니다. 이 웃음은 세력의 웃음입니다. 사탄에게 이 웃음이 있다면 신을 단죄했을 것입니다. 그러나 영원한 것은 소멸되는 것들과 다릅니다. 절대적이므로 정의롭습니다. 그래서 신은 왕들의 행위를 증오합니다. 아! 경들께서는 저를 다른 존재로 생각합니다! 저는 상징입니다. 오! 전능한 멍청이들이시여, 눈을 크게 떠 보십시오! 제가 모든 것을 나타나게 하고 있습니다. 저는 상전들이 만들어 놓은 인류의 모습을 표현하고 있습니다. 인간은 훼손되어 있습니다. 저에게 한 행위를 인류에게도 저질렀습니다. 저의 눈과 콧구멍과 귀를 기형으로 만들어 놓은 것처럼 인류의 권리와 정의, 진리, 이성, 지성을 기형으로 왜곡시켰습니다. 저에게 했던 것처럼 인류의 가슴속에 분노와 슬픔의 수렁을 만들고, 얼굴에는 만족이라는 가면을 쓰게 했습니다. 신의 손가락이 닿았던 곳에 왕의 사나운 발톱이 파고들었습니다. 기괴하게 겹치는 작업이었습니다. 주교들이시여, 중신들이시여, 왕족들이시여, 백성은 마음 깊은 곳에서는 고통스러워하며 겉으로 웃는 사람들입니다. 경들이시여, 거듭 말씀드리지만 저는 백성입니다. 오늘 경들께서는 백성을 괴롭히시고, 제게 소리쳐 야유를 보내십니다. 그러나 미래는 어두운 해빙기입니다. 돌이 물결로 변할 것입니다. 견고한 것이 물속에 잠길 것입니다. 균열의 소리가 나면 모든 것이 끝날 것입니다. 단 한 번의 경련이 경들의 압박을 부수고, 단 한 번의 포효가 경들의 야유에 반격을 할 것입니다. 그때가 이미 찾아왔습니다. 오! 나의 아버님이시여, 당신께서 그때를 알려 주셨습니다! 신께서 임하시는 그때가 이미 찾아왔고 스스로를 공화국이라 일컬었습니다. 사람들이 그것을 쫓아냈으나 곧 돌아올 것입니다. 그때를 기다리며 우선 떠올리십시오. 검으로 무장한 왕들의 계보가 도끼로 무장한 크롬웰로 인해 멈춰졌다는 사실을. 무서워하십시오. 절대 부패하지 않는 해결책이 다가오고 있습니다. 잘린 손톱들이 자라고 있습니다. 뽑힌 혀들이 날아올라 어두운 바람에 흩날리는 불의 혀들이 되어, 무한 속에서 울부짖고 있습니다. 배고픈 자들이 이빨을 드러내고 있습니다. 지옥 위에 세워진 낙원이 동요하고 있습니다. 모두가 고통받고, 고통받고, 또 고통받습니다. 높은 곳에 있는 것은 기울고, 낮은 곳에 있는 것은 쪼개집니다. 어둠이 빛으로 변할 것을 요구합니다. 저주받은 자가 선택된 자에게 이의를 달고 있습니다. 경들께 분명히 말씀드리는데, 백성이 옵니다. 인간이 옵니다. 이제 종말이 시작되었습니다. 대재앙의 붉은 여명입니다. 경들께서 비웃는 웃음 속에 그것이 있습니다! 런던은 계속되는 축제입니다. 그렇습니다. 영국은 이 끝에서 저 끝까지 환호성 속에 있습니다. 네. 하지만 귀를 기울여 들어보십시오. 경들의 눈에 보이는 전부는 저입니다. 경들에게는 많은 축제가 있습니다. 그것이 저의 웃음입니다. 즐거운 행사가 있습니다. 그것이 저의 웃음입니다. 결혼식과 축성식(祝聖式)과 대관식이 있습니다. 그것들 또한 저의 웃음입니다. 왕자들이 태어납니다. 경들의 머리 위에서 천둥이 칩니다. 그것 역시 저의 웃음입니다."

그러한 소리를 듣고 버틸 재간이 있겠는가! 다시 웃음이 시작되었다. 이번에는 참을 수 없을 지경이었다. 인간의 입이라는 분화구가 쏟아져 나오는 용암 중 침식성이 가장 강한 것이 즐거움이다. 즐겁게 피해를 주는 짓, 어떠한 군중도 그 전염 앞에서는 견딜 수 없다. 처형이 사형대 위에서만 이루어지는 것은 아니다. 인간은 모이기만 하면, 그것이 군중이건 회의이건 언제나 그들 가운데 망나니 하나를 준비한다. 그 망나니는 바로 빈정댐이다. 가엾은 사람이 조롱을 감당해야 하는 형벌에 비할 만한 것은 없다. 그윈플렌이 그 형벌을 감수하고 있었다. 그를 휩싸고 도는 사람들의 희열이 곧 일제히 날아오는 돌이었으며, 기관총 탄환이었다. 그는 딸랑이, 인체 모형, 터키인의 머리, 즉 과녁이었다. 모두들 다시 한 번 하라고 외치면서 데굴데굴 굴렀다. 발을 구르기도 했다. 자신들의 가슴 장식을 움켜쥐기도 했다. 그 장소의 엄숙함도, 가운의 진홍색도, 흰담비 모피의 체면도, 커다란 가발도 전혀 쓸모가 없었다. 귀족들도, 주교들도, 판사들도 모두 웃었다. 늙은이들의 좌석에서는 주름살이 펴졌고 아이들의 좌석에서는 몸이 꼬였다. 캔터베리의 대주교가 요크의 대주교를 팔꿈치로 찔렀다. 노샘프턴 백작과 형제이며 런던의 주교인 콤프턴은 배를 잡고 웃었다. 대법관도 웃음을 감추기 위해 눈을 내리깔았다. 그리고 근엄한 석상 같은 가로막대 앞에 서 있던 검은 권장의 문지기 역시 웃었다.

그윈플렌은 창백해진 안색으로 팔짱을 낀 채 우두커니 서 있었다. 호메로스적 환희가 꽉 찬 젊고 늙은 얼굴들에 둘러싸여 손뼉 치는 소리와 발 구르는 소리와 고함 소리 중앙에 있었지만, 그를 에워싼 광대의 광기 속에 있었지만, 커다란 쾌활함의 중앙에, 즐거움이 화려하고 홍건하게 넘쳐흐르는 속에 있었지만 오로지 그만은 무덤을 품고 있었다. 모든 것이 끝장이었다. 그는 자신의 뜻에 거역하는 얼굴도, 그를 모독하는 청중도 통제할 수 없었다.

숭고함에 매달려 있는 우스꽝스러움, 울부짖음을 반사하는 웃음, 절망과 같은 말 위에 올라탄 풍자적 모조품, 사실과 보이는 것 간의 상반성 등 그 영원한 운명적 법칙이 이제껏 그윈플렌의 경우보다 더 무시무시하게 표면화된 적은 없었다. 인간의 깊은 밤에 그보다 더 스산한 빛이 어른거린 적은 없었다.

그윈플렌은 자신의 운명이 폭소에 파멸되는 것을 보았다. 돌이킬 수 없는 것이 있었다. 넘어지면 다시 일어설 수 있지만, 가루가 되면 영원히 일어설 수 없다. 이제는 모든 것이 불가능했다. 모든 것은 처해 있는 장소에 큰 영향을 받는다. 그린박스에서는 성공이던 것이, 상원에서는 실패였고 참사였다. 그곳에서는 환호였지만, 이곳에서는 저주였다. 그는 가면의 양면과 같은 그 무엇을 느꼈다. 그의 가면 한쪽에는 그윈플렌을 수용하는 백성의 공감이 있었지만, 다른 쪽에는 퍼메인 클랜찰리 경을 배척하는 세력가들이 있었다. 한쪽 면에서는 인력이 작용했고, 다른 쪽에서는 척력이 작용했다. 하지만 두 힘 모두는 그를 어둠 쪽으로 끌어갔다. 그는 뒤에서 공격을 당한 느낌이었다. 운명은 배신적 공격도 망설이지 않는다. 모든 것은 항상 후에 설명되지만, 어쨌든 운명은 덫이며 인간은 함정 속에 빠지게 된다. 그는 상승하는 것으로 믿었고, 웃음이 그를 맞아주었다. 그러나 절정의 끝에는 음산한 결말이 기다린다. 음울한 단어 하나가 있는데 바로 취기에서 깨어난다는 말이다. 취기에서 생겨난 지혜, 무척 비극적인 지혜이다. 그처럼 쾌활하면서 독살스러운 폭풍에 휩싸여 그윈플렌은 생각에 몰두하고 있었다.

물 흐르는 대로 가는 것, 그것이 미친 듯한 웃음이다. 즐거움에 빠진 듯한 군중은 망가진 나침반이다. 모두들 어디로 가는지 자신들이 무엇을 하고 있는지도 몰랐다. 폐회를 선언할 수밖에 없었다.

대법관은 '뜻하지 않은 사건' 때문에 표결은 다음 날에 계속하겠노라고 선언했고 의회는 바로 해산했다. 귀족들은 왕좌 앞에서 허리를 숙여 예를 표하며 회의장을 떠났다. 계속 들리던 웃음소리가 복도 속으로 사라졌다. 회의장에는 공식적인 출입문 이외에도 장식 융단 자락 뒤의 불거진 구석 또는 움푹 들어간 곳에 숨겨져 있는 많은 출구가 있어, 금이 간 항아리에서 물이 빠져나가듯 회의장은 순식간에 비었고 얼마 안 되어 황량해졌다. 매우 신속하게, 중간 과정 없이 그렇게 변했다. 소동의 장소가 즉시 적막에 잠겼다.

몽상에 빠져들기 시작하면 멀리 가는 법, 그래서 생각에 깊이 빠지면 결국 다른 별에 가 있는 사람처럼 달라진다. 문득 그윈플렌이 정신을 차려보니 홀로 있었다. 회의장은 비어 있었다. 그는 심지어 폐회된 것도 알지 못하고 있었다. 모든 중신들이 떠났고, 심지어 그의 두 보증인도 없었다. 여기저기 상원의 몇몇 하급 관리들만이 '나리께서' 떠나시면 좌석들을 다시 보자기로 덮고 촛불을 끄기 위해 기다렸다. 그는 기계적인 동작으로 모자를 다시 쓰고 자리를 떠나 정문 쪽으로 향했다. 그 정문은 회랑으로 통했다. 그가 가로막대를 넘어설 때 문지기 한 사람이 그가 걸치고 있는 중신의 가운을 벗겨 주었다. 그는 그 사실도 겨우 알아차렸다. 다음 순간, 그는 벌써 회랑 안에 와 있었다.

그곳에 있던 하급 관리들은, 귀족께서 왕좌에 예도 표하지 않고 나오셨다며 놀라서 자기들끼리 수군거렸다.

8. 좋은 아들은 아니나 좋은 형은 될 수 있으리라

회랑에는 아무도 보이지 않았다. 그윈플렌은 원형 홀을 가로질렀다. 그곳에 있던 안락의자와 탁자를 모두 치웠고, 그의 서임 의례식을 치렀던 흔적도 없었다. 적당한 간격을 두고 천장에 걸린 촛대들만이 출구 쪽으로 나가는 길을 가리켰다. 그 빛의 끈의 도움을 받아, 홀과 회랑이 복잡하게 뒤섞인 속에서도 그는 수석 군사와 알현실 문지기와 함께 왔던 길을 찾아낼 수 있었다. 무거운 발걸음으로 그에게 등을 돌린 채 느리게 걸어가는 귀족 몇 명을 제외하고는, 아무도 만나지 못했다.

인적 없는 거대한 홀의 정적 속에서 잘 알아들을 수 없는 열기를 띤 말소리가 들려왔다. 야심한 시각에 그러한 곳에서 들리다니 이상한 일이었다. 그는 소리가 들리는 쪽으로 발길을 돌렸다. 희미하게 불을 밝힌 큰 현관이 그의 앞에 나타났다. 상원 회의실의 출구 중 하나였다. 유리창을 끼운 커다란 출입문이 열려 있고 그 안에는 현관 앞 층계와 시종들, 그리고 횃불들이 보였다. 밖에는 광장 하나가 있었고 층계 아래에서는 몇 대의 사륜마차가 대기하고 있었다.

그가 들은 소리는 그곳에서 시작되었다.

출입문 안쪽, 현관의 벽걸이 등 아래에 소란스러운 사람들 무리가 있었고 손짓과 음성이 폭풍 같았다. 그윈플렌은 어둑한 구석을 찾으며 그들에게 가까이 갔다.

논쟁이 벌어지고 있었다. 젊은 귀족 열 두 명 정도는 밖으로 나가려 했으나 그들처럼 역시 모자를 쓰고 당당한 체구의 남자 하나가 그들을 가로막고 있었다.

그 사람이 누구였을까? 톰짐잭이었다.

귀족 중 몇 명은 아직 중신의 가운을 입고 있었다. 다른 사람들은 의회 예복을 벗고 평상복 차림을 하고 있었다.

톰짐잭은 장식용 깃털이 달린 모자를 쓰고 있었다. 그러나 깃털은 중신의 것처럼 흰색이 아니라, 오렌지색이 얼룩덜룩 섞인 초록색이었다. 그의 복장에는 머리부터 발끝까지 계급줄 투성이였고 소매와 목둘레에는 리본과 레이스가 물결처럼 흔들렸다. 또한 그는 비스듬히 찬 검의 손잡이를 열에 들뜬 사람처럼 왼손으로 만지작거렸는데, 검의 멜빵과 칼집에 해군 제독의 닻 문양 끈이 달려 있었다.

말을 하는 사람은 그였다. 그가 젊은 귀족들을 나무라고 있었다.

"당신들은 비겁자들이오. 당신들은 내게 그 말을 취소하라고 했소. 좋소. 당신들은 비겁자들이 아니라 멍청이들이오. 당신들은 떼를 지어 한 사람을 공격했소. 그러한 짓이 비겁한 행위가 아니라고 칩시다. 그것도 좋소. 그렇다면 그것은 바보 같은 짓이오. 한 사람이 당신들을 향해 연설을 했는데 당신들은 알아듣지 못했소. 늙은이들은 귀가 먹었고 젊은이들은 지혜가 부족했소. 나는 당신들의 무리에 낄 수 있는 자격을 충분히 갖추었으니, 당신들의 실책을 지적해도 괜찮소. 새로 등원한 그 사람이 기이하고, 미친 이야기도 상당히 많이 했소. 그 점에 대해서는 나도 동감하오. 하지만 그 미친 소리 속에는 진실이 있었소. 그의 연설은 수선스럽고 무질서했으며, 세련되지 못했소. '좋습니다' 또한 '아십니까?', '아십니까?' 하는 말을 너무 자주 했소. 그러나 어제까지 장터에서 광대 노릇을 하던 사람이, 아리스토텔레스나 새럼의 주교 길버트 버닛 박사처럼 말을 할 수는 없소. 지렁이니 사자니 하는 단어들과, 하급 서기들을 상대로 말을 한 것은 모두 저속했소. 젠장! 어떤 이의가 있겠소? 사리에 어긋나고 맥락이 없으며 오락가락하는 연설이었소. 그러나 연설 이곳저곳에서 많은 사실들이 폭로되었소. 직업이 아니면서, 그 정도로 말할 수 있다는 것은 대단한 것이오. 당신들은 어느 정도나 할 수 있을 것 같소! 버턴레이저스의 문둥병자들에 관한 이야기는 반박할 여지가 없는 확실한 사실이오. 또한 그 사람만 멍청한 소리를 하는 것은 아니오. 여하튼 경들, 나는 여럿이 한 사람을 악착같이 공격하는 것을 좋아하지 않소. 나의 기질이 그러하오. 내가 모욕을 당했다고 느끼는 것을 허락하길 바라오. 당신들이 내 마음에 거슬렸고 나는 화가 났소. 나는 신을 믿지 않소. 하지만 그가 좋은 일을 한다면 그를 믿을 수도 있을 것이오. 물론 그가 좋은 일을 하는 경우가 그다지 자주 있지는 않소. 하지만 여하튼 그러한 이유로, 그가 그 영국의 중신을 미천한 삶의 밑바닥에서 이끌어 냈다는 사실과 상속자에게 유산을 돌려주었다는 사실에 대해 착한 신께, 그가 정말 있다면, 나는 감사를 표하고 싶소. 또한 그것이 나와 상관이 있건 없건 간에 쥐며느리가 문득 참수리로 변하고 그윈플렌이 클랜찰리로 바뀌는 것을 보는 것 자체가 감격스럽소. 나는 경들이 나와 다른 의견을 갖는 것을 금지하오. 경들, 오늘 저녁 퍼메인 클랜찰리는 진정한 귀족이었고 당신들은 광대였소. 그의 얼굴에 있는 웃음은 그의 잘못으로부터 생긴 것이 아니오. 그렇지만 당신들은 그 웃음을 보고 마구 웃었소. 다른 이의 불행을 앞에 놓고 웃는 법이 아니오. 당신들 모두 얼간이들이오. 그것도 잔인한 얼간이들이오. 혹시 사람들이 당신들을 보고는 웃지 않을 거라고 생각한다면 그것은 착각이오. 당신들은 모두 용모가 추악하고, 옷도 제대로 차려 입을 줄 모르오. 하버섬 경, 내가 일전에 자네의 정부를 보았는데 흉한 외모를 가졌더군. 여공작인데 생김새는 암원숭이였소. 조롱하는 나리들, 반복해서 말하지만 당신들이 단어 넷이나 제대로 이어 갈 수 있을지 한번 보고 싶소. 많은 사람들이 재잘대지만, 말을 할 줄 아는 사람은 매우 적지. 당신들은 옥스퍼드나 케임브리지에서 나태한 바지나 좀 끌고 다녔다 해서, 그리고 웨스트민스터홀의 벤치에서 중신이 되기 전에, 곤빌이나 카이우스 칼리지의 벤치에서 당나귀였다 해서, 무엇인가를 좀 안다는 망상에 사로잡혀 있어! 나는 이제 여기서 당신들의 상판을 자세히 보아야겠소. 새로 등원하신 귀족께 당신들은 매우 가볍게 굴었어. 그가 괴물이라 해도 좋아. 그러나 사나운 짐승들에게 내몰린 괴물이었어. 나는 영지의 잠재적인 상속자 자격으로 회의에 참가했소. 그래서 내 자리에 앉아서 오가는 말을 다 들었지. 발언권은 없었지만, 이제 귀족답게 행동할 권리는 있소. 당신들의 즐거워하는 표정이 나를 몹시 불쾌하게 했소. 내가 이 불쾌감을 풀지 못하면, 펜들힐산으로 올라가 운무초(雲露草)를, 즉 클라우드베리를 뽑을 것이오. 그것을 뽑는 사람은 벼락을 맞는다고 하더군. 그래서 이 출구로 와서 당신들을 기다렸지. 우리 사이에 정리할 것들이 있으니 몇 마디 이야기를 나누어야 하오. 내가 당신들을 보고 싶어 했다는 사실을 짐작할 수 있겠소? 나리들, 나는 당신들 중 몇 명을 죽이겠다는 결심을 굳게 했소. 태닛 백작 터프턴, 리버스 백작 새비지, 선덜랜드 백작 찰스 스펜서, 로체스터 백작 로렌스 하이드, 그리고 당신들, 남작들, 롤스톤 그레이, 캐리 헌스던, 에스크릭, 로킹엄, 그리고 너 애숭이 카터렛, 홀더니스 백작인 너 로버트 다르시, 허턴 자작인 너 윌리엄, 몬터규 공작인 너 렐프, 그리고 다른 사람들을 포함한 여기에 있는 당신들에게, 해군 병사인 나 데이비드 더리모이어가 경고한다. 서둘러 결투의 입회자와 증인들을 확보해 두시오. 나는, 즉시 오늘 밤이건, 내일이건, 낮이든 밤이든, 태양 아래서든 횃불 아래서든, 언제 어디서 어떤 식으로든 당신들이 원하는 대로, 검 두 자루 길이의 장소만 있으면 당신들을 기다릴 테니, 당신들은 권총 보관실을 미리 점검하고 검의 날을 확인해 두는 것이 좋을 것이야. 내가 당신들의 작위를 없앨 의도를 가지고 있으니까.

오글 캐번디시, 너는 대비책을 마련하고 너의 좌우명 'Cavendo tutus(경계를 철저히 해 안전을 도모한다)'를 잘 생각해 보도록. 그리고 너 마머듀크 랭데일은, 너의 조상 건돌드가 그랬듯이 관 하나를 뒤따르게 하는 것이 좋을 거야. 워링턴 백작 조지 루스, 너는 궁중 백작령 체스터와, 크레타 섬의 미궁을 흉내 내어 만든 너의 궁궐, 그리고 던엄 매시의 높은 망루를 영원히 못 볼 거야. 본 경은 버릇없는 말을 할 만큼 젊지만, 그 말을 책임지고 자신을 보호하기에는 너무 늙었기 때문에 그의 언사에 대한 책임을 메리오너스 읍에서 뽑힌 하원의원 조카 리처드 본에게 묻겠어. 그리고 너, 그리니치 백작 존 캠벨, 아숑이 마타스를 죽였듯이 내가 너를 죽이겠어. 하지만 등 뒤에서가 아니라 정면에서 가격하겠어. 나는 상대방의 쌍날 대검에서 등을 내보이지 않고 가슴을 내미는 습관이 있기 때문이야. 경들, 이제 약속이 성사된 것이오. 이 일을 위해, 원한다면 마법을 동원하시오. 카드 점을 보는 여인에게 조언을 구하시오. 어떤 무기도 당신들의 몸에 상처를 내지 못하게 고약과 마약으로 피부를 도배하시오. 마귀의 약 주머니든 처녀의 약 주머니든 분간하지 말고 목숨을 구하기 위해 그 주머니에 매달리시오. 당신들이 축복을 받았든 저주를 받았든 나는 상관하지 않고 당신들을 가격할 것이며, 당신들 몸에 마법이 작용했는지 여부를 확인하기 위해 당신들이 자신의 몸을 더듬어 보는 일이 생기게 하지는 않을 것이오. 두 발로 서서 싸우든 말을 타고 싸우든 다 괜찮소. 원한다면 피커딜리 광장이든 체링크로스 광장이든 광장 한복판에서 싸워도 좋고, 기즈와 바송피에르의 결투를 위해 루브르궁 안뜰의 포석을 뜯어낸 것처럼 도로의 포석을 뜯어내도 좋소. 모두 덤비시오. 이해하겠소? 나는 당신들 모두와 싸우고 싶소. 카나르본 백작 도엄, 마롤이 릴 마리보에게 해 주었듯이, 나도 네가 내 검을 날 아래까지 삼키게 해 주겠어. 그러고도, 네가 계속 웃을 수 있는지 우리 함께 보자구. 너, 벌링턴, 나이 열일곱에 계집애 같은 꼴을 하고 있는 너는 미들섹스에 있는 너의 집 잔디밭과 요크셔에 있는 론데스버그 정원 중 하나를 너의 무덤으로 골라도 좋아. 당신들에게 경고하노니, 나는 누가 내 앞에서 건방지게 구는 것을 용납하지 못해. 만약 당신들이 그런다면 가혹한 벌을 내릴 것이야. 당신들이 퍼메인 클랜찰리 경을 조롱한 것은 매우 고약한 행동이었어. 그가 당신들보다 훨씬 훌륭해. 그는 클랜찰리로서 당신들처럼 귀족이고, 그윈플렌으로서는, 당신들에게 없는 기지를 가지고 있지. 그의 명분을 나의 명분으로 삼고, 그의 치욕을 나의 치욕으로 여기며, 당신들의 낄낄거림을 가지고 노여움을 빚겠어. 내가 극단적인 방법으로 도발하는데 이 일에서 누가 살아남을지는 두고 보아야겠지. 잘 알아들었소? 어떤 무기든 어떤 방법이든 모두 좋으니, 마음에 드는 죽음을 고르시오. 또한 당신들이 천한 시골뜨기임과 동시에 귀족이니, 결투의 신청을 당신들 신분에 알맞게 하겠소. 그리하여 왕족들의 방법인 검으로부터 상놈들의 방법인 주먹질까지, 인간들이 서로를 죽이는 데 동원하는 모든 방법을, 가리지 않고 제안하는 바이오!"

맹렬하게 쏟아 내진 그의 말을 듣고도, 거만한 젊은 귀족들은 미소로 답할 뿐이었다.

"좋소."

그들이 일제히 한 말이다.

"나는 권총으로 하겠소."

벌링턴이 말했다.

"나는 철퇴 하나와 단검 하나를 들고 시합장에서 하던 옛날의 방식을 선택하겠소."

에스크릭의 말이었다.

"나는 긴 칼과 짧은 칼 두 개를 들고, 상체를 벗은 채 백병전 방식으로 싸우겠소."

홀더니스가 말했다.

"데이비드 경, 당신은 스코틀랜드 출신이오. 따라서 나는 클레이모어 검을 쓰겠소."

태넷 경의 말이었다.

"나는 보통 검으로 싸우겠소."

로킹엄이 말했다.

"나는 주먹질을 택할 것이오. 그것이 더 고상하오."

공작 렐프가 말했다.

어두운 구석에 있던 그윈플렌이 앞으로 나섰다. 그때까지 톰 짐잭이라 부르던 사람, 이제는 어렴풋하게나마 다른 인물로 보이는 그 사람에게 가까이 갔다. 그리고 그에게 말했다.

"감사드립니다. 그러나 저의 일입니다."

모두 일제히 그가 있는 쪽을 보았다.

그윈플렌이 앞으로 걸어갔다.

그는 사람들이 데이비드 경이라고 부르며, 또 그를 변호해 준, 또는 그 이상으로 느꼈을지도 모를 그에게 자꾸 마음이 갔다. 데이비드 경이 그를 보고 깜짝 놀랐다.

"저런! 당신이었군! 잘 오셨소! 당신에게도 역시 할 말이 있소. 당신은 회의장에서, 린네우스 클랜찰리 경을 사랑하다가 찰스 2세 폐하를 사랑한 어느 여인을 언급하셨소."

"그건 사실입니다."

"공께서는 내 어머니를 모욕하셨소."

"공의 모친이라고요?"

그윈플렌이 깜짝 놀라며 외쳤다.

"그렇다면 짐작하건대, 우리는……."

"형제지간이오."

데이비드 경이 말했다.

그러고는 그윈플렌의 뺨을 때렸다. 그리고 말을 계속했다.

"우리는 형제요. 그러니 결투도 할 수 있소. 대등한 신분의 사람들끼리만 결투를 할 수 있소. 형제보다 더 동등한 사람이 누구겠소? 나의 보증인들을 보내도록 하겠소. 내일, 우리는 서로의 목숨을 두고 싸울 것이오."

제9부
붕괴

1. 고귀함의 극치를 거쳐 비참함의 극치로

세인트폴 대성당에서 자정을 알리는 종이 울렸을 때, 런던교를 건너온 한 사나이가 서더크 지역의 골목길로 들어섰다. 가로등에는 불이 밝혀져 있지 않았다. 런던에서도 파리에서처럼 밤 11시에 공공용 조명 시설의 불을 끄는 것이, 다시 말해 가장 필요한 시간에 가로등을 끄는 것이 당시의 관례였다. 어두운 거리에는 사람이 별로 없었다. 가로등이 꺼졌기 때문이다. 사나이는 성큼성큼 앞으로 걸어갔다. 그 시각에 거리에 나온 사람치고는 옷차림이 기묘했다. 수를 놓아 장식한 비단 정장을 입고, 검을 허리에 차고 흰색 깃털 모자를 썼지만 외투는 입지 않았다. 그를 쳐다보며 야경꾼들이 자기들끼리 수군댔다.

"놀음 한판 하신 나리군."

그들은 길을 물러서며 예를 표했다. 귀족과 도박에 대한 예의는 당연한 것이었다.

그 사나이는 그윈플렌이었다.

그가 도망을 친 것이다.

그의 마음이 어땠을까? 그 자신도 알 수 없었다. 이미 말한 것처럼, 개인의 영혼 모두에는 각자만의 회오리바람이 있다. 하늘과 바다, 낮과 밤, 삶과 죽음 등이 알 수 없는 전율을 일으켜 끔찍한 소용돌이를 만들어 낸다. 그 안에서는 현실이 숨을 멈춘다. 우리는 믿을 수 없는 사물에 으스러진다. 허공이 거센 바람으로 변한다. 푸르른 하늘이 창백해진다. 끝없는 세계가 텅 빈다. 우리는 부재(不在) 한가운데에 있게 된다. 스스로의 죽음을 느낀다. 까마득한 곳에 있는 별을 갈구한다. 그윈플렌은 무엇을 느꼈을까? 갈증이었다. 데아를 보고 싶은 갈증이었다.

그는 단지 그러한 갈증만을 느끼고 있었다. 그린박스에 다시 돌아가는 것, 소란스럽고, 빛나고, 친절하고 선한 웃음으로 가득한 태드캐스터 여인숙으로 되돌아가는 것, 우르수스와 호모와 데아를 다시 보는 것, 오로지 삶으로 되돌아가는 것! 환멸은 음울한 힘에 의해 활시위처럼 당겨져, 인간이라는 화살을 진실을 향해 쏜다. 그윈플렌의 마음이 한층 급해졌다. 그는 타린조 필드에 가까이 왔다. 그는 더 이상 걷지 않았다. 달리고 있었다. 그의 두 눈은 앞에 펼쳐진 어둠 속으로 빠져들고 있었다. 자신의 시선을 앞세운 것이다. 수평선을 바라보며 가장 절박한 심정으로 항구를 찾는 셈이었다. 그가 태드캐스터 여인숙의 불 밝힌 창문들을 발견한 순간의 감격이 어떠했을까!

드디어 볼링그린에 도착했다. 그가 모퉁이 하나를 돌아서자 그의 정면, 풀밭 건너편에, 꽤 거리가 있는 여인숙과 마주했다. 그 장터에서 유일한 주거용 건물이었다.

그는 주의 깊게 바라보았다. 불빛이 보이지 않았다. 검은 덩어리만 보였다.

온몸이 떨렸다. 그러나 다음 순간, 너무 늦어서 선술집 문을 닫았고, 모든 사람이 잠자리에 든 것이라고 생각했다. 그러니 여인숙으로 가서 문을 두드려 나이슬리스나 고비컴을 깨우면 된다고 생각했다. 그는 여인숙을 향해 갔다. 더 이상 뛰지 않았다. 그는 돌진했다.

더 이상 숨도 제대로 쉬지 못하면서 여인숙에 도착했다. 심한 번뇌 속에 휩쓸리고, 영혼의 숨겨진 경련 속에서 몸부림치고, 자신이 죽었는지 살아 있는지조차 분별할 수 없는 상황에서도, 사랑하는 사람들에 대해서는 세심한 배려를 잃지 않는다. 그것이 따스한 마음의 정표이다. 모든 것이 깊은 구렁텅이 속으로 빠져들어도, 애정은 수면에서 유영(遊泳)한다. 데아를 급작스럽게 깨우지 말아야겠다는 생각이 즉시 그윈플렌의 머릿속을 차지했다.

그는 최대한 소리를 내지 않으며 여인숙으로 다가갔다. 고비컴이 침실로 사용하는, 옛날의 개집이 있었다. 천장 낮은 홀에 인접한 그 구석에는 광장 쪽으로 난 빛들이창 하나가 있었다. 그윈플렌은 그 창의 유리를 조심스럽게 긁었다. 그것으로 고비컴을 깨우기에 충분하다고 생각했다.

고비컴의 침실에서는 어떤 움직임의 기미도 보이지 않았다. 그는 '그 나이 때는 깊이 잠을 자지'라고 생각했다. 이번에는 손등으로 유리창을 조용히 두드렸다. 아무것도 움직이지 않았다. 더욱 강하게 두 번을 두드렸다. 아무도 움직이지 않았다. 그는 약간 몸을 떨며, 여인숙 정문을 두드렸다.

대꾸하는 사람이 아무도 없었다.

'나이슬리스 아저씨는 나이가 드셨어. 아이들은 고집스럽게 자고, 노인들은 무겁게 잠을 자곤 하지. 어디 한 번 더 세게 두드려 볼까!'

그렇게 생각하면서도 그는 냉기의 전조를 느꼈다. 그는 유리창을 조심스럽게 긁는 것으로 시작해, 손등으로 두드리고, 출입문을 두드렸으며, 결국 그것을 마구 뒤흔들었다. 그러다 보니 오래된 추억이 떠올랐다. 그가 어렸을 때 아기였던 데아를 품에 안고, 웨이머스에서 겪은 일이었다.

그는 귀족처럼, 안타깝게도 정말 귀족이었지만, 세차게 문을 뒤흔들었다.

집은 여전히 침묵했다. 그는 점점 광기에 사로잡혔다.

더 이상 조심하지 않았다.

“나이슬리스! 고비컴!”

큰 소리로 이름을 불렀다.

그러면서 창문을 바라보았다. 혹시 누군가 촛불을 켜는지 보기 위해서였다.

여인숙 안에는 아무것도 없었다. 사람의 목소리도 들리지 않았다. 바스락대는 소리조차도 들리지 않았다. 불빛 한 줄기도 어른거리지 않았다.

이번에는 마차가 드나드는 정문을 두드리고 밀어 보며 미친 듯이 흔들어 보았다. 이번에는 고함치듯 이름을 불렀다.

“우르수스! 호모!”

늑대의 울음소리도 들리지 않았다.

그의 이마에 식은땀이 맺혔다.

주위를 한번 둘러보았다. 어둠이 짙었지만, 별빛 덕분에 장터의 모습이 어느 정도 선명히 드러났다. 그가 본 한 가지 스산한 것은, 모든 것이 감쪽같이 없어졌다는 사실이었다. 볼링그린에는 단 한 채의 가건물도 볼 수 없었다. 서커스장도 없었다. 텐트도, 무대도, 수레도 사라졌다. 수천 가지 소음을 내며 그곳에서 굼실대던 떠돌이들이, 정체를 알 수 없는 표독스럽고 텅 빈 어둠에게 자리를 내주었다. 모두 떠났다.

광기에 가까운 불안에 휩싸였다. 그것이 도대체 무슨 의미일까? 무슨 일이 있었단 말인가? 더 이상 아무도 없다는 말인가? 그의 지난 삶이 모두 무너졌다는 말인가? 도대체 그들 모두에게 무슨 짓을 했단 말인가? 오! 맙소사! 그는 폭풍처럼 여인숙 건물로 달려 들어갔다. 협문과 정문, 창문, 덧문, 벽들을 닥치는 대로, 주먹과 발로, 두려움과 슬픔에 싸여서, 마구 두드렸다. 나이슬리스, 고비컴, 피비, 비노스, 우르수스, 호모 등을 큰 소리로 불렀다. 온갖 아우성과 소음을 그 벽에다 함부로 던졌다. 가끔 소동을 멈추고 귀를 기울였다. 여인숙 건물은 여전히 벙어리였고 죽은 것 같았다. 그는 격노한 듯 다시 시작했다. 부딪치고, 두드리며, 고함치고, 소란스러운 소리가 사방에서 반향이 되어 울렸다. 무덤을 깨우려는 천둥소리 같았다.

공포가 어느 정도를 지나면, 그것을 느끼던 사람이 끔찍하게 변한다. 모든 것을 두려워하다 보면, 마침내 아무것도 두려워하지 않게 된다. 스핑크스에게조차 발길질을 하게 된다. 낯선 사람을 함부로 다루기도 한다. 그는 가능한 모든 형상으로 난동을 부렸다. 그의 고함과 부르짖음은 영영 다하지 않을 듯, 비극적인 침묵을 향해 돌진하며 소동을 거듭했다.

그곳에 있을 법한 사람들을 백 번이고 부르며, 그들의 이름을 고함쳐 불렀다. 오직 데아의 이름만을 부르지 않았다. 정신을 잃을 지경이었지만 본능적으로 일어난 신중함 때문이었다.

물론 그 신중함은 그에게조차도 모호했다.

아무리 고함치고 불러도 소용이 없었으니, 남은 방법은 집 안으로 침입하는 것뿐이었다.

“집 안으로 들어가자.”

그는 중얼거렸다. 하지만 어떻게 말인가? 그는 고비컴의 침실 빛들이창 유리를 깨트리고 살이 찢기는 것조차 느끼지 못한 채, 안으로 손을 밀어 넣어, 창틀의 빗장을 당겨 창문을 열었다. 그러나 차고 있던 검이 방해가 되었다. 그는 칼집과 검, 혁대 등을 성난 사람처럼 땅바닥에 던졌다. 그리고 불거져 나온 벽면을 잡고 뛰어올라, 좁은 창문을 통해 여인숙 안으로 들어갔다.

구석방에 있던 고비컴의 침대가 흐릿하게 보였다. 그러나 고비컴은 없었다. 고비컴이 없으니 나이슬리스도 없을 것이 당연했다. 집 안이 온통 캄캄했다. 누구든 그토록 어두운 건물 내부에서는 빈 공간의 부동성과 막연한 두려움을 느끼게 된다. 그러한 막연한 두려움은 그곳에 아무도 없다는 것을 의미한다. 그윈플렌은 발작 증세를 일으키며, 탁자에 몸을 부딪치고, 식기를 밟고, 긴 의자들을 넘어뜨리고, 물병을 쓰러트리고, 가구를 넘어 홀을 가로질러 안마당으로 통하는 출입문 쪽으로 가서, 무릎으로 문을 부서뜨렸다. 문의 걸쇠가 한 번에 날아가 버렸다. 문이 돌쩌귀 위에서 저절로 돌았다. 안마당을 유심히 보았다.

그린박스는 더 이상 그 곳에 없었다.

2. 잔재

그윈플렌은 집 밖으로 나와 오락가락하며 타린조필드를 구석구석 뒤졌다. 전날까지 무대나 텐트, 오두막 등이 있던 곳에 빠짐없이 가 보았다. 그러나 그곳에도 역시 아무것도 없었다. 원래 사람이 거주하지 않는다는 사실을 잘 알면서도 노점상의 가건물 문을 두들겨도 보았다. 창문이나 출입문처럼 생긴 것이면 모두 두들겨 보았다. 그 어둠에서는 작은 음성도 흘러나오지 않았다. 죽음 같은 무엇이 그곳에 와 있었다.

개미탑은 철저하게 짓밟혀 있었다. 경찰이 어떤 조치를 취했을 것이다. 오늘날의 표현을 빌리자면, 약탈이 진행되었음이 확실했다. 타린조필드는 사막보다도 더 삭막했다. 그곳에는 절망이 감돌았다. 게다가 구석구석에 사나운 발톱이 할퀴고 지나간 자취가 있었다. 다시 말해 어느 누군가가 그 가엾은 장터의 호주머니를 뒤집어서 깨끗이 털어 간 것 같았다. 그윈플렌은 모든 구석을 샅샅이 뒤지고 볼링그린을 떠나, 이스트 포인트라고 부르는 지역의 구부러진 골목길로 들어섰다. 그러고는 템스강 쪽으로 걸었다.

양쪽에 담벼락이나 울타리밖에 없는 골목길들이 뒤섞여 있는 곳을 건너갔다. 그러자 물의 시원함이 공기 중에 느껴지고, 강물이 미끄러지듯 흘러가는 둔탁한 소리가 들리더니 어느 순간 난간 앞에 있었다. 에프록 스톤의 난간이었다.

그 난간은 매우 짧고 좁은 강둑의 블록 위에 놓여 있었다. 난간 밑에는 에프록 스톤의 높은 절벽이 어두운 물속에 수직으로 박혀 있었다.

그윈플렌은 그 난간 앞에서 걸음을 멈추고, 팔꿈치를 난간에 얹고 두 손으로 머리를 감쌌다. 그러고는 자기의 밑으로 흘러가는 물을 보며 생각에 잠겼다.

그는 물을 보고 있었을까? 아니다. 그러면 무엇을 바라보았을까? 어둠이었다. 외부에 있는 어둠이 아니라 내면에 있는 어둠을 보고 있었다.

그가 전혀 관심을 갖지 않는 야경 속에, 그의 시선이 전혀 뚫고 들어가지 않는 그 외면적 심층 속에 활대들과 돛대들의 윤곽이 어른댔다. 에프록 스톤 바로 밑에는 물결들만 있었다. 그러나 하류 쪽으로는 강둑이 점차 낮아져서, 어느 지점에 이르러서는 배 여러 척이 강변에 잇대어 정박하고 있었다. 배들과 육지는 돌이나 목재로 만든 정박용 작은 갑(岬)이나 널빤지로 만든 인도교로 이어져 있었다. 밧줄로 매어 놓은 것과 닻을 내려놓은 것이 있는데, 선박들은 모두 고정되어 있었다. 그곳에서는 사람들의 걸음소리도, 말소리도 들리지 않았다. 최대한 많이 자고 일을 하기 위해서만 일어나는 것이 선원들의 좋은 습관이었다. 그 선박들 중 간조 때 맞춰서 밤에 떠나야 할 배가 있을지라도, 선원들이 아직 잠에서 일어나야 할 시각은 아니었다. 검고 커다란 병 모양의 선체와 사닥다리에 걸려 있는 여러 색구(索具)가 흐릿하게 보였다. 모든 것은 납빛이었고 희미했다. 여기저기에서 고물의 붉은 등불이 안개를 뚫고 있었다.

그 모든 것이 물론 그윈플렌의 눈에는 보이지 않았다. 그가 주의 깊게 살피고 있던 것은 운명이었다.

그는 몽상에 빠져 있었다. 그는 잔혹한 현실 앞에서 넋을 잃은 몽상가였다.

그의 뒤에서 지진 같은 소리가 들려오는 것 같았다. 바로 귀족들의 웃음소리였다.

조금 전에 그가 그 웃음소리로부터 풀려나왔다. 나오면서 따귀도 맞았다.

누가 때렸던가?

그의 형이었다.

그리고 그 웃음소리로부터 빠져나와 따귀 한 대를 맞고, 상처 입은 새가 자기 둥지로 돌아오듯이 증오로부터 도망쳐 사랑을 찾아서 피신했는데, 그가 찾은 것은 무엇이었던가?

어둠뿐이었다.

아무도 없었다.

모든 것이 없어졌다.

그는 그 어둠을 그가 일찍이 꾸었던 꿈과 비교하고 있었다.

이 무슨 붕괴란 말인가! 그윈플렌은 지금 막 그 불길한 가장자리, 즉 허무의 가장자리에 도착했다. 그린박스가 떠나 버린 것은 곧 세계가 없어진 것이었다.

그의 영혼은 폐쇄되었다.

그는 깊은 생각에 빠져 있었다.

무슨 일이 생겼던 것일까? 다들 어디로 간 것일까? 그들을 치워 버렸음에 틀림없었다. 영달이라는 운명은 그윈플렌에게 충격이었고, 그 충격의 남은 영향은 그들에게 괴멸이라는 형태로 들이닥쳤을 것이다. 그가 그들을 영영 다시 볼 수 없을 것임이 확실했다. 틀림없이 그렇게 처리했을 것이다. 또한 동시에 그가 어떠한 단서도 찾지 못하게 하기 위해, 나이슬리스와 고비컴을 비롯해 장터에 머물던 모든 사람을 사라지게 한 것이다. 되돌릴 수 없는 잔혹한 분산 작업이었을 것이다. 상원에서 그를 가루로 만들어 버린 끔찍한 사회적 힘이, 초라한 오두막 속의 그들을 함께 분쇄해 버린 것이다. 그들 모두는 파멸했다. 데아도 없어졌다. 그로부터 영영 사라졌다. 신의 권능이시여! 지금 그녀는 어디에 있나이까? 더욱이 그곳에 머물러 그녀를 지켜주지도 못했다!

사라진 연인에 대해 추측을 하는 것 자체가 곧 자신을 고문하는 것이다. 그는 자신에게 그러한 고문을 행하고 있었다. 어느 구석으로 뛰어들어도, 어떠한 추측을 해도 그때마다 그의 내면에서 음산한 절규가 터져 나왔다.

그를 괴롭히던 일련의 사념이 이어지면서, 스스로 바킬페드로라고 부르던, 불길한 사람임에 확실한 남자가 그의 머리에 떠올랐다. 그 사람이 그의 머리에 모호한 무엇인가를 적어 놓았는데, 그것이 다시 떠올랐다. 얼마나 무서운 잉크로 적었던지 글자들이 불로 이루어진 것 같았고, 그윈플렌은 자신의 사념 아래에서 수수께끼 같았지만 이제 그 뜻이 밝혀진 다음과 같은 말이 활활 타는 것을 보았다. '운명은 하나의 문을 열면, 다른 문은 닫습니다.' 모두가 이루어졌다. 그는 마지막 그림자들에게 뒤덮여 있었다. 모든 사람은 각자 자기 삶에서 자신만의 최후를 맞을 수 있다. 그것은 절망이다. 그 순간 영혼은 추락하는 별들로 가득 차 있다.

그는 그러한 지경에 이르러 있었다!

한 덩어리의 연기가 지나간 것이다. 그 연기 속에 그가 섞여 있었다. 연기는 그의 눈 위에서 짙어지고 있었다. 연기가 그의 뇌수에 들어갔다. 연기는 그를 외적으로 눈이 멀게 했고, 내적으로 취하게 했다. 그러한 상태가 연기 한 덩어리 지나가는 시간만큼 계속되었다. 그런 다음 모든 것이, 그의 삶의 흔적들이 연기와 함께 종적을 감추었다. 꿈에서 깨어난 후 그는 다시 홀로 남았다. 모든 것이 자취를 감추었다. 모든 것이 사라졌다. 모든 것이 죽었다. 밤이었다. 아무것도 없다. 그것이 그의 앞에 보이는 지평선이었다.

그는 혼자였다.

혼자라는 말의 동의어는 죽음이다.

절망은 계산하는 사람이다. 따라서 총계하는 것이 중요하다. 아무것도 그 계산에서 누락되지 않는다. 그는 모든 것을 합산하며, 단 몇 상팀*의 예외 역시 허용하지 않는다. 그는 벼락으로 쳤건 바늘로 찔렀건, 신이 행한 모든 짓을 꾸짖는다. 그는 운명의 선상에서 무엇으로 만족해야 할지를 알고 싶어 한다. 그는 추론하고 저울질을 하고 계산한다.

표면은 다시 음산하게 차가워지지만, 그 밑에는 이글대는 용암이 계속 흐른다.

그윈플렌은 자신을 검토한 후에, 운명을 검토했다. 뒤를 한 번 돌아보는 것은 끔찍한 요약이다. 산의 꼭대기에 올라가면 절벽을 바라보게 된다. 깊은 곳에 빠져 처박히면 하늘을 쳐다본다. 그러면서 중얼거린다. "내가 저곳에 있었는데!" 그윈플렌은 불행의 저 밑바닥에 와 있었다. 게다가 그 일이 어찌 그리도 빠르게 닥쳤는지! 불운의 흉악한 신속성이다. 불운은 어찌나 무거운지, 그것이 느리다고 믿을 수 있다. 그러나 전혀 그렇지 않다. 눈은 차가워서 겨울의 마비이며, 하얗기 때문에 수의

* 프랑스의 화폐 단위로 1상팀은 1프랑의 100분의 1이다.

의 부동성을 가지고 있을 듯해 보일 수도 있다. 하지만 그러한 생각은 눈사태를 통해 부정된다!

눈사태는 도가니로 바뀐 눈이다. 눈사태는 차갑지만 집어삼킨다. 눈사태가 그윈플렌을 덮쳤다. 그는 넝마처럼 찢겼고, 나무처럼 뽑혔고, 조약돌처럼 박혔다.

그는 자신이 추락한 과정을 하나하나 되짚어 보았다. 자신에게 질문을 던지고 그 질문에 답했다. 괴로움은 일종의 심문이다. 어떤 판사도 스스로를 심문하는 양심만큼은 치밀하지 않다.

그의 절망 속에 회한이 얼마만큼 있었을까?

그는 그것을 파악하기 위해서 양심을 해부했다. 그것은 큰 고통이 수반되는 생체 해부였다.

그가 자리를 비웠을 때 참사가 벌어졌다. 그 부재가 그의 의지였던가? 닥친 모든 일에 있어서 그에게 자유가 있었던가? 전혀 그렇지 않았다. 그는 시종일관 포로가 된 느낌이었다. 무엇이 그를 얽매고 억류했을까? 감옥? 아니다. 쇠사슬? 아니다. 그러면 무엇이었을까? 바로 끈끈이였다. 그는 권세라는 진창에 빠져 있었다.

겉으로 보기에는 자유롭지만, 자신의 날개가 꽁꽁 묶여 있음을 느껴 본 적 없는 사람이 있는가?

토끼를 잡는 덫과 비슷한 것이 놓여 있었다. 유혹을 느끼면 결국 포로가 된다.

하지만 그에게 내밀어졌던 것을 그는 그저 감내만 하였던가? 그의 양심이 그를 무겁게 짓눌렀다. 그가 감내하기만 했던 것은 아니었다. 그는 선선히 받아들였다.

어느 정도는 그에게 강제성과 의외성이 작용했다. 틀림없는 사실이다. 그러나 그도 어느 정도는 스스로를 되는대로 내버려두었다. 자신이 끌려가게 내버려 둔 것, 그것은 그의 잘못이 아니었다. 하지만 자신이 도취되도록 내버려 둔 것은 분명한 과오였다. 그가 질문을 받은 순간이 있었다. 매우 중요한 순간이었다. 바킬페드로라는 이가 그를 진퇴유곡의 곤경으로 몰면서 그윈플렌에게 한마디를 통해 자신의 운명을 정할 수 있는 기회를 제공했다. 그윈플렌은 충분히 거부할 수 있었다. 하지만 받아들였다.

경악 속에서 표한 수락으로부터 모든 것이 발생되었다. 그윈플렌은 그 사실을 알고 있었다. 수락이 남긴 쓰라린 결과였다.

하지만 그는 마구 몸부림을 쳤다. 자기의 권리와, 재산, 작위를 찾고 귀족으로서 선조들의 반열에 서고, 고아로서 아버지의 집으로 가는 것이 그렇게 큰 잘못이란 말인가? 그가 수락한 것이 무엇인가? 복원이었다. 그것은 누구의 뜻이었던가? 섭리의 뜻이었다.

그 순간에 그의 안에서 반항심이 꿈틀댔다. 어리석은 수락이었다! 도대체 무슨 거래를 했던가! 얼마나 멍청한 교환인가! 그가 섭리를 상대로 손해 보는 계약을 맺었다. 도대체 말이나 되는가! 연금 200만 파운드를 가지려고, 일고여덟쯤의 영지를 가지려고, 열둘쯤의 궁궐을 수중에 넣으려고, 도시의 저택들과 지방의 성들을 소유하려고, 100명의 시종을 거느리려고, 사냥개들과 사륜마차와 가문을 가지려고, 판관이자 입법자가 되려고, 왕처럼 관을 쓰고 진홍빛 가운을 입으려고, 남작이자 후작이라는 이름으로 행세하려고, 영국의 중신이 되기 위해 우르수스의 오두막과 데아의 미소를 내팽개치다니! 끊임없이 유동적이어서 침강하게 되는 거대한 세계를 얻기 위해 행복을 내팽개치다니! 바다를 얻으려고 진주를 내던진 셈이었다. 오! 분별력 없는 놈! 얼간이! 어수룩한 놈!

그때 반론이 떠올랐다. 그 근거도 매우 탄탄했다. 즉, 그를 사로잡았던 엄청난 행운의 열기 안에는 해로운 것만이 있지는 않았다. 만약 그 행운을 포기했다면 그 행위에는 이기심이 영향을 주었을 것이다. 또한 그것을 수용할 때, 아마도 의무감이 관여했을 수 있다. 별안간 귀족으로 변한 그가 무엇을 해야 했을까? 여러 사건이 얽히면 정신적인 당황스러움을 초래한다. 그의 내면에 그러한 현상이 일어났다. 서로 반대되는 명령을 내리는 의무감, 동시에 여러 방향을 향하는 의무감, 복합적이면서 대체로 자가당착적인 의무감 등 그러한 당혹감이 그를 사로잡고 있었다. 특히 코를레오네궁에서 상원으로 가는 사이에 그러한 당혹감은 그를 마비시켰고, 그는 저항하지 못했다. 우리의 삶에서 흔히들 상승이라고 부르는 것은 평범한 여정에서 불안한 여정으로 이동함을 의미한다. 그런 다음에는 직선 여정이 어디에 있는가? 누구에게로 가는 것이 첫째 의무인가? 친근한 사람들일까? 작은 가족 안에 있다가 큰 가족으로 옮겨 가지 않았는가? 상승하기 시작하면, 더해지는 무게가 정직성을 억누르는 것을 느낀다. 높이 올라갈수록 더 많은 의무감을 느낀다. 권리의 확장이 의무를 증대시키는 것이다. 아마 환상일지는 모르겠으나, 여러 갈래의 길이 한 번에 나타난다는 강박증에 사로잡힌다. 그리고 각 길의 입구에서 방향을 가리키는 양심의 손가락을 보았다고 생각한다. 어디로 가야 할까? 나갈까? 그대로 있을까? 앞으로? 뒤로? 어떻게 해야 할까? 의무에도 교차로가 있다니 기묘하다. 책임은 일종의 미로일 수도 있다.

그리고 어떤 사람이 이념을 안고 있을 때, 그가 특정한 사실의 화신(化身)일 때, 그가 살과 뼈로 이루어진 인물이자 하나의 상징적인 인물일 때, 그의 책임은 더욱 당황스럽게 되는 것 아니겠는가? 그윈플렌의 근심에 찬 고분고분함과 말 없는 불안은 바로 그것에서 시작되었다. 그러한 이유로 등원하라는 명령에 복종한 것이었다. 생각에 빠진 사람은 대체로 수동적이다. 그는 의무의 명령을 들은 것처럼 생각했다. 압제에 관해 토론하고 또 그것을 비판할 수 있는 곳으로의 진입. 그의 가장 깊숙한 열망 중 하나가 이루어지는 것 아닌가? 6천 년 전부터 인류를 억눌러 그 아래에서 헐떡거리게 하는 절대적 자의(恣意)의 살아 있는 견본, 그것도 끔찍한 사회적 견본인 그에게 겨우 발언권이 생겼다. 그 발언권을 거부할 권리가 그에게 있었던가? 저 높은 곳에서 활활 불붙은 혀가 그에게 떨어졌는데 자기의 머리만 빼낼 권리가 있었던가?

양심의 모호하고 현기증 나는 논쟁이 벌어질 때 그는 자신에게 무슨 말을 했을까? 그것은 아래와 같다.

'백성은 일종의 침묵이다. 나는 그 침묵의 훌륭한 변호사가 되겠어. 벙어리들을 위해 내가 말하겠어. 작은 사람들에 대해서는 큰 사람들에게, 약자들에 대해서는 강자들에게, 내가 말하겠어. 그것이 내 운명의 종착점이야. 신은 모든 것을 원하며 또 원하는 것을 행하지. 그윈플렌의 클랜찰리 경으로의 변신을 간직한 하드콰논의 호리병이 숱한 물결과 암류, 질풍을 뚫고 15년 동안이나 바다 위를 떠돌았지만, 그 노기가 가득한 것들이 호리병을 전혀 훼손치 못했다는 사실은 정말 놀라워. 나는 그 이유를 알겠어. 비밀에 싸인 운명들이 있지. 나는 내 운명의 비밀을 열 수 있는 열쇠를 가지고 있고, 그것으로 나의 수수께끼를 풀 수 있어. 나는 운명을 타고난 사람이야! 나에게는 사명이 있어. 가난한 사람들의 귀족이 되겠어. 입을 다물고 절망에 빠져 있는 모든 사람들을 위해 내가 말을 하겠어. 잘 알아들을 수 없는 웅얼거림을 통역하겠어. 으르렁거림과, 울부짖음과, 투덜거림과, 군중의 웅성거림과, 발음이 불명확한 불평과, 잘 알아들을 수 없는 목소리와, 무지와 고통으로 인해 인간이 뱉어 낼 수밖에 없는 짐승의 비명 같은 절규를 내가 통역하겠어. 사람들이 내는 소음도 바람 소리처럼 발음이 분명치 않아. 그들도 비명을 질러대. 하지만 아무도 그 뜻을 이해하지 못하지. 그렇게 비명 지르는 것은 입을 다무는 것이고, 입을 다무는 것은 곧 그들의 무장 해제야. 그러나 그 무장 해제는 강요된 것이고, 그들은 구원을 간절히 요청하고 있어. 내가 그 구원의 손길이 되겠어. 내가 고발 그 자체가 되겠어. 내가 백성의 말씀이 되겠어. 내 덕분에 모두들 알 수 있게 될 거야. 재갈을 뽑아 버린 피 흘리는 입이 되겠어. 모든 것을 말하겠어. 위대한 일이야.'

벙어리들을 대신해 말을 한다는 것은 미덕이다. 그러나 귀머거리들에게 말을 하는 것은 서글픈 행동이다. 그가 겪은 사건의 두 번째가 바로 그것이었다.

애달픈 일이다! 그는 실패하고 말았다.

되돌릴 수 없는 실패였다.

그가 믿었던 상승, 그 놀라운 행운, 그 겉모습이, 그의 발밑으로 가차 없이 무너져 버렸다. 이 얼마나 처참한 추락인가! 웃음의 포말 속으로 떨어지다니!

여러 해 동안 광막한 고통의 바다 위를 경직된 영혼으로 떠돌던 그는, 또한 그 어두운 그늘에서 비통한 절규를 모아 온 그는 자신을 강한 자라고 여겼다. 하지만 행운아들의 경박함이라는 큰 암초에 부딪혀 좌초했다. 그는 자신이 복수의 대행자라 여겼는데 다만 광대일 뿐이었다. 벼락을 치는 줄 알았는데 고작해야 그들을 간지럽게 할 뿐이었다. 그가 거두어 온 것은 감동이 아니라 조소였다. 그가 흐느끼자 모두들 즐거워했다. 그는 그 즐거움 밑으로 침몰해 버렸다. 서글픈 침몰이다.

게다가 그들이 웃은 것은 무엇 때문이었는가? 그의 얼굴에 새겨진 웃음을 보고 웃었다. 그가 영영 그 흔적을 간직하게 된 가증스러운 폭력, 지워지지 않을 즐거움의 표시로 변한 훼손, 성흔(聖痕)과 같은 그 이빨 드러내는 웃음, 압제자들 밑에 짓눌린 백성들의 거짓 만족감의 영상, 고문을 가해 만든 기쁨의 가면, 그가 얼굴에 달고 다니는 냉소의 극치, 유수 레기스를 뜻하는 상흔, 국왕이 그에게 저지른 범죄 증명서, 백성 전체에게 왕권이 저지른 범죄의 상징, 그것이 그를 상대로 승리를 거두었고 그것이 그를 짓눌렀다. 그것은 분명 망나니를 나무라는 고발장이었건만, 희생자를 단죄하는 판결문으로 바뀌었다. 정의의 놀라운 거부이다. 왕권은 그의 아버지를 눌러 이긴 다음, 그마저도 눌러 이겼다. 이미 저지른 악이, 저지를 악의 명분과 동기로 이용되었다. 귀족들은 누구에게 분개했는가? 고문을 가한 사람에게? 아니다. 고문을 당한 사람에게 분개했다. 여기에는 왕좌가, 저기에는 백성이 있다. 여기에는 제임스 2세가 있고, 저기에는 그윈플렌이 있다. 그러한 대질이 물론 하나의 음모, 그리고 하나의 범죄를 세상에 드러냈다. 무엇이 음모냐고? 불평. 무엇이 범죄냐고? 고통스러워하는 것. 비참함은 스스로를 숨기고 입을 다물지니, 그러지 않는다면 비참하다는 사실 자체가 대역죄이다. 그렇다면 그윈플렌을 빈정거림이라는 사립짝 위에 실어 끌고 다니던 그 사람들은 못된 성품을 가졌을까? 아니다. 그러나 그들에게도 나름의 숙명이 있었다. 그 숙명은 그들이 행운아였다는 것이다. 그들은 망나니였지만 그러한 사실조차 몰랐다. 그들은 기분이 좋았을 뿐이다. 그들은 그윈플렌이 쓸모없다고 생각했다. 그가 배를 갈라 간과 심장을 뽑아내고 내장을 전부 그들에게 보였지만, 그에게 들려오는 소리는 이랬다. "코미디로군!" 슬픈 일은 그가 웃고 있었다는 사실이다. 무서운 쇠사슬이 그의 영혼을 묶고 있어서 그의 생각이 얼굴까지 올라오는 것을 막고 있었다. 안면의 왜곡이 그의 영혼까지 미쳤고, 그리하여 그의 양심이 분개하는 동안 그의 얼굴은 양심의 말을 부정하며 낄낄댔다. 모든 것이 끝장이었다. 그는 눈물 흘리는 세계를 떠받치고 서 있는 카리아티데스*였다. 그는 불행으로 가득한 세계의 무게를 견디며 웃음과 빈정댐과 다른 이

* 여인상으로 된 돌기둥이다.

들을 즐겁게 해 주는 역할에 영영 갇힌, 폭소의 모습으로 응고된 극도의 괴로움이었다. 그는 모든 압제 받는 이들의 화신이었고 단 한 번도 진지한 시선을 받지 못하는 가증스러운 숙명을 그들과 공유했다. 사람들은 그의 절망을 조롱거리로 삼았다. 그는 불운의 무시무시한 응축물에서 솟구쳐 나온, 지하 감옥에서 탈출한, 신의 앞을 지나온, 하층민의 바닥에서 올라와 왕좌 밑에 도착한, 그리고 별들과 섞여 저주받은 이들을 즐겁게 해 준 후에 선택 받은 이들을 즐겁게 해 주는, 정체 모를 거대한 익살광대였다! 관대함, 열광, 웅변, 따스한 심정, 영혼, 격분, 노여움, 사랑, 형언할 수 없는 슬픔 등 그의 내면에 있는 모든 것이 결국 폭소로 이르게 되었다! 그는, 그가 귀족들에게 말했듯이 자신이 예외가 아님을 확인했다. 또한 그것이 지극히 정상적이고 일상적이며 보편적인 현상이고, 광대하게 퍼진 가장 지배적인 현상이기 때문에 삶의 인습에 뒤섞여 사람들이 미처 눈치채지 못하는 것임을 확인했다. 굶어 죽어 가는 사람이 웃고, 거지가 웃고, 도형수가 웃고, 매춘부가 웃고, 고아가 끼니거리를 벌기 위해 웃고, 노예가 웃고, 병사가 웃고, 백성이 웃는다. 인간 사회는 하도 특이하게 만들어져서, 모든 파멸과 모든 가난, 모든 참사, 모든 열병, 모든 궤양, 모든 단말마의 고통이 심연 위에서 즐거움의 무시무시한 찡그림으로 이르게 된다. 그윈플렌이 바로 그러한 찡그림의 모든 것이었다. 찡그림이 곧 그였다.

세상을 다스리는 미지의 힘, 즉 저 높은 곳에 있는 법칙께서 가시적이고 촉지할 수 있는, 다시 말해 살과 뼈로 이루어진 유령 하나, 흔히 세계라고 부르는 흉물스럽고 우스꽝스러운 모조품을 단적으로 요약해 주기를 바랐는데 그윈플렌이 바로 그 유령이었다.

치유할 수 없는 운명이었다.

"고통에 시달리는 사람들에게 자비를 베푸시오!"

그렇게 외쳤건만 허사였다.

그는 자비심을 일깨우기를 원했다. 그러나 공포를 일깨우고 말았다. 그것이 유령들의 출현 법칙이다.

그는 유령이면서 또한 인간이었다. 그 복잡함이 그를 괴롭혔다. 겉보기에는 유령이지만 내면은 인간이었다. 아마 그 누구보다도 더 인간적이었을 것이다. 그의 이중적 운명이 인간 전체를 집약하고 있었으니 말이다. 또한 그는 자신 안에 인간을 간직하면서 자기 밖에 있는 인간도 느꼈다.

그의 삶에는 극복되기 어려운 대상이 있었다. 그는 누구인가? 아무것도 상속받지 못한 사람인가? 아니다. 그는 귀족이었다. 그러면 무엇인가? 귀족인가? 아니다. 반항아이다. 그는 빛을 가져오는 사람이었다. 흥취를 깨는 무서운 존재였다. 그가 사탄이 아니라는 것은 틀림없다. 그러나 루시퍼였다. 그는 횃불 하나를 손에 들고 음산하게 모습을 드러냈다.

누가 음산하게 보았을까? 음산한 자들이 그렇게 보았다. 누가 보기에 무서웠을까? 두려워하는 자들이 무섭게 보았다. 그들은 그러한 이유로 그를 배척했다. 그들 중 한 명이 되는 것? 받아들여지는 것? 그것은 영원히 불가능하다. 물론 그의 얼굴에 보이는 장애물은 무시무시하다. 하지만 그의 사상 속에 존재하는 장애물을 넘어서는 것은 더욱 힘들었다. 사람들에게는 그의 얼굴보다 그의 말이 더욱 흉악망측해 보였다. 숙명에 따라 강하고 힘센 자들의 세계에서 태어났다가, 또 다른 숙명에 의해 그 세계에서 벗어났던 그는 그 세계에서 사용하는 사유를 펼 수 없었다. 사람들과 그의 얼굴 사이에 가면이 있었다면, 사회와 그의 지성 사이는 벽으로 가로막혀 있었다. 어린 시절부터 떠돌이 광대로, 활기가 가득 차 있는 커다란 세계인 군중과 뒤섞여 자라면서 그 생기를 가득 받아들였다. 게다가 자신의 몸에 광대한 인간의 영혼을 스며들게 하면서, 모든 사람의 상식 속으로 섞여 들어가 지배 계급 특유의 감각을 상실했다. 저 높은 곳에서는 그를 수용할 수 없었다. 그가 진실의 물에 흠뻑 젖었기 때문이다. 그에게서 심연의 고약한 냄새가 났다. 그것이 거짓의 향수를 뿌린 귀족들에게 혐오감을 일으켰다. 허구로 살아가는 사람에게는 진실의 맛이 거슬린다. 어쩌다가 아부에 목마른 사람이 진실을 마신다면, 즉각적으로 토해 낸다. 사람들 앞에 그윈플렌이 가져온 것을 선뜻 내놓기는 어려웠다. 그것이 무엇이냐고? 그것은 이성과 지혜와 정의였다. 모든 사람들이 그것을 역겨운 표정으로 바라보며 거부했다.

그윈플렌은 주교들에게 신을 데려다 주었다. 주교들은 '이 침입자는 누구지?'라는 반응을 보였다.

극(極)은 서로 배척하므로 어떠한 융합도 이루어질 수 없다. 전이(轉移)는 없다. 우리는 벌써 격노한 고함이라는 결과만을 얻었던, 그 기막힌 대면 장면을 보았다. 그 대면은 한 사람 속에 응축된 비참함과 한 카스트에 응축된 오만이 서로 마주 본 것이었다.

규탄은 의미가 없다. 확인하는 것만으로도 족하다. 그윈플렌은 운명의 길가에서 생각에 잠겼다. 그리고 자기의 노력이 부질없었음을 확인하고 있었다. 저기 높은 곳의 난청증도 함께 확인했다. 특전을 누리는 사람들은 아무것도 없는 사람들에게 귀를 열어 놓지 않는다. 특전 받은 이들이 잘못한 것일까? 아니다. 슬프게도 그들의 법인 것이다! 그러므로 그들을 용서하자. 흥분하면 자기 자신을 포기하게 된다. 나리들과 군주들이 있는 곳에서는 어떤 기대도 해서는 안 된다. 만족감에 빠져 있는 사람은 냉혹한 사람과 같다. 포식한 사람은 배고픈 사람을 알지 못한다. 행운아들도 모르고 있으며, 그렇기 때문에 자신을 고립시킨다. 지옥의 문지방처럼 낙원 문지방에도 이런 글귀가 있어야 한다.

'모든 희망을 버려라.'

그윈플렌은 마치 신들이 있는 곳으로 들어간 유령 같았다.

그윈플렌은 그의 내면에 있던 모든 것들이 불끈 치밀어 오르는 것을 느꼈다. 그는 유령이 아니라 인간이었다. 그는 그 사실을 말했다. 그리고 자신은 인간이라고 부르짖었다.

그는 유령이 아니라 팔딱대며 살아 움직이는 살이었다. 그에게는 생각할 수 있는 뇌가 있고, 사랑할 수 있는 심장이 있고, 희망을 품을 수 있는 영혼이 있었다. 그의 잘못은 분에 넘치는 희망을 가졌다는 것, 그것이 전부였다.

슬픈 일이다! 그는 화려하면서도 음침한 것인 사회를 신뢰할 만큼 스스로의 희망을 과장했던 것이다. 그래서 바깥에 있던 그가 그 안으로 들어갔다.

사회는 즉시, 한 번에, 동시에 세 가지의 제안을 했고, 세 가지의 선물을 주었다. 바로 결혼과 가족과 카스트였다. 결혼? 그는 매춘의 문턱에서 결혼을 보았다. 가족? 그의 형은 뺨을 때렸고 다음 날 손에 검을 들고 기다린다고 했다. 카스트? 귀족인 그의 앞에서, 불쌍한 그의 앞에서, 그가 속한 카스트는 웃음을 터뜨렸다. 그는 받아들여지기도 전에 내쳐졌다. 그 깊숙한 사회적 암흑 속으로 디딘 첫 세 걸음이, 그의 발 아래에 심연의 입구 세 개를 열어 두었다.

배신적인 변신에서 그의 고난이 비로소 시작되었다. 신격화라는 가면을 쓰자마자 고난이 접근했다! '올라가!'는 '내려가!'라는 뜻이었다.

이는 욥과는 정반대의 경우였다. 그의 역경은 번영에서 시작되었다.

아! 인간의 비극적인 수수께끼! 마침내 함정이 그 모습을 나타냈구나! 어린 시절 밤과 싸웠을 때 그가 밤을 이겨냈다. 어른이 돼서 숙명에 항거하며 싸워 숙명을 이겨냈다. 얼굴이 훼손되었으나 스스로 빛나게 만들었고, 불운했지만 행복한 사람이 되었다. 그는 유배지를 피신처로 바꾸었다. 부랑자로서 허공과 싸웠으며, 허공을 날아다니는 새들처럼 자기 몫의 빵 조각을 얻었다. 야생 동물처럼 외로운 형편에서 대중과 싸워, 그 대중을 연인처럼 다정한 벗으로 만들었다. 강인한 투사로서, 백성이라는 사자와 결투를 벌여 백성을 길들였다. 빈자로서 궁핍과 싸우며, 생존의 음울한 조건과 용감하게 겨루었고, 가난에 마음의 즐거움을 혼합하여 가난을 부로 바꾸어 놓았다. 그는 스스로를 인생의 승자라고 생각할 수 있었다. 갑자기 미지의 세계 저 밑에서 새로운 세력이 솟구쳐 올라왔다. 그것은 위협적이지도 않았고, 오히려 애무와 미소까지 동반하고 있었다. 그는 천사의 사랑에 젖어 있었다. 그런 그의 앞에, 드라콘*적이고 물

* 아테네의 입법가다. 드라콘 법전은 억압적인 법적 조치를 의미한다.

질적인 사랑이 모습을 드러냈다. 이상을 식량처럼 여기고 살아가던 그를 움켜잡은 것은 살이었다. 그리하여 광기의 비명 같은 관능의 말을 들었다. 그리고 마치 똬리 튼 뱀 같은 여인의 팔이 자신을 휘감는 것도 느꼈다. 거짓의 매혹이 진실의 광명 뒤에서 모습을 드러냈다. 살이 아니라 영혼이 진실이다. 살이 재라면 영혼은 불꽃이다. 그와 가난과 노동의 인연으로 단단하게 연결되어 있는 사람들, 진정한 자연 발생적 가족이었던 사람들은 사회적이고 순수하지 않은 혈연적 가족으로 대체되었다. 게다가 가족이 되기도 전에, 이미 싹텄던 형제 살해라는 행위와 마주했다. 안타까운 일이다! 그는 브랑톰의 '아들이 아버지에게 합법적으로 결투를 신청할 수 있다'라는 말이 가리키는 사회 속에 다시 분류되게 놔두었다. 당연히 그는 브랑톰의 책을 읽지 못했다. 운명적인 행운이 그에게 외쳤다. '너는 대중의 한 사람이 아니야. 너는 선택받은 자야.' 그리고 하늘의 뚜껑을 열듯이 사회의 천장을 열고, 그 사이로 그를 내던져서 왕족들과 상전들 가운데에 사나운 모습으로 나타나게 했다. 박수갈채로 환영하던 백성들 대신, 그를 저주하는 나리들이 그를 에워쌌다. 그의 변신은 서글픔이었다. 명예롭지 못한 입신(立身)이었다. 그의 모든 것이었던 유열(愉悅)은 일순간에 약탈당했다! 그의 삶은 야유의 함성에 모조리 털렸다! 그 독수리들의 부리는 그윈플렌을, 클랜찰리를, 귀족을, 광대를, 예전의 그의 운명을, 새로운 운명을, 갈가리 찢어버렸다!

장애를 극복하고 시작한 삶이 무슨 소용이 있단 말인가? 승리한 것에 무슨 유익함이 있단 말인가? 슬프고 안타까운 일이다! 절벽 아래로 다시 내리꽂혀지지 않는다면 운명의 여정은 끝나지 않는다.

반은 강압적으로, 반은 자의적으로* 그는 현실 대신 환상을, 진실 대신 거짓을, 데아 대신 조시안을, 사랑 대신 오만을, 자유 대신 권력을, 하찮지만 당당한 일 대신 불분명한 책임이 가득한 호화를 선택했다. 신이 있는 캄캄한 곳 대신 악마들이 모여 횃불이 이글이글 타는 곳을, 낙원 대신 올림포스에 손을 내밀었다!

그는 황금 과일을 깨문 후 바로 한 입의 재를 뱉었다.

그 결과는 비탄이었다. 도주, 파산, 폐허로의 추락, 태형을 당한 모든 희망의 소멸, 가늠하기도 어려운 환멸감이었다. 앞으로 무엇을 해야 하는가? 내일을 향할 때 그의 눈에 띄는 것은 무엇인가? 날카로운 검의 끝이 그의 가슴을 겨누고 있는데, 검의 손잡이는 형이 잡고 있다. 그에게는 무시무시한 검의 번쩍임만이 보였다. 그 뒤에는 조시안과 상원이 비극적 광경들로 가득 찬 흉측한 미광 속에 있었다.

---

* 와펀테이크에게 끌려간 후에 바킬페드로를 만났고, 자신의 유괴 상태에 대해 그는 동의한 적이 있다.

그리고 형, 그에게는 형이 위압적이고 용맹스러워 보였다! 그러나 그윈플렌을 보호해 주던 톰짐잭, 클랜찰리 경을 보호해 주던 데이비드 경을 얼핏 보았을 뿐이다. 그에게 뺨 한 대를 맞고, 그를 좋아하기 시작할 시간만이 있었다.

그 낙담을 어찌 말로 표현할 수 있을까!

이제 더 이상 멀리 갈 수 없었다. 사방을 둘러보아도 붕괴뿐이었다. 간다 한들 무슨 소용이 있겠는가? 절망의 밑바닥에는 온갖 고달픔이 있었다.

시험은 끝났다. 다시 시작할 필요가 없었다. 모든 패를 다 내놓은 도박사, 그가 바로 그윈플렌이었다. 그는 무시무시한 도박장으로 자신이 끌려갈 때 가만히 있었다. 기이한 환상의 중독 때문에 그는 자신이 하는 짓을 정확히 인식하지 못했다. 조시안을 얻기 위해 데아를 걸었고 그렇게 해서 딴 것은 괴물이었다. 가족을 얻기 위해 우르수스를 걸었다. 그렇게 해서 딴 것은 모욕이었다. 그는 귀족의 자리를 위해 광대의 무대를 걸었다. 그가 딴 것은 환호와 갈채가 아니라 저주였다. 인적 없는 볼링그린의 운명적인 초록색 융단 위에 그의 마지막 카드가 떨어졌다. 그윈플렌이 패배했다. 이제 지불할 시간이었다.

'어서 지불하게, 불쌍한 자여!'

벼락 맞은 사람은 꿈틀거리지 못한다. 그윈플렌은 미동 없이 서 있었다. 암흑 속에서, 움직이지 않고 꼿꼿하게 난간에 서 있던 그는 하나의 돌처럼 보였다. 지옥과 독사와 몽상, 이 모두는 스스로를 휘감는다. 그윈플렌은 무덤 속 나선계단 같은 사유의 깊은 곳으로 내려갔다.

자신이 일순간 스치듯이 본 차가운 세상을, 즉 결정적인 시선으로 다시금 찬찬히 살펴보았다. 사랑이 없는 결혼, 형제애가 없는 가족, 양심 없는 부, 정숙함 없는 아름다움, 공정성 없는 정의, 균형 없는 질서, 지성 없는 권력, 권리 없는 권위, 빛이 없는 화려함, 냉혹한 결산서였다. 그는 자신의 사유가 깊이 박혀 있는 절대적 시선으로 다시 한 번 살펴보았다. 운명과 상황과 사회와 자신을 하나하나 검토했다. 운명은 하나의 덫이었다. 상황은 하나의 절망이었다. 사회는 하나의 증오였다. 그윈플렌 자신은 정복당한 한 사람이었다. 그 순간에 그의 영혼 깊은 곳에서 절규가 터져 나왔다. 사회는 계모, 자연은 어머니이다. 사회는 육체의 세계, 자연은 영혼의 세계이다. 하나는 구덩이에 파묻힐 전나무 상자, 다시 말해 땅속 벌레들에게 이르러 사라질 관이다. 그러나 다른 하나는 날개를 활짝 펴고 여명 속에서 변신을 하고, 창공으로의 상승에 이르러 다시 시작한다.

절정에 오른 감회가 그윈플렌을 조금씩 엄습했다. 그것은 하나의 소용돌이였고 치명적이었다. 종말에 다다른 사물은 최후의 빛을 내뿜고 그 빛을 통해 모든 것을 다시 보게 된다. 판단하는 자는 으레 비교하기 마련이다. 사회가 그에게 해 준 것과 자연이 그에게 베풀어 준 것을 동시에 바라보았다. 자연은 얼마나 선의를 갖고 대해 주었던가! 영혼인 자연이 얼마나 많은 도움을 주었는가! 모든 것, 심지어 얼굴까지 빼앗겼던 그에게 영혼은 그것들을 다시 돌려주었다. 모든 것을, 심지어 얼굴까지도 돌려주었다. 오로지 그를 위해 창조된, 그의 추악함은 볼 수 없고 아름다움만을 볼 수 있는 천상의 눈먼 소녀 하나가 이 세상에 내려와 있었기 때문이다.

그런데 자신을 그녀에게서 떨어지도록 내버려 두었다! 그 사랑스러운 소녀에게서, 그 따뜻한 심장에게서, 그 다정함에게서, 그 앞 못 보는 성스러운 시선에게서, 이 세상에서 그를 볼 수 있는 단 하나의 시선에게서, 멀어져 갔다니! 데아, 그녀는 그의 누이였다. 맑고 푸른 하늘 같은 형제애가, 온 하늘을 담고 있는 신비가, 그녀로부터 그에게로 흘러 들어옴을 느꼈기 때문이다. 어린 시절, 데아는 그의 성처녀였다. 아이들 모두에게는 성처녀 하나가 있기 마련이다. 그리고 인생은 아무것도 모르는 어린 두 순결함 속에서, 순진무구 속에서 이루어지는 결혼으로부터 시작된다. 데아는 그의 아내이기도 했다. 두 사람에게는 후메나이오스의 우거진 나무 꼭대기의 가지에, 둘의 보금자리가 있었기 때문이다. 데아는 이상의 존재였다. 그녀는 그에게 있어 광명이었다. 그녀의 존재 없이는 모든 것이 허무했고 공허했다. 그는 햇살로 된 그녀의 머리카락들을 보았다. 데아 없이 그가 무엇이 될 수 있을까? 그가 무엇을 할 수 있을까? 그녀 없이 그의 어떤 부분도 살아남는 것은 불가능했다. 그런데 어떻게 그녀에게서 잠시라도 눈을 뗄 수 있었단 말인가? 오! 불행한 이로다! 그가 별과 자신 사이에 편차(偏差)가 생기도록 방치했고 끔찍한 미지의 인력이 편차를 바로 심연으로 변형했다. 그녀는, 그 별은 지금 어디에 있을까? 데아! 데아! 데아! 데아! 애달픈 일이다! 그는 자신의 빛을 잃어버렸다. 별이 사라진 하늘은 무엇인가? 그저 한 덩이의 암흑일 뿐이다. 왜 그 모든 것이 사라져 버렸는가? 오! 그는 얼마나 행복했었는지! 신께서 그를 위해 다시 만든, 애석하게도 너무나 완벽했던 에덴! 독사가 다시 돌아왔다! 그러나 이번에 유혹을 받은 것은 남자였다. 그는 유혹에 빠져 에덴 밖으로 나갔고, 그곳에서 무시무시한 덫에 걸려 검은 웃음의 카오스 같은 지옥에 떨어졌다! 불행이도다! 불행이도다! 얼마나 무시무시한 것들이 그를 홀렸는가! 조시안은 누구였나? 소름끼치는 여인, 짐승스러운, 거의 여신 같은 여인이었다! 그윈플렌은 이제 자신의 영광 저편에 건너가 있었고, 그래서 눈부심의 이면을 볼 수 있었다. 그것은 무척이나 음산했다. 영지는 기형이었고, 왕관은 흉악했고, 자주색 가운은 음울했으며, 궁전은 독을 지니고 있었고, 전리품과 조각상과 가문(家紋)은 모두 이상했으며, 그곳의 탁하고 수상한 공기는 사람들을 광인으로 만들었다! 광대 그윈플렌이 입던 넝마는 얼마나 찬란했던가! 그린박스와 가난, 즐거움, 제비들처럼 함께하던 그 달콤한 유랑 생활은 어디에 있단 말인가? 그 시절에는 서로의 곁을 떠나지 않았고, 저녁과 아침 모두 언제나 서로를 바라보았고, 식탁에서는 팔꿈치로 서로를 밀쳤고, 무릎을 맞댔고, 같은 잔으로 마셨으며, 작은 창문으로 햇살이 들어왔지만 그는 태양이었고 데아는 사랑이었다. 밤이면 서로가 멀리 떨어져서 잠들지 않았음을 느꼈으며, 그래서 그윈플렌 위로 데아의 꿈이 고요히 내려앉았고, 데아의 몸 위에 그윈플렌의 꿈이 신비롭게 피어오르곤 했다! 아침이 와서 잠에서 깨어나면 두 사람이 꿈속의 푸르른 운무(雲霧) 속에서 입맞춤을 하지 않았다고 자신있게 말할 수 없었다. 순진무구 그 자체가 데아에게 있었고, 모든 지혜로움이 우르수스에게 있었다. 이 도시 저 도시를 유랑할 때, 백성들의 선하고 순수한 즐거움이 그들에게는 노자이며 강심제였다. 그들은 유랑하는 천사들이었지만, 인간을 닮아 있어 이 지상에 있었고 날개가 없어 날아오를 수 없었다. 그런데 지금, 그들은 모습을 감췄다! 그 모든 것이 어디에 있는가? 모든 것이 흔적도 없이 사라진다는 것이 가능한가? 어떤 무덤에서 바람이 불어닥친 것인가? 그것들은 흩어져서 자취도 없이 사라졌다! 영원히 사라졌다! 애석하도다! 어찌할 수 없는 전능함은 작은 것들을 억압하였다. 그 전능함은 온갖 어둠을 가지고 있어, 어떤 일이든 할 수 있다! 그들에게 무슨 짓을 했는가?

하지만 그는 그곳에 없었다. 작위와 지위, 검을 가진 귀족으로서, 또는 주먹과 손톱을 가진 광대로서 그들을 지키고, 그들 앞을 가로막고, 그들을 방어했어야 했는데! 그 순간 아마도 모든 상념 중 제일 고통스러운 상념이 불현듯 떠올랐다. 그는 그들을 지켜줄 수 없었다! 그들을 사라지도록 한 사람은 바로 그였으니까. 그들에게서 그를, 클랜찰리 경을 지키기 위해, 그들과의 접촉에서 그의 존엄함을 단절시키기 위해, 비정한 사회적 절대 권력은 그들을 압제하였다. 그들을 보호하기 위해 그가 할 수 있는 최선의 방법은 그 스스로가 사라지는 것이다. 그러면 그들을 괴롭힐 이유가 없을 것이다. 그가 사라지면 그들을 편안히 생활하도록 놔둘 것이다. 그가 상념에 빠져들면서 얼음같이 차가운 사유가 시작된 것이다. 아! 왜 데아의 곁을 떠나는 자신을 놔두었는가? 그의 첫 번째 의무는 데아에 대한 것이 아니었던가? 백성에게 봉사하고 그들을 보호하기 위해서? 그러나 데아가 바로 백성이었다! 데아는 고아인 동시에 장님이었다. 그녀가 바로 인류였다! 오! 그들에게 무슨 짓을 저지른 것일까? 삶아지는 것 같은 혹독한 회한의 괴로움! 그의 부재가 활개를 치는 참화를 불러온 것이다. 그가 그곳에 있었다면 그들과 같은 운명을 공유할 수 있었을 것이다. 또는 그들과 함께 다른 곳으로 갈 수도 있었을 것이다. 아니면 그들과 함께 심연 속으로 모습을 감출 수도 있었을 것이다. 이제 더 이상 그들이 없는데, 그가 무엇이 될 수 있을까? 데아 없는 그윈플렌, 가능한 일인가! 데아 없이는 그 어떤 것도 존재할 수 없다. 아! 이제 모든 것이 끝났다. 그토록 소중했던 이들은 자취를 감추고 사라졌다. 모든 것이 없어졌다. 게다가 그윈플렌은 벌을 받고 저주를 받았는데 더 싸우는 것이 무슨 소용이 있단 말인가? 인간들에게도 하늘에게도 더 이상 기대하지 않았다. 데아! 데아! 데아는 어디에 있을까? 없어지다니! 아니, 없어지다니! 잃어버린 자신의 영혼을 되찾을 수 있는 곳은 단 하나, 죽음뿐이다.

정신을 잃고 비통함에 빠져 있던 그윈플렌은 결단을 내렸다. 단호한 태도로 손을 난간 위에 올려놓고 강을 바라보았다.

잠을 못 이룬 지 사흘째 되는 날이었다. 열이 심하게 났다. 그가 가졌던 명료한 생각들이 혼란스러워졌다. 그는 거부할 수 없는 잠의 욕구를 느꼈다. 잠시 동안 강물 위에서 몸을 숙이고 있었다. 어둠이 커다랗고 편안한 침대를, 무한한 어둠을 제공하고 있었다. 그것은 일종의 음울한 유혹이었다.

그는 정장 상의를 벗고 개어서 난간 위에 놓았다. 그 다음에는 조끼의 단추를 끌렀다. 조끼를 벗으려다가 주머니에 어떤 물건이 들어있다는 것을 느꼈다. 라이브러리언에게서 받았던 신사록이었다. 그는 신사록을 꺼내어, 밤의 흩어지는 미광 속에서 살펴보았다. 한 자루의 연필도 있었다. 그는 연필로, 첫 번째 빈 페이지에 두 구절을 썼다.

저는 이제 떠납니다. 형님 데이비드께서 저의 자리를 대신해 주시고, 행복하시기를 바랍니다.

그리고 서명을 했다.

퍼메인 클랜찰리, 영국의 중신.

그윈플렌은 조끼를 벗어 상의 위에 놓았다. 그러고는 그 위에 모자를 벗어서 올려놓았다. 그는 자신이 쓴 두 구절이 보이게 신사록을 편 다음, 모자 속에 놓고 바닥에서 조약돌을 집어서 그 위에 놓았다.

모든 일을 마치고, 그는 자신의 이마 위에 놓인 끝없는 어둠을 바라보았다.

그리고 눈에 안 보이는 심연의 줄에 당겨진 것처럼, 그의 머리가 천천히 숙여져 갔다.

난간 받침돌 사이에 구멍이 있었는데, 그 구멍으로 그가 발 하나를 밀어 넣고 일어서자, 난간의 상단보다 무릎이 높아졌다. 그래서 손쉽게 난간을 뛰어넘을 수 있었다.

그는 등 뒤로 두 손을 돌려 맞잡고 몸을 구부렸다.

"그래."

그가 혼잣말을 했다.

그윈플렌은 깊은 물을 뚫어지게 쳐다보았다.

그때, 혓바닥이 그의 손을 핥는 것을 느꼈다.

그는 몸을 떨면서 뒤돌아보았다.

그의 뒤에 호모가 있었다.

결말
밤과 바다

1. 경비견은 수호천사일지도 모른다

그윈플렌이 크게 소리쳤다.

"너로구나, 호모!"

호모가 꼬리를 흔들었다. 어둠 속에서 눈이 빛났다. 호모는 그윈플렌을 응시하고 있었다.

그러고는 다시 그의 손을 핥았다. 그윈플렌은 취한 사람처럼 잠깐 서 있었다. 거대한 희망의 회귀, 그는 그 떨림을 느낄 수 있었다. 호모, 천사의 환영처럼 보였다! 지난 48시간 전부터 벼락이라 부를 수 있는 모든 일을 경험했다. 그런데 아직 기쁨의 벼락이 남아 있었던 것이다. 그 벼락이 지금 떨어진 것이다. 다시 붙잡은 확실성, 또는 운명 속 미지의 신비스러운 인자함의 개입을 갑작스럽게 초래한 광명, 모든 기대를 버린 순간 무덤의 제일 어두운 구석에서 갑자기 치유와 해방의 기색을 나타내며 '나 여기 있어!'라고 외치는 생명, 모든 것이 마구 붕괴되는 위급한 그 순간에 손끝에 잡힌 버팀목, 그런 존재가 호모였다. 그윈플렌에게는 호모가 광명 속에 서 있는 것처럼 보였다.

갑자기 호모가 돌아섰다. 그리고 몇 걸음 걷더니, 그윈플렌이 따라오는지 확인하려는 것처럼 돌아보았다.

그윈플렌은 호모를 따라 걷기 시작했다. 호모는 꼬리를 흔들며 계속 걸어갔다.

늑대는 에프록 스톤 부두의 비탈로 들어섰다. 그 비탈은 템스강의 물가로 이어졌다. 그는 호모의 안내를 받으며 비탈을 내려갔다.

호모는 가끔씩 뒤돌아보며, 그윈플렌이 잘 따라오고 있는지 확인하곤 했다.

위급하고 특수한 상황에서, 다정한 짐승의 단순한 본능은 모든 것을 이해하는 지능과 같다. 짐승은 똑똑한 몽유병자인 것이다.

개는 주인의 뒤를 따라야겠다고 느낄 때와, 주인을 앞서야겠다고 느낄 때가 있다. 그럴 때는 인간의 정신을 짐승이 지휘한다. 깜깜한 어둠 속에서도 흔들리지 않는 후각은 뚜렷하게 볼 수 있다. 스스로 안내자 역할을 한다는 것이 짐승에게는 하나의 의무처럼 보인다. 앞에 장애물이 있으면, 사람이 그것을 넘을 수 있게 도움을 주어야 한다는 것을 짐승이 알까? 아마도 잘 모를 것이다. 또는 알 수도 있다. 어쨌든 어떤 경우라도 누군가가 짐승을 대신해 알고 있다. 이미 말한 것처럼 우리의 삶에서, 저 아래에서 오는 것으로 생각했던 엄숙한 구원이 사실은 저 높은 곳에서 오는 경우가 매우 많다. 신이 취할 수 있는 모습들 모두를 알 수는 없다. 그 짐승은 무엇인가? 바로 섭리이다.

물가에 도착한 후, 늑대는 템스강을 따라 만들어진 좁다란 혀 모양의 둔덕을 따라 하류로 향했다. 늑대는 어떤 소리도 내지 않았고 짖지도 않았다. 벙어리처럼 그저 걸어가기만 했다. 호모는 언제나 본능을 따랐고 자신의 의무를 행했다. 하지만 금지된 자에게서 볼 수 있는 사려 깊은 조심성이 있었다.

50여 보쯤 가고 난 다음에, 호모는 멈춰섰다. 오른쪽에 방파책(防波柵)이 보였다. 말뚝 위에 있는 승선대인 방파책 끝에 검은 덩어리가 어렴풋하게 보였다. 그것은 매우 커다란 선박이었다. 갑판 위 뱃머리 쪽에는 거의 구분하기 어려운 빛 한 줄기가 보였다. 곧 꺼질 것 같은 야등처럼 보였다.

늑대는 마지막으로 그윈플렌이 뒤에 있는지 확인하고, 방파책 위로 뛰어올랐다. 방파책은 긴 복도로, 바닥에는 마루를 깔고 역청을 칠했고 양쪽에 살문 모양의 난간이 세워져 있었다. 그 아래로 강물이 흐르고 있었다. 잠시 후 호모와 그윈플렌은 그 끝에 이르렀다.

방파책 끝에 정박하고 있던 선박은 네덜란드의 뚱보 선박 중 하나였고 앞뒤로 두 개의 상갑판을 가지고 있었다. 두 상갑판 사이에는 대형 선실 하나가 있었고 이 선실은 일본 선박들처럼 위가 열리고 깊숙했다. 사닥다리를 통해 그 밑으로 내려갔고 모든 뱃짐들을 그곳에 쌓았다. 그래서 뱃머리 갑판과 선미 갑판이 있고 가운데가 움푹 들어갔던 옛날 하천용 잡역선(雜役船)과 유사했다. 그 우묵한 곳의 바닥부터 화물로 채웠다. 아이들이 만드는 원형 돛단배와 매우 비슷한 형태이다. 상갑판 아래에 선실이 있는데, 선실과 중앙 화물칸 사이에 문이 있고 선실에는 빛이 들어오게 하는 현창(舷窓)이 있었다. 뱃짐을 차곡차곡 쌓을 때 짐들 사이로 통로를 만들어 두었다. 그 뚱보 선박들의 앞뒤 상갑판에 돛대 하나씩이 있었다. 뱃머리 돛대를 바울로, 선미 돛대를 베드로라고 불렀다. 그 두 사도가 교회를 인도하듯 선박을 그 두 돛대가 조정했기 때문이다. 선교(船橋) 하나가 앞뒤 갑판 사이의 통로 노릇을 했는데, 중국인들의 교량처럼 중앙 화물칸 위로 두 갑판을 이어주었다. 사나운 날씨일 때 선교 양옆의 난간을 내려뜨려서 화물칸의 지붕 구실을 하도록 만들어져서, 폭풍우가 몰아치면 선박은 완벽하게 밀봉되도록 설계되어 있었다. 선체가 무척 큰 그 선박들의 키 손잡이는 들보만큼이나 굵었는데 키를 쥐는 힘이 선체의 무게에 비례하도록 하기 위해서였다. 어른 셋, 그러니까 선장과 선원 두 사람과 소년 선원 한 명만 있으면 충분히 그 무거운 해양 기계를 움직일 수 있었다. 이미 언급했던 것처럼 앞뒤 상갑판에는 난간이 없었다. 그윈플렌 앞에 모습을 보인 선박은 온통 검은색으로 선체의 복부가 불룩했다. 선박에 쓰인 흰색 글자들이 어둠 속에서도 선명하게 보였다. '포그라트', '로테르담'.

당시에는 바다에서 벌어진 사건들, 특히 카르네로갑 주변에서 푸앙티 남작의 선박 여덟 척이 겪은 참사 때문에 프랑스 선단이 지브롤터 근처로 물러났었다. 영국 해협의 런던과 로테르담 간의 항로는 어떤 전함도 얼씬대지 못할 정도로 깨끗하게 청소되었다. 그래서 상선들이 호위선 없이도 항로를 자유로이 오갈 수 있었다.

'포그라트'라는 글자가 보이는, 그윈플렌이 다가간 그 선박은 선미 상갑판의 좌현이 방파책에 닿아 있었다. 갑판과 방파책은 거의 수평 위치에 있었고 방파책은 계단처럼 내려갈 수 있게 되어 있었다. 호모는 도약해서, 그윈플렌은 걸어서 선박 안으로 들어갔다. 그들이 도착한 장소는 선미 상갑판 위였다. 갑판에는 아무도 없었고 어떤 움직임도 보이지 않았다. 중앙의 우묵한 선실이 뱃짐들로 가득한 것을 보니 선적 작업이 끝났고, 함께 떠나는 승객이 있다면 출항 준비가 끝났으니 벌써 승선해 있었을 것이다. 하지만 그들은 밤새도록 항해가 계속될 것이므로, 상갑판 밑의 침실에서 잠을 자고 있는 듯했다. 그러한 경우에서는 승객들은 다음 날 아침에 일어나 갑판에 모습을 드러내는 것이 일반적인 일이었다. 승무원들은 출항 시간을 기다리며 당시 '선원실'이라고 부르던 구석진 방에서 밤참을 먹고 있었을 것이다. 선교로 이어진 앞뒤 두 상갑판의 적막함은 그러한 상황에서 기인한 것이다.

방파책에서는 달음질치던 늑대가 선박 위로 올라와서는 천천히 조심스럽게 걷기 시작했다. 꼬리를 흔들 때도 즐거워 보이지 않았다. 불안해 보였고 꼬리의 흔들림은 힘없고 슬퍼 보였다. 늑대가 선미 상갑판을 지나 뱃머리 상갑판으로 연결되는 통로를 건너갔다.

그윈플렌이 선교로 접어들자 흐릿한 불빛이 보였다. 물가에서 본 바로 그 빛이었다. 등은 뱃머리 돛대 밑동 주변의 바닥에 놓여 있었다. 등에서 나오는 빛을 통해, 밤의 캄캄한 풍경 속에서도 네 개의 바퀴가 달린 검은 물체를 볼 수 있었다. 그윈플렌은 우르수스의 낡은 오두막을 바로 알아보았다.

그 오두막은 그의 어린 시절을 싣고 다녔던 수레이자 거처였다. 그것은 굵다란 밧줄로 돛대 밑동에 매여 있었고, 바퀴에는 묶은 밧줄의 매듭이 걸려 있었다. 아마도 오랜 세월 동안 사용하지 않아서인지 매우 낡아 있었다. 사람과 사물 모두, 한가함만큼 황폐하게 만드는 것은 없다. 수레는 비참하게 기울어져 있었다. 폐용(廢用)은 수레를 중풍 환자로 만들었고, 더욱이 불치병인 노화에 걸려 있었다. 떨어지고 벌레 먹은 수레의 형태는 바로 폐허의 모습이었다. 수레를 이루고 있는 모든 것이 붕괴의 양상을 보였다. 쇠붙이는 녹슬었고, 가죽 조각들은 표면이 찢어졌으며, 목재 부분은 부식되어 있었다. 앞쪽 창문 유리에는 무수한 금이 보였고 그 유리를 가느다란 등불의 빛이 통과하고 있었다. 수레의 바퀴 모두 휘어져 있었다. 벽이 되어주었던 판자, 바닥, 굴대 등도 피곤에 기운을 다한 듯했고 전체적으로 극심하게 쇠약해져 호소하고 있는 것 같았다. 세워 놓은 두 채는 하늘을 향해 두 팔을 올려든 것처럼 보였다. 탈구된 수레는 붕괴를 눈앞에 두고 있었다. 호모를 매어 두던 쇠사슬이 수레 아래에 있었다.

자신의 삶과 희열과 사랑을 되찾으면, 미친 듯이 돌진해 그것들에게 달려드는 것이 철칙일 것이다. 그것은 자연도 원하는 바일 것이다. 절박한 동요에 둘러싸인 경우를 제외한다면 그것이 사실이다. 하지만 배신에 근접한 일련의 재앙으로부터 커다란 동요와 방황을 겪은 사람은 기쁨 속에서도 신중해지고, 사랑하는 이들에게 자신의 불행을 가져다줄까 봐 걱정하고, 스스로에게 음울한 전염성이 있을 것이라는 어렴풋한 생각 때문에 행복 속에서도 매우 조심스럽게 걸어간다. 다시 낙원의 문이 열려도, 그 안에 들어서기 전에 주위를 살핀다.

그윈플렌은 격정에 휩싸여 비틀거리면서도 주의를 기울여

바라보았다.

늑대가 조용히 자신의 쇠사슬 곁으로 가 앉았다.

2. 바킬페드로, 독수리를 겨냥했으나 비둘기를 쏘았다

오두막의 디딤대가 내려져 있었다. 출입문도 약간 열려 있었다. 오두막 안에는 아무도 보이지 않았다. 앞쪽 유리창으로 들어오는 희미한 불빛을 통해 오두막 안의 흐릿한 형체를, 그 근심 어린 장소를 볼 수 있었다. 밖에서 보면 담이었고 안에서 보면 치장벽이었던 낡은 판자 위에, 귀족들의 훌륭함을 찬양하는 우르수스의 글이 아직도 뚜렷하게 보였다. 출입문 근처에 있는 못에, 자기의 망토와 카펀고가 시체 공시장(公示場)에 걸려 있는 죽은 사람의 옷들처럼 걸려 있는 것이 그의 눈에 띄었다.

그는 조끼도 정장 상의도 입지 않았다.

오두막은 갑판 위 돛대 발치에 뉘여 있고, 옆에 놓인 등불이 비추고 있는 무엇인가를 가리고 있었다. 매트의 한 귀퉁이가 보였다. 매트 위에 누군가가 누워 있었다. 움직이는 그림자가 보였다.

누군가 말을 하고 있었다. 그윈플렌은 오두막 뒤에 몸을 숨기고 귀를 기울였다.

우르수스의 목소리였다. 겉으로는 차갑지만 속으로는 그토록 부드러우며, 그윈플렌을 어린 시절부터 크게 꾸짖으며 바르게 훈육한 그의 목소리에서 더 이상 예민함도 생기도 느낄 수 없었다. 그의 음성은 흐릿했고 낮았으며 말을 한 마디 마칠 때마다 한숨 소리에 섞여 흩어졌다. 간결하고 단호했던 우르수스의 예전 음성과 희미하게 닮았을 뿐이다. 그 음성은 행복을 잃은 사람의 것이었다. 음성도 유령으로 변할 수 있다.

우르수스는 대화가 아니라 독백을 하고 있는 것처럼 보였다. 모두들 알고 있지만, 독백은 그의 버릇이기도 했다. 그래서 편집광으로 통하기도 했다.

그윈플렌은 우르수스의 말을 한마디도 놓치지 않기 위해 숨을 죽였다. 그의 말이 들렸다.

"이런 배는 무척 위험해. 뚜렷한 테두리가 없으니 말이야. 혹시 배가 심하게 흔들리면 아무것도 사람들을 붙잡아 줄 수 없어. 날씨가 사나워지면 저 아이를 갑판 아래로 옮겨야 하는데, 끔찍하군. 조금이라도 잘못 움직이거나 두려움에 휩싸이면 동맥류가 파열될 수도 있어. 그러한 경우를 여러 번 보았지. 아! 그러면 우리는 어떻게 되는 거지? 저 애가 자고 있을까? 맞아. 자고 있어. 틀림없이 자고 있어. 혹시 의식이 없는 걸까? 아니야. 맥박이 무척 힘차게 뛰고 있어. 분명히 자고 있는 거야. 잠이란 집행 유예지. 이로운 무분별이기도 하고. 여기에 사람들이 와서 마구 걸어 다니지 못하게 하려면 어떻게 해야 할까? 만약 갑판 위에 누가 계시다면, 신사분들, 간청하오니, 조용히 해 주십시오. 특별한 볼일이 없다면, 이곳으로 오지 마십시오. 아시다시피, 몸이 허약한 사람은 매우 조심스럽게 대해야 합니다. 보시다시피 이 아이는 고열로 신음하고 있습니다. 아주 어린 소녀이지요. 어린 소녀가 열병에 시달리고 있습니다. 신선한 공기를 쐬라고 밖에 매트를 폈습니다. 사연을 설명 드리는 것은, 이 아이를 배려해 주시기를 바라는 뜻입니다. 이 아이는 매우 지쳐서 의식을 잃은 것처럼 매트 위에 쓰러져 있습니다. 그러나 자고 있습니다. 아무도 그녀를 깨우지 않았으면 좋겠습니다. 혹시 레이디들께서 계시면, 그분들께 말씀 드립니다. 어린 소녀는 보기만 해도 불쌍합니다. 저희는 가난한 광대일 뿐입니다. 간청하오니 조금만 호의를 베풀어 주십시오. 그리고 조용히 하는 것에 대가가 있어야 한다면 제가 대가를 치르겠습니다. 숙녀분들과 신사분들, 모두 감사드립니다. 혹시 거기 누가 계십니까? 아니야. 아무도 없어. 내가 말한 것은 완전하게 헛수고야. 잘된 일이지. 신사 여러분, 거기에 계신다면 감사드립니다. 그리고 거기에 계시지 않으시다면, 더욱 감사드립니다. 아이의 이마가 땀으로 흠뻑 젖었군. 자, 이제 감옥으로 돌아가 다시 굴레를 쓰자. 우리 곁으로 비참함이 다시 돌아왔어. 이제 다시 물결에 맡겨졌어. 어떤 손 하나, 보이지 않지만 우리 위에 있음을 항상 느낄 수 있는 그 무시무시한 손이, 우리를 운명의 어두운 곳으로 갑자기 돌려보냈어. 좋아, 그렇게 해보라고 해. 우리는 용기를 갖고 있어. 다만, 저 애가 병을 앓고 있으면 안 돼. 혼자 큰소리로 중얼대고 있으니 멍청이 같군. 하지만 저 애가 깨어났을 때 곁에 누군가 있어야 하니까. 누가 저 애를 갑자기 깨우는 일만 일어나지 않았으면 좋겠어! 제발, 소음만 없었으면! 저 애가 놀라서 벌떡 일어나게 하는 소란은 절대 안 돼! 누가 이쪽으로 걸어오면 무척 난감한 일이야. 이 배에 탄 사람들 모두는 벌써 잠들었을 거야. 그러한 양보에 대해서 섭리께 감사해야지. 그런데! 호모는 어디 있지? 정신이 없어 매어 두는 것을 깜박했군. 내가 무엇을 하고 있는지조차 모르겠어. 안 보인 지 한 시간도 넘었어. 자기 저녁거리를 찾으러 간 걸 수도 있어. 불행한 일이나 닥치지 않으면 좋을 텐데! 호모! 호모!"

호모가 꼬리로 부드럽게 갑판을 쳤다.

"거기에 있구나! 아! 거기에 있었어! 찬양할지어다, 신이여! 호모를 잃는다면, 그건 견디기 힘든 일이야. 저 애가 팔을 움직였어. 곧 깨어날 것 같아. 조용히 해, 호모. 이제 썰물이다. 금방 떠날 거야. 오늘 밤 날씨가 좋을 거야. 북풍도 없고 깃발도 돛대와 나란히 늘어져 있으니, 순항이 될 거야. 달은 어디쯤 있는지 도대체 알 수가 없군. 구름은 간신히 꿈지럭댈 뿐이야. 풍랑도 거세지 않을 거야. 분명히 날씨가 좋을 거야. 아이의 안색이 창백해. 허약해서 그런 거야. 아니야, 안색이 붉어. 신열 때문이지. 아니야, 얼굴이 발그스름한데! 건강이 좋군. 전혀 모르겠어. 가여운 호모, 내 눈이 잘 안 보여. 다시 삶을 시작해야 해. 우리는 일을 다시 시작해야 해. 우리 둘밖에 없어, 너도 보다시피. 너와 나, 우리 둘이 저 애를 위해 일을 할 거야. 저 애는 우리의 자식이지. 아! 배가 움직이기 시작하는군. 이제 출발하는 거야. 잘 있어라, 런던아! 좋은 저녁과 좋은 밤을 보내고, 마귀에게나 물려가기를! 오! 소름 끼치는 런던!"

배가 미끄러지는 흔들림이 느껴졌다. 방파책과 선미 사이의 간격이 벌어지고 있었다. 배의 저쪽 끝, 즉 선미에 남자 한 명이 서 있는 것이 보였다. 선박 안에서 이제 막 나와서 정박용 밧줄을 풀고 키를 움직이고 있는 선장이 확실했다. 오로지 물길만을 주시하는 그 남자는 네덜란드인과 선원이라는 이중의 침착성을 갖고 있는 사람답게, 물과 바람 말고는 듣지도 보지도 못하는 듯 키의 손잡이 끝 아래에서 어둠과 뒤섞여 좌현과 우현 사이를 오가며 선미 상갑판 위를 천천히 걸어 다녔는데, 들보 하나를 어깨에 둘러맨 유령 같았다. 갑판 위에는 그 사람 한 명만 있었다. 배가 강에 있는 동안에는 다른 선원이 필요하지 않았다. 잠시 후 선박이 강의 흐름을 따라서 움직였다. 배는 키질도 옆질도 하지 않고 하류를 향해 갔다. 썰물 때, 템스강은 동요가 크게 없어, 물결이 잔잔했다. 조수에 끌려 배는 빠르게 멀어져 갔다. 배의 뒤로는, 런던의 검은 배경이 안개 속에서 점점 희미해져 가고 있었다. 우르수스가 계속 혼잣말을 했다.

"상관없어. 저 아이에게 디기탈리스*를 먹여야겠어. 혹시 착란 증세를 일으킬까 봐 두려워. 도대체 우리들이 그 착한 신에게 무슨 잘못을 저질렀지? 모든 불행이 이토록 갑자기 들이닥치다니! 흉악한 악의 신속성이야. 떨어진 돌에 발톱이 돋아 있어. 종달새를 덮친 새매와 같지. 그것이 운명이야. 그래서, 아! 착한 내 자식, 네가 이렇게 병석에 누운 거야! 런던에 오는 사람들은 말하지. '아름다운 기념물이 가득한 커다란 도시야.' 서더크도 멋있는 구역이지. 그곳에 자리를 잡지. 그런데 이제 증오스러운 고장이 되었어. 내가 그곳에서 무엇을 할 수 있을까? 그곳을 떠나는 것이 흡족해. 오늘은 4월 30일이야. 나는 언제나 4월을 조심했어. 4월에는 행복한 날이 이틀밖에 없어. 바로 5일과 27일이지. 그리고 불행한 날이 나흘 있어. 10일, 20일, 29일, 30일이야. 그것은 카르다노의 계산에 따라 의심할 여지가 없어. 오늘이 어서 지나갔으면 좋겠어. 떠나니 마음이 좀 편안해지는군. 새벽이면 그레이브센드를 통과할 것이고, 내일 저녁에는 로테르담에 도착할 거야. 제길, 오두막 속에서 예전의 삶을 다시 시작해야 해. 우리가 오두막을 함께 끌어야겠지. 그렇지

* 독약의 원료로 사용되는 식물이다.

않아, 호모?"

늑대는 꼬리로 갑판을 가볍게 두들겨 자신의 동의를 알렸다.

우르수스의 독백이 이어졌다.

"도시에서 떠나듯, 슬픔에서도 벗어날 수 있다면! 호모, 우리는 아직도 행복할 수 있을 거야. 아! 더 이상 이곳에 없는 사람이 계속 옆에 있는 것처럼 느껴져. 살아남은 사람들 곁에 유령이 함께 있어. 호모, 내가 누구 이야기를 있는지 잘 알고 있지. 우리는 넷이었는데, 이제는 셋만 남았어. 인생은 우리가 사랑하는 모든 것을 잃어 가는 긴 과정일 뿐이야. 모두들 혜성처럼 각자의 뒤에 슬픔의 기다란 꼬리를 남겨. 운명은 극심한 고통을 끊임없이 우리에게 안겨 주어 우리의 넋을 나가게 하지. 그런데도 사람들은 늙은이들이 같은 말을 자주 중얼대는 것을 보고 놀라지. 노망난 늙은이들을 만드는 것은 절망이야. 나의 착한 호모, 뒤에서 계속 바람이 부는구나. 이제 세인트폴의 둥근 지붕이 하나도 보이지 않는군. 잠시 후면 그리니치 앞을 지날 거야. 여기에서 10킬로미터쯤 되는 곳이야. 아! 나는 사제들과 관리들과 하층민 무리들로 가득한, 가증스러운 도시들에게 영원히 등을 돌릴 거야. 나는 숲속에서 흔들리는 나뭇잎을 바라보는 것이 더 좋아. 이마에 땀방울이 계속 맺혀 있군! 팔뚝에 내가 꺼려하는 자주색 굵은 혈관이 보여. 그 속에 열이 있어. 오! 모든 것이 나를 죽이고 있어. 잠을 자거라, 내 아가. 오! 그래, 저

애가 자는구나."

그때 음성 한 가닥이 날아올랐다. 말로 표현할 수 없고, 멀리서 들리는 듯하며, 천상에서 오는 것 같기도 하고, 심연에서 오는 것 같기도 한, 신성하면서도 음산한 데아의 목소리였다. 그 순간 그윈플렌이 겪은 모든 것들이 사라졌다. 그의 천사가 말을 하고 있었다. 삶의 영역 바깥에 서서, 하늘이 들어와 가득 채운, 실신한 상태에서 하는 말을 듣는 것 같았다. 데아가 한 말은 이러했다.

"그는 잘 떠났어요. 이 세상은 그에게 어울리지 않아요. 다만 저도 그와 같이 가고 싶어요. 아버지, 저는 아프지 않아요. 방금 전에 하신 이야기들 모두 들었어요. 기분도 상쾌하고 몸도 건강해요. 단지 자고 있었을 뿐이에요. 아버지, 이제 곧 저는 행복해질 거예요."

"아가, 그게 무슨 말이냐?"

우르수스가 슬픈 목소리로 물었다.

"아버지, 슬퍼하지 마세요."

숨을 고르려는 듯이 잠시 멈췄다가 천천히 꺼낸 몇 마디 말이 그윈플렌의 귀에 들렸다.

"이곳에 그윈플렌은 없어요. 그러니까 저는 이제 장님이에요. 저는 지금까지 어둠을 몰랐어요. 그가 없는 것이 바로 어둠이에요."

잠시 말이 끊겼다가 다시 들려왔다.

"그가 날아가지 않을까 항상 걱정했어요. 그가 하늘에서 내려왔다고 생각했으니까요. 그는 갑자기 날아갔어요. 당연한 일이었어요. 영혼은 새처럼 날아가요. 그러나 깊숙한 곳에 있는 영혼의 둥지에는 모든 것을 끌어당기는 자석이 있어요. 그래서 저는 어디로 가면 그윈플렌을 다시 만날 수 있을지 알 수 있어요. 또한 제가 갈 곳에 대해 걱정하지 않아요. 걱정하지 마세요. 아버지, 저 먼 곳이에요. 나중에는 아버지도 우리에게 오실 거예요. 호모도."

호모가 자기 이름을 듣고, 갑판을 꼬리로 살짝 두드렸다. 그녀의 목소리가 계속 이어졌다.

"아버지, 그윈플렌이 더 이상 이곳에 없으니, 이제 모두 끝났어요. 제가 여기에 머물고 싶어 해도, 그것은 불가능한 일이에요. 숨을 억지로 쉬어야 하기 때문이에요. 불가능한 일을 요구해서는 안 되겠지요. 그윈플렌과 함께할 때, 당연한 일이지만, 저는 살아 있었어요. 이제 그윈플렌이 없으니, 저는 죽은 거예요. 어차피 그가 돌아오거나, 제가 이곳을 떠나거나 모두 마찬가지예요. 그는 돌아올 수 없어요. 그러니 제가 떠나야 해요. 죽음은 정말 좋은 것이에요. 전혀 어렵지도 않고요. 아버지, 이곳에서 불이 꺼지면, 다른 곳에서 다시 불꽃이 일어나요. 우리가 지금 와 있는 이 땅에서의 삶은 상심의 연속이에요. 사람이 항상 불행하다는 것은 있을 수 없어요. 그래서 사람들은 아버지가 별들이라고 부르시는 그곳으로 가서, 결혼하고, 영영 헤어지지 않고, 서로 사랑하고, 사랑하고, 사랑해요. 그것이 착한 신의 뜻이에요."

"아가, 너를 괴롭히지 말거라."

우르수스가 말했다.

말은 계속되었다.

"이를테면, 그래요, 작년, 작년 봄에 우리는 함께했었고, 행복했어요. 지금은 그렇지 않아요. 도시의 이름은 잘 생각나지 않지만, 우리는 한 작은 도시에 머물렀어요. 나무들이 많았고, 꾀꼬리들의 노랫소리도 들리는 곳이었어요. 그런데 우리는 런던으로 왔어요. 그것은 모든 것들을 달라지게 했어요. 저는 책망하는 것이 아니에요. 낯선 고장에서는 어떤 일이 생길지 예측할 수 없어요. 아버지, 기억이 나세요? 어느 저녁, 큰 칸막이 좌석에 한 여인이 왔어요. 아버지께서는 그녀가 여공작이라고 말해 주셨어요. 그때 저는 슬펐어요. 작은 도시에 묵었다면 더 나았을 거예요. 그 일이 있은 다음 그윈플렌이 떠났으니 잘된 일이에요. 이제는 제 차례예요. 제가 아주 어렸을 때 어머니는 돌아가셨고, 눈이 쏟아지는 어느 날 밤에 저는 눈 덮인 땅바닥에 버려져 있었고, 역시 어렸던 그 또한 홀로 있었지만, 저를 주워서 품에 안았기 때문에 지금껏 제가 살 수 있었다고, 아버지께서는 자주 말씀해 주시곤 했죠. 그러니 오늘 제가 무덤 속으로 가서, 그원플렌이 그곳에 있는지 확인하려는 절대적 욕구를 느껴도 아버지는 놀라지 않으실 거예요. 우리의 삶에 존재하는 유일한 것은 심장이고, 삶이 끝난 후에 존재하는 유일한 것은 영혼이니까요. 제 말을 이해하시지요? 그렇지 않나요, 아버지? 그런데 무엇이 움직이나요? 움직이는 집 안에 들어와 있는 것 같아요. 그런데 바퀴 소리는 들리지 않아요."

말을 잠시 멈추었다가 몇 마디를 덧붙였다.

"저는 어제와 오늘을 잘 구분하지 못하겠어요. 한탄하는 것은 아니에요. 무슨 일이 일어났는지 전혀 모르지만, 어쨌든 많은 일이 있었던 것만은 확실해요."

모든 말에는 비탄과 함께 깊은 애정이 담겨 있었고, 그원플렌에게까지 들리는, 한 가닥 한숨 소리가 다음 말을 하면서 끝났다.

"그가 돌아오지 않으면, 저는 떠날 거예요."

우르수스가 우울하고 나지막한 목소리로 중얼댔다.

"돌아온다는 것은 믿지 않는다."

그가 말을 계속했다.

"이것은 배야. 왜 움직이느냐고 물었지? 우리가 배 안에 있기 때문이지. 이제 진정하려무나. 말을 너무 많이 하면 안 된다. 내 딸아, 조금이라도 내게 정이 있다면, 동요하지 말거라, 열을 내지 마라. 내가 많이 늙어서, 혹시라도 네가 아프면 감당 못할 것 같구나. 내 생각을 해서라도 아프지 말거라."

데아의 목소리가 다시 들려왔다.

"아무리 이 땅에서 찾은들 무슨 소용이 있을까요? 오직 하늘에서만 되찾을 수 있는데."

우르수스가 위엄을 섞은 목소리로 말했다.

"진정해라. 가끔은 네가 총명하지 못하게 보일 때가 있단다. 당부하는데, 제발 편안히 쉬도록 해. 그러면 네가 굳이 지하 유골 안치소 안의 광경을 알게 되는 일도 없을 거야. 네가 안정을 되찾아야, 나도 편안해질 것 같구나. 아가, 나를 위해서 조금이나마 노력을 해다오. 그가 너를 주웠다면, 나는 너를 보살폈다. 너는 스스로 네 몸을 상하게 하고 있어. 그것은 악행이란다. 마음을 가라앉히고, 잠을 자야 해. 모든 것이 잘될 거다. 내 명예를 걸고 단언컨대, 모든 일이 호전될 거다. 날씨도 매우 좋구나. 우리를 위해 특별히 마련된 밤 같구나. 내일이면 우리는 로테르담에 도착할 것이다. 뫼즈강 하구에 있는 네덜란드의 도시지."

"아버지, 알고 계시죠, 어린 시절부터 언제나 두 사람이 함께 있었으면, 그러한 삶이 망가져서는 안 돼요. 그러니까 죽을 수밖에 없어요. 다른 방법은 존재하지 않아요. 아버지를 사랑해요. 그러나 그에게 가지 않는다고 해도, 완전하게 아버지 곁에 있는 것 같지는 않아요."

"어서, 잠을 좀 청해 보거라."

우르수스가 억지로 권했다.

그 말에 대꾸하는 목소리가 들렸다.

"잠이 부족하지는 않아요."

우르수스가 매우 흥분하여 대꾸했다.

"우리는 네덜란드에 있는 로테르담이라는 도시로 간다."

"아버지, 저는 아프지 않아요. 걱정하시는 거라면, 안심하셔도 돼요. 열은 없지만 조금 더울 뿐이에요. 그게 전부예요."

우르수스가 중얼댔다.

"뫼즈강 하구로……."

"저는 괜찮아요. 아버지, 하지만 아시겠어요? 저는 제가 죽어간다는 것을 느껴요."

"그따위 생각은 하지도 말거라."

우르수스가 말했다.

그리고 한마디를 덧붙였다.

"충격을 받아서는 안 되는데, 제발!"

잠깐 동안 침묵이 흘렀다.

우르수스의 목소리가 갑자기 높아졌다.

"무슨 짓이냐? 왜 일어나느냐? 제발, 제발 누워 있어라!"

그윈플렌의 온몸이 전율에 휩싸였다. 그가 머리를 내밀었다.

3. 낮은 곳에서 다시 찾은 낙원

데아가 보였다. 그녀는 매트 위에서 꼿꼿하게 서 있었다. 하얗고 긴 드레스를 입었는데, 옷자락을 주의 깊게 여며서 어깨 위와 가냘픈 목만 드러내고 있었다. 소매는 팔을 전부 감쌌고, 긴 자락은 발까지 내려왔다. 손에 보이는 나뭇가지처럼 얽힌 푸르스름한 혈관들은 열 때문에 부풀어 있었다. 그녀는 몸을 떨면서 비틀거리는 것이 아니라 갈대처럼 휘청거렸다. 바닥에 있는 등불이 그녀를 아래에서 비추었다. 그녀의 아름다운 얼굴은 말로 표현할 수 없을 정도였다. 머리는 풀어 헤쳐져 있었고, 마치 물결처럼 넘실거렸다. 볼 위에는 한 방울의 눈물도 흐르지 않았다. 그녀의 눈동자에는 열렬함과 어둠이 동시에 존재했다. 안색은 창백했는데 지상에 사는 자에게 깃든 신성한 생명의 투명성과 비슷한 창백함이었다. 우아하고 가냘픈 그녀의 몸이 드레스의 주름과 하나가 된 것처럼 보였다. 온몸이 불꽃처럼 크게 흔들렸다. 그녀가 그저 그림자에 불과한 존재로 변하기 시작하는 것처럼 느껴졌다. 그녀의 크게 뜬 두 눈이 반짝거렸다. 그녀는 무덤에서 금방 나온 여인이며, 여명 속에 있는 영혼과도 같았다.

우르수스가, 그윈플렌에게 등을 보이고 있었는데, 질겁하며 두 팔을 들어 올렸다.

"오, 내 딸아! 아! 맙소사, 착란에 빠졌구나! 분명 착란 상태야! 내가 걱정하던 것이지. 충격을 받지 말아야 하는데! 조금만 잘못해도 저 아이가 죽을 수 있어. 아니, 저 아이가 미치는 것을 막기 위해서는 충격을 한번 주어야 해. 죽지 않으면 미쳐야 한다니! 이게 무슨 처지란 말인가! 아, 어찌해야 하나? 내 딸아, 빨리 다시 누워라!"

그러는 동안에도 데아의 말은 계속되었다. 그녀의 목소리에서 몽롱함이 느껴졌다. 그녀와 이 세계 사이를 마치 천상의 어떤 농액(濃液)이 가로막고 있는 것 같았다.

"아버지, 아버지가 잘못 보셨어요. 저는 착란에 빠지지 않았어요. 저에게 하시는 모든 말씀이 뚜렷이 들려요. 많은 관객들이 와서 공연을 기다리고 있고, 오늘 저녁에 제가 공연해야 한다고 방금 말씀하셨어요. 저도 공연을 하고 싶어요. 그래서 이렇게 하는 거예요. 그런데 어떻게 해야 할지 모르겠어요. 저와 그윈플렌, 모두 죽었으니 말이에요. 하지만 저는 왔어요. 저는 공연을 할 거예요. 저는 이곳에 있어요. 하지만 그윈플렌은 이곳에 없어요."

우르수스가 또다시 말했다.

"아가야, 어서 내 말을 들어라. 빨리 자리에 누우렴."

"그윈플렌은 더 이상 여기에 없어요! 여기에 없어요! 아! 어두워요!"

"어두움! 저 아이가 그런 말을 하는 것은 처음이야!"

우르수스가 중얼거렸다.

그윈플렌은 미끄러지듯이 조용하게 수레의 디딤대로 올라가 안으로 들어갔다. 그리고 자기의 카핀고와 어깨걸이 망토를 꺼냈다. 카핀고는 등에 걸치고 어깨걸이 망토는 목에 걸고 나서, 다시 내려왔다. 그런 후에도 수레와 선구와 돛대 뒤에 숨었다. 데아는 계속 중얼거리며 입술을 움직였다. 그 중얼거림이 점차 멜로디로 바뀌었다. 그녀는 착란 증상이 가끔 그칠 때, 〈정복된 카오스〉 공연에서 그윈플렌을 향해 숱하게 외치던 대사들을 힘겹게 겨우 기억해 냈다. 그녀가 노래하기 시작했다. 그러나 노래는 윙윙대는 꿀벌 소리처럼 희미하게 들렸다.

Noche, quita te de alli,

EI alba canta…….

밤이여, 물러가거라, 여명이 노래하노니.

그녀가 노래를 멈췄다.

"아니야, 그렇지 않아, 난 죽지 않았어. 내가 무슨 말을 했던 거지? 마음 아프게도! 나는 살아 있어. 나는 살아 있고, 그는 죽었지. 나는 이 아래, 그는 저 높은 곳에 있어. 그는 떠났지만, 나는 남아 있어. 그의 말과 발자국 소리를 더 이상 들을 수 없겠지. 신께서 잠시 이 땅에 낙원을 내려주셨다가 거두어 가셨어. 그윈플렌! 그와의 인연은 끝난 거야. 이제 내 곁에서 영영 그를 느낄 수 없을 거야. 절대 그럴 수 없겠지. 그의 목소리도! 나는 그 목소리를 다시 들을 수 없을 거야."

그녀는 다시 노래했다.

Es menester a cielos ir…….

……Dexa, quiero

A tu negro

Caparazon!

하늘로 가야 하리…….

……떠나라,

내 바라노니,

그대의 까만 너울을!

그녀는 끝없는 허공 속에서 의지할 것을 찾는 듯이 손을 뻗었다.

그윈플렌은 돌처럼 굳어 있는 우르수스 곁에 나타나, 그녀의 앞에 무릎을 꿇었다.

"다시는!"

데아가 말했다.

"다시는! 그의 목소리를 결코 들을 수 없을 거야!"
그리고 넋이 나간 채로, 다시 노래를 시작했다.

떠나라,
내 바라노니,
그대의 까만 너울을!

그때 한 가닥의 목소리가, 그토록 사랑하는 목소리가 그녀의 귀에 들렸다.

O ven! ama!
Eres alma,
Soy corazon.
오! 오라! 사랑하라!
그대는 영혼, 나는 심장.

그와 동시에 데아는 손끝에서 그윈플렌의 머리를 느낄 수 있었다. 그녀는 설명하기 어려운 비명을 질렀다.
"그윈플렌!"
그녀의 창백한 얼굴에 별처럼 환한 빛이 어렸고, 그녀는 쓰러질 것처럼 비틀댔다. 그윈플렌이 두 팔로 그녀를 받았다.

"살아 있었어!"

우르수스가 외쳤다.

"그윈플렌!"

데아가 다시 소리쳤다.

그녀의 머리가 휘어져서 그의 볼에 닿았다. 그녀가 속삭이듯이 말했다.

"하늘로부터 다시 내려왔어! 고마워."

그리고 그윈플렌의 무릎 위에 앉아 그의 힘찬 두 팔에 안긴 채, 애정으로 가득한 얼굴로 그를 바라보듯이, 그윈플렌의 눈에 암흑과 빛이 함께하는 자신의 두 눈을 고정시켰다.

"정말 너야!"

그녀의 말이었다.

그윈플렌은 그녀의 드레스를 온통 입맞춤으로 뒤덮었다. 말이면서, 비명이면서, 흐느낌이기도 한 언어가 존재한다. 온갖 희열과 온갖 슬픔이 뒤섞여, 뒤죽박죽된 그러한 언어로 폭발한다. 그 언어는 아무런 의미도 없는 것 같지만, 모든 것을 이야기한다.

"맞아, 나야! 정말 나야! 나, 그윈플렌! 네가 영혼인 그 사람, 알겠어? 나야! 너는 나의 아기, 나의 신부, 나의 별, 나의 숨결이야! 내가 왔어! 이곳에서 너를 가슴에 안고 있어. 나는 살아 있어. 나는 너의 것이야. 아! 모든 것을 끝내려 했던 그 순간을 생각하면! 조금만 늦었다면! 호모가 없었으면! 너에게 그 이야기를 해 줄게. 이토록 환희와 절망이 가까이에 있다니! 데아, 이제 살아야 해! 데아, 나를 용서해 줘! 그래! 나는 너의 것이야. 영원히! 네가 맞았어. 내 이마를 만져 보고 나를 확인해. 네가 사실을 알게 된다면! 그러나 이제는 그 무엇도 우리를 갈라놓지 못해. 나는 지옥을 벗어나 다시 하늘로 올라왔어. 너는 내가 다시 내려왔다고 했지만, 나는 다시 올라온 거야. 그래서 다시 네 옆에 와 있어. 영원히 네 곁에. 너에게 약속할게! 우리 함께! 이제는 우리가 함께 있어! 누가 상상이나 했을까? 우리는 다시 만났어. 이제 모든 고통은 끝났어. 우리 앞에는 오직 환희만 있어. 우리는 삶을 행복하게 다시 시작할 것이고, 그 문을 굳게 닫아서 더 이상 불운이 들어오지 못할 거야. 너에게 모든 것을 들려줄게. 아마 놀랄 거야. 배는 이미 떠났어. 그 누구도 배를 되돌릴 수 없어. 우리는 여행길을 떠났고, 또한 자유야. 우리는 네덜란드에 가서 결혼도 할 거야. 내가 생계를 꾸리는 데 큰 어려움은 없을 거야. 그것을 누가 막겠어? 더 이상 두려워하지 않아도 돼. 열렬히 너를 사랑해."

"너무 서둘지 말거라!"

우르수스가 말했다.

데아는 온몸을 떨며, 천상의 감촉에 전율하면서, 그윈플렌의 얼굴을 어루만졌다. 그녀의 말이 들려왔다.

"신의 모습이 이럴 거야."

그러고는 그의 옷을 만졌다.

"어깨걸이 망토, 이것은 카펀고. 아무것도 달라지지 않았어. 모두가 전과 똑같아."

우르수스는 크게 놀랐지만 크게 기뻐하며, 한편으로 웃고 한편으로 눈물을 흘리며 그들을 그윽한 눈길로 바라보다가 작은 소리로 혼잣말을 했다.

"나는 아무것도 모르겠어. 어처구니없는 바보 같군. 분명히 그가 묘지로 들려 가는 것을 내 눈으로 보았는데! 이런, 울다가 웃는군. 그것이 내가 아는 전부지. 나 역시 사랑에 빠지기라도 한 듯 우둔하군! 그래, 나도 사랑에 빠졌어. 저 둘에 대한 사랑에. 제길, 늙은 멍청이 같으니라고! 과도한 감동이야. 지나친 격정이야. 내가 우려하던 것이야. 아냐, 내가 바라던 것이야. 그윈플렌, 그 아이를 조심스럽게 다루어라. 저것들이 포옹을 하는구나. 내가 상관할 바가 아니지. 나는 구경만 할 뿐이야. 참 기이한 느낌이군. 저것들의 행복에 기생해서 내 몫을 챙기고 있구나. 나와 아무 상관없는데, 내가 저것들과 무슨 상관이라도 있는 것처럼 느껴져. 내 아이들아, 너희에게 축복을 내리마."

그렇게 우르수스가 독백하는 동안, 그윈플렌의 목소리가 커졌다.

"데아, 무척 아름다워. 최근 며칠 동안 어디에 정신을 두고 다녔는지 모르겠어. 이 지상에는 오로지 너 하나뿐이야. 너를 이렇게 다시 보았는데도, 아직 꿈인지 현실인지 모르겠어. 이 배 위에 와 있다니! 나에게 말해줘. 무슨 일이 있었던 거야? 이 지경으로 만들어 놓다니! 도대체 그린박스는 어디에 있지? 그것을 빼앗고, 내쫓았군. 뻔뻔하고 비겁한 짓이야. 아! 내가 복수를 할 거야! 데아, 너를 위해서 복수하겠어! 어디 두고 보자. 난 영국의 중신이야."

우르수스는 가슴에 별 하나가 와 부딪힌 듯 흠칫 놀라며 그윈플렌을 자세히 살폈다.

"녀석이 죽지 않은 것은 분명해. 하지만 미친 것일까?"

그는 의혹을 품은 채, 귀를 기울였다.

그윈플렌의 목소리가 다시 들렸다.

"안심해, 데아. 이 일을 상원에 고발할 테니까."

우르수스는 그를 꽤 오랫동안 바라보다가, 손가락 끝으로 자신의 이마 가운데를 가볍게 쳤다. 그리고 단념한 듯이 중얼거렸다.

"무슨 상관이야. 어쨌든 잘될 거야. 원한다면 미쳐라, 나의 사랑하는 그윈플렌. 미치는 것도 인간의 권리니까. 지금 나는 행복해. 하지만 그게 다 무슨 소리일까?"

선박은 빠르고 부드럽게 도망치듯 계속 흘러갔다. 어둠은 점차 짙어지고, 바다에서 몰려온 안개가 하늘을 차지하는데 그것을 쓸어버릴 바람은 조금도 없다. 몇 개의 별들만 어렵게 모습을 보이다가 하나씩 자취를 감추었다. 잠시 후, 이제는 아무것도 보이지 않았다. 하늘은 온통 암흑이었고, 그 끝을 알 수 없었고, 또 부드러웠다. 강의 폭이 넓어졌다. 강변의 좌우는 밤과 뒤섞인 가느다란 두 선에 불과했다. 그 어둠에서 깊은 평온함이 흘러나왔다. 그윈플렌은 데아를 껴안고 움츠린 채로 앉아 있었다. 둘은 대화를 하다가 탄성을 지르고, 재잘대다가 소곤거리기도 했다. 격정에 휩싸인 대화였다. 그들의 희열을 어떻게 형언할 수 있겠는가?

"나의 삶!"

"나의 하늘!"

"내 사랑!"

"내 행복의 전부!"

"그윈플렌!"

"데아! 나는 취했어. 너의 발에 입 맞추게 해 줘."

"정말 너구나!"

"할 이야기가 너무 많아. 무엇부터 시작해야 할지 모르겠어."

"키스해 줘!"

"오! 나의 아내!"

"그윈플렌, 나에게 아름답다는 말은 하지 마. 정말 아름다운 사람은 너니까."

"드디어 너를 되찾았어. 너는 내 가슴 속에 있어. 이제 됐어. 너는 내 것이야. 나는 꿈속에 있지 않아. 정말 너야. 가능한 일인가? 물론이야. 나는 다시 생명을 얻은 거야. 얼마나 많은 사건이 있었는지 네가 안다면. 데아!"

"그윈플렌!"

"사랑해!"

우르수스는 중얼거렸다.

"내가 할아버지의 기쁨을 맛보고 있어."

호모가 수레 아래에서 나와 조심스럽게 이 사람 저 사람 사이를 오가며 그 누구의 시선도 끌지 않고 때로는 그윈플렌의 투박한 구두와 카핀고를, 때로는 데아의 드레스를, 때로는 매트를 마구 핥았다. 그것이 호모만의 축복하는 방법이었다.

어느덧 채텀과 메드웨이강 하구를 지나고 있었다. 바다에 가까워졌다. 수면의 칠흑 같은 잔잔함 덕분에, 템스강을 따라 내려가는 일에는 어떤 장애도 없었다. 배를 조종할 필요가 없었기 때문에 선원을 갑판 위로 부르지 않았다. 다른 쪽 끝에서는 선장이 혼자 키의 손잡이를 잡고 있었다. 선미 상갑판 위에는 그 남자밖에 없었다. 뱃머리 상갑판 위에서는 등불 하나가 이제 막 만들어진 행복한 작은 무리를 비추었다. 갑자기 불행의 밑바닥에서 희열로 바뀐, 예상하지 못했던 합류 덕분에 이루어진 무리였다.

4. 아니, 천국에

문득 데아가 그윈플렌의 품에서 빠져나와 몸을 벌떡 일으켜 세웠다. 그녀는 마치 따라 움직이려는 그를 말리듯이, 그의 가슴에 두 손을 올렸다. 그리고 말했다.

“나에게 무슨 일이 생긴 것이지? 나에게 어떤 일이 일어났어. 기쁨이 나를 숨차게 해. 별일 아니야. 무척 좋아. 오! 나의 그윈플렌, 네가 다시 나타나면서 나를 기습했어. 행복의 일격이지. 가슴속으로 몽땅 들어온 하늘, 그것은 황홀경이었어. 네가 없을 때는 내가 죽어 가는 것을 느꼈어. 떠나려는 진정한 삶을 네가 나에게 되찾아 주었어. 나는 내 안에서 분열 같은 것을, 즉 암흑이 찢기는 것을, 그리고 생명이, 격정적인 생명이, 열기와 달콤함으로 된 생명이 솟아오르는 것을 느꼈어. 방금 네가 나에게 준 생명은 매우 이상해. 얼마나 천국 같은지, 조금은 고통스러울 정도야. 점차 커져 가는 영혼을 몸 안에서 감당하기 어려울 것 같아. 세라핀들의 생명과 충만함이 머리까지 솟아올라, 내 속으로 스며들고 있어. 내 가슴속에서 심한 날갯짓을 하는 것 같아. 기이한 느낌이 들지만, 나는 무척 행복해. 그윈플렌, 네가 나를 다시 살게 했어.”

그녀의 얼굴이 붉어졌다가 창백해졌고, 또다시 붉어졌다. 그리고 그녀가 쓰러졌다.

"아! 네가 그 아이를 죽였어!"

우르수스의 말이었다. 그윈플렌이 데아를 향해 두 팔을 내밀었다. 희열의 정점에 올라 있을 때 들이닥친 극도의 슬픔, 얼마나 큰 충격이었겠는가! 만약 데아를 부축하지 않아도 됐다면 그 자신이 쓰러졌을 것이다.

"데아! 무슨 일이야?"

그가 떨리는 목소리로 소리쳤다.

"아무 일도 없어, 사랑해!"

그윈플렌의 품에 안겨있는 그녀는 땅바닥에서 들어 올려진 천 조각 같았다. 그녀의 두 손이 축 늘어졌다.

그윈플렌과 우르수스는 매트 위에 데아를 눕혔다. 그녀가 희미한 목소리로 말했다.

"눕고 싶지 않아. 숨을 쉴 수가 없어."

그들은 그녀를 앉혔다. 우르수스가 급하게 말했다.

"베개!"

그 말에 데아가 먼저 대꾸했다.

"무엇에 쓰려고 하세요? 제게는 그윈플렌이 있는데요."

데아의 눈에는 음울한 착란 증세가 가득했다. 그녀를 뒤에서 받치고 있던 그윈플렌의 어깨에, 그녀가 머리를 기댔다.

"아! 얼마나 편안한지!"

그녀가 말했다.

우르수스가 그녀의 손목을 잡고 맥을 짚었다. 그는 머리를 양옆으로 흔들지도 않고, 그 어떤 말도 하지 않았다. 그리하여 흐르는 눈물을 참으려는 듯, 발작적으로 눈꺼풀을 급히 열고 닫는 빠른 움직임을 보고서야 그의 생각을 추측할 수 있었다.

"데아에게 무슨 일이 생긴 건가요?"

그윈플렌이 물었다.

우르수스는 데아의 왼쪽 옆구리에 귀를 가져다 댔다.

그윈플렌이 격정적인 기세로 다시 물었다. 우르수스는 아무 대답도 하지 않았다.

우르수스는 그윈플렌을 쳐다보고, 다시 데아를 보았다. 그의 안색은 납빛이 되어 있었다. 그가 드디어 입을 열었다.

"지금 캔터베리 주변을 지나가고 있을 것이다. 여기서 그레이브센드까지는 별로 멀지 않지. 밤새도록 날씨도 좋을 거야. 바다에서 공격받을 걱정은 없어. 모든 전함은 스페인 연안에 모여 있으니까 순조로운 항해가 될 것 같구나."

축 늘어진 채 점점 더 창백해지는 데아는, 드레스 자락을 경련이 일어난 손가락으로 꽉 쥐었다. 그녀는 깊은 생각에 빠진 듯, 설명하기 어려운 한숨을 쉬면서 중얼거렸다.

"무엇인지 알겠어. 나는 죽을 거야."

그윈플렌이 사나운 기세로 일어섰다. 그리고는 우르수스가 데아를 부축했다.

"죽는다고! 네가 죽는다고! 아니, 그런 일이 생겨서는 안 돼. 너는 죽을 수 없어. 지금 죽다니! 이렇게 금방 죽다니! 그럴 리가 없어. 그토록 신이 잔인하지는 않아. 너를 돌려준 그 순간에 다시 데려가다니! 아니, 그런 짓은 저지르지 않는 법이야. 만약 그런 일이 일어난다면, 신을 의심하라는 의미야. 만약 그런 일이 생긴다면 땅과, 하늘과, 아이들의 요람과, 아기에게 젖 먹이는 어머니들과, 인간의 마음과, 사랑과, 별들, 그 모든 것들은 덫일 뿐이야! 다시 말하면, 신은 배신자, 인간이 속기 잘하는 얼간이라는 거야! 아무것도 없다는 뜻이야! 신을 모독해야 한다는 뜻이야! 모든 것이 심연에 불과하다는 뜻이야! 데아, 너는 네가 하는 말의 뜻을 모르고 있어! 너는 살 거야. 나는 네가 살기를 강력히 원해. 내 말에 따라야 해. 나는 너의 남편이고 너의 주인이야. 네가 떠나는 것을 허락할 수 없어. 아! 이럴 수가! 아! 가여운 인간들이여! 아니, 있을 수 없는 일이야. 네가 떠나면 이 세상에는 나만 남게 돼! 그런 일은 너무나 괴기스러워. 더 이상은 태양도 없을 거야. 데아, 데아, 어서 정신을 차려. 금방 끝날 잠시 동안의 괴로움일 뿐이니까. 때로는 오한을 느낄 때가 있지만 지나고 나면 금방 잊어버리지. 네가 건강하고 아프지 않는 것이 나의 절대적인 희망이야. 네가 죽는다니! 내가 너에게 무슨 잘못을 한 걸까? 네가 죽는다는 생각만 해도 미칠 지경이야. 우리는 서로의 소유이며, 서로를 사랑해. 너에게는 떠날 이유가 없어. 만약 떠난다면 그것은 부당한 일이야. 내가 죄를 저질렀다고? 너는 벌써 나를 용서했어. 오! 너는 내가 절망한 자, 악한, 맹렬한 노여움을 품은 자, 저주받은 자가 되기를 바라지 않을 거야! 데아! 너에게 빌고, 간청하며, 두 손 모아 애원하고 있어. 제발 죽지 마!"

그는 두 손으로 머리카락을 움켜쥐고, 두려움 때문에 죽어가는 사람처럼, 북받쳐 오르는 슬픔에 숨이 막혀, 그녀의 발밑에 무릎을 꿇었다.

"나의 그윈플렌, 네 잘못이 아니야."

데아가 말했다.

그녀의 입술에 불그레한 거품이 약간 흘러나왔다. 엎드려 있던 그윈플렌은 보지 못했다. 우르수스는 그것을 드레스 자락으로 얼른 닦아 주었다. 그윈플렌은 데아의 두 발을 부둥켜안고, 온갖 말로 애원하고 있었다.

"너에게 다시 말하지만 나는 원하지 않아. 네가 죽다니! 나는 견딜 수 없어. 그래. 죽어도 좋아, 그러나 함께. 다른 방법으로는 안 돼. 데아, 네가 죽는다니! 절대 동의할 수 없어. 나의 여신! 나의 사랑! 제발 내가 있다는 것을 생각해 줘. 틀림없이, 너는 살 거야. 죽다니! 그렇다면 네가 죽은 후에 나는 어찌 될 것인지 상상도 안 해보았다는 말이지. 내가 너를 잃지 않으려는 절박한 열망에 휩싸여 있음을 조금이라도 생각한다면, 죽는 것이 불가능하다는 것을 깨달을 거야. 데아! 너도 알고 있는 것처럼 내게는 너밖에 없어. 나에게 닥친 사건들은 무척 기이했어. 단 몇 시간 만에 일생을 모두 겪었다는 사실을 짐작조차 못할 거야. 나는 한 가지를 확인했어. 아무것도 없다는 거였어. 오로지 너만 존재해. 네가 없다면 이 우주도 무의미해. 부디 이곳에 남아 줘. 나를 불쌍히 여겨 줘. 나를 사랑하니까, 너는 살아야 해. 이제 막 너를 되찾았으니, 내 곁에 두려는 것은 당연해. 조금 기다려. 겨우 얼마 전에 다시 만났는데 그렇게 가버려서는 안 돼. 조바심 내지 마. 아! 맙소사, 이 애통함! 너는 상관하지 않는 것 같아. 그렇지? 하지만 내가 어쩔 수 없었다는 것을 너도 이해할 거야. 와펀테이크까지 나를 데리러 왔으니까. 잠시 후면 숨쉬기가 한결 편해질 거야. 데아, 모든 일이 잘되었어. 우리는 행복해질 거야. 나를 절망에 떨어뜨리지 마. 데아! 나는 아무것도 해주지 못했어!"

그의 말은 또렷하지 않았다. 흐느낌 그 자체였다. 그의 말 속에서는 절망과 반항이 함께 있었다. 그윈플렌의 가슴에서는, 비둘기를 부를 수 있는 슬픈 한탄과 사자를 뒷걸음치게 할 수 있는 포효가 동시에 발산됐다.

데아가 점점 사라져 가는 음성으로, 한마디 말하고는 쉬면서, 그에게 대답했다.

"아! 부질없는 일이야. 내 사랑 그윈플렌, 나는 네가 최선을 다했다는 걸 알아. 한 시간 전만 해도 나는 죽기를 원했어. 그런데 이제 더 이상 그렇지 않아. 그윈플렌, 열렬히 사랑하는 나의 그윈플렌, 우리는 정말 행복했어! 신이 너를 나의 삶 속에 가져다 놓았는데, 이제는 나를 너의 삶에서 가져가는 거지. 그래서 내가 떠나게 되었어. 그린박스를 잊지 않을 거지, 그렇지? 그리고 너의 어리고 눈먼 가여운 데아도? 너는 내 노래를 기억할 거야. 내 목소리를 잊지 말아줘. 내가 너에게 사랑한다는 말을 할 때의 음성도. 밤마다, 네가 잠들면 네 곁에 와서 그 말을 해 줄게. '사랑해!' 우리의 재회는 지나친 기쁨이었어. 금방 끝나게 되어 있었던 것이었지. 내가 앞서 떠날 수밖에 없어. 나는 아버지 우르수스와 우리 형제 호모도 진심으로 좋아해. 모두들 선하지. 이곳은 너무 답답해. 창문을 열어줘. 나의 그윈플렌, 너에게 아직 하지 못한 말이 있어. 언젠가 어떤 여인이 왔을 때 질투심을 느낀 적이 있었어. 아마 누구에 대해 이야기하는지조차 모를 거야. 그렇지? 내 팔을 덮어 줘. 약간 추워. 그리고 피비는? 비노스는? 그녀들은 어디에 있어? 결국 모든 사람을 좋아하게 되었어. 우리가 행복할 때 가까이 있는 사람들에게 친밀감을 느끼게 돼. 우리가 행복할 때 그곳에 있어 주었다는 것 때문에 그들에게 고마워하게 되는 거야. 왜 그 모든 것은 지나가 버렸을까? 이틀 전부터 닥친 일들의 이유를 모르겠어. 이제 나는 죽을 거야. 죽은 후에도 이 드레스 속에 머물게 해 줘. 오늘

오후에 이것을 입으면서, 나의 수의라는 생각이 들었어. 이것을 간직하고 싶어. 이것에는 그윈플렌의 키스가 있어. 오! 더 살 수 있었으면! 우리의 굴러다니는 오두막 속에서의 삶은 정말 매혹적이었어! 우리는 노래를 불렀지. 나는 손뼉 치는 소리에 귀를 기울였지! 절대로 헤어지지 않아서 정말 좋았어! 모두들 함께 있을 때, 나는 구름 속에 있는 듯했어. 나는 장님이었지만 모든 것을 정확하게 짐작했어. 하루가 지나고 다음 날이 오는 것을 알았고, 그윈플렌의 목소리나 움직이는 소리를 들으면 아침이 되었음을 알아챘지. 그리고 꿈속에서 그윈플렌을 보면 밤이라는 것을 알 수 있었어. 어떤 덮개가 항상 나를 감싸고 있다고 느꼈는데, 그것은 그윈플렌의 영혼이었어. 우리는 다정하게 사랑했어. 그 모든 것이 떠나면 더 이상 노래는 없어. 아! 더 살 수는 없을까! 나를 생각해 줘. 사랑하는 이여."

그녀의 목소리가 점점 희미해졌다. 임종의 음산한 기운 때문에 호흡하기가 점차 힘들어졌다. 그녀는 엄지손가락을 구부려 다른 손가락들 밑에 넣었다. 마지막 순간이 닥칠 징후였다. 어린 천사의 더듬대는 말이, 처녀의 부드러운 헐떡임 속에서 모습을 드러내는 것 같았다. 그녀가 작게 중얼거렸다.

"모두들 저를 기억해 주겠지요, 그렇지요? 저를 기억해 주는 사람이 없다면, 죽는다는 것이 무척 슬플 거예요. 가끔 제가 못되게 굴었어요. 지금 모두에게 용서를 빌겠어요. 만약 착한 신께서 바라신다면, 나의 그윈플렌, 우리는 많은 자리가 필요 없으니, 우리의 생계를 우리 손으로 꾸리면서 다른 나라에 가서 함께 살 수 있다고 믿어요. 그러나 착한 신께서 그것을 바라지 않아요. 저는 제가 왜 죽는지 전혀 알 수 없어요. 제가 장님임을 단 한 번도 불평하지 않았고, 아무도 모독하지 않았어요. 그윈플렌, 영원히 장님일지라도 네 곁에 머무는 것을 빌었을 거야. 아! 떠나는 것이 얼마나 슬픈지!"

그녀의 말들은 헐떡대다가, 마치 바람이 불기라도 한 듯 하나하나 꺼졌다. 이제 목소리가 거의 들리지 않았다. 그녀의 말은 계속 되었다.

"그윈플렌, 그렇지? 내 생각을 할 거지? 죽은 후에 꼭 필요할 것 같아."

그리고 그녀는 덧붙여 말했다.

"오! 저를 붙잡아 주세요!"

잠시 침묵을 지키다가 다시 말했다.

"가능한 한 일찍 내게로 와야 해. 신과 함께 있더라도 네가 없으면 나는 불행할 거야. 나의 다정한 그윈플렌, 나를 너무 오랫동안 혼자 두지 마! 이곳이 바로 낙원이었어. 저 높은 곳은 그저 하늘일 뿐이지. 아! 숨이 막혀! 내 사랑, 내 사랑, 내 사랑!"

"제발!"

그윈플렌이 울부짖었다.

"잘 있어요!"

"제발!"

그윈플렌이 절규했다.

그러면서 데아의 차갑고 아름다운 손에 입을 댔다.

그녀는 숨을 쉬지 않는 것처럼 보였다. 갑자기 팔꿈치를 짚어서 몸을 일으키려 했다. 그윽한 광채가 그녀의 두 눈을 스쳐 지나갔다. 그리고 말로 표현할 수 없는 아름다운 미소가 어렸다. 그녀의 목소리가 폭발하듯 흘러나왔다.

"빛! 보여요."

그리고 그녀는 숨을 거두었다.

그녀의 몸이 매트 위로 떨어져 널브러졌고, 그 자세로 더 이상 움직이지 않았다.

"죽었구나."

우르수스가 말했다. 그러더니 그 불쌍한 늙은이는 절망 아래 무너지듯이 고개를 숙이고, 흐느끼는 얼굴을 데아의 드레스 자락에 묻었다. 그는 기절한 채 그렇게 있었다.

그때, 그윈플렌이 무섭게 변했다.

벌떡 일어서더니 이마를 쳐들고 머리 위로 펼쳐진 아득한 밤을 바라보았다. 그를 보는 이는 아무도 없었지만, 아니 어둠 때문에 보이지 않는 누가 있을지도 모르지만, 저 높은 곳을 향해 두 팔을 올리며 말했다.

"내가 갈게."

그러고는 어떤 환영에 끌려가듯이, 뱃전을 향해 걸었다.

몇 걸음만 더 가면 심연이 있었다. 그는 자기의 발은 쳐다보지도 않고, 천천히 걸었다. 방금 데아가 지었던 미소가 그의 얼굴에 드러났다. 그는 앞을 향해 똑바로 걸었다. 무엇이 보이는 것 같았다. 멀리서 본 영혼의 섬광 같은 빛이 그의 눈동자에 담겨 있었다. 그가 외쳤다.

"그래!"

한 걸음씩 내디딜 때마다, 그는 뱃전에 가까워졌다.

그는 두 팔을 쳐들고 머리를 뒤로 젖힌 채, 시선을 고정한 채 유령처럼 움직이며, 흐트러짐 없이 걸어갔다. 그는 가까이에서 입을 벌리고 있는 심연과 열려 있는 묘지가 있음을 신경 쓰지 않는 듯, 운명적인 정확한 동작으로, 서두르지도 망설이지도 않으며 앞으로 걸었다. 그는 중얼거렸다.

"걱정하지 마. 너에게 가고 있어. 네가 나에게 보내는 신호가 잘 보여."

그는 어둠의 가장 높은 곳, 하늘의 한 지점을 응시했다. 그리고 미소를 지었다.

하늘은 온통 어둠으로 덮여 있었고 별도 보이지 않았다. 그러나 그는 분명히 별 하나를 보고 있었다. 그가 상갑판을 가로질렀다. 뻣뻣하고 음산하게 몇 걸음을 걸은 후에, 그는 뱃전에 이르렀다.

"곧 갈게, 데아! 내가 여기 있어!"

그가 말했다.

그리고 계속 걸었다. 난간이 없었다. 허공이 그의 앞에 있었다. 그는 허공에 발을 내디뎠다. 그가 떨어졌다.

암흑은 짙고 탁했으며, 물은 깊었다. 그는 물속으로 가라앉았다. 적막하고 어두운 사라짐이었다. 본 사람도, 들은 사람도 없었다. 배는 계속 나아갔고 강물은 계속 흘렀다.

잠시 후에 배는 바다로 들어섰다.

우르수스가 정신을 차렸을 때, 그윈플렌은 보이지 않았다. 어두운 뱃전에서 바다를 바라보며 울부짖는 호모만이 보였다.

웃음과 고통이 공존하는 얼굴을 가진 한 영웅의 이야기, 《웃는 남자》

빅토르 위고는 귀족, 군주, 혁명을 주제로 한 정치적인 3부작을 집필하고자 했다.

귀족에 해당하는 제1권은 프랑스의 저명한 회상록 저작자인 에드몽 장 프랑소아 바르비에(Edmond Jean François Barbier)의 기록 중 갤리선의 노예나 도형수들에게 행해지는 신체적인 훼손과 아이들을 사고파는 폐해에서 영감을 받아 완성했다. 이것이 바로 1866년부터 1868년까지 총 2년에 걸쳐 써진, 권력과 야망에 대한 인간의 탐욕을 표현한 《웃는 남자》이다. 안타깝게도 군주를 주제로 한 제2권은 완성되지 못했으며 혁명에 해당하는 제3권은 《93년(Quatrevingt-treize)》이란 제목으로 《웃는 남자》에 뒤이어 발표되었다.

"《웃는 남자》의 진정한 제목은 《귀족》이다." _빅토르 위고

귀까지 찢어진 새빨간 입과 강렬한 눈빛이 초래하는 극도의 공포와 미묘함……. 배트맨에 등장하는 희대의 악당 조커는 전 세계에 알려진 전설적인 캐릭터다. 하지만 이 조커가 《웃는 남자》의 주인공 그윈플렌에게서 영감을 받아 탄생한 인물이라는 사실을 아는 이는 드물다. 그윈플렌은 영화, 연극, 소설 등 다양한 분야를 통해 수차례 재해석되고 있다. 유명한 범죄 소설가인 제임스 엘로이 또한 《웃는 남자》에서 영감을 받았다. 브라이언 드 팔마 감독에 의해 영화로 탄생하기도 한 소설 《블랙 달리아》에서는 그윈플렌처럼 신체의 일부를 손상 당한 한 여성이 사망한 채로 발견되는 내용이 그려졌다. 더불어 《웃는 남자》 자체가 영화로 만들어지기도 했다. 1928년 폴 레니의 영화에 이어 2012년에는 제라르 드파르디유와 마크 앙드레 그롱당이 주연한 장 피에르 아메리 감독의 《웃는 남자》가 개봉되어 많은 사랑을 받았다. 시대와 배경이 변해도 여전히 여러 작품과 캐릭터에 영향을 미치는 《웃는 남자》는 《레 미제라블》 《파리의 노트르담》 등과 견줄 만한 빅토르 위고의 숨겨진 걸작이다.

〈정복된 카오스〉를 통해 《웃는 남자》를 보다

《웃는 남자》에는 작품 속의 작품, 〈정복된 카오스〉가 등장한

다. 〈정복된 카오스〉는 우르수스가 심혈을 기울여 완성한 작품으로 그린박스 멤버들의 연기, 연주, 노래로 대중들 앞에서 공연된다. 생계유지를 위해 제작된 단순한 연극으로 받아들일 수도 있지만, 사실 〈정복된 카오스〉는 《웃는 남자》의 축소판이라고 할 수 있다. 인간을 상징하는 그윈플렌은 우르수스와 호모에 의해 표현되는 어둠을 상대로 사투를 벌인다. 치열한 저항 끝에 어둠 앞에서 굴복한 그윈플렌이 암흑으로 흡수되려는 순간, 천상의 빛을 상징하는 데아가 무대에 등장해 카오스를 물리칠 수 있도록 그를 돕는다. 그러나 그를 구원한 빛은 어둠에 휩싸여 흐릿했던 그윈플렌의 흉한 얼굴을 환하게 밝히고, 구경꾼들은 그의 괴이한 얼굴을 보며 웃음을 터뜨린다.

〈정복된 카오스〉에서 인간을 데려가려는 어둠은 그윈플렌에게 다가온 치명적인 유혹들을 상징한다. 첫 번째 유혹은 그윈플렌을 탐내는 여공작 조시안이다. 황홀한 여신과 타락한 매춘부의 이미지를 동시에 지니고 있는 조시안이 〈정복된 카오스〉를 관람하기 위해 여인숙 안뜰을 찾는 그 순간부터 순수했던 그윈플렌의 내면은 큰 혼란에 휩싸이기 시작한다. 천상의 피조물과도 같은 맑고 투명한 데아만을 보며 성장한 그는, 생애 처음으로 환상이 아닌 현실적인 여인에 대한 들끓는 남자의 욕망과 본능을 발견하고 흔들린다. 두 번째 유혹은 전혀 예상치 못했던 출생의 비밀이다. 이 사실은 잠자고 있던 신분 상승에 대한 인간의 야망을 깨운다. 누더기에 익숙했던 그윈플렌은 비단과 모피의 부드러움에 이끌려 찬란한 미래에 대한 허황된 꿈에 취한다.

카오스로부터 인간을 구원한 하늘의 빛은 《웃는 남자》에서도 등장한다. 그윈플렌에게 닥친 모든 혼돈은 빛, 즉 데아로 인해 차츰 사라진다. 유일한 가족이라고 믿었던 무리로부터 매몰차게 버림받고, 추위와 배고픔에 시달리며 정처 없이 헤매면서도 차가운 시체로 변해버린 어미를 대신해 자신을 품어 준 그윈플렌을 가족, 정인, 천사라고 여기며 눈이 아닌 영혼으로 그를 바라보는 데아는 어둠을 향해 한 발을 내디딘 그윈플렌을 붙잡는다. 데아는 그를 제자리로 돌아오게 해 주지만, 한편으로는 죽음을 통해서만 영원히 곁에 머물 수 있는, 인간의 손이 닿을 수 없는 존재이기도 하다.

빅토르 위고의 또 다른 작품 《바다의 노동자들(Les travailleurs de lamer)》의 주인공인 질리아와 마찬가지로, 군주제와 귀족제라는 카오스에 맞서는 그윈플렌은 민주주의를 향한 인간의 저항을 상징하기도 한다. 박장대소하는 구경꾼들, 그윈플렌의 연설에 대한 상원의 반응, 그리고 결말을 통해서 독자들은 인간과 어둠의 전쟁이 끝나지 않았음을 짐작할 수 있다.

인간의 본성에 대한 성찰을 통해 탄생한 영웅

그윈플렌이라는 비극적인 영웅을 만들기 위해 빅토르 위고는 '콤프라치코스'를 창작했다. 스페인어로 '사다'를 뜻하는 Comprar와 아이들을 뜻하는 Chicos를 조합하여 만든 '아이들을 사는 사람'이라는 의미의 콤프라치코스는 필요에 따라 혹은 은밀한 요구에 따라 아이들을 거래해 신체를 자유자재로 변형시켜 하나의 상품으로 퇴화시키는 집단이다. 빅토르 위고는 콤프라치코스에 의해 눈과 코와 입이 일그러진 그윈플렌을 법과 정의, 진실, 인식의 왜곡에 의해 부패한 인류에 비교한다. 이유도 모른 채 누군가에 의해 콤프라치코스에게 넘겨진 어린 그윈플렌에게 새겨진 것과 같은 분노와 슬픔은 사회에 의해 변형된 인류에게서도 발견할 수 있다. 벗어버릴 수 없는 자신의 얼굴로 만든 괴물의 가면을 쓰고 살아야 할 운명인 그를 통해 잘못된 세상을 질타하는 것이다. 인간의 본성과 신체적인 변형을 평행선에 놓은 빅토르 위고는 더불어 귀족들의 과도한 무위도식과 압박에 대한 방관, 상념보다는 웃음을, 반발보다는 복종을 선택하는 서민들의 무기력함 또한 신랄하게 비판한다. 작품 곳곳에 등장하는 여러 귀족들의 권위와 영지 또는 궁궐이나 저택에 대한 자세한 표현이 바로 이러한 작가의 의도가 드러나는 부분이라고 볼 수 있다.

빅토르 위고의 소설에는 흉한 인물들이 자주 등장한다. 괴물을 주인공으로 삼은 그의 대표작으로는《파리의 노트르담》《아이슬란드의 한》이 있으며《왕은 즐긴다》에서는 트리불레란 인물을 통해 기형과 권력을 그려내기도 했다. 끔찍하고 괴이한 캐릭터들에 대한 그의 각별한 애착은《웃는 남자》의 그윈플렌을 통해서 다시 한번 증명된다.

빅토르 위고의 작품세계는 그의 망명 전과 후로 나눌 수 있다. 망명 전에는 외면과 내면이 같아야 한다는 이념을 갖고 집필했다. 자신의 추한 외모에 갇혀 행복을 느끼지 못하는 콰지모도나, 추한 외모만큼 영혼도 어두웠던 트리불레를 예로 들 수 있다. 그러나 빅토르 위고는 망명 생활을 경험하며 작품과 인물에 대한 관점적인 변화를 겪었다. 그렇게 탄생한 인물이 바로《웃는 남자》의 그윈플렌이다. 외모와 마음 모두 침울했던 이전 작품의 주인공들과는 달리, 그윈플렌은 끔찍한 괴물의 가면을 쓰고 있지만 마음만큼은 따뜻하고 순수한 인물이다. 트리불레나 콰지모도는 자연에 의해 결정된 선천적인 추함을 가진 인물들이며 그윈플렌은 같은 인간에 의해 손상된 일종의 희생양이라는 점이 가장 큰 차이일 것이다.

끔찍한 그윈플렌의 얼굴과 웃음이 의미하는 바는 무엇일까? 답은 상원의 귀족들 앞에서 연설하는 그윈플렌의 모습에서 찾을 수 있을 것이다. 그윈플렌의 괴물 같은 얼굴과 소름 끼치는 웃음은 가난한 서민들의 고통이자 슬픔이다. 부유하고 교만한 귀족들의 압박과 잔인함에 짓눌려 겉으로는 억지로 웃고 있지만 속으로는 눈물을 흘리며 분노하는 빈민들의 현실을 나타내는 그윈플렌이란 영웅이 창조된 것이다.

백연주

작가 연보

1802년 빅토르 마리 위고, 2월 26일 브장송에서 대위 조제프 레오폴 시기베르 위고와 트레뷔셰의 셋째 아들로 태어났다.

1816년 이공과 대학 수험을 준비했다. 7월 10일, 시첩에 '샤토브리앙이 되는 것이 아니라면 아무것도 쓰고 싶지 않다'는 말을 남기고 첫 작품 비극 〈이르타멘느〉를 썼다.

1819년 〈르 콩세르바퇴르 리테레르〉지를 창간했다. 2월, 툴루즈 아카데미 프랑세즈 문학경시대회에서 수상했다. 이해 봄, 아델 푸세에게 사랑을 고백했다. 12월에는 형제들과 함께 〈문학수호자〉지를 창간했다.

1820년 3월, 〈베리 공작의 죽음에 대한 오드〉로 루이 18세로부터 하사금을 받았다. 중편소설 〈뷔르 자르갈〉을 〈문학수호자〉 지에 게재했다.

1821년 어머니가 사망했다. 아델 푸세와 약혼했다.

1822년 시집 《오드(Les Odes)》를 간행했다. 아델 푸세와 결혼했다.

1823년 소설 《아이슬란드의 한》을 간행했다. 〈라 뮤즈 프랑세즈〉 지를 창간해 1년간 유지했다. 7월에 첫아들 레오폴이 태어나지만 10월에 죽었다.

1827년 위고를 중심으로 한 젊은 시인들의 모임 '세나클'을 발족했다. 희곡 《크롬웰 서문(Preface de Cromwell)》(낭만주의의 선언서)을 발표했다.

1828년 아버지 위고 장군이 사망했다.

1829년 《동방 시집》, 소설 《어느 사형수의 마지막 날》을 간행했다. 정부가 희곡 〈마리옹 들로름〉의 상연을 금지했다.

1830년 〈에르나니(Hernani)〉가 첫 상연되었다. 이는 고전파와 낭만파의 싸움을 야기해 '에르나니 싸움'이 일어났다.

1831년(29세)~1842년(40세) 시집 《가을의 나뭇잎》, 소설 《파리의 노트르담》을 간행했고, 희곡 〈마리옹 들로롬〉을 상연했다. 이후 희곡 〈왕은 즐긴다〉 〈뤼크레스 보르지아〉 〈마리 튀도르〉가 상연되었다. 1834년 32세 때 《문학과 철학 잡론집》과 소설 《클로드 괴》를 간행했으며 이후 1840년 39세 때까지 시집 《황혼의 노래》, 희곡 〈앙젤로〉, 시집 《내면의 목소리》, 희곡 〈뤼이 블라스〉 상연과 《견문록》 집필, 시집 《빛과 그림자》 등의 작품을 꾸준히 간행했고 상연했다. 1842년 40세에는 기행문인 《라인 강》을 간행했다.

1843년 희곡 〈레 뷔르그라브〉가 실패한다. 장녀 레오폴딘이 자신의 남편과 함께 센강에서 익사했다. 이후 모든 집필을 중단했다.

1845년 정계에 진출해서 상원의원에 임명되었다. 훗날 《레 미제라블》이 되는 《레 미제르》 집필이 시작되었다.

1849년 민주주의자가 되어 입헌의회 의원에 이어 입법의회 의원에 당선되었다.

1852년(50세)~1859년(57세) 1852년 50세에 브뤼셀에서 《소인 나폴레옹》을 간행했다. 영국해협 저지섬으로 이주했다. 《징벌 시집》《관조 시집》, 시집 《세기의 전설》을 1859년까지 간행했다.

1862년 《레 미제라블》을 간행했다.

1863년 6월, 위고의 아내와 오귀스트 바크리가 쓴 《그의 생애 목격자가 말하는 빅토르 위고(2권)》를 간행했다.

1864년 셰익스피어 탄생 300주년을 맞아 기념 평론집 《윌리엄 셰익스피어》를 간행했다.

1865년 10월에 아들 샤를르가 알리스 르아느와 결혼했다. 같은 달에 시집 《거리와 숲의 노래》를 간행했다.

1866년 소설 《바다의 일꾼들》이 간행되었고, 크게 성공했다.

1869년 소설 《웃는 남자》를 간행했다. 9월에 로잔느에서 평화회의 총재가 되었다.

1870년 제정이 전복되어 파리로 귀환했다. 19년간의 망명생활을 끝냈다.

1871년 파리에서 국회의원에 당선되었으나 곧 사직했다.

1872년 4월에 시집《무서운 해》를 간행했다.

1874년 2월, 소설《93년(3권)》을 간행했다. 4월에 위고 가족은 클리시 거리 21번지로 옮겼다. 자택에서 살롱을 열었다.《내 아들들》을 출간했다.

1876년 파리에서 상원의원에 선출되었다. 7월,《행동과 말(제3권)》을 간행했다.

1877년 《세기의 전설》(제2집 및 제3집), 시집《할아버지 노릇하는 법》과《어떤 범죄의 이야기》제1부를 간행했다.

1878년 《어떤 범죄의 이야기》제2부와 시집《교황》을 간행했다.

1880년 시집 《종교들과 종교》와 《나귀》를 간행했다.

1881년 시집 《정신의 사방위》를 간행했다.

1883년 《제세기의 전설》 증보판을 간행했다.

1885년 폐출혈로 사망했다. 국장으로 팡테옹에 매장되었다.

옮긴이 백연주
프랑스에서 언론학을 전공하던 중 해외통신원 활동을 계기로 언론계에 입문했다. 현재 프랑스에 정착하여 정치, 문화, 스포츠 등을 전문으로 다루는 다수 언론사의 게스트 에디터 겸 방송번역가로 활동하고 있다.

큰글씨 웃는 남자 3

초판 1쇄 펴낸날 2018년 9월 20일

지은이 빅토르 위고
옮긴이 백연주
펴낸이 장영재
펴낸곳 (주)미르북컴퍼니
자회사 더클래식
전 화 02)3141-4421
팩 스 02)3141-4428
등 록 2012년 3월 16일(제313-2012-81호)
주 소 서울시 마포구 성미산로32길 12, 2층 (우 03983)
E-mail sanhonjinju@naver.com
카 페 cafe.naver.com/mirbookcompany

(주)미르북컴퍼니는 독자 여러분의 의견에
항상 귀 기울이고 있습니다.

파본은 책을 구입하신 서점에서 교환해 드립니다.
책값은 뒤표지에 있습니다.